DROEMER

Judith W.
Taschler

Das Geburtstagsfest

Roman

DROEMER

Besuchen Sie uns im Internet:
www.droemer.de

Originalausgabe April 2019

Redaktion: Regine Weisbrod
Covergestaltung: Sabine Kwauka
Coverabbildung: Metin Demiralay / Trevillion Images
Satz: Adobe InDesign im Verlag
Druck und Bindung: CPI books GmbH, Leck
ISBN 978-3-426-28188-8

2 4 5 3

Wenn ich heute die Augen schließe, kommt alles wieder.
Die vertrockneten Reisfelder. Die Straße, die in der
Nähe von Battambang durch das Dorf führt. Männer in
Schwarz am glühend heißen Horizont.
Ich bin dreizehn. Ich bin allein.
Wenn ich die Augen geschlossen halte, sehe ich den Weg.
Ich weiß, wo sich das Massengrab befindet, hinter
dem Krankenhaus von Mong, ich brauche
nur die Hand auszustrecken:
Die Grube liegt vor mir.

Rithy Panh: Auslöschung

Prolog

Sehr verehrte Frau Gardiner!
Mein Papa feiert bald seinen fünfzigsten Geburtstag. Er will ihn zwar nicht feiern, aber meine Mama sagt, wir werden. Jeder von uns soll etwas zum Fest beitragen. Ich möchte meinen Papa mit Ihnen überraschen.
Kommen Sie am 17. Juni zu uns? Ich bitte Sie herzlich darum. Das Fest selbst findet am Tag darauf, am Samstag, dem 18. Juni, statt. Sie können gerne über das Wochenende bei uns bleiben. Oder auch länger.
Ich bin sehr neugierig auf Sie!
Herzliche Grüße
Jonas

Lieber Jonas,
kann es sein, dass du die falsche E-Mail-Adresse hast? Ich kenne weder dich noch deinen Vater.
T. Gardiner

Sehr verehrte Frau Gardiner!
Mein Vater ist der, der Sie tagelang durch den Dschungel getragen hat. Das war vor vielen Jahren. Ich habe die Geschichte oft gehört, aber nur von meiner Mutter und Großmutter, die Sie auch gut kennen. Mein Vater redet nicht gern darüber. Das finden meine Geschwister und ich sehr schade. Er sagt, reden über alte Zeiten ist vergeudete Energie. Und auch, dass er sich nicht mehr so gut erinnern kann. Vielleicht beginnt er zu erzählen, wenn Sie da sind. Das wünsche ich mir. Sie können seinen Erinnerungen auf die Sprünge helfen.
Jonas

Lieber Jonas,
bist du denn überzeugt, dass dein Papa sich über deine Überraschung freuen wird?
Liebe Grüße

Liebe Frau Gardiner!
Ich bin mir ganz sicher, dass er sich sehr freuen wird, Sie zu sehen! Auch meine Mama. Für sie ist es auch eine Überraschung.
Bitte kommen Sie!
Jonas

Lieber Jonas,
wie viele Geschwister hast du, und wie alt seid ihr? Wo wohnt ihr?
Liebe Grüße

Liebe Frau Gardiner!
Lea ist zwanzig. Simon ist achtzehn. Ich bin fast zwölf. Das Haus, in dem wir wohnen, steht hinter dem Haus, in dem Sie als Kind zwei Jahre lang gewohnt haben. Wenn Sie wollen, können Sie Ihr altes Zimmer haben.
Werden Sie kommen?
Jonas

Lieber Jonas,
ja, ich werde kommen. Ich teile dir noch mit, wann genau.
Liebste Grüße an deine Geschwister und dich,
T. Gardiner

Freitag, 17. Juni 2016

Es dämmerte, als Kim das Haus verließ und hinüber zur Schlachthütte ging.

Die Tür quietschte leise beim Öffnen. Er überlegte, die Scharniere sofort zu ölen, doch dafür hätte er zurück ins Haus gehen müssen, um aus seiner Werkzeugkiste, die im Keller stand, das Öl zu holen. Er war unschlüssig und hielt, mit einem Fuß in der Hütte, mit dem anderen noch draußen, einen Augenblick inne. In der letzten Zeit passierte ihm das immer öfter, manchmal stand er minutenlang da und konnte nicht reagieren. Sein Kopf fühlte sich leer an in solchen Situationen, nicht fähig, abzuwägen und eine schnelle Entscheidung zu treffen.

Er sah zu den Teichen hinüber und atmete tief durch. Kein Geräusch war zu hören, die Tiere schliefen noch. Vorsichtig schob er die Tür ganz auf, betrat die Hütte und schaltete das Licht ein. Die altmodische hölzerne Hängelampe warf gespenstische Schatten.

In einer Ecke standen ein rechteckiger Tisch, bezogen mit einem Plastiktischtuch, darunter eine Holzkiste mit Deckel und eine Blechwanne. Er hob den Tisch hoch und platzierte ihn in die Mitte des Raumes. Beil, Stock und Balken, welche mittels Schlaufen an Wandhaken hingen, legte er auf den Tisch, die Holzkiste stellte er links vom Tisch auf den Boden, den Deckel öffnete er. Sie war innen mit dem gleichen Plastiktischtuch tapeziert, es zeigte, stark vergilbt und fleckig, verschiedene Obstsorten.

Kim verließ die Hütte wieder und trat an das Teichufer. Den Erpel, den er ein paar Tage zuvor ausgesucht hatte, fand er schlafend vor, er fasste schnell und sachte nach ihm, hielt mit der linken Hand die Beine fest, mit der rechten die Flügel. Er trug das Tier die wenigen Meter zur Hütte, darin angekommen ließ er die Flügel los und drehte das Tier, das nun wie wild mit den Flügeln schlug, um, sodass es nach unten hing. Mit der rechten Hand griff er nach dem Stock und schlug dem Erpel damit auf den Kopf. Das Ganze war eine einzige fließende Bewegung.

Das betäubte Tier legte er behutsam auf den Tisch, drapierte den Hals über den Balken und griff nach dem Beil. Mit einem gezielten Schlag trennte er den Kopf ab, der jämmerlich aussehend auf den Tisch fiel und neben einer verblassten Birne liegen blieb. Er legte das Beil zur Seite, nahm das kopflose Tier hoch, hob es in die Kiste und schloss augenblicklich den Deckel. Das Ganze hatte nicht einmal eine halbe Minute gedauert. In der geschlossenen Kiste begann die kopflose Ente zu rumoren.

Vor ein paar Jahren hatten seine beiden älteren Kinder gegen seinen Willen beim Schlachten einer Ente zugesehen. Tagelang hatten sie nicht aufgehört zu betteln, doch er, der ansonsten gegenüber seinen Kindern nachgiebig war, war hart geblieben. Er hatte es immer so eingerichtet, dass alles, selbst das Rupfen, Ausnehmen und Zerlegen der Ente, erledigt war, bevor sie von der Schule oder vom Kindergarten nach Hause kamen. Wenn sie Entenfleisch vor sich auf dem Teller liegen hatten, brachten sie es nicht in Zusammenhang mit den Tieren, die sie von den Teichen in ihrem Garten kannten. Alles sollte im Verborgenen geschehen, er allein wollte die Wandlung vom friedlich schwimmenden Tier auf dem Teich zum fertigen Tischgericht vollziehen. Er war es auch, der am Tag nach der Schlachtung in der Küche stand und Entencassoulet, Gebratene Nudeln mit Entenfleisch, Entenbrust mit Orangensoße, Knusprige Ente mit Wokgemüse, Entenkeule mit Apfelrotkraut oder anderes zubereitete, ansonsten fühlte er sich für die Küche nicht zuständig.

Seinen Kindern sollte es nicht wie ihm ergehen: Er hatte als

Junge den Gedanken kaum ertragen, dass das Fleisch, welches vor ihm lag, bis vor Kurzem eins seiner geliebten Tiere gewesen war. Außerdem war der Anblick des fallenden Beils und des herunterkullernden Kopfes mit den brechenden Augen ohnehin nichts für Kinder, war seine Meinung.

Lea und Simon hatten ihren Vater überlistet, indem sie den Wecker stellten und wenige Minuten nach ihm aus dem Haus schlichen. Sie standen genau in dem Augenblick im Türrahmen der Schlachthütte, als er die betäubte Ente auf den Tisch legte und das Beil in die Hand nahm. Kurz überlegte er, die Ente – noch ganz – in die Holzkiste zu sperren, die beiden an den Armen zu packen und ins Haus zurückzuzerren. Kim hatte keine Lust auf fruchtlose Diskussionen am Küchentisch über die armen Tiere, und dazu würde es kommen, dessen war er sich sicher. Womöglich erklärten sich die zwei als Konsequenz zu Vegetariern, was in einer Familie, in der viel Fleisch gegessen wurde, früher oder später für Konflikte sorgen würde. Ines, seine Frau, würde die Laune der Kinder zunächst unterstützen, für sie extra kochen, schließlich aber die Motivation verlieren. Schlecht gelaunt würde sie nicht nur an ihnen, sondern auch an ihm – denn er war in ihren Augen der wahre Schuldige – herumnörgeln, anstatt zu sagen: »Entweder ihr esst, was auf den Tisch kommt, oder ihr kocht selbst.« Er mochte keine Spannungen, keine Streitereien, er konnte damit nicht umgehen und ging ihnen aus dem Weg.

Wohl oder übel hatte er sie zusehen lassen müssen, denn er hatte in dem Moment ebenso wenig Lust, zwei Teenager mit Gewalt ins Haus zu zerren und ihr hysterisches Aufbegehren anhören zu müssen, während er mit dem Kopf bei der Ente war, die in der Holzkiste zu sich kam. Adrenalingetränktes Fleisch schmeckte ihm nicht besonders, außerdem war ihm der Gedanke an die Angst des Tieres unerträglich. Verärgert sah er beide an, schüttelte leicht den Kopf, sagte aber nichts.

Sie traten einen Schritt nach vorn. Simon zwinkerte ihm

noch verschwörerisch zu, was so viel bedeutete wie »Wir Männer halten das aus, nicht wahr?«, während er spaßhalber Leas Augen verdeckte. Unwirsch zog diese seine Hand aus ihrem Gesicht. Kim atmete tief durch, hob das Beil hoch und ließ es auf den Hals der Ente fallen. Simon grinste, Lea schaute etwas entgeistert auf den abgetrennten Kopf, welchen er sofort mit einem Tuch bedeckte, nachdem er das Beil aus der Hand gelegt hatte. Sehr schnell hob er das tote Tier in die Kiste und schloss den Deckel. Als die Geräusche des sich heftig bewegenden, flügelschlagenden Körpers einsetzten, machte auch Simon große Augen.

»Sie lebt noch«, stammelte er.

»Oh Gott«, flüsterte Lea entsetzt.

»Sie lebt nicht mehr. Das sind nur Muskelkontraktionen. Das Gehirn ist tot«, erklärte Kim.

Die Geräusche wollten nicht enden. Er schob die beiden zur Tür hinaus.

»Wenn du sie nicht in die Kiste sperrst, was wäre dann?«, fragte der Sohn.

Kim zögerte mit der Antwort. »Sie würde herumlaufen, vielleicht auch versuchen zu flattern.«

Die Kinder schauten zwischen der Kiste und ihm hin und her.

»Wollt ihr mir später beim Rupfen helfen?«, fragte er.

»Weiß nicht, vielleicht«, sagte Simon mit den Schultern zuckend und lief Richtung Haus, Lea folgte ihm, bei ihr glich es einer Flucht.

Beim gemeinsamen Frühstück erzählten sie ihrer Mutter, dass die furchtbaren Geräusche, welche die kopflose Ente in der Kiste gemacht hatte, wesentlich schlimmer für sie gewesen waren als das Köpfen selbst. Am nächsten Tag weigerten sie sich, vom Entenfleisch zu essen, woraufhin der Jüngste, Jonas, natürlich ebenfalls keines aß. Alles, was seine großen Geschwister taten, machte er nach. Fast ein Jahr lang schlachtete

Kim keine Ente. Er kannte die Inkonsequenz seiner Kinder und wartete ab. Als zu Weihnachten Entenbrust serviert wurde, aßen sie sie kommentarlos.

Zwei- bis dreimal im Jahr schlachtete er eine Ente oder einen Erpel, vor Weihnachten, vor seinem Geburtstag oder dem Geburtstag seiner Frau und manchmal aus irgendeinem anderen Grund, zum Beispiel, weil Freunde zum Essen eingeladen waren. Er hätte die Tiere auch von jemand anderem schlachten lassen können, dazu hätte er aber das zu tötende Tier entweder transportieren oder einen Fremden an es heranlassen müssen, und das widerstrebte ihm, er wollte es keinem unnötigen Stress aussetzen, bevor es von der einen Welt in die andere hinübertrat. Es sollte nichts spüren, einfach nur aus dem Schlaf nicht mehr erwachen.

Das war auch der Grund gewesen, warum er vor vielen Jahren die Hütte direkt hinter den Teichen gebaut hatte, er wollte das Tier nicht weit tragen müssen, bevor er es betäubte.

Auch wollte er nicht jedes Mal von Neuem eine Schlachtstätte vorbereiten und wegräumen. Den letzten Anstoß zum Bau der Hütte hatte die Entrümpelungsaktion seiner Schwiegermutter Monika gegeben. Als er die alten Möbel, die seine Jugend begleitet hatten und die letzten Jahre oder gar Jahrzehnte auf dem Dachboden gestanden waren, vor dem Haus erblickte, fand er es schade, dass sie beim Sperrmüll landen sollten.

Vor allem um den Küchentisch und das Plastiktischtuch hätte es ihm leidgetan. Der Tisch war das Zentrum des Hauses gewesen, das Wichtigste hatte sich an ihm abgespielt, dort wurde gegessen, wurden Hausaufgaben gemacht, gelernt, gespielt, geredet. Er konnte sich noch gut daran erinnern, wie seltsam er es gefunden hatte, dass kein Mensch jemals den Tisch zu Gesicht bekam, weil er von einem Plastikbezug bis vierzig Zentimeter über den Boden bedeckt war. Wenn man eine kurze Hose trug, spürte man das kalte, klebrige Material an den Knien, es fühlte sich grauenhaft an. Metallene Klammern befestigten alle zwanzig Zentimeter das hellgelbe Tuch, welches linienförmig, immer in der gleichen Reihenfolge, Äpfel, Birnen, Kirschen, Marillen und Zwetschgen zeigte. Keine einzige Obstsorte hatte er gekannt. Auch die Hängeleuchte aus Holz, an dem jeder Antiquitätenhändler seine Freude gehabt hätte, war damals im Wohnzimmer gehangen. Vier geschnitzte Figuren, zwei Männer, zwei Frauen, saßen zwischen den Glühbirnen, ließen die Füße baumeln und schauten streng hinunter. Wo auch immer man im Raum gestanden war, man hatte das Gefühl gehabt, von ihnen beobachtet zu werden. Ihm hatten sie Angst eingejagt, er hatte sich deshalb nie gern im Wohnzimmer aufgehalten.

»Schenkst du mir den Tisch, die Lampe und das Tischtuch?«, fragte er seine Schwiegermutter.

»Wozu brauchst du das alte Zeug?«, fragte Monika.

»Ich werde hinter den Teichen eine kleine Hütte bauen, damit ich in der Gartenhütte nicht immer alles ausräumen muss, bevor ich eine Ente schlachte.«

Innerhalb einer Woche hatte er die kleine Hütte gebaut. Den Küchentisch überzog er mit dem alten, vergilbten Plastiktischtuch, er sollte das Zentrum der Schlachthütte darstellen. Auf ihm sollten seine Tiere ihr Leben aushauchen. Kim wusste im Vorhinein, dass er bei jeder Schlachtung daran denken würde, wie er als Vierzehnjähriger an dem Tisch gesessen war, ihm gegenüber Monika, ihn freundlich anlächelnd, neben ihm die beiden Mädchen, eine ihn neugierig anstarrend, die andere ihm verzweifelte Blicke zuwerfend, weil sie es nicht schaffte, das fremde Essen hinunterzuwürgen.

Kambodscha, Familie Mey

Ich habe unvorstellbare Dinge getan.

Mit niemandem habe ich je darüber geredet. Nicht einmal mit den Menschen, die ich liebe und die mir nahestehen. Ich könnte es nicht ertragen, wenn sie schlecht über mich denken oder gar ein Monster in mir sehen. Ich habe Angst, dass meine Frau und meine Kinder von meiner Vergangenheit erfahren, ich weiß nicht, was ich täte, ich will gar nicht daran denken. Meine Scham ist ohnehin so groß, und die Reue und der Hass auf mich selbst lassen mich in vielen Nächten nicht schlafen. Sie drücken mir die Kehle zu, sodass ich kaum atmen kann. In solchen Nächten muss ich das Haus verlassen und meine Ruhe bei einem Spaziergang wiederfinden.

Wenn jemand nach der Zeit der Roten Khmer fragte, antwortete ich jedes Mal, dass ich das Glück gehabt hatte, nach dem Tod des Vaters auf einer Entenfarm eingesetzt worden zu sein. Alleine – das war mein zweites Glück, betonte ich immer wieder –, keiner war da, der mich bespitzelte. Ich musste die Tiere betreuen, schlachten und in das nahe Arbeitslager bringen, wo sie gebraten wurden, um das Essen der Wachmannschaft aufzubessern. Sie liebten meine Enten, sagte ich abschließend immer, lachte dabei und schämte mich innerlich. Mittlerweile fragt schon lange keiner mehr. Ohnehin hatten nur Kinder gefragt, Erwachsene und ältere Menschen hatten sich von Anfang an davor gehütet, über diese schreckliche Zeit zu reden, sie waren nur darauf bedacht gewesen, ein bisschen Normalität in ihren Alltag zurückkehren zu lassen.

Viele machten das, dass sie einfach schwiegen oder sich eine andere Geschichte zurechtlegten. Was hätten wir auch tun sollen? Irgendwie musste das Leben weitergehen.

Freitag, 17. Juni 2016

Nachdem der Erpel ausgeblutet war, hob ihn Kim aus der Kiste und hängte ihn mit den Beinen an die Leine, die von einer Ecke zur anderen gespannt war, darunter platzierte er die Blechwanne. Er ging zum Teich und holte den zweiten. Ines hatte ihn gebeten, zwei Tiere zu schlachten, man könne ja immer noch einfrieren, hatte sie gemeint. Er vermutete, dass sie zum geplanten Geburtstagsfest am nächsten Tag doch mehr Leute als vereinbart eingeladen hatte.

Am liebsten hätte er das Wochenende einfach übersprungen.

Bereits im Winter hatte es Diskussionen über seinen bevorstehenden fünfzigsten Geburtstag gegeben, Ines hatte sich einfach nicht damit zufriedengeben können, dass er diesen Tag nicht anders feiern wollte als in den Jahren zuvor, nämlich mit einem Abendessen im Kreis der Familie, seine Schwiegermutter Monika und deren Freund Alexander natürlich eingeschlossen. Er wusste, für sie gehörte es zum Aufrechterhalten des Scheins einer guten Ehe, einen runden Geburtstag gemeinsam mit Freunden zu feiern. Sie hatte nicht lockergelassen und auf sechs Gästen, zusätzlich zur Familie, bestanden, nach langem Ringen hatte er sich geschlagen gegeben, immerhin waren die sechs, die sie aufgezählt hatte, Menschen, die er mochte und denen er einiges zu verdanken hatte. Sie hatte geschickt gewählt, das musste er ihr lassen.

Kim machte sich ans Rupfen, Ausnehmen und Abflämmen der Tiere. Er hoffte, um sieben damit fertig zu sein, Ines hatte auf einem Familienfrühstück zu fünft bestanden. Er bezweifelte, dass Simon und Lea rechtzeitig aufstehen würden. Vor zwei Wochen hatte Simon die Matura bestanden und schlief seither jeden Tag bis zum Mittag, Lea war erst gegen ein Uhr nachts von Wien nach Hause gekommen, er hatte ihre Schritte auf der Treppe gehört.

Kim tauchte den ersten Erpel kurz in das heiße, mit etwas Spülmittel versetzte Wasser, setzte sich auf den Stuhl und begann ihn zu rupfen.

Kurz vor sieben war er mit dem Putzen der Schlachthütte fertig und betrat mit den gerupften und ausgenommenen Tieren das Haus. In der Küche stand die Glastür offen, und Kim sah auf der Terrasse zwischen vorwitzigen Amseln eine Ente herumspazieren. Es war Polly, immer wieder verließ sie die Teiche und kam ohne Scheu in die Nähe des Hauses. Kim liebte den Anblick, es ging etwas Friedliches davon aus. Von allen Räumen im Haus mochte er die Küche am meisten, besonders in den frühen Morgenstunden, wenn er sich alleine und ungestört dort aufhalten konnte. Der Frühstückstisch war bereits gedeckt, festlicher als üblich, mit Orangensaft, weich gekochten Eiern, frischen Semmeln, einer Schüssel Obstsalat.

Als er sich im Badezimmer die Hände wusch, kam Lea verschlafen hereingeschlichen und umarmte ihn.

»Happy birthday, Papa«, flüsterte sie an seinem Hals.

Ihre zerzausten Haare kitzelten ihn an Wange und Kinn, ihr Körper fühlte sich sehnig und anschmiegsam zugleich an. Am liebsten hätte er sie nicht mehr losgelassen, sie war die einzige Person, von der er sich gerne umarmen ließ. Viel zu schnell löste sie sich.

»Wie fühlt man sich mit fünfzig?«, fragte sie.

»Nicht anders als mit neunundvierzig.« Er betrachtete sie voller Stolz. Es gab niemanden auf der Welt, den er so sehr liebte wie sie. Jedes Mal, wenn sie ein Wochenende zu Hause verbrachte, schien es, als ginge die Sonne auf.

»Bist du beleidigt, wenn ich nicht zum Frühstück auftauche?«, fragte sie. »Gestern ist es spät geworden, ich möchte noch eine Runde schlafen. Mama soll nicht böse sein.«

»Schlaf dich gut aus«, sagte er lächelnd.

Sie gab ihm einen Kuss und huschte aus dem Badezimmer, in der Tür winkte sie ihm noch einmal zu.

In der Küche gratulierte ihm Ines zum Geburtstag, umarmte und küsste ihn, sie wirkte dabei leicht angespannt. Sie beschwerte sich darüber, dass Lea und Simon noch immer tief und fest schliefen, obwohl vereinbart gewesen war, dass sie an seinem runden Geburtstag gemeinsam frühstückten.

»Lass sie schlafen«, sagte Kim. »Wir essen ja am Abend gemeinsam.«

Die Haustür fiel ins Schloss, und Jonas kam atemlos herein.

»Wo warst du denn schon so früh?«, fragte Ines.

»Nur schnell im Garten etwas nachschauen.«

»Was denn?«, fragte sie weiter.

Jonas machte eine abwehrende Handbewegung, die er sich vermutlich bei seinem älteren Bruder abgeschaut hatte, setzte sich und schmierte sich ein Nutellabrot.

»Junger Mann«, sagte Ines, »könntest du höflicherweise deinem Vater zum Geburtstag gratulieren?«

»Alles Gute, alter Mann«, sagte Jonas und biss in sein Brot.

»Da will heute einer besonders cool sein, hm?«, fragte Ines.

»Jep«, machte Jonas, und zu Kim gewandt sagte er kauend: »Apropos cool, ich habe eine Megaüberraschung für dich, Papa! Du wirst Augen machen. Bist du neugierig?«

Obwohl er es nicht war, gab Kim ein ähnliches *Jep* wie sein Sohn von sich, und dieser nickte zufrieden.

Kim tippte auf etwas Selbstgebasteltes als Geschenk.

»Nur damit du's weißt: Es war meine Idee. Auch wenn Lea jetzt so tut, als wäre es ihre gewesen«, sagte Jonas stolz. »Eigentlich wollte ich alles alleine organisieren, aber ich habe ein Auto gebraucht.«

»Muss Lea das Geschenk heute abholen?«, fragte Ines, die im Gegensatz zu ihm offenbar sehr neugierig auf dieses Geschenk war.

»Nein«, sagte Jonas mit vollem Mund, »sie hat es gestern aus

Wien mitgebracht und …« Er stockte und wurde rot. Dem Zwölfjährigen fiel es immer noch schwer, Geheimnisse für sich zu behalten.

Ines lachte. »Und wo ist es jetzt? In ihrem Zimmer?«

»Nein«, sagte Jonas verärgert, »wir haben es versteckt, ihr findet es nie. Hört auf, mich zu löchern.«

»Keine Sorge, wir haben nicht vor, danach zu suchen«, beschwichtigte Ines ihn und tätschelte dabei seine Hand.

Kim wusste, dass sie sich würde zurückhalten müssen, nicht in Leas Zimmer nachzusehen, was es denn sein könnte, dieses geheimnisvolle Geschenk, das Jonas seit Wochen beschäftigte und offensichtlich aufwühlte. Sie war irritiert darüber gewesen, dass sie von den Kindern nicht eingeweiht worden war, für gewöhnlich war sie es, die alles lenkte und kontrollierte.

Eine halbe Stunde später brachen Ines und Jonas auf. Jonas lief zur Bushaltestelle, um den Schulbus zu erreichen, er besuchte das Gymnasium in der benachbarten Kleinstadt. Ines fuhr mit dem Rad zur Volksschule, an der sie unterrichtete.

Kim zog sich um und stieg gegen acht in sein Auto. Die kühle, sterile Atmosphäre umgab ihn wohlig, und er verspürte Vorfreude auf die Fahrt. Er lenkte das Auto aus der Garage, fuhr die schmale Einfahrtstraße hinunter, durch P. hindurch und weiter bis zur Bundesstraße. Im Gegensatz zu Ines, die es bevorzugte, längere Strecken mit dem Zug zurückzulegen, war er gerne mit dem Auto unterwegs. Er hatte dabei das Gefühl, sich in einem eigenen, kleinen, sehr vertrauten Kosmos zu befinden und damit die Welt beobachtend diese durchschiffen zu können, ohne mit ihr in Kontakt treten zu müssen. Selten hörte er Musik, manchmal legte er ein Hörbuch ein, wobei historische Fachbücher seine Favoriten waren, aber am liebsten hatte er es still um sich. Er konzentrierte sich auf das Fahren, auf die Landschaft und hing seinen Gedanken nach, die sich zumeist um seine Arbeit drehten. Viele Dinge erschienen ihm klarer, nachdem er sie während einer längeren Autofahrt durchgekaut hatte.

Wenn wenig Verkehr war, würde er in zwei Stunden den Bauernhof erreichen, den er bezüglich eines Umbaus besichtigen sollte. Thomas Weiß, sein Büropartner, war bei der Geschäftsanbahnung erfolgreich gewesen, und er sollte nun das Bauprojekt in Augenschein nehmen, um ein Angebot erstellen zu können. Soviel Kim wusste, war auch ein zweites Architekturbüro im Rennen, doch er machte sich darüber keine Sorgen. Nach Thomas' Einschätzung – »Das ist so gut wie in trockenen Tüchern« – würden sie den Auftrag an Land ziehen, und er vertraute ihm, Thomas hatte ein gutes Gespür für Menschen.

Kim hatte bewusst den Termin dieser Erstbesichtigung auf seinen Geburtstag gelegt, damit beschenkte er sich quasi selbst. Seit einundzwanzig Jahren arbeitete er als Architekt, seit zehn Jahren war er selbstständig, und von Anfang an hatte er das Ausloten eines neuen Projekts und das Kennenlernen eines möglichen neuen Kunden als das Spannendste in seinem Beruf empfunden. Am Anfang war alles machbar. Träume flogen durch die Luft, sprudelten euphorisch aus dem Mund des angehenden Bauherrn. Die Stimmung änderte sich meistens während der Realisierung. Lästige Behördengänge, unvorhergesehene Schwierigkeiten, Konflikte mit der Baufirma, Diskussionen mit den Handwerkern, zittrige Knie angesichts der Kosten zermürbten fast alle über kurz oder lang. Die Stimmung auf der Baustelle hing von den Nerven des Bauherrn ab und, falls diese schwach waren, von Thomas' Einsatz. Das war sein Job: Kim den Rücken für die Entwürfe – vom Vorentwurf über den Genehmigungsentwurf bis hin zur detaillierten Zeichnung – und Überwachung der Bauausführung freizuhalten. Thomas fungierte als Vermittler, Verkäufer, Marketingfachmann, technischer Zeichner, Sekretär, Buchhalter, Kundenbetreuer, Computerfachmann.

Jahrelang hatten sie in einem großen Architekturbüro in Linz nebeneinanderher gearbeitet, ohne viel Notiz voneinander zu nehmen. Thomas, sechs Jahre jünger als Kim, war Mädchen für alles, da er sein Studium nie abgeschlossen hatte, Kim betreute kleine Projekte wie Einfamilienhäuser und Sanierungen von Altbauten, die von den Chefs als »uninteressant« eingestuft worden waren. All die Aufträge, um die sich niemand riss, da sie kein Prestige einbrachten, bekam er ab. Er war ein mittelmäßiger Student gewesen und fühlte sich nun in seinem Berufsleben ebenso mittelmäßig und unbedeutend, war aber zufrieden damit. Er wollte kein Stararchitekt sein, er war nicht der Typ dafür, er wollte lediglich seine Familie ernähren können, und das konnte er. Er schätzte sich glücklich, sein Studium, das er nur dank Ines' und Monikas Überzeugungskunst nicht abgebrochen hatte, überhaupt geschafft zu haben. Aufgrund seines Fleißes, seiner Bescheidenheit und der Gabe, selbst mit dem kompliziertesten und knausrigsten Bauherrn gut zurechtzukommen, wurde er im Büro entweder gemocht oder übersehen.

Bei einer Weihnachtsfeier fanden Kim und Thomas heraus, dass sie nicht weit entfernt voneinander wohnten, Thomas wohnte mit Frau und Tochter in einem Nachbarort von P. Von da an fuhren sie ab und zu gemeinsam in die Arbeit.

»Lass uns zusammen etwas aufziehen«, hatte Thomas nach einer Weile vorgeschlagen. »Wir wären ein gutes Team. Du brütest über den Plänen, ich mache Außendienst und alles andere.«

Vier Monate später feierten sie ihr Einstandsfest in einem gemieteten Büro, das sich in einer stillgelegten Mühle in P. befand. Der Besitzer, Arthur Bergmüller, war ein pensionierter Architekt, Kim kannte ihn, er hatte während des Studiums zwei Sommer lang bei ihm gearbeitet. Schon damals hatte ihm die Vorstellung gefallen, in Räumen zu arbeiten, in denen vor Jahrzehnten Getreide gemahlen worden war. Vor der Bergmühle, die ihren Namen der Tatsache verdankte, dass sie am Fuße eines bewaldeten Berghangs stand, floss ein Bach, der früher das Mühlenrad betrieben hatte, nun bot der Baum- und Strauchbewuchs am Ufer schattige Plätzchen für heiße Tage, oft war er hier mit Arthur gesessen und hatte über die Sinnhaftigkeit bestimmter Studienfächer diskutiert.

Thomas und Kim richteten das Büro neu ein. Im Mai 2006 starteten sie in die Selbstständigkeit. Diesen Schritt hatte sich Kim schwieriger vorgestellt, doch von Anfang an lief die kleine Firma gut, die Konkurrenz auf dem Land war nicht so groß wie in der Stadt. Sie spezialisierten sich zunächst auf Einfamilienhäuser, Generalsanierung von Altbauten, vor allem Bauernhöfe, und machten sich so einen Namen, später folgten größere Projekte wie Kindergärten, Gasthöfe, Freizeitanlagen. Auch die Zusammenarbeit mit Thomas funktionierte entgegen Kims anfänglichen Bedenken einwandfrei, Thomas war ein ganz anderer Mensch als er, offen, extrovertiert, überschwänglich. Jeder hatte, neben einer kleinen Küche und dem großen Atelier mit dem Besprechungstisch, sein eigenes helles, geräumiges Büro, seines war nach vorne ausgerichtet, er sah den Bach, wenn er aus den Fenstern schaute. Kim hielt sich gerne im Büro auf.

Er hatte mehr erreicht, als er jemals zu träumen gewagt hatte. Er übte seinen Traumberuf aus, war sein eigener Chef, lebte ein erfülltes Familienleben, hatte drei gesunde Kinder, besaß ein schönes, geräumiges Haus, das er selbst geplant hatte, und seit Kurzem eine Wohnung in Wien, in der seine Tochter wohnte. Ihm war bewusst, dass ihm diese materiellen Dinge – sie gaben ihm eine gewisse Sicherheit – wichtig waren.

Und doch sehnte er sich nach dem berauschenden Hochgefühl, das er früher, vor zwanzig, fünfzehn, auch noch vor zehn Jahren während längerer Autofahrten verspürt hatte, als alles neu und aufregend gewesen war, die Arbeit, die Firma, als sich alles im Aufbau befunden hatte, die Kinder klein gewesen waren, ständig im und um das Haus herum etwas zu richten gewesen war. Es wollte sich nicht einstellen, obwohl er sich sagte – sogar laut –, dass alles gut war, wie es war. Das tat er in letzter Zeit öfter: sich laut vorsagen, dass alles gut war.

Das Hochgefühl wollte sich auch nicht einstellen, als er aus dem Auto stieg, obwohl ihm das, was er sah, auf den ersten Blick ausnehmend gut gefiel: ein alter Bauernhof, dahinter Wiesen, Wälder, Berge, und am Horizont das Gebirge, beeindruckend in klarer Schärfe zu sehen. Auch den jungen Besitzer fand er äußerst sympathisch, dieser schritt mit ihm das Grundstück ab und erzählte vom geplanten Projekt. Die Vermessungen gingen zügig vor sich, drei Stunden später stieg er ins Auto und trat bei strahlendem Sonnenschein den Rückweg an, am Nachmittag parkte er vor seinem Büro, und Arthur Bergmüller, der gerade dabei war, den Rasen vor dem Haus zu mähen, winkte ihm freundlich zu.

»Das war ein perfekter Arbeitstag«, sagte Kim zu sich selbst, als er nach zwei Stunden wieder ins Auto stieg, um nach Hause zu fahren. »Und jetzt freue ich mich auf das Abendessen mit meiner Familie.«

Kambodscha, Siebzigerjahre, Familie Mey

Im Februar 1979 sah ich im Flüchtlingslager in Thailand einen Mann wieder, der wie ich ein Roter Khmer gewesen war, wir hatten in derselben Gruppe gedient. Sein Name war Son. Ich war ihm tagelang durch den Dschungel bis nach Thailand gefolgt.

Im Büro, in dem man Anträge auf ein Visum für Australien, Neuseeland, für die USA und für manche europäischen Länder stellen konnte, stand er nur wenige Meter entfernt mit dem Rücken zu mir. Ich war neugierig auf die Geschichte, die er der Frau, welche die Anträge austeilte, erzählen würde, denn auch ich hatte in den letzten Tagen an meiner Geschichte gefeilt. Er nannte seine Hüttennummer im Lager, Name und Alter und berichtete kurz: »Ich war der Sohn eines Lehrers, meine Eltern und Geschwister wurden von den Roten Khmer ermordet, ich habe die letzten vier Jahre in einer Kommune in der Nähe der Stadt Pursat auf Reisfeldern gearbeitet.«

Ich wusste, dass nichts von dem, was er sagte, der Wahrheit entsprach, er war keine zwanzig Jahre alt, sondern drei Jahre älter, noch hatte er je auf einem Reisfeld gearbeitet, er war wie ich neben dem Reisfeld gestanden und hatte mit dem Gewehr in der Hand darauf geachtet, dass die Leute wie Tiere in der prallen Sonne arbeiteten, fortwährend gebückt, ohne jede Pause. Wenn er jemanden dabei erwischte, wie er Reiskörner in seiner Kleidung verschwinden ließ, lag es an ihm, wie er mit ihm verfuhr, es gab kein Gericht, welches Recht von Unrecht unterschied, es gab einzig und allein seine Willkür. Er konnte gnädig sein und ihn mit einer geringen Strafe – einigen oder auch mehreren Schlägen – davonkommen lassen, doch wenn er ein paarmal hintereinander gnädig war, machte ihn das selbst verdächtig.

Abgesehen davon war Son aus Prinzip nicht gern gnädig, er hatte Lust am Quälen, und er tötete gern. Er ließ die Menschen niederknien, den Kopf beugen und zertrümmerte mit der Hinterseite der Axt ihre Schädel. Niederknien bedeutete, sterben zu müssen. Von der obersten Führungsschicht war strikt verboten worden, Munition für Hinrichtungen zu verschwenden. Diesen Befehl hatte Son in den ersten Wochen des Regimes von seinem Vorgesetzten auf demütigende Art und Weise eingebläut bekommen. Daraufhin spezialisierte er sich auf das Töten mit der Axt, sein Talent bestand darin, mit nur einem einzigen Schlag die richtige Stelle zu treffen. Der Kniende starb, ohne leiden zu müssen. Damit gab Son stets an: Bei mir muss keiner leiden! Andere mussten oft ein zweites Mal ausholen, und nicht selten passierte es, dass ich Menschen in die Grube hinunterstieß – das war meine Aufgabe –, die noch nicht tot waren und die mich von unten herauf verfluchten. Er bekam den Namen »Genosse Axtkünstler« verpasst.

Auch ich hatte einen Spitznamen, das war so üblich unter den Kameraden, denn alles, was an unser altes Leben erinnerte, an das Leben vor den Roten Khmer, war verpönt. In den ersten Jahren verpasste man mir scherzhalber den Namen »Genosse Oktopus«, da ich wie mein Vater hervorragenden gegrillten Oktopus zubereiten konnte, im letzten Jahr nannte man mich hinter vorgehaltener Hand »Genosse Schlächter«, da ich die Tötungsbefehle lieber mit dem Fischmesser meines Vaters als mit der Axt ausgeführt hatte, denn die Axt war ein plumpes Werkzeug.

Als sich Son in jenem Büro umdrehte, erblickte er mich und wirkte zunächst fassungslos, dann schlug er beschämt die Augen nieder. Und noch etwas erkannte ich in seinem Gesicht: Er hatte Angst. Wir sprachen kein Wort miteinander. Er ging zu dem Tisch, an dem er den Antrag auszufüllen hatte, und setzte sich schwerfällig auf den Stuhl. In seinen Händen, die so geschickt die Axt geschwungen hatten, hielt er zitternd den Stift und das Blatt Papier. Ich wusste, dass er nicht schreiben konnte. Fluchtartig verließ ich das Büro, ich hatte keine Zeit zu verlieren.

Ich stattete seiner Hütte einen Besuch ab und kramte in seinen wenigen Habseligkeiten herum. Ich brauchte nicht lange, um zu finden, was ich gesucht hatte. In einem Kleiderbündel hatte er das Messer meines Vaters versteckt, ich nahm es an mich. Als ich Schritte hörte, versteckte ich mich hinter der Tür. Sie wurde aufgerissen, ich wartete, bis Son eingetreten war und die Tür wieder geschlossen hatte, er stand vor mir und schaute mich überrascht an. Ich trat vor ihn hin und schnitt ihm die Kehle durch. Ich setzte den Schnitt nicht allzu tief an, sodass er langsam verbluten musste. Ich schaute ihm die ganze Zeit in die Augen, während er auf den Boden sank und nach Luft röchelte.

»Das ist für meine Familie und die des Franzosen«, sagte ich.

Als es zu Ende war, verließ ich die Hütte, das Messer versteckte ich unter meinem Hemd. Später warf ich es in den Fluss.

Son war der erste und einzige Mensch, den ich getötet hatte, ohne dass es mir befohlen worden war.

Freitag, 17. Juni 2016

Es war also Tevi, welche die Kinder eingeladen hatten. Sie war die große Überraschung. Darauf wäre Ines nie gekommen.

Einen kurzen Augenblick lang war sie sprachlos, als die ehemalige Freundin auf der Terrasse auftauchte, neben ihr der übers ganze Gesicht strahlende Jonas, hinter ihr Lea, Simon und ihre Mutter, die eine Erdbeertorte trug. Sie zwang sich, nach außen hin ruhig zu bleiben, und es gelang ihr, schnell hatte sie sich wieder unter Kontrolle, ihre Fassungslosigkeit hatte nur wenige Sekunden gedauert.

Ines streckte die Hände nach Tevi aus. »Tevi!«, rief sie. »Ich glaube es einfach nicht!«

Sie hielten sich an den Händen fest und strahlten einander an.

»Ich freue mich so, dich zu sehen«, sagte Tevi mit starkem amerikanischen Akzent. Sie war es, die zuerst die Hände losließ, um Ines heftig an sich zu drücken.

Jonas, der in die Küche gelaufen war, zog seinen Vater gerade in dem Moment an der Hand auf die Terrasse, als die zwei Frauen sich fest umarmt hielten. Ines, der Terrassentür zugewandt, hatte ihren Mann im Blickfeld, in seinem Gesicht entdeckte sie zunächst nur Verwunderung. Sie war sich sicher, dass Kim die Frau, deren Rücken und Haare er sah, nicht sofort wiedererkannte. Als ihm bewusst wurde, dass es Tevi sein musste, da sie den Kopf etwas zur Seite neigte, stand er da wie angewurzelt. Ines sah in den Augen ihres Sohnes Triumph, in den Augen ihres Mannes bestürzte Hilflosigkeit, und beides rührte sie so sehr, dass auch ihr die Tränen kamen.

Sie sehnte sich danach, das Wochenende überspringen zu können.

Tevi löste sich von Ines und drehte sich langsam um. Monika, Lea und Simon hatten die mitgebrachten Sachen auf den gedeckten Tisch gestellt und blickten erwartungsvoll auf Kim. Jonas griff nach seinem Oberarm und sagte aufgeregt: »Das ist mein Geschenk. Es war meine Idee, Tevi Gardiner einzuladen. Freust du dich, Papa? Freust du dich?«

Kim nickte mechanisch. Er machte einen Schritt auf Tevi zu, sagte: »Meine Güte, wie lang ist es her?«, wollte ihre Hand ergreifen, schien es sich anders zu überlegen und umarmte sie schließlich steif. Ebenso steif erwiderte sie die Umarmung. Nachdem er sich gelöst hatte, sagte er zu Jonas: »Die Überraschung ist dir wirklich gelungen. Das ist, ja, unglaublich ist das.«

Monika übernahm die Führung, wofür Ines ihr dankbar war. Sie forderte alle auf, sich zu setzen, schenkte jedem Wein ein, sogar Jonas bekam ein Schlückchen, sprach einen kurzen, liebevollen Toast aus, worauf sich alle zuprosteten, und erzählte unbeirrt und freundlich, während sie die Steaks auf den Grill legte, wie Jonas sie vor wenigen Wochen in das Geheimnis eingeweiht hatte, dass Lea Tevi vom Flughafen in Wien abgeholt und spät in der Nacht mit ihr in P. angekommen war.

Ines saß Tevi gegenüber und betrachtete sie verstohlen. Sie war unbestritten eine Schönheit, nicht älter als vierzig wirkte sie, das glatte und faltenfreie Gesicht konnte nur das Ergebnis von Botoxbehandlungen sein. Die schwarze Bluse, die helle, elegante Hose, die Kreolen, das Armband sahen teuer aus. Ines kam sich fast schäbig vor in ihrem olivgrünen Cordrock und der ärmellosen, cremefarbenen Bluse, die ihre Haut sicher teigig und ihre Oberarme schwabbelig aussehen ließ. Wenn sie gewusst hätte, dass ein Gast erwartet wurde, hätte sie etwas anderes angezogen. Sie war auf ein Abendessen im Familienkreis eingestellt gewesen, das Geburtstagsfest fand erst am nächsten Tag statt, man hatte sich für den Samstagabend entschieden. Lea trug ein elegantes, grünes Sommerkleid, welches Ines noch nie an ihr gesehen hatte, sie hatte die Haare aufgesteckt und war geschminkt. Fast spürte sie Verärgerung über ihre Tochter in sich hochkriechen. Hätte diese ihr nicht fairerweise einen kleinen Hinweis geben können?

»Hey, Mama, heute Abend musst du dich wirklich schick machen«, hätte sie augenzwinkernd sagen können, aber nein, man ließ sie ins offene Messer laufen.

Dass etwas im Busch war, hatte sie schon vor Wochen mitbekommen, doch sie hatte auf einen umgetexteten Song oder ein Gedicht oder ein kleines Theaterstück gehofft. Im letzten Sommer hatten auf der Geburtstagsfeier ihrer besten Freundin deren Kinder ein selbst geschriebenes Stück aufgeführt, das so humorvoll und gleichzeitig rührend gewesen war, dass ihr die Tränen gekommen waren. In den Semesterferien hatte sie ihren Kindern gegenüber eine Andeutung gemacht: »Euer Papa wird am 17. Juni fünfzig, und wir überraschen ihn mit einem kleinen Fest, und ich wünsche mir – ich verlange von euch, dass ihr euren Beitrag dazu leistet. Lasst euch etwas Nettes einfallen, zum Beispiel ein Lied, ein Gedicht oder einen Sketch.« Simon hatte augenrollend das Gesicht verzogen, Leas Kommentar hatte gelautet: »Come on, Mama, Papa hat sicher keine Lust auf eine Überraschungsparty, du kennst ihn ja«, nur ihr Nesthäkchen Jonas hatte motiviert und fröhlich gesagt: »Ich überleg mir etwas.«

Als Lea in den Osterferien zu Besuch war, zog Jonas sie am ersten Abend in sein Zimmer, wenige Minuten darauf holte Lea auch Simon in das Zimmer des kleinen Bruders, wo sie bis spät in die Nacht hinein beisammensaßen und diskutierten. Am darauffolgenden Tag verkündete Jonas: »Wir haben das perfekte Geburtstagsgeschenk für Papa, und für dich wird es auch eine Überraschung!«

Ines schöpfte Hoffnung, sie vertraute auf Jonas' Talent, andere, in diesem Fall seine älteren Geschwister, die ihm ohnehin kaum etwas abschlagen konnten, mitreißen zu können. Obendrein stand er gerne auf der Bühne, besuchte einen Theaterkurs in der Schule. Ines war stolz auf ihre drei Kinder, präsentierte sie gerne und hatte im Geiste bereits die Partygäste angesichts der Aufführung dahinschmelzen sehen.

Sie musste sich nun eingestehen, dass sie von dieser Überraschung enttäuscht war, und schenkte sich ein zweites Glas Rotwein ein. Der Wein zeigte seine Wirkung, allmählich legte sich ihre Aufgewühltheit, und sie wurde ruhiger. Sie musste sich auf die neue Situation einstellen. Lange wird sie ja nicht bleiben, dachte sie, vermutlich übers Wochenende, und eigentlich bin ich neugierig, wie ihr Leben verlaufen ist. Tevi trug einen Ehering, sie war also verheiratet. Hatte sie Kinder? Was machte sie beruflich?

Im Augenblick war Jonas der Star am Tisch. Er erzählte ausführlich, wie er Tevis E-Mail-Adresse ausfindig gemacht hatte.

»Eigentlich war es gar nicht so schwierig. Ich habe bei Google nur ›Kambodscha‹ und ›Tevi‹ eingegeben, und schon hat es einiges ausgespuckt, aber nur Sachen von früher. Dass sie mit diesem Fotografen Jake Edwards zusammengearbeitet hat. Dem schreibe ich auf Englisch, ob er mir die E-Mail-Adresse weiterleiten kann, aber er antwortet nicht. Ich schreibe also nach zwei Wochen noch einmal eine längere E-Mail – ich sag's euch, Leute, Gott sei Dank gibt es den Google-Übersetzer! –, erkläre ihm, wer ich bin und wozu ich die E-Mail-Adresse brauche. Und er antwortet sofort. Ich schreibe also Tevi«, er grinst sie an, sie lächelt zurück, »eine E-Mail, dass ich sie zum Geburtstagsfest meines Papas einladen will, und sie schreibt so etwas Ähnliches zurück wie: Wer zum Teufel bist du?«

Alle lachen.

»So habe ich das nicht formuliert«, sagte Tevi.

»Ich erkläre das Ganze wieder, und sie sagt zu!«, erzählte Jonas weiter. »Erst danach habe ich es Lea und Simon erzählt.«

»Ich war ziemlich beeindruckt von deiner guten Idee, kleiner Bruder«, sagte Lea, beugte sich zu ihm und drückte ihm einen Schmatz auf die Wange, er verzog das Gesicht.

»Und ich war ziemlich überrascht von der E-Mail«, sagte Tevi, »ich stehe gerade im Starbucks, und während ich warte, checke ich am Handy meine Mails. Da finde ich eine Nachricht von einem Jonas vor, ohne irgendeinen Nachnamen, und fühle mich ein bisschen veräppelt, auch weil die E-Mail-Adresse auf jonasmachtfaxen lautet.«

Wieder lachen alle.

»Du hast immer noch diese blöde Adresse?«, fragte Ines, Jonas zuckte lässig mit den Schultern.

»In der zweiten E-Mail habe ich erfahren, dass er euer Sohn ist«, sagte Tevi, »und da musste ich zusagen. Ich war neugierig auf euch und eure Kinder. Dass ihr geheiratet habt, habe ich noch mitbekommen, weil Monika nach der Hochzeit eine Anzeige mit Fotos an Tante Marie geschickt hat, aber dass ihr Kinder habt, wusste ich nicht. Außerdem verbinde ich das Ganze mit einem Besuch bei einer guten Freundin in Berlin.«

Die Steaks waren fertig, Monika brachte sie an den Tisch, und sie begannen zu essen.

»Und du arbeitest also tatsächlich als Architekt«, sagte Tevi zu Kim. »Ich hätte nie gedacht, dass du dein Studium zu Ende bringst. Gratuliere zu deiner Konsequenz, ich habe sie nicht aufgebracht.«

Mit einem anerkennenden Blick zum Haus fuhr sie fort: »Lea hat mir heute Vormittag erzählt, dass du alles selbst geplant hast. Es ist wunderbar hier, auch der Garten mit den Teichen, ihr wohnt wirklich sehr schön. Idyllisch – und fast beneidenswert.«

»Lea und ich haben Tevi heute Vormittag alles gezeigt«, erklärte Monika.

Die Vorstellung, dass die ehemalige Freundin ohne sie durch ihr Haus spaziert, vermutlich sogar in ihrem Schlafzimmer gestanden war, widerstrebte Ines plötzlich.

Tevi war ein angenehmer und aufmerksamer Gast. Sie zeigte sich interessiert an Kims Beruf, fragte, wann er sich selbstständig gemacht habe und mit wem, welche Projekte er bisher realisiert habe, welche davon seine Favoriten gewesen waren. Auch über seine Enten fragte sie ihn aus, wie viele er habe und ob es schwierig sei, die zwei Teiche sauber zu halten. Kim stand Rede und Antwort und schien etwas aufzutauen, Ines atmete auf.

Anschließend wandte sich Tevi ihr zu, und sie unterhielten sich über ihre Arbeit in der Schule.

»Du wolltest damals schon Lehrerin werden«, sagte Tevi.

»Nein, das stimmt nicht!«, lachte Ines. »Mit zehn wollte ich Schauspielerin werden.«

»Aber ein Jahr später hast du gesagt: Ich werde Volksschullehrerin«, sagte Tevi.

»Mama wird bald Direktorin«, sagte Jonas stolz.

»Gratulation«, sagte Tevi lächelnd.

Ines merkte, dass sie einen Schwips hatte, und schenkte sich Wasser ein. Sie konnte sich keinen verkaterten Tag leisten, da sie noch einiges für das Fest vorbereiten musste. Mittlerweile waren sie beim Dessert angelangt, Kim schnitt die Erdbeertorte an, während alle »Happy Birthday« sangen, und verteilte die Stücke auf die Teller.

Weil Kim es nicht tat – worauf sie die ganze Zeit gewartet hatte – und es ihr unhöflich vorgekommen wäre, es nicht zu tun, und weil sie neugierig war, fragte schließlich Ines nach Tevis Leben.

Diese erzählte, dass sie in Boston lebte und seit acht Jahren verheiratet war, ihr Mann Ben unterrichtete in Harvard Geschichte, sein Fachgebiet war Südostasien, sie hatten sich auf einem Kongress kennengelernt. Kinder hatten sie keine, Tevi hätte sich welche gewünscht, doch es hatte nicht geklappt, Ben hatte sich schneller damit abgefunden als sie, er, der zehn Jahre älter als sie war, hatte zwei Kinder aus der ersten Ehe. Drei bis vier Monate im Winter verbrachte sie in Kambodscha, in der Weihnachtszeit und in den Semesterferien begleitete ihr Mann sie. In der Vergangenheit war sie ehrenamtlich bei mehreren NGOs engagiert gewesen, in den letzten zehn Jahren hatte sie selbst ein Kinderheim in der Provinz Battambang aufgebaut, an die hundert Kinder zwischen sechs und achtzehn Jahren lebten dort.

Tevi erzählte euphorisch. Direkt im Heim gab es einen Kindergarten und eine Schule für die Sechs- bis Zehnjährigen, die Älteren besuchten öffentliche Schulen in der Nähe. Für diejenigen, welche volljährig das Heim verließen, wurde ein Ausbildungs- oder Studienplatz gesucht, für Studenten ein Stipendium organisiert. Liebevolle Fürsorge und die Vermittlung von Bildung waren die Leitsätze, welche die Grundlage für das Heimleben bildeten. Sie berichtete von einigen Kindern, die ihr besonders ans Herz gewachsen waren. Den Rest des Jahres war sie viel in den USA unterwegs, um Spenden für das Kinderheim aufzutreiben, meistens im Zuge von Vorträgen, die sie hielt. Auch in Schulen wurde sie eingeladen.

»Was für Vorträge?«, fragte Simon.

»Über Kambodscha«, antwortete Tevi, »über die Geschichte des Landes, vor allem über die Roten Khmer und was sie angerichtet haben. Meistens erzähle ich von meiner Kindheit. Es ist wichtig, dass das Ganze nicht in Vergessenheit gerät. Die jungen Leute müssen es erfahren.«

»Wow«, machte Lea.

»Papa erzählt nie von seiner Kindheit«, sagte Jonas.

»Nein?«, fragte Tevi und sah Kim an. »Warum nicht?«

Kim zuckte mit den Schultern und sagte nichts. Die Situation war ihm merklich unangenehm.

»Falls du dich nicht erinnern kannst: Kim hat nie gerne darüber geredet«, sagte Ines, »Menschen gehen eben mit ihren Traumata unterschiedlich um.«

Kim schüttelte mit einem unwirschen Gesichtsausdruck

den Kopf. Ines wusste, er konnte es nicht leiden, wenn sie ihn in Schutz nahm, als wäre er ein Kind.

»Aber in Kambodscha wart ihr schon einmal?«, fragte Tevi die Kinder.

Die drei schüttelten den Kopf.

»Ich finde es schlimm, wenn Kinder ihre Wurzeln nicht kennen«, sagte Tevi. »Und du«, sie wandte sich an Kim, »warst du seither noch einmal dort?«

»Nein, war ich nicht«, sagte Kim, es klang verärgert.

Lea sprang ihrem Vater bei und sagte lächelnd: »Irgendwann werden wir ihn dazu überreden. Wenn Sie wollen, können Sie uns morgen von Ihrer Kindheit erzählen. Uns würde es sehr interessieren, nicht wahr?«

Sie warf Simon und Jonas einen Blick zu. Simon nickte, Jonas trompetete ein lautes Ja.

»Das mache ich gerne«, erwiderte Tevi.

Monika stand auf und räumte das Geschirr ab. Tevi erhob sich ebenfalls. »Seid nicht böse, aber ich bin müde und möchte morgen Abend auf der Party fit sein.«

»Party?«, fragte Kim.

»Es ist nur ein Abendessen mit ein paar Freunden«, warf Ines schnell ein.

Sie schaute auf die Uhr, es war beinahe Mitternacht. Tevi bedankte sich höflich bei Ines für das Essen, bei den Kindern für die Einladung, bei Monika, dass sie bei ihr schlafen durfte.

»Ich bin sehr froh, hier zu sein«, sagte sie. Es klang distanziert und steif.

Sie wandte sich zum Gehen und drehte sich plötzlich wieder zu Kim. »Ach ja, fast hätte ich es vergessen. Obwohl es ja noch eine Weile hin ist: Alles Gute zum Geburtstag!«

»Was?«, fragten Jonas und Lea gleichzeitig, die anderen schauten entgeistert.

Tevi lachte. »Sie wissen nicht einmal, dass heute gar nicht dein Geburtstag ist?«, fragte sie Kim kopfschüttelnd. Sie winkte allen zu und verschwand in der Dunkelheit, kurz darauf sah man im ersten Stock des alten Hauses Licht angehen.

Als Ines das Schlafzimmer betrat, saß Kim vornübergebeugt am Bettrand, die Ellbogen auf den Knien abgestützt. Er tat ihr leid, Tevis Auftauchen war bestimmt auch für ihn ein Schock gewesen, doch gleichzeitig war sie wütend auf ihn. Warum in Gottes Namen hatte er ihr nie die Wahrheit über sein Geburtsdatum erzählt? Sie war seit mehr als zwei Jahrzehnten seine Frau und wusste nicht einmal darüber Bescheid. Als Tevi die Bombe hatte platzen lassen, war ihr zu spät bewusst geworden, dass ihr Gesichtsausdruck verraten hatte, dass sie ebenfalls gerade aus allen Wolken gefallen war. Dabei wäre sie gerne vor Tevi als die Ehefrau gestanden, die alles von ihrem Mann wusste, beziehungsweise als Ehefrau, vor der der Mann keine Geheimnisse haben wollte.

»Das war ja eine Aufregung heute Abend«, sagte sie und versuchte, heiter zu klingen. »Zuerst taucht Tevi auf, und dann erfahren wir, dass du erst im Herbst fünfzig wirst.«

Kim schlüpfte unter die Bettdecke und sagte kein Wort.

Ines fühlte sich mit einem Mal zutiefst erschöpft, es war wieder einmal zu spät geworden. Doch natürlich hatten die Kinder von ihrem Vater hören wollen, was es mit dem falschen Geburtsdatum auf sich hatte. Es war im Grunde eine lächerliche Geschichte gewesen, und umso lächerlicher war es ihr deshalb vorgekommen, dass sie sie nicht gekannt hatte. Sie war vor Tevi als Idiotin dagestanden.

In weniger als achtzehn Stunden kamen achtzig Leute, und sie wünschte, sie hätte sie nicht eingeladen. Lange wälzte sie sich hin und her.

1974 – 1980

Als Ines vier war, verließ ihr Vater ihre Mutter.

Der Vater, ein Pilot, war zwar nie viel bei ihnen gewesen, dennoch vermisste sie ihn. Ines vermisste seine schweren Schritte im Treppenhaus, auf die sie gespannt gewartet hatte, wenn er am dritten oder vierten Tag endlich nach Hause kam, die Momente, in denen sich der Schlüssel im Schloss drehte und die Türe aufschwang, der Vater in seiner schicken Uniform, die kleine Reisetasche in der Hand, müde lächelnd in die kleine Wohnung trat, mit seiner tiefen Stimme »Na, wo ist meine Prinzessin?« sagte, während sie auf ihn zulief, er sie hochhob und an sich drückte, wo sie das Gesicht an seine Schulter, an seinen Hals presste und den Geruch der großen weiten Welt einatmete.

Die Mutter wirkte völlig verändert, wochenlang hörte Ines sie in der Nacht weinen, am Tag saß sie blass und mit einem traurigen Gesicht untätig am Küchentisch oder lag im Bett. Es dauerte lange, bis sie wieder die Alte war. Ihren Vater sah Ines nur noch selten, er lebte in München und gründete schnell eine neue Familie. Ein Jahr nachdem er ausgezogen war, bekam Ines einen Halbbruder, zwei Jahre darauf einen zweiten, bei ihren Besuchen war sie unsäglich eifersüchtig.

Als sie die erste Klasse besuchte, lernte ihre Mutter einen Jurastudenten kennen, einen Monat später zog er bei ihnen ein. Zuvor hatte er am Stadtrand mit zwei anderen Männern in einer kleinen Wohnung gehaust und war täglich eineinhalb Stunden zur Universität gependelt. Er war charmant und humorvoll, obendrein mochte er Ines, und sie vergötterte ihn geradezu. Ines war glücklich, endlich hatte auch sie einen Papa, der sie von der Schule abholte. Ihre Mutter blühte auf, sie begann neben ihrer Arbeit in der Bücherei wieder Kunstgeschichte zu studieren, was sie nach Ines' Geburt aufgegeben hatte.

Als Ines zehn war und die vierte Klasse besuchte, beendete der Mann sein Studium, und es wurde ausgiebig gefeiert. Wenige Wochen darauf trat er eine Stelle in einer großen Anwaltskanzlei an, und wieder wenige Wochen darauf verschwand er aus ihrem Leben. Die wenigen Sachen, die er in der Wohnung hatte, holte er nicht einmal ab, so, als wollte er sein bisheriges Leben gänzlich abstreifen. Es hatte weder Spannungen noch Streitereien gegeben, zumindest hatte Ines keine mitbekommen, und auch ihre Mutter beharrte darauf, wenn sie sie danach fragte.

Ihre Mutter brach nach dem Weggehen des Freundes völlig zusammen, sie lag nur im Bett und weinte, und als sie aufhörte zu weinen, starrte sie ins Leere. Ihr wurde gekündigt, die Wohnung verdreckte. Ines legte sich neben sie, rüttelte sie an den Schultern und schrie sie an: »Reiß dich doch zusammen, mir zuliebe!«

In der Schule und vor ihren Freundinnen tat sie so, als wäre alles beim Alten. Sie ging einkaufen und machte sich ab und zu ein Omelett oder Spiegeleier, meistens aß sie Brote mit einer dicken Schicht Nutella beschmiert. Nutellabrote gab es zum Frühstück, zum Mittagessen, zum Abendessen und mehrmals zwischendurch, sie war immer ein pummeliges Kind gewesen und wurde in diesen Wochen regelrecht dick.

Zwei Tage vor Weihnachten kam ihre Großmutter Martha spontan auf einen Besuch vorbei, Ines kannte sie kaum. Ihre Mutter hatte wenig Kontakt mit ihr gehabt, seitdem sie vor elf Jahren im Streit aus dem Heimatort P. weggegangen war. Nur vage wusste Ines den Grund dafür: Ihre Großmutter war Gastwirtin gewesen, ihr hatte eines der zwei Gasthäuser im Ort gehört, das aufgrund ihrer ausgezeichneten Kochkünste sehr gut gelaufen war. Sie hatte sich gewünscht, dass ihre Tochter Monika es eines Tages übernehmen werde, doch hatte sich diese geweigert und war nach Wien gegangen.

Zwei-, dreimal im Jahr hatte die Mutter die Großmutter angerufen oder umgekehrt, und nur zu Weihnachten waren sie auf einen kurzen Besuch nach P. gefahren. Jedes Mal, wenn sie das Gefühl gehabt hatte, ihrer Großmutter ein bisschen nähergekommen zu sein, waren sie wieder abgefahren.

Die Großmutter, die von der Situation nichts gewusst hatte, ging langsam durch die Wohnung, Ines beobachtete sie und konnte das Entsetzen in ihren Augen förmlich wachsen sehen.

»Warum hast du mich nicht angerufen?«, fragte sie hart, und dann, als sie nur ein Schulterzucken zur Antwort bekam: »Wie lange geht das schon so?«

»Nicht sehr lange«, versuchte Ines die Sache herunterzuspielen.

Ihre Großmutter betrachtete sie prüfend.

»Vorerst kommt ihr mit zu mir«, sagte sie. »Pack deine Sachen zusammen.«

Bei dem »vorerst« blieb es nicht: Nach den Weihnachtsferien fand Ines sich buchstäblich in einem neuen Leben wieder. Ihr Betteln und Flehen, die Oma möge doch so lange bei ihnen in Wien wohnen, bis es der Mutter wieder besser ging, stieß bei der alten Frau auf taube Ohren. Selbst Ines' Wutausbruch, als ihr wie beiläufig gesagt wurde, sie wäre in der vierten Klasse der Volksschule in P. angemeldet und würde diese nach Ende der Weihnachtsferien besuchen, erwiderte sie mit freundlicher, jedoch stoischer Gelassenheit.

Ines schrie und schluchzte, wie sehr sie sie hasste. Was gab der alten Frau das Recht, einfach so über sie und ihr Leben zu bestimmen? Sie griff nach einem kleinen Blumenstock am Fensterbrett und schmetterte ihn an die Wand.

»Du beruhigst dich sofort und putzt das weg«, sagte ihre Großmutter, verließ das Zimmer und schloss die Tür mit Nachdruck.

Am Abend vor dem ersten Tag in der neuen Schule setzte sie sich neben Ines aufs Sofa und legte ihr behutsam den Arm um die Schulter. Ines rückte ein Stück ab von ihr, sie ertrug den Alte-Frauen-Geruch nicht, bisher hatte es keinerlei Körperkontakt zwischen ihnen gegeben, keinen Kuss, keine Umarmung, weil Ines das alles verweigerte.

»Das ist nicht leicht für dich, ich weiß das«, sagte Martha, »aber es sieht so aus, als würde es sehr lange dauern, bis deine Mutter wieder auf den Beinen ist. Das hat auch der Arzt bestätigt. Ich kann nicht in einer kleinen Stadtwohnung wohnen, nicht einmal für kurze Zeit, und ich habe hier ein Haus, einen Garten und die Tiere zu versorgen. Außerdem wird sich deine Mutter in einer Umgebung, in der sie nicht alles an diesen Mann erinnert, schneller erholen. Die Natur tut dann ihr Übriges.«

Im Frühling ging es ihrer Mutter tatsächlich besser. Ob es an den Medikamenten lag oder an der Pflege der Großmutter oder einfach an der voranschreitenden Zeit, die angeblich alle Wunden heilte, konnte niemand sagen. Ines beharrte in ihrem kindlichen Trotz darauf, dass die Medikamente ausschlaggebend gewesen waren und sie auch in der Stadt hätten bleiben können. Erst später gestand sie sich ein, dass dem nicht so war, dass es am Wald gelegen hatte, in dem ihre Mutter gerne spazieren ging, an der anhänglichen Schäferhündin Senta, die an ihr einen Narren gefressen hatte und sie überallhin begleitete, und vorwiegend an der aufopfernden Pflege der Großmutter. Diese achtete stets darauf, dass die Patientin den ganzen Tag mit leichten Tätigkeiten im Haushalt beschäftigt war, nur am Nachmittag ließ sie sie eine Weile schlafen. Großmutter und Mutter waren dabei völlig aufeinander fixiert, die eine lenkte, die andere klammerte, die Enkelin war eifersüchtig und kam sich vernachlässigt vor.

Niemand schien zur Kenntnis zu nehmen, dass es ihr äußerst schlecht ging. Ines fühlte sich im Haus der Großmutter unwohl, mitunter empfand sie sogar Ekel, den sie nicht überwinden konnte. Das Haus, in dem ihre Mutter aufgewachsen war und sie nun wohnten – im ersten Stock ihre Mutter und sie, im Erdgeschoss ihre Großmutter –, war sehr alt, die meisten Möbel verschlissen. In den Räumen des ersten Stockes lag ein abgenutzter, schäbiger Teppichboden, im Badezimmer gab es keine Dusche, sondern eine uralte, fleckige Badewanne. Obwohl ihre Großmutter ständig am Saubermachen war, wirkten die Räume verstaubt, und obwohl eine Unmenge vergilbter Spitzendeckchen herumlagen und ebenso viele Pflanzen und Blumenstöcke herumstanden, wirkte auf Ines alles kalt. Permanent fröstelte sie.

Seit Anfang Januar besuchte sie in P. die Volksschule; da sie die neunzehnte Schülerin war, saß sie alleine an einem Tisch. In den Pausen schauten die Mädchen zu ihr herüber, bevor sie zu tuscheln begannen. Sie vermisste ihren Lehrer – ein älterer, ruhiger Mann, dessen Lieblingsschülerin sie gewesen war –, die Besuche in der Bücherei, den Trubel der Stadt, den wöchentlichen Bastelkurs und vor allem ihre Freundinnen.

Wochenlang strengte sie sich an, dem Unterricht folgen zu können, vor allem in Mathematik, die neue Klasse war mit dem Stoff weiter als die alte Klasse in der Stadt, die Lehrerin strenger und forderte mehr. Schwache Schüler ließ sie an die Tafel kommen und dort Textaufgaben lösen, um sie, wie sie es bezeichnete, zu fördern. Ines stand mehrmals in der Woche an der Tafel, und sie empfand es als das Demütigendste, was sie bisher erlebt hatte, sie schwitzte heftig und war knallrot im Gesicht, am liebsten wäre sie im Erdboden versunken. Sie, die bisher nur sehr gute Noten geschrieben hatte, war plötzlich nicht einmal mehr Durchschnitt. Es war schrecklich, zu den schlechten Schülern zu gehören. Jeden Morgen betrat sie die Schule mit heftigen Magenschmerzen.

Doch nicht nur die Schule war eine Qual für sie. Sie vermisste ihre warmherzige, lustige, kreative Mutter von früher, die sich Geschichten für sie ausgedacht, mit ihr gebastelt, ihr beim morgendlichen Wecken den Rücken massiert hatte. Sie in diesem lethargischen und depressiven Zustand zu sehen, machte Ines anfangs traurig, dann wütend. Sie war ihre schwache Mutter leid.

Bei der Geburtstagsfeier ihrer Großmutter – Ines kannte nur die Nachbarin, sonst keinen Einzigen der Anwesenden –, fragte eine ältere Frau ihre Mutter unverblümt: »Na, woran hat es denn dieses Mal gelegen, dass sich der Freund so plötzlich verabschiedet hat?«

Ihre Mutter erwiderte nichts, schaute nur mit hochrotem Gesicht zu Boden. Die Frau drehte sich daraufhin zu Ines und kniff ihr in die Wange. »Ich hoffe, du trittst nicht in die Fußstapfen deiner Mutter und Großmutter, was das Glück mit Männern betrifft«, sagte sie und wieherte los.

»Halt dein schandloses Maul, oder du verlässt sofort mein Haus«, sagte daraufhin ihre Großmutter zu der Frau.

Alleine in ihrem Zimmer, weinte Ines vor lauter Scham und Zorn, sie schwor sich, nie so derb zu werden wie ihre Großmutter und vor allem nie so armselig wie ihre Mutter. Sie würde als Erwachsene ihr Leben im Griff haben.

Ein paar wenige Dinge gab es, die ihr besser gefielen als in der Stadt: Als es wärmer wurde, konnte sie bei geöffnetem Fenster schlafen. Sie liebte das Gezwitscher der Vögel am Morgen. Sie genoss es, draußen vor dem Haus in der Sonne zu sitzen, zu lesen oder tagzuträumen. Ihre Großmutter war eine ausgezeichnete Köchin, und sie wurde mit Wiener Schnitzel, Apfelstrudel, Topfenstrudel, Buchteln mit Vanillesoße, Kaiserschmarrn mit Zwetschgenröster und anderen Köstlichkeiten verwöhnt. Beim Nachhauseweg fragte Ines sich jedes Mal, was auf dem Esstisch stehen würde, und allein der Gedanke daran ließ ihr das Wasser im Mund zusammenlaufen. Das Ergebnis war, dass sie noch mehr an Gewicht zulegte, aber es war ihr gleichgültig, sie stopfte das Essen beinahe wollüstig in sich hinein und vergaß dabei kurzfristig ihren Kummer. Am meisten trösteten sie jedoch die zwei Katzen über ihre Einsamkeit hinweg, stundenlang spielte sie mit dem roten Kater und dem jungen grau-weißen Kätzchen, das sogar in ihrem Bett schlief. In der Wiener Wohnung hatte der Vermieter verboten, ein Haustier zu halten.

Trotzdem wollte sie unbedingt zurück in die Stadt. Als es ihrer Mutter im Frühling langsam besser ging, hoffte Ines, dass sie spätestens in den Sommerferien übersiedeln würden können. Im Herbst wollte sie mit ihrer besten Freundin in das Gymnasium gehen, das sie gemeinsam ausgesucht hatten. Eines Abends Ende Mai nahm ihre Mutter sie zur Seite und teilte ihr mit, dass sie beschlossen hatte, nicht mehr in die Stadt zurückzukehren, sie wolle auf dem Land bleiben, sie fühle sich hier wohl, sie werde die Mietwohnung kündigen und eine Arbeit suchen. Für Ines brach eine Welt zusammen, sie schloss sich tagelang in ihrem Zimmer ein und redete kein Wort. Sie fühlte sich hintergangen und einsam. Sie ertappte sich, wie sie über Selbstmord nachdachte, sie stellte sich vor, wie ihre Mutter sie bei einem ihrer Spaziergänge erhängt an einem Baum am Waldrand finden würde. Den Schmerz, den sie bei diesem Anblick empfinden würde, und das folgende schlechte Gewissen hätte sie sich selbst zuzuschreiben, dachte Ines bitter.

Im Sommer durfte sie eine Woche bei ihrer Freundin in Wien bleiben. Sie spürte sofort, dass sich in dem halben Jahr ihrer Abwesenheit etwas verändert hatte, die Freundin verhielt sich ihr gegenüber distanziert, die alte Vertrautheit wollte nicht aufkommen. Am zweiten Tag ihres Besuchs verstand sie den Grund dafür: Sie war ersetzt worden. Ein Mädchen aus ihrer alten Klasse – sie hatten sich früher nicht viel mit ihm abgegeben – kam vorbei und verbrachte den Tag mit ihnen im Schwimmbad. Die beiden trugen das gleiche Armband, umarmten und berührten sich ständig, lachten wegen Dingen, die sie nicht nachvollziehen konnte, plauderten mit Jungs, die sie nicht kannte. Ines war tief gekränkt.

Anschließend fuhr sie mit dem Zug zu ihrem Vater und seiner Familie, doch dort fühlte sie sich genauso elend, das Gefühl, das fünfte Rad am Wagen zu sein, war noch stärker als bei ihrer Freundin in Wien. Ines war mit der Frau ihres Vaters und den Halbbrüdern alleine, da sich ihr Vater nicht einmal Urlaub genommen hatte. Sie wurde gebeten, für ein Taschengeld ein paar Stunden täglich auf die zwei Buben aufzupassen. Die beiden waren frech und übermütig und tanzten ihr auf der Nase herum. Es war unerträglich heiß, da man aber Angst hatte, sie wäre überfordert, durfte sie mit den beiden nicht ins Schwimmbad gehen, sie steckten im warmen Haus fest.

Ines wollte ein Familienmitglied sein, keine bezahlte Angestellte, und wurde zunehmend genervter von der Situation. Der ursprüngliche Plan war gewesen, dass ihr Vater Zeit für sie hatte und sie in den letzten zwei Wochen mit in den Urlaub nach Griechenland fahren durfte. Sie hatte sich sehr gefreut, war noch nie geflogen, doch ihr Vater hatte das Ganze einen Monat vorher abgesagt, mit der Begründung, sein Dienstplan hätte sich verschoben. Anstatt am Meer zu liegen, durfte sie sich von zwei verzogenen Bengeln mit Lego bewerfen lassen. Die drei Wochen erschienen Ines wie eine Ewigkeit. Als sie mitbekam – der Jüngere der beiden verplapperte sich –, dass die vier nach ihrer Abreise in den gemeinsamen Familienurlaub nach Griechenland fliegen würden, war sie so verletzt, dass ihr die Luft wegblieb. Ihre Stimmung hatte einen absoluten Tiefpunkt erreicht, in der Nacht weinte sie sich in den Schlaf. In den letzten Tagen ihres Aufenthalts merkte sie, dass sie sich auf das alte Haus in P. zu freuen begann, auf den Garten, die Ruhe, auf die beiden Katzen, auf die Hündin, auf das Essen, das dampfend auf den liebevoll gedeckten Tisch gestellt wurde. Als ihre Großmutter und ihre Mutter sie vom Bahnhof abholten, hätte sie sich beinahe weinend in ihre Arme gestürzt, doch sie hielt sich zurück, die Blöße wollte sie sich nicht geben.

Ihre Mutter hatte in der Zwischenzeit die Wohnung in Wien

geräumt, und ihre Großmutter hatte das Bad im ersten Stock sanieren lassen. Den Rest des Sommers verbrachte Ines damit, ihr Zimmer neu einzurichten und auf einer Decke in der Wiese zu liegen und zu lesen. Sie hatte immer gern gelesen, doch in diesem Sommer entdeckte sie endgültig die Welt der Bücher für sich, sie verschlang ein Buch nach dem anderen und empfand die Geschichten, in die sie eintauchte, als Trost. Im September besuchte sie im Ort die erste Klasse der Hauptschule, und ihre Mutter begann in einem Nachbarort bei einem Allgemeinmediziner zu arbeiten. Der Alltag pendelte sich ein. Zwar sehnte sich Ines immer noch nach ihrem alten Leben in der Stadt, nach einem Besuch eines Gymnasiums – sie genierte sich, den Freundinnen am Telefon zu erzählen, dass sie in eine ländliche Hauptschule ging –, doch arrangierte sie sich mit der Situation.

Sie wurde zur stillen Einzelgängerin.

Kambodscha, Siebzigerjahre, Familie Mey

Ich war ein kleiner Junge, als die Mutter nach der Geburt des jüngeren Bruders starb.

Am Anfang ging alles gut. Mein Bruder und ich spielten mit anderen Kindern auf dem Dorfplatz Fußball, da uns die Hebamme aus der Hütte gejagt hatte. Von der Ferne sah ich meine Mutter auf eine Nachbarin gestützt auf und ab gehen, und später hörte ich aus der Hütte Stöhnen und Schreie, aber es ängstigte mich nicht sehr. Da die Hütten nah beieinanderstanden, hatte ich schon einige Geburten auf diese Art und Weise mitbekommen, es war für uns Kinder im Dorf etwas Natürliches, das zum Leben dazugehörte. Fast alle Frauen gebaren zu Hause, zum einen, weil man an Traditionen festhalten wollte, Dorffrauen beschworen während der Geburt die Geister der Vorfahren, nach der Geburt wurde die Plazenta in ein Bananenblatt gewickelt drei Tage lang neben das Neugeborene gelegt und schließlich in der Erde vergraben. Ein anderer Grund war, dass man sich das Krankenhaus in Sihanoukville ohnehin nicht leisten konnte.

Am Abend rief die Hebamme den Vater und uns zu sich. Dem Vater reichte sie ein Bündel, es war das winzige Baby, eingewickelt in Tücher. In die Hütte ließ sie uns nicht hinein, sie wirkte beunruhigt. Wir drei saßen vor dem Eingang und konnten uns nicht sattsehen an dem kleinen Wesen, das sein Gesichtchen im Schlaf immer wieder zu einer Grimasse verzog, was mich und meinen Bruder amüsierte.

Nach kurzer Zeit schickte die aufgeregte Hebamme meinen Vater nach Kep, um Hilfe zu holen. Ich verstand nicht viel von dem, was sie ihm sagte, nur so viel, dass die Mutter verbluten würde, wenn er nicht schnell mit dem Arzt zurückkam. Dass sich die Plazenta nicht gelöst hatte oder nur zum Teil, verstand ich erst Jahre später. Der Vater lieh sich von einem Nachbarn ein Moped, da seines alt, klapprig und langsam war, machte sich auf den Weg und ließ uns zurück. Ich schlüpfte an der Hebamme vorbei zu meiner Mutter und schrak heftig zurück, sie lag still und mit geschlossenen Augen da, um sie herum blutgetränkte Tücher. Die Hebamme scheuchte mich hinaus, mit dem Bruder saß ich vor der Tür und wartete auf den Vater.

Am ganzen Körper zitternd musste ich meine Tränen zurückhalten, um vor dem Bruder stark zu sein. Lasst die Mutter nicht sterben, betete ich innerlich zu den Geistern der Vorfahren. Ein Leben ohne sie konnte ich mir nicht vorstellen. Nach Stunden kam der Vater zurück, rang verzweifelt die Hände und berichtete, dass der Arzt sich geweigert hatte zu kommen. Er hatte eine Geldsumme im Voraus verlangt, welche der Vater nicht einmal im Jahr verdiente, über die Fische, die ihm als Bezahlung angeboten worden waren, hatte er gelacht. Der Mann, der viele Jahre in Frankreich studiert hatte, war bekannt dafür, dass er nur reichen Menschen half. Die Hebamme schaute den Vater ernst an und schüttelte bedauernd den Kopf. Ich wusste, was das bedeutete, mein Herz zog sich vor Qual zusammen, doch auch etwas anderes spürte ich, einen unbändigen Zorn und tiefen Hass. Ich stellte mir vor, wie ich den Arzt mit dem großen Messer meines Vaters verstümmelte und Vergnügen daran fand.

Der Vater verzog sich mit einer Reisweinflasche an den Strand zu seinem Boot. Dort konnte ich ihn nicht finden, als mich die Nachbarin mit den Worten »Es geht dem Ende zu« losschickte, um ihn zu suchen. Der jüngere Bruder schlief mittlerweile bei einem Freund. Verzweifelt lief ich am Strand umher, schrie nach dem Vater. Schließlich kletterte ich ohne ihn atemlos und schluchzend die Leiter hoch und betrat die Hütte. Ich saß neben der Mutter, sie war schläfrig und bleich, ihr Gesicht wirkte winzig. Sie griff nach meiner Hand, lächelte mich an und flüsterte: »Mein Großer, pass gut auf deine Brüder auf«, dann verlor sie das Bewusstsein und wachte nicht mehr auf, eine Stunde später machte sie ihren letzten Atemzug.

Nach ihrem Tod kam es mir vor, als hätte sich meine kleine Welt mit einem Schlag verfinstert. In den Nächten, wenn ich die ruhigen, gleichmäßigen Atemzüge des jüngeren Bruders hörte, weinte ich mich in den Schlaf. Ich vermisste meine Mutter wahnsinnig, ihren Blick auf mir, ihre Stimme, wenn sie Märchen erzählte, ihr Lachen, ihre Berührungen. Sie hatte die Gabe gehabt, mit ihrer Fröhlichkeit die Umgebung anstecken zu können; wenn sie anwesend gewesen war, war mir alles heller erschienen. Die Mutter hatte sich zu Hause um alles gekümmert, selbst um die Finanzen; so war das in den meisten Familien im Dorf üblich. Die Frau, obwohl der Tradition nach dem Ehemann untergeordnet, war für alle Bereiche zuständig und hatte das Sagen. Die Mutter hatte den Vater, der dem Alkohol und dem Kartenspiel nicht abgeneigt war, sanft gelenkt. Sie war eine liebevolle Frau gewesen und hatte ihn nie vor anderen beschimpft oder bloßgestellt, wie es andere Frauen im Dorf taten. Dafür hatte er sie nicht nur geachtet und gut behandelt, sondern sogar geliebt, obwohl es keine Liebesheirat gewesen war, Verwandte hatten die Ehe arrangiert. Außerdem hatte sie, die Tochter eines Dorflehrers, lesen, schreiben und rechnen gekonnt, darauf war er besonders stolz gewesen.

Nach ihrem Tod begann der Vater viel zu trinken. Wenn ich es nicht mehr aushielt, versteckte ich seine Reisweinflaschen, dafür verprügelte er mich. Die Frauen im Dorf schimpften mit ihm, weil er sich derart gehen ließ und sich nicht um uns, seine Söhne, kümmerte, dann riss er sich wieder ein bisschen zusammen. An manchen Tagen hungerten wir, weil er nur faul in der Sonne lag und keine Fische, keine Krebse nach Hause brachte, geschweige denn, dass er sie in den Städten Kampot oder Kep anbot oder sich an die Straße stellte, um sie zu verkaufen. Auch vorher waren wir arm gewesen, doch gehungert hatten wir nie. Die Mutter hatte mit den einfachsten Zutaten wunderbare Gerichte zubereitet, und die Hütte war immer sauber gewesen. Und vor allem war sie da gewesen, tüchtig, fröhlich, sich den ganzen Tag um unser Wohl sorgend. Nun lernte ich eine völlig andere Armut kennen, eine trostlose, eine, die mich lehrte, verbittert zu sein.

Das Baby war ruhig und machte nicht viele Schwierigkeiten. Der Lehrer, er war ein guter Mann und hatte meine Mutter sehr geschätzt, erlaubte mir, es in die Schule mitzunehmen. Es lag in einem Korb, den die Mutter geflochten hatte, und der Korb stand zwischen mir und dem Bruder, den ich ebenfalls in die Schule mitnahm, obwohl er zu jung dafür war. Doch er hörte aufmerksam zu. Ich staunte darüber, wie unglaublich schnell er begriff, was der Lehrer erzählte, und wie schnell er lesen, schreiben und rechnen lernte.

Wochenlang blieb das Baby namenlos, der Bruder und ich sagten »kleiner Bruder« zu ihm, während wir es wie eine Puppe herumschleppten. Der Vater sagte gar nichts zu ihm, er schaute es nicht einmal an. Die Mutter hatte nach zwei Buben mit einer Tochter gerechnet, sodass sie sich nicht einmal überlegt hatte, wie das Kind heißen sollte, falls es wieder ein Junge war. Als die Frauen im Dorf nicht aufhörten, den Vater zu drängen, seinem dritten Sohn endlich einen Namen zu geben, bat dieser mich, einen auszusuchen. Ich beratschlagte mit dem Bruder, und wir entschieden uns für »Munny«. Alle paar Stunden brachten wir das Baby zu Long, einer Frau im Dorf, die ein paar Tage vor der Mutter ihr Kind entbunden hatte. Sie stillte es, dafür brachten wir ihr manchmal Muscheln oder Fische, die sie meistens ablehnte. Long hatte Mitleid mit uns und steckte uns immer wieder etwas zum Essen zu. Sie bot mir an, das Baby bei sich zu behalten, so lange, bis es ihre Milch nicht mehr benötigte, doch ich wollte das nicht, ich ließ es nur in den Nächten der ersten Wochen bei ihr schlafen. Ich hatte der

Mutter versprochen, auf die Brüder aufzupassen, und fühlte mich verantwortlich.

So vergingen die Monate. Der Schulbesuch wurde für mich schwieriger, als der Kleine anfing zu krabbeln und dann zu gehen. Unsere Situation zu Hause verschlimmerte sich, als das Moped völlig seinen Geist aufgab und der Vater nicht mehr in der Lage war, seine Ware in Restaurants und Hotels anzubieten. Am Nachmittag nahm ich Fische aus und hängte sie zum Trocknen auf, oder ich verkaufte Meeresfrüchte an der Hauptstraße. Die beiden Brüder saßen währenddessen neben mir und spielten. Oder der Ältere las dem Jüngeren aus einem Buch vor, er war ein unersättlicher Leser, und der Lehrer versorgte ihn mit Büchern. Zu mir sagte er, er könne mir nichts mehr beibringen, doch ich flehte ihn an, mich weiter in die Schule gehen zu lassen. Ich wollte den Tag mit den Brüdern verbringen. Früh genug würde ich Fischer werden, mit dem Vater zusammen im kleinen Boot sitzen, das wusste ich. Es gab im Dorf keine andere Möglichkeit für mich, und weggehen konnte ich nicht, da ich in der Nähe der Brüder bleiben wollte. Viele Burschen aus dem Dorf waren in die Städte gezogen, um dort zu arbeiten, in Hotels, in Reisfabriken, Geflügelfabriken, denn der Besuch einer weiterführenden Schule in der Stadt, eines Lycées, wie man dazu sagte, war Kindern aus reichen Familien vorbehalten. Ich nahm mir vor, so lange im Dorf zu bleiben, bis der Jüngste alt genug war, um ein Lycée besuchen zu können, und dann mit beiden nach Phnom Penh zu ziehen.

Die Brüder sollten es einmal besser haben als ich, dafür würde ich hart arbeiten. Die Mutter hätte es so gewollt. Wenn ich Fische und anderes gut verkauft hatte, zweigte ich einen Teil des Geldes ab und versteckte es vor dem Vater, es sollte mir und den Brüdern den Anfang in der Hauptstadt erleichtern. Aber die Aussicht, dass alles noch jahrelang so weitergehen sollte, in der engen, schmutzigen Hütte, mit dem abgestumpften, alkoholkranken Vater, und das Wissen, dass es keinen Ausweg gab, ließen mich oft verzweifeln.

Bis eines Tages alles anders wurde. Ein Mann tauchte in der Schule auf und wechselte ein paar Worte mit dem Lehrer. Während ihres Gesprächs schaute der Mann mehrmals zu mir und meinen Brüdern herüber, und mir kam alles Mögliche in den Sinn. Dass der Lehrer die Behörden verständigt hatte und wir in ein Waisenhaus mussten, oder dass der Vater uns an einen reichen Mann verkauft hatte, um uns los zu sein. Von solchen Dingen hatte ich schon gehört. Eine Bettlerin in einem der Nachbardörfer hatte ihre zwei Kinder für ein bisschen Geld einem Ausländer mitgegeben, der furchtbare Dinge mit ihnen anstellte. Das Mädchen war ihm davongelaufen und ins Dorf zurückgekehrt, er hatte sie wieder abgeholt. Das würde der Vater nie tun, er ist zwar schwach, aber hat ein gutes Herz und liebt uns, dachte ich. Aber wer konnte wissen, was er in betrunkenem Zustand machen würde?

Bevor der Mann die Schule verließ, warf er mir noch einen ernsten und neugierigen Blick zu.

Ich wurde nervös.

1980

Anfang Oktober erzählte Ines' Mutter beim Abendessen die Geschichte der kambodschanischen Flüchtlingsfamilien. Dr. Wimmer, der Arzt, bei dem sie arbeitete, hatte ihr davon berichtet.

Sie waren aus ihrer völlig zerstörten Heimat durch den Dschungel nach Thailand geflüchtet, dort hatten sie in einem Flüchtlingslager auf Asyl gewartet, vor zwei Monaten waren sie von Bangkok nach Wien geflogen. Es waren insgesamt dreiundzwanzig Familien mit Kindern, für welche private Unterkünfte gesucht wurden, im Idealfall mit anfänglicher Betreuung. Für die meisten war bereits eine gefunden worden.

Das Problem war eine achtköpfige Familie, bestehend aus dem Elternpaar Mitte dreißig, der alten Mutter des Vaters und fünf Kindern. Diese Familie hatte kurz nach ihrer Ankunft in Österreich enge Verwandte in den USA ausfindig gemacht, die dort seit einem Jahr lebten und bereits Fuß gefasst hatten. Diese Verwandten hatten einen Antrag auf Familiennachzug gestellt, allerdings – das fand die Behörde erst im Nachhinein heraus – nur für sechs Personen. Für die beiden Ältesten, ein vierzehnjähriger Junge und ein zwölfjähriges Mädchen, war kein Antrag gestellt worden. Die Verwandten der Familie weigerten sich, die beiden Jugendlichen in die USA zu holen und aufzunehmen.

Als der Flüchtlingsbeauftragte die Eltern zur Rede stellte, warum das so wäre, behaupteten diese plötzlich, dass es nicht ihre leiblichen Kinder seien. Die Kinder selbst stritten das ab, sagten jedoch, es gefalle ihnen in Österreich sehr gut, sie wollten nicht weiter in die USA, sie seien alt genug, um ohne Eltern auszukommen. Beide Seiten hatten auf stur geschaltet, schienen sich jedoch deshalb nicht besonders feind zu sein, für die Betreuer ein Rätsel. Auf jeden Fall, so hatte der Arzt seine Erzählung beendet, würde die Familie ohne die zwei am kommenden Samstag nach Chicago zu ihren Verwandten fliegen. Für den Jungen und das Mädchen musste eine Pflegefamilie gefunden werden, da sie minderjährig waren. Falls sich keine finden sollte, würden sie wohl oder übel in einem Kinderheim aufwachsen müssen.

Ines lauschte neugierig.

»Unglaublich«, sagte Martha.

»Warum ist das Land komplett zerstört?«, fragte Ines.

Ihre Mutter erklärte ihr, dass ein grausamer Diktator mit dem Namen Pol Pot und seine Männer, die Roten Khmer, vier Jahre lang das Land Kambodscha regiert hatten.

»Sehr viele Menschen, man befürchtet, über eine Million, man kennt noch keine genauen Zahlen, sind in dieser Zeit gestorben. Sie sind in Arbeitslagern verhungert, an Krankheiten gestorben, hingerichtet worden. Pol Pot wollte eine neue Gesellschaft in Kambodscha aufbauen. Es sollte eine komplett bäuerliche Gesellschaft sein, die sich selbst versorgt und alles untereinander teilt. Ein einfacher Bauer war mehr wert als ein Arzt oder Lehrer. Menschen wurden umgebracht, nur weil sie eine Brille trugen oder lesen und schreiben konnten. Die Bewohner wurden aus den Städten vertrieben, alle mussten in der Landwirtschaft oder in Arbeitslagern schuften, haben aber wenig zu essen bekommen. Medizin hat es keine mehr gegeben, auch kein Geld. Viele wurden in Gefängnissen gefoltert und hingerichtet. Die Vietnamesen haben dem Regime der Roten Khmer vor einem Jahr ein Ende bereitet, aber in dem Land herrscht immer noch völliges Chaos.«

»Warum haben sie sich die Roten Khmer genannt?«, fragte Ines.

»›Khmer‹ ist die Bezeichnung für die Einwohner Kambodschas«, antwortete ihre Mutter. »Die Farbe Rot steht für den Kommunismus.«

Ines wusste ungefähr, was Kommunismus bedeutete. Ihre Großmutter hatte ihr das vor einigen Wochen während der Fernsehnachrichten erklärt. Ihre Mutter zeigte ihr im Atlas, wo Kambodscha lag, und den ganzen Abend über stellte Ines weitere Fragen.

Später, in ihrem Zimmer, konnte sie nicht aufhören, an die beiden Kinder zu denken, die von den Eltern alleine im Flüchtlingsheim zurückgelassen werden sollten. Diese hatten ihre Kinder durch ein grausames Regime gebracht, durch einen Krieg, hatten die Flucht mit ihnen geschafft, aber in die USA wollten sie sie nicht mitnehmen? Oder waren es tatsächlich nicht ihre Kinder, und wenn das der Fall war, wo waren die richtigen Familien der beiden? Waren sie getrennt worden, oder waren sie gar tot? Das Ganze klang nach einer tragischen Geschichte, nach einer, die im wirklichen Leben stattfand und nicht in einem ihrer Bücher, Ines musste sich eingestehen, dass sie gerne der Sache auf den Grund gegangen wäre.

Am Wochenende bestand ihre Mutter auf einem Spaziergang zu zweit. Sie schlugen den Feldweg hinter dem Haus ein, der in den Wald führte, es war der Lieblingsweg ihrer Mutter. Die Herbstsonne stand tief, und die Sonnenstrahlen, die zwischen den Bäumen auf das dunkelgrüne Moos fielen, schienen zu tanzen, alles war in ein warmes, goldenes Licht getaucht. Zum ersten Mal konnte Ines spüren, warum ihre Mutter den Wald so sehr liebte.

»Weißt du, Ines, diese Geschichte von den beiden kambodschanischen Kindern hat mich sehr beschäftigt«, begann sie zögernd.

»Mich auch.«

»Ja, wirklich?«, sagte ihre Mutter freudig überrascht.

Ines nickte.

»Was würdest du dazu sagen, wenn wir sie bei uns aufnehmen?«, fragte ihre Mutter.

Im ersten Augenblick schluckte Ines. Ihre Mutter, die sich monatelang zu krank gefühlt hatte, um sich um sie, ihre Tochter, zu kümmern, wollte zwei fremde Kinder aufnehmen. Minutenlang trottete sie schweigend neben ihrer Mutter her, wusste nicht, was sie sagen sollte. Auf die Idee, dass ihre Großmutter und Mutter mit diesem Gedanken spielten, wäre sie nie gekommen. Sie war immer der Meinung gewesen, dass den beiden, vor allem ihrer Großmutter, ihre Ruhe über alles ging, gefolgt vom Garten, den Haustieren, den allabendlichen Nachrichten, ihren Patiencen, dem gelegentlichen Kaffeekränzchen mit der Nachbarin. Sie war beeindruckt – und ein bisschen eifersüchtig. War sie ihnen etwa zu wenig?

»Was sagst du dazu?«, fragte ihre Mutter. »Das Haus ist groß und steht ohnehin halb leer. Wir haben genug Zeit, um uns um die beiden zu kümmern. Die zwei sind keine Kleinkinder mehr, sie werden im ersten Jahr viel Aufmerksamkeit brauchen und dann vermutlich sehr wenig. Und obendrein ist es eine gute Tat, meinst du nicht auch? Aber natürlich wollen wir, dass du einverstanden bist.«

Die Mutter nestelte in ihrer Jackentasche herum, zog ein Foto heraus und reichte es Ines.

»Dr. Wimmer hat mir ein Foto der beiden geliehen. Seine Schwester hat es gemacht, sie arbeitet im Flüchtlingsheim. Die zwei heißen Tevi und Kim.«

Ines blieb stehen und betrachtete das Foto. Ein Junge und ein Mädchen saßen auf einer Bank und blickten ernst und schüchtern in die Kamera. Sie waren für ihr Alter schmal und klein, Ines hätte beide um mindestens zwei Jahre jünger geschätzt.

Sie gab ihrer Mutter das Foto zurück und erbat sich Bedenkzeit. Als sie jedoch eine Stunde später in ihrem Zimmer war und versuchte, auf ihrem Bett liegend zu lesen, wusste sie ihre Antwort. Sie wollte, dass die beiden Kinder einzogen, sie war lange genug alleine in ihrem Zimmer gelegen, lesend, grübelnd und meistens ziemlich deprimiert. Sie hatte Lust, in ihrem Leben – und nicht nur in ihren Büchern – etwas Aufregendes zu erleben, und das Zusammenwohnen mit zwei Flüchtlingskindern erschien ihr aufregender, als ihrer Großmutter beim Patiencelegen zuzuschauen und beim Unkrautjäten zu helfen. Sie lief die Treppe hinunter und fand ihre Mutter auf der Terrasse, wo sie Senta bürstete.

»Ich will auch, dass sie zu uns kommen«, sagte Ines.

Ihre Mutter ließ von der Hündin ab und umarmte sie lachend, wiegte Ines hin und her. Am Abend kochte ihre Großmutter zur Feier des Tages ihre Lieblingsspeise, Kaiserschmarrn mit Zwetschgenröster. Lange saßen sie beieinander und schmiedeten euphorisch Pläne, wie man den Kindern am besten Deutsch beibrachte, welches Zimmer man wie herrichten sollte, welche Ausflüge sie mit ihnen machen wollten.

In der folgenden Woche herrschte im alten Haus lebhaftes, geschäftiges Treiben. Die Mutter zog aus dem großen Schlafzimmer in das kleine um, das klobige Doppelbett wurde von der Großmutter eigenhändig im Garten zu Brennholz gehackt, ein Maler kam und strich das große Zimmer frisch, der Tischler im Ort lieferte innerhalb weniger Tage die zwei bestellten Einzelbetten. Ines half mit, wo sie konnte, sie suchte die Vorhänge aus, hängte Bilder auf. Sie merkte, dass sie besser gelaunt war, ständig summte sie vor sich hin.

Am Wochenende darauf fuhren ihre Mutter und sie mit dem alten Golf der Großmutter in das Salzkammergut und holten die beiden ab.

Monikas Tagebuchaufzeichnungen: Oktober – Dezember 1980

Heute sprach mich Dr. Wimmer wegen Ines an.

Ich hatte ihm letzte Woche erzählt, dass es ihr nicht gut geht. Ich weinte sogar ein bisschen, was mir dann peinlich war. Ines hat sich in den letzten Monaten völlig verändert, ihre Lebendigkeit ist wie fortgewischt. Früher war sie ein sehr geselliges Kind, sie hielt es kaum aus, einen Nachmittag ohne ihre Freundinnen zu sein. Jetzt zieht sie sich immer nur alleine in ihr Zimmer zurück. Sie redet kaum und lacht nicht mehr, immer nur stopft sie Essen in sich hinein. Ich fühle mich deswegen unglaublich schuldig.

Dr. Wimmer wartete, bis der letzte Patient gegangen war, und bat mich dann in sein Zimmer. Er müsse mit mir reden. Ich war plötzlich extrem nervös, weil ich dachte: Die Probezeit ist um und er kündigt mir. Aber er begann, von zwei kambodschanischen Kindern zu erzählen, die seit drei Monaten im Erstaufnahmezentrum Thalham untergebracht sind. (Seine Schwester arbeitet dort als Betreuerin.) Fast eine Stunde lang erzählte er, und ich muss zugeben, dass ich ihm gern zuhörte, er hat eine angenehme Stimme, und obendrein war es interessant, ich wusste bisher nicht viel über Kambodscha. Zum Schluss sagte er: Für die beiden Kinder wird eine Familie gesucht, die sie aufnimmt. Dabei sah er mich merkwürdig an. Als mir dämmerte, worauf er hinauswollte, sprach er es aus: Ich habe sofort an Sie gedacht, Monika. Das würde nicht nur das Problem dieser Kinder, sondern auch Ihres lösen, nicht wahr?

***

Ich habe mit Martha über Dr. Wimmers Vorschlag gesprochen. Sie war sofort Feuer und Flamme. Ines würde es auf alle Fälle guttun, und etwas Leben in der alten Bude wär ja nicht schlecht, sagte sie, du hast meine volle Unterstützung.

Außerdem gehen mir die zwei Kinder nicht aus dem Kopf. Dr. Wimmer gab mir ein Foto der beiden. Sie haben eine Verlorenheit in ihren Augen, die mich traurig macht.

***

Beim Abendessen erzählte ich Ines von Kim und Tevi. Martha spielte mit, als hörte sie zum ersten Mal davon. Ines war neugierig, auf alle Fälle schien es, als wäre ihr Interesse geweckt.

***

Bevor ich Ines mit »meiner« Idee konfrontiere, die Kinder bei uns im Haus aufzunehmen, muss zuerst ich mir absolut sicher sein. Bin ich mir sicher? Ich weiß es nicht. Was ist, wenn sie schwer traumatisiert sind, vielleicht auch krank oder aggressiv? Was ist, wenn ich heillos überfordert bin? Man kann sie doch nicht einfach wieder im Heim abgeben und sagen: Nein, danke, das war's doch nicht, leider, falsches Produkt.

***

Auf einem Spaziergang berichtete ich Ines von meinen Plänen. Kann ich darüber ein paar Tage nachdenken?, fragte sie. Doch schon nach nicht einmal einer Stunde sagte sie, dass sie einverstanden sei, sie freue sich sogar, wenn die zwei Kinder zu uns kämen.

***

Es gibt so viel zu tun, ich weiß gar nicht mehr, wo mir der Kopf steht. Ich lese mich in die Geschichte und Kultur Kambodschas ein. Das Zimmer muss hergerichtet werden. Heute verbrachten Martha und ich fast den ganzen Vormittag auf dem Jugendamt in Linz, um den Antrag auf Pflegschaft zu stellen. Dr. Wimmer gab mir dafür frei. Er ist so ein lieber Mensch. Als ich ihm am Montagmorgen meine Entscheidung bekannt gab, strahlte er über das ganze Gesicht. Melden Sie sich, wenn Sie was brauchen, egal was, sagte er.

***

Heute fragte ich Martha, ob sie keine Angst habe. Wovor?, fragte sie zurück. Dass es schwierig wird und wir nicht mit ihnen zurechtkommen, antwortete ich. Sie lachte nur. Mit viel Liebe und gutem Essen kriegen wir das schon hin, so ihr Kommentar. Hoffentlich behält sie recht.

***

Ines und ich fuhren gleich nach dem Frühstück los, um die zwei abzuholen, gegen zehn Uhr kamen wir an. Die beiden standen reisefertig vor dem Haus, umringt von unzähligen anderen. Ich erkannte sie sofort, nicht nur, weil Dr. Wimmers Schwester neben ihnen stand und er sie mir beschrieben hatte, sondern weil die beiden dieselben Sachen trugen wie auf dem Foto, der Junge einen zu großen grünen Pullover, das Mädchen einen zu kleinen rosa Pullover, dazu Jeans. Beide hielten sie zwei Plastiktaschen in den Händen. Darin befand sich gebrauchte Kleidung, welche sie von der Caritas bekommen hatten. Das ist alles, was sie besitzen.

Der Junge ist dürr, schlaksig, hat sehr kurzes, dickes Haar, eine eher breite Nase, hohe Wangenknochen, große, fragende Augen, milchkaffeebraune Haut (mit wenig Milch). Er ist zwar so groß wie Ines, jedoch ist Ines an die drei- bis viermal breiter als er, es gab ein groteskes Bild ab, die beiden nebeneinander zu sehen. (Ich sollte mich schämen, so etwas zu schreiben.) Wie ein Vierzehnjähriger sieht er nicht aus, nicht einmal wie ein Zwölfjähriger. Das Mädchen, schulterlange, glatte Haare, europäische Nase, milchkaffeebraune Haut (mit viel Milch), ist einen ganzen Kopf kleiner als Ines und sieht aus wie eine Neunjährige.

Ich streckte zuerst dem Jungen die Hand hin, dann dem Mädchen. Mir kam vor, sie ergriffen sie etwas widerwillig. Ihre Hände lagen schlaff und klein in meiner. Der Junge sagte leise in abgehackten Worten zu mir: »Danke, dass bei dir wohnen darf.« Dasselbe wiederholte er vor Ines, wobei er dieses Mal bei dem offensichtlich einstudierten Satz ein anderes Wort vergaß: »Danke, dass ich dir wohnen darf.« Das Mädchen sagte nur Danke. Beide wirkten nervös. Ich sprach kurz mit Dr. Wimmers Schwester, während sich die zwei von allen Umstehenden verabschiedeten. Sie falteten die Hände vor der Brust und neigten den Kopf vor jedem, die anderen machten das ebenso.

Während der Fahrt saßen die beiden schweigend auf der Rückbank und schauten aus dem Fenster. Je weiter sie sich vom Flüchtlingsheim entfernten, desto unruhiger wurde Kim. Ich sah im Rückspiegel, dass er hin- und herrutschte, mehrmals drehte er sich um. Schließlich wurde er wieder ruhig und starrte aus dem Fenster. Einmal griff Tevi kurz nach seiner Hand, daraufhin wandte er sich ihr mit einem Lächeln zu. Ein Gespräch wollte sich nicht so recht entwickeln. Da ich gelesen hatte, dass Kambodscha früher eine französische Kolonie gewesen war, versuchte ich es mit meinen veralteten Französischkenntnissen und fragte: Parlez-vous français un peu? Kim schüttelte den Kopf und sagte: Better English! Dann schauten sie wieder schweigend aus dem Fenster.

Zu Hause hatte Martha ein Festessen vorbereitet: faschierten

Braten, Kartoffelpüree, gemischten Salat und als Nachspeise einen Obstsalat. Nach dem Essen gingen sie rückwärts aus der Küche, mit den Händen vor dem Kinn gefaltet, den Kopf leicht gesenkt. Ich musste Ines erklären, dass es in der Khmer-Kultur unhöflich ist, bestimmten Menschen den Rücken zuzukehren. Sie lief mit ihnen durch das Haus und den Garten und zeigte ihnen alles. Tevi war von den Katzen angetan, Kim von Senta, er hörte nicht auf, sie zu streicheln, sie leckte sein Gesicht ab, und er lachte. Am Nachmittag spielten die drei Verstecken im Garten. Ines plapperte die ganze Zeit mit ihnen, langsam und auf Hochdeutsch, aber grammatikalisch richtig. Sie gab sich Mühe. Ich hatte ihr verboten, Sätze zu sagen wie zum Beispiel: »Du wollen spielen?«, »Du haben Hunger?« Martha und ich saßen auf der Terrasse und schauten ihnen zu.

Die Verständigung auf Englisch funktioniert gut. Im thailändischen Flüchtlingslager besuchten sie ein Jahr lang eine Schule, in der auf Englisch unterrichtet wurde. (Die Familie hatte eigentlich nach Australien auswandern wollen, bekam dann jedoch überraschenderweise Asyl in Österreich.) Auch auf Deutsch verstehen sie bereits vieles, haben jedoch nicht den Mut zu sprechen. Sie antworten nur mit den vier Worten ja, nein, gut, nicht gut, welche sie sehr langziehen: jaaa, neeiiin, guuut, niiit guuut.

Nach dem Abendessen brachte Ines die große Schachtel mit den Gesellschaftsspielen, die sie von Martha zum Geburtstag bekommen hatte. Die beiden erkannten Mensch ärgere dich nicht, Mikado und Domino, sie hatten es im Heim mit den Betreuern gespielt. Alle fünf spielten wir Mikado, wobei der Junge zweimal gewann. Er ist geschickt und hat unglaublich ruhige Hände.

Ich bin todmüde, obwohl es nicht einmal zehn Uhr ist, längere Autofahrten strengen mich an. Die zwei Kinder schlafen tief und fest. Ich schlich mich vorhin in ihr Zimmer, um nachzusehen. Ines war noch wach, sie bat mich, dass ich mich eine

Weile neben sie lege, was sie schon lange nicht mehr gemacht hatte. Sie drückte sich an mich und flüsterte: »Ich bin froh, dass sie bei uns sind.«

***

Tevi besucht die vierte Klasse Volksschule, Kim die erste Klasse Hauptschule, er sitzt neben Ines. Mir war es anfangs nicht recht, da ihre Banknachbarin und sie sich in den letzten Wochen endlich nähergekommen waren. Das Mädchen war sogar einmal zu Besuch, bevor Kim und Tevi bei uns einzogen, und ich hätte mich gefreut, wenn sich daraus eine Freundschaft entwickelt hätte. Kim hätte auch neben einem Jungen sitzen können, er ist ohnehin immer nur mit uns Frauen zusammen. Aber Ines wollte es unbedingt so, sie fühlt sich verantwortlich. Am Nachmittag machen die beiden gemeinsam Hausaufgaben, während ich neben Tevi sitze und ihr helfe. Kim ist ehrgeizig, im Gegensatz zu Tevi, wenn die Mädchen spielen gehen, muss ich mit ihm den gelernten Stoff durchgehen, er besteht darauf.

Die zwei Mädchen verstehen sich gut und stecken jede freie Minute zusammen. Ich bin unglaublich froh darüber! Schon am zweiten Tag vermachte Ines Tevi ihre gesamte Garderobe, die ihr zu klein geworden ist. Selig probierte Tevi alles aus. Immer wieder drehte sie sich vor dem großen Spiegel, als könnte sie es nicht fassen, dass dieses Spiegelbild sie selbst sein sollte. Ich konnte mich nicht zurückhalten, ich musste es fotografieren. Tevi nahm alles, auch Sachen, die ihr noch viel zu groß waren, und legte sie ordentlich in ihren Schrank. Gegenseitig frisieren sie sich, flechten sich komplizierte Zopffrisuren, schminken sich mit meinen Schminksachen, wegen jeder Kleinigkeit kichern sie. Auch ihre Barbiepuppen, an denen sich Tevi nicht hatte sattsehen können, schenkte ihr Ines. Stundenlang sitzt sie nun am Boden und zieht die Puppen aus und an, liebevoll streichelt sie die Schühchen, die winzigen

Röcke und Kleider. Unentwegt murmelnd spielt sie mit ihnen, und Ines leistet ihr Gesellschaft, obwohl sie sich für Puppenspiele für zu erwachsen hält.

Mit Kim fuhr ich letzten Mittwoch ein paar Sachen einkaufen. Er war bescheiden und suchte sich nur eine Jeans, ein Flanellhemd und einen Pullover aus, dazu einige Socken und Unterhosen. Obwohl ich ihn drängte, mehr zu nehmen, weigerte er sich partout. (Ich bin ohnehin pleite.)

In den ersten Tagen saß er viel bei den Mädchen und schaute ihnen beim Spielen zu. Jetzt ist es so, dass er entweder über seinen Schulbüchern sitzt, sie wieder und wieder durchblättert und sich die Bilder darin ansieht, oder dass er durch die Gegend streunt, bevor er Martha und mich fragt, ob er etwas helfen kann. Need help?, fragt er. Wenn wir den Kopf schütteln, was meistens der Fall ist, zieht er los, meistens läuft ihm Senta nach. Ich weiß nicht genau, was er macht, und manchmal, wenn er besonders lang weg ist, mache ich mir Sorgen. Doch er ist immer rechtzeitig vor dem Abendessen zurück, verschwitzt und atemlos setzt er sich um Punkt sieben Uhr an den Tisch. Er weiß, dass Martha viel von Pünktlichkeit beim Essen hält. Ich schaue auf seine Hände und zwinkere ihm zu, dann steht er auf und geht ins Bad, um sie zu waschen.

Am Sonntag konnte Ines ihre Neugier nicht mehr bremsen. (Die Frage brannte ihr vom ersten Tag an auf den Lippen.) Sie fragte die beiden, warum sie nicht mit in die USA gegangen waren. Zuerst fragte sie auf Deutsch, die beiden verstanden sie nicht oder taten so, als ob, dann fragte sie auf Englisch: Why not go to America with family? Die diplomatische Tevi antwortete lächelnd: We love Austria more. Mehr war aus ihnen nicht herauszubekommen. Ines wollte weiterbohren, doch ich bedeutete ihr, es sein zu lassen. Früher oder später werden die zwei uns vertrauen und alles erzählen.

***

Heute Nacht wachte ich auf, weil Tevi laut schrie. Ines war ebenfalls wach geworden, ich schickte sie wieder ins Bett. Kim hockte neben dem Bett und redete leise auf Tevi ein, die Arme war schweißgebadet, ihr Nachthemd klatschnass. Ich holte ein frisches Nachthemd aus dem Schrank und half ihr, sich umzuziehen. Was hast du denn geträumt, Liebes?, fragte ich sie. Sie haben sie alle erschlagen, weinte sie, mit der Axt, sie haben sie alle erschlagen. Kim begann erneut leise auf Kambodschanisch auf sie einzureden, zu mir sagte er: »Alles gut, du kannst wieder schlafen gehen.«

***

Ines bekam heute ihre Deutscharbeit mit einer Eins zurück. In der Erlebniserzählung mit dem Titel »Ein schönes Erlebnis« (wie einfallsreich die Deutschlehrer sind!) hatte sie über Kims und Tevis Ankunft und die erste gemeinsame Woche mit ihnen geschrieben. Es ist ein rührender Text, überhaupt nicht kitschig, ich bin stolz auf sie.

Tevi ist ein bisschen erkältet, es ist ja sehr plötzlich kalt geworden. Die Kälte muss schlimm für sie sein, beide verneinen es aber, wenn man sie danach fragt. Gut, gut, sagen sie zu allem, und für alles bedanken sie sich überschwänglich. Manchmal wünsche ich mir, dass sie offen sagen, wie es ihnen wirklich geht. Tevi zum Beispiel träumt in vielen Nächten sehr schlecht, sie schreit und weint im Schlaf.

Es ist fast gespenstisch, wie brav, scheu und zurückhaltend sie sind.

***

Heute Abend kam Kim mit einer toten Ente nach Hause. Sie war kopflos und sauber gerupft. Er legte sie stolz auf den Küchentisch und sagte: »Morgen ich koche Ente.«

Meine Güte, war das eine Aufregung. Besonders Martha regte sich auf, und es dauerte eine Weile, bis sie sich wieder beruhigte. Sie befürchtete, dass er sie gestohlen hatte. Er könnte sie auch mit seinem Taschengeld gekauft haben, sagte ich, um meine eigenen Zweifel zu bekämpfen. Er sagte nur: Geschenk. Uns war nicht klar, was genau er damit meinte. Hatte er sie geschenkt bekommen, oder war das tote Federvieh ein Geschenk an uns? Als wir nicht aufhörten, ihn zu löchern, sagte er »Bauer«, dann war Schluss, mehr bekamen wir aus ihm nicht heraus. Er packte die Ente so, wie sie war, in den Kühlschrank, wusch sich die Hände und setzte sich an den Tisch, um zu essen (Spaghetti mit Sauce bolognese, eine seiner Lieblingsspeisen). Martha holte sie wieder heraus und schlug sie in Folie ein. Plötzlich hielt sie inne und sagte: »Bei uns gibt es nur einen, der Enten hat, und das ist der Kehrer Johannes. Du solltest mit ihm hinfahren und die Ente zurückgeben.«

Nach dem Essen nahm ich also die Ente wieder aus dem Kühlschrank und sagte zu Kim: »Komm mit, wir besuchen jemanden.« Widerspruchslos stand er auf und folgte mir. Ines und Tevi wollten auch mitfahren, doch ich erlaubte es ihnen nicht, ich wollte nicht, dass sie seine Bloßstellung mitbekamen, falls er sie tatsächlich gestohlen hatte. Im Auto merkte ich, wie angespannt ich war, Kim, mit der Ente im Schoß, saß ruhig neben mir. Bitte, lass ihn kein Dieb sein, bitte, bitte, war das Einzige, was ich dachte. Ich wäre furchtbar enttäuscht gewesen. Im selben Moment schimpfte ich mich selbst eine dumme Kuh. Ich dachte: Zuerst wunderst du dich, dass alles so glattläuft, und dann zitterst du wegen einer Kleinigkeit. Was hast du erwartet? Es war doch klar, dass es früher oder später Probleme geben würde! Wichtig ist jetzt nur, sie zu meistern.

Als wir auf den Kehrer-Hof zufuhren, lächelte Kim und sagte: »Ja, ja!« Wir stiegen aus und gingen auf die Milchkammer zu, die Tür stand offen, jemand war gerade dabei, den Boden abzuspritzen. Kim trug die Ente mit beiden Händen, als wäre sie ein Baby. In der Milchkammer trafen wir auf Johannes, der sich offensichtlich freute, mich zu sehen. »Meine Güte, Monika, schön, dass du dich mal sehen lässt!«, sagte er herzlich. Zu Kim sagte er freundlich, mit Blick auf die Ente: »Hättest du doch lieber die andere?«

Ich hatte plötzlich einen Kloß im Hals. (Seitdem ich nach P. zurückgekommen war, fielen mir diese Herzlichkeit und das Wohlwollen, das einem von den meisten hier entgegengebracht wird, immer wieder auf. Es gab keinen Einzigen – außer Tante Mizzi, aber die lebt auch nicht in P. –, der mich oder Martha mit irgendeinem schadenfrohen Kommentar blöd angeredet hätte. Und was Kim und Tevi betrifft: Viele Menschen kamen in den letzten Wochen und brachten Sachen für sie vorbei, Kleidung, Schuhe, Spielsachen, Schultaschen, Fahrräder, auch Skianzüge und Ski, Skischuhe waren darunter, und eine schwarze Lederjacke, die Kim gar nicht mehr ausziehen will, so gut gefällt sie ihm.)

»Das heißt, er hat dir die Ente abgekauft?«, fragte ich. »Nein«, sagte Johannes daraufhin überrascht, »ich habe sie ihm geschenkt, weil er mir beim Schlachten geholfen hat.« Ich traute meinen Ohren nicht und fragte: »Er hat dir beim Schlachten geholfen? Was habt ihr geschlachtet? Ein Schwein? Ein Rind?« »Nein«, sagte er, »so was mache ich nicht selber, da kommt der Metzger. Kim hat für mich gestern drei Enten geschlachtet, gerupft und ausgenommen. Das ist eine Arbeit, die ich überhaupt nicht leiden kann. Er hat das wie ein Profi gemacht, schnell und sauber. Deshalb habe ich ihm eine geschenkt.«

Es stellte sich heraus, dass Kim schon öfter auf dem Bauernhof gewesen war. Johannes erzählte mir, er habe ihn eines Tages am Ententeich sitzen sehen. Er half dann manchmal beim Füttern der Enten oder auch im Stall. Die Kühe interessieren ihn aber nicht sonderlich, sagte Johannes, er ist da eher ängstlich, doch mit den Enten kann er richtig gut umgehen.

Ich wusste nicht, was ich sagen sollte. Mir war es gegenüber Kim peinlich, weil ich ihn verdächtigt hatte, gestohlen zu haben, und auch Johannes gegenüber, der den Grund unseres Besuchs sicherlich durchschaut hatte. Zum Schluss fiel mir rechtzeitig ein, wie ich mich aus der Situation retten konnte, um nicht derart misstrauisch dazustehen. »Warte«, sagte ich zu Johannes, »jetzt hätte ich beinahe das Wichtigste vergessen.« Ich lief zum Auto und holte aus dem Kofferraum eine Flasche Rotwein. (Gott sei Dank hatte ich heute nach der Arbeit einen Großeinkauf gemacht. Wein, Bier, Klopapier und Waschpulver lagen noch im Kofferraum.)

Ich überreichte Johannes die Flasche und sagte: »Als kleines Dankeschön für das Geschenk.«

»Das ist doch nicht nötig«, sagte er abwehrend, nahm sie aber schließlich doch an, vermutlich, um mir die Sache etwas leichter zu machen.

Im Auto fragte ich Kim: »Warum kennst du dich so gut mit Enten aus?« Er schaute aus dem Fenster und sagte: »Long story.« – »Ich würde sie trotzdem gerne hören«, sagte ich. Er schüttelte den Kopf und wirkte plötzlich unendlich traurig.

Zu Hause angekommen, umarmte ich ihn. Zuerst zuckte er etwas zurück, weil er Körperkontakt nicht mag und in Kambodscha auch nicht üblich ist. Dann ließ er es doch geschehen. Außerdem entschuldigte ich mich bei ihm. Er tat so, als wüsste er nicht, worum es bei meinem »I am so sorry!« ging. Aber ich war mir sicher, dass er meinen Verdacht durchschaut hatte und mir meine Scham darüber ebenso wie Johannes leichter machen wollte.

***

Heute aß ich zum ersten Mal in meinem Leben eine Ente, die über dem Feuer gebraten wurde. Sie schmeckte ausgezeichnet, sogar Martha gab es zu. Kim war in seinem Element, Tevi aß endlich ein bisschen mehr (sie isst sonst wie ein Spatz), Ines fand es witzig, im November draußen zu essen. Martha trank zu viel Wein und sang Freddy Quinns »Melodie der Nacht«. Es ist Ewigkeiten her, dass ich sie singen hörte. (Ich gebe zu, ich war gerührt und musste meine Tränen zurückhalten.) Ines war ziemlich überrascht. »Hey, Oma, du singst ja gar nicht so schlecht«, sagte sie, »aber sing doch mal was Lustiges.« Ich erzählte Ines, dass ihre Oma früher viel gesungen hatte, oft hatten Gäste im Wirtshaus sie darum gebeten. Ines konnte es fast nicht glauben. Martha sang also »Zwei Zigaretten gehen durch Manhattan«, daraufhin sagte Kim sehnsüchtig: »Ich würde jetzt gerne eine rauchen.«

Ines sah ihn erstaunt an, und ich muss sagen, ich war auch überrascht. Rauchend kann ich mir Kim nicht vorstellen, er und Tevi wirken für ihr Alter eher kindlich. »Von mir aus hast du die Erlaubnis, junger Mann«, sagte Martha und stand auf. »Ein einziges Päckchen habe ich noch in meinem Zimmer liegen, und das hole ich jetzt. Zur Feier des Tages will ich mir nämlich auch eine genehmigen.« Es nützte nichts, dass ich ihr entrüstet hinterherrief, ich wäre dagegen. Die beiden rauchten tatsächlich, und es war offensichtlich, dass es nicht Kims erste Zigarette war. Ines kam aus dem Staunen über ihre coole Oma gar nicht mehr heraus, und Martha erzählte ihr, dass sie früher viel geraucht habe. »Weißt du, in einer verrauchten Gaststube lässt es sich besser arbeiten, wenn man selber raucht«, erklärte sie. »Deine Mama hat auch eine Zeit lang geraucht.« Ines sah mich skeptisch an. Als sich Kim eine zweite anzünden wollte, erlaubte ich es ihm nicht, nahm ihm die Zigarette ab und rauchte sie selbst. Martha lachte. »Jetzt lassen wir es aber wieder gut sein«, sagte sie, nahm die Zigarettenpackung und warf sie ins Feuer.

***

Martha backte mit Ines und Tevi den ganzen Nachmittag lang Vanillekipferl, Linzeraugen und Kokosbusserl. Tevi aß so viel Teig, dass ihr am Abend ganz schlecht war.

***

Der erste Schnee ist da!

Noch im Pyjama und barfuß flitzten Kim und Tevi in den weißen Garten. Tevi streckte die Arme zur Seite, schaute in den Himmel hoch und drehte, drehte, drehte sich, bis sie umfiel. Kim blieb zuerst staunend in der Tür stehen, bevor er langsam die Stufen hinunterging. Er hob eine Handvoll Schnee hoch, betrachtete ihn fasziniert, aß ihn, rieb sich das Gesicht damit ein. Dabei lachte er wie ein Verrückter.

Nach dem Frühstück bauten Ines und Tevi eine Schneemannfamilie, Tevi kannte das französische Wort für Schneemann: bonhomme de neige. Kim wollte unbedingt Skifahren lernen, fast den ganzen Tag verbrachte er auf dem Hang hinter dem Haus. Er trat hinauf und rutschte runter, wobei das Hinunterrutschen von Anfang an besser ging als das Hinauftreten, weil er vorwärts hinaufgehen wollte und immer wieder zurückrutschte. Ich zeigte ihm, dass es leichter ging, wenn die Ski seitlich parallel zum Hang stehen. Zum Schluss probierte Tevi auch ein bisschen, sie verlor aber beim Hinauftreten schnell die Geduld.

***

Heute waren wir beim Zahnarzt. Mein Gott, war das schlimm!

Tevi hatte zwei kleine Löcher, die schnell plombiert waren. Ihr war offensichtlich die Situation vertraut, sie setzte sich auf den Stuhl und öffnete gehorsam den Mund, ließ alles geschehen, ich musste nur ihre Hand halten.

Bei Kim sah die Sache ganz anders aus. Zuerst wollte er sich gar nicht auf den Stuhl setzen (er betrachtete ihn äußerst skeptisch), als er endlich saß, wirkte er völlig panisch und ließ den Zahnarzt nicht aus den Augen. Er wollte nicht den Kopf heben und den Mund öffnen. So ängstlich hätte ich ihn gar nicht eingeschätzt. »Du Hasenfuß«, sagte Ines kichernd. Ich schickte die zwei Mädchen hinaus und redete auf ihn ein wie auf eine kranke Kuh. Schließlich konnte ich ihn dazu bewegen, den Mund zu öffnen. Das Röntgenbild zu machen ließ er dann ebenfalls über sich ergehen. Unten sind noch die zwei Milchbackenzähne, die unbedingt rausmüssen, sonst kämen die Zweiten nicht nach, sagte Dr. Stadler, sie seien auch schon völlig kaputt und vereitert. Als er dann mit der Spritze kam, rastete Kim aus und sprang vom Stuhl auf. Stadler wurde ziemlich grantig. »Fahren Sie mit ihm ins Krankenhaus«, knurrte er, »da machen sie so etwas unter Vollnarkose.«

Es kostete mich meine ganze Überzeugungskraft, um Kim noch einmal dazu zu bewegen, sich auf den Stuhl zu setzen. Am Ende schimpfte ich schon ziemlich heftig, so entnervt war ich. Die ganze Zeit standen Zahnarzt (mit verschränkten Armen) und Helferin (augenrollend) neben uns und hörten unserem englisch-deutschen Kauderwelsch zu. Als Kim endlich wieder saß, rief Dr. Stadler die zweite Angestellte herein. Bis zum Schluss hielten ihn drei Leute, einschließlich mir, fest, während die Zähne gezogen wurden. Mir kam die ganze Prozedur wie eine Ewigkeit vor. Ich hatte den Verdacht, dass der alte Grantler (ich mochte ihn schon als Kind nicht) das Ganze genussvoll hinauszögerte (gut, jetzt bin ich vielleicht ungerecht). Fast hätte ich ihn angeschrien, er solle schneller machen.

Als wir beide ins Wartezimmer wankten, war Kims Hemd komplett nass geschwitzt. Die Leute starrten uns an, und einer regte sich auf, weil es so lange gedauert hatte. Wir suchten das Weite. Auf dem Weg zum Auto griff Tevi nach Kims Hand und drückte sie. Ines ließ ihn vorne einsteigen. Zu Hause warf er sich auf sein Bett, eine Stunde später musste er erbrechen. Er war den ganzen Abend nicht mehr ansprechbar.

Es sind weitere Behandlungen nötig, zwei Löcher müssen noch gebohrt und plombiert werden, eines davon ist relativ groß. Ich werde mit Dr. Wimmer darüber reden, er muss mir Beruhigungstabletten für Kim geben. (Und für mich.)

***

Heute Morgen sagte Tevi beim Frühstück, während Kim noch im Bad war: »Kim hat heute Nacht schlecht geträumt, er ist davon aufgewacht.«

»Was hat er denn geträumt?«, fragte Ines.

Tevi in ihrem radebrechenden Deutsch: »Dass er an einen Stuhl gefesselt ist und ein Mann mit einer Nadel kommt, die Nadel wird in seinen Arm gesteckt, daran hängt ein Schlauch, sein ganzes Blut fließt in einen Beutel, bis er tot ist.«

***

Der Hauptschuldirektor gab gnädigerweise seine Einwilligung (welch ein mühsames Gespräch!): Nach den Weihnachtsferien darf Kim die nächsthöhere Klasse besuchen und Tevi die erste. Ines und sie entschieden bereits, dass sie nebeneinandersitzen werden.

***

Heute suchten wir uns auf dem Kehrer-Hof einen Christbaum aus, Johannes hatte uns einen angeboten, er schneidet jedes Jahr in seinem Wald ein paar. Sogar Martha kam mit. Sie wollte unbedingt einen kleinen Baum, der auf dem Wohnzimmertisch Platz hat, sie kann es nicht leiden, wenn ein breites Riesending auf dem Boden steht und überall die Nadeln liegen. Die Kinder suchten natürlich den größten aus. (Martha: »Ihr bringt mich noch um den Verstand.«) Anna und Johannes luden uns auf Punsch und Kekse ein. Ihre zwei Buben sind drei und ein Jahr alt und sehr süß, der Jüngste kletterte sofort auf Ines' Schoß und spielte mit ihren Haaren.

Es war unmöglich, den Riesenbaum ins Auto zu bekommen, und wäre aufwendig gewesen, ihn aufs Dach zu heben und festzubinden. Johannes warf ihn auf seinen Traktor und brachte ihn zu uns. Kim durfte fahren.

***

Dr. Wimmer kam vorbei, als die Kinder und ich gerade dabei waren, den Baum zu schmücken. Für jeden der drei brachte er ein kleines Geschenk, Martha nahm ihm die Pakete ab und legte sie im Keller zu den anderen. Er fragte mich, ob ich mit ihm einen Spaziergang machen möchte, und wir gingen eine Runde im Wald. (Herrlich, dieser Glitzerschnee auf den Bäumen!) Er erzählte mir von seinen Kindern, die bei seiner Ex-Frau im Salzkammergut leben. Ich wusste nicht, dass er geschieden ist, hoffentlich reagierte ich nicht zu überrascht.

Zum Schluss überreichte er mir auch ein kleines Geschenk.

***

Gestern – schönster Heiligabend seit Langem.

Ines freute sich besonders über die sechs Gulla-Bände, Kim über das (gebrauchte) Fahrrad, Tevi über die neue Winterjacke samt Schal und Mütze. Die drei Kinder schenkten Martha einen schönen Blumenstock (Schneechristrose). Ines schenkte mir einen selbst gestrickten Schal (jetzt weiß ich, wofür sie die Wolle brauchte), Kim und Tevi überreichten mir ein Kuvert und zwei selbst gemalte, gerahmte Bilder. Auf Tevis Bild ist unser Haus zu sehen, wir alle, auch Senta, Mieze und Flora, stehen daneben. Im Garten blüht alles, die (riesige) Sonne scheint, der Himmel ist himmelblau. Kims Bild – er malte es im Zeichenunterricht, und die Lehrerin lobte ihn dafür sehr – ist eher abstrakt, es zeigt ein großes Fantasiegebäude aus verschiedensten geometrischen Formen und Körpern, die fließend ineinander übergehen.

Im Kuvert steckte ein Brief, den sie beide in ihrer allerschönsten Handschrift geschrieben hatten, zuerst Tevi ein paar Zeilen (verziert mit unzähligen Stickern), dann Kim. (Tevi: Vielen, vielen Dank, dass du uns genommen hast und wir bei dir wohnen dürfen. Danke auch, dass du nicht so streng bist wie Martinas und Isabellas Mama. … Kim: Wir sind dir dankbar auf ewig! Du bist die beste Mutter, die man haben kann.) Beinahe hätte ich zu weinen angefangen.

In Dr. Wimmers Päckchen war eine wunderschöne lange Halskette. Er hat sich tatsächlich gemerkt, dass ich Malachit mag. Mit Martha saß ich noch die halbe Nacht zusammen. Sie öffnete einen guten Bordeaux und dann noch einen. Zum Schluss waren wir beide ziemlich betrunken. Ich nutzte die Gelegenheit und bedankte mich bei ihr für alles, was sie im letzten Jahr für mich getan hat. »Immer, wenn du betrunken bist, wirst du sentimental«, sagte sie, »das war früher auch so.«

Heute habe ich leichte Kopfschmerzen. Wir werden morgen Skifahren gehen.

***

Robert beschimpfte mich am Telefon, ich würde ihm Ines vorenthalten. Er glaubte mir nicht, dass es ihre eigene Entscheidung war, nicht nach München zu fahren, daraufhin holte ich Ines an den Apparat. Eine Minute später hörte ich sie sagen: »Doch, Papa, ich komm schon gerne ein paar Tage in den Ferien zu dir, aber nur, wenn Kim und Tevi mitkommen dürfen.«

***

Gestern Nacht machten wir einen Spieleabend, spielten Domino (Tevis Lieblingsspiel), Mikado (Kims Lieblingsspiel), Mühle (Ines' Lieblingsspiel) und Mensch ärgere dich nicht (das Spiel findet Kim sinnlos). Als vor dem Haus Böller losgingen, zuckte Tevi heftig zusammen und begann dann zu weinen, so sehr war sie erschrocken. Ines, die neben ihr saß, umarmte sie fest, Kim sagte etwas auf Kambodschanisch, wollte es aber nicht übersetzen. Wir wünschten uns ein gutes neues Jahr und gingen um zehn nach zwölf schlafen.

Ich mochte Silvester noch nie.

Kambodscha, Siebzigerjahre, Familie Mey

Der Mann, der in der Schule aufgetaucht war, mit dem Lehrer gesprochen und dabei die Brüder und mich betrachtet hatte, war der Franzose gewesen, der in Kep das Hotel *Frangipani* leitete. Das teilte mir der Lehrer am Tag darauf mit.

Weil er zur Hälfte Franzose war, nannten ihn alle, die über ihn sprachen, »den Franzosen«, obwohl er wie ein Khmer aussah. Nur wenn man genauer hinsah, merkte man kleine Unterschiede – hellere Haut, schmalere Nase –, die man aber auch einer chinesischen Großmutter hätte zuschreiben können. Die Leute redeten gut über ihn, sie mochten ihn. Die Tatsache, dass er das *Frangipani* leitete und nicht besaß, machte für die Menschen vermutlich einen Unterschied, sie betrachteten ihn deshalb ein bisschen als einen der Ihren. Angeblich veranstaltete er große Feste in dem Hotel und forderte seine Gäste auf, zu spenden. Von riesigen Summen Geld war die Rede, die der Franzose sorgsam verwaltete und als monatliche Zuschüsse oder Stipendien an arme Familien und begabte Jugendliche verteilte. Ich hatte diese Geschichten für Gerüchte gehalten, weil ich ihn nie persönlich gesehen und auch noch nie eine Familie kennengelernt hatte, denen er geholfen hatte, sondern immer nur davon gehört. Eine Frau in einem der Nachbardörfer bekam Geld, um ihre sechs kleinen Kinder großziehen zu können, da ihr Mann gestorben war. Einem Mann, der lange Zeit arbeitslos gewesen war, hatte der Franzose eine Stelle auf einer Pfefferplantage vermittelt. Ich fragte mich, ob er uns helfen würde, und sehnte mich danach.

Ein paar Tage später tauchte der Franzose tatsächlich bei unserer Hütte auf und redete mit dem Vater. Ich belauschte das Gespräch. Es verlief allerdings ganz anders, als ich es erwartet hatte. Der Franzose, der sich als Heng Chhang vorstellte, sagte nicht: »Ich habe gehört, Sie sind nach dem Tod Ihrer Frau in Not geraten, und deshalb werden Ihnen in jedem Monat soundso viel Riel ausbezahlt, damit Sie Ihre Familie ernähren können«, sondern er begann mit den Worten: »Ich habe gehört, Ihre Fische und Meeresfrüchte haben Qualität.«

Mein Vater starrte ihn mit großen Augen an, und ich konnte mir ein Grinsen nicht verkneifen.

»Ich bin auf der Suche nach guten Lieferanten für das *Frangipani*«, fuhr der Franzose fort. »Ich würde es gerne mit Ihnen versuchen. Sie liefern mir jeden zweiten Tag fangfrische Ware.«

Als der Franzose ihm die Preise nannte, die er zu zahlen bereit war, blieb meinem Vater der Mund offen stehen, außerdem sollte er als Leihgabe Moped und Kühlbox erhalten. Zum Schluss wandte er sich an mich mit der Frage, ob ich in Kep das Lycée besuchen wolle. Er würde dafür sorgen, dass ich aufgenommen werde. Ich antwortete ihm, dass das wegen meiner Brüder nicht möglich sei. Ich müsste für sie sorgen, während mein Vater arbeitete.

»Ich werde mir etwas überlegen«, sagte er.

Das Moped wurde zwei Tage später von einem Hotelangestellten des *Frangipani* vorbeigebracht. Wir bestaunten es ausgiebig, wir hatten noch nie eine neue Yamaha aus der Nähe gesehen. Der junge Mann stellte sich mit dem Namen Son vor, er plauderte mit uns Buben und nahm jeden von uns eine Runde durchs Dorf mit. Mich ließ er sogar alleine fahren. Später kam der Franzose, um Son abzuholen, mit mir ging er vorher eine Weile spazieren. Er fragte mich, ob ich bereit wäre, bei einem großen Fest in seinem Hotel den Gästen etwas von mir und den Brüdern zu erzählen, bevor er, der Franzose, die Leute um Spenden bitten würde.

»Natürlich nur, wenn du das willst«, fügte er hinzu.

Ich wollte nicht nur, ich freute mich sogar darauf.

Mit dem Spendengeld würde nicht nur die Yamaha bezahlt, außerdem würde der Vater eine bestimmte Summe erhalten, um die Hütte sanieren zu können. Vor allem aber sollte damit das Schulgeld für mich in Kep bezahlt werden, später für die Brüder. Vom Lehrer wusste der Franzose, dass wir gerne und leicht lernten und obendrein wissbegierig waren. Er sprach mit mir darüber, welche Chancen sich durch einen Schulabschluss für mich ergäben.

»Du kannst zum Beispiel Lehrer werden«, sagte er.

Dass ich eines Tages Kinder unterrichte, war auch der Wunsch meiner Mutter gewesen.

»Wir finden eine Frau im Dorf, die sich um deine Brüder kümmert, während dein Vater arbeitet. Damit sie es gut macht, wird sie eine ordentliche Entlohnung bekommen. Du wirst nicht im Schülerheim in Kep bleiben, sondern jeden Nachmittag nach Hause fahren. Essen kannst du nach der Schule im *Frangipani*«, sagte der Franzose.

Ich staunte. Dass sich jemand so viele Gedanken um mich machte, war ich seit dem Tod der Mutter nicht gewohnt. Ich betrachtete ihn von der Seite und fragte mich, warum er das alles tat. Was wollte er dafür? Ich kannte nur Leute, die für länger andauernde Hilfe irgendwann eine Gegenleistung verlangten. Mit der Ausnahme von Long, die Munny gestillt hatte, waren die Frauen im Dorf, die uns in den letzten Jahren geholfen hatten, immer wieder zum Vater marschiert, um von ihm Meeresfrüchte zu verlangen.

An dem Abend, an dem das Fest im Hotel stattfinden sollte, holte mich der Franzose ab und brachte mich in sein Haus. Er hatte drei Töchter und einen Sohn, die mich, außer der Ältesten – sie hieß Sopheap und gefiel mir am besten –, neugierig musterten. Tevi, die jüngste Tochter, rümpfte die Nase, als sie an mir vorüberging, und sagte: »Er stinkt nach Fisch.« Daraufhin schimpfte sie ihr Vater, und sie musste sich entschuldigen. Sie schaute mich mit frechem Blick an und murmelte eine Entschuldigung, es war offensichtlich, dass sie sie nicht ernst meinte.

Solche Häuser waren mir von außen vertraut, sie waren keine Seltenheit an der Küste, eine französische Villa neben der anderen gab es in den Städten Kep, Kampot, Sihanoukville und auch in der Umgebung, sie waren prächtig und farbenfroh. Reiche Menschen, Geschäftsleute, auch ausländische, Offiziere der Armee, Angehörige der Prinzenfamilie bewohnten sie, sie zogen das Klima am Meer dem im Landesinneren vor, das war bereits zu Zeiten der französischen Kolonialmacht so gewesen. Ich wusste von meinem Lehrer, dass es uns deshalb im Vergleich zu den Bewohnern der anderen Provinzen, vor allem denen im Nordwesten des Landes, besser ging. Durch die Oberschicht, die an der Küste ihren Urlaub verbrachte oder ganz hier lebte, gab es mehr Arbeitsplätze und mehr »infrastructure«. Diesen französischen Begriff hatte er uns bereits erklärt.

»Aber wir sind arm, und ich kenne viele arme Menschen«, hatte ich erwidert.

»Ich weiß, aber es gibt selbst in der Armut Abstufungen, glaube mir«, hatte er gesagt. »In den Provinzen Mondulkiri und Ratanakiri zum Beispiel gibt es Menschen, die wie Tiere in den Wäldern hausen, sie sind Analphabeten, ernähren sich großteils von Wurzeln. Sie haben noch nie ein Haus gesehen, eine Straße, einen Gaskocher, ein Moped oder ein Buch und vieles andere. Sie wissen nicht, was das Wort Schule bedeutet, es geht nur darum, nicht verhungern zu müssen. Bei uns muss niemand hungern, jeder hat Arbeit – vorausgesetzt, er will arbeiten –, und jedes Kind kann die Grundschule besuchen.«

Ich wusste, dass er zum Teil recht hatte. Als die Mutter noch am Leben gewesen war, hatte der Vater seine Fische und Meeresfrüchte an Restaurants verkauft, und wir hatten gut leben können. Wir hatten ausreichend zu essen gehabt, eine geräumige und saubere Hütte zum Schlafen, ebenso saubere Kleidung. Doch genug Geld für den Besuch einer höheren Schule oder gar einer Universität hätte der Vater nie aufgebracht, und das war immer mein Traum gewesen.

Im Inneren eines solchen Hauses war ich jedoch noch nie gewesen, und ich kam aus dem Staunen nicht mehr heraus, allein die Küche war größer als unsere Hütte. Ich fühlte mich winzig und unwohl. Überall standen große, schwere Möbel herum, sie kamen mir unnütz vor. Bei uns gab es auf dem Boden einige Bambusmatten, auf denen wir beim Essen saßen. Um unsere Hausaufgaben machen zu können, besaßen wir einen niedrigen Tisch. Der Gaskocher und das wenige Geschirr waren in einem kleinen Schrank verstaut. In einigen Holzkisten, welche die Mutter bemalt hatte, lagen gefaltet unsere Kleidungsstücke, die wenigen Spielsachen und Bücher, die wir besaßen. Die Hängematten, in denen wir schliefen – der jüngste Bruder meistens bei mir –, hängten wir untertags an die Wand.

Im Badezimmer nahm ich zum ersten Mal in meinem Leben ein Schaumbad in einer großen, weißen Wanne. Sopheap legte mir Kleidungsstücke auf einen Stuhl. Nach dem Bad plagte ich mich, in die lange Hose hineinzukommen, denn ich hatte in meinem Leben nur kurze Hosen getragen. Es war auch Sopheap, die in ihrem Zimmer versuchte, meine Haare mit einem Kamm und etwas, das sie Pomade nannte, zu bändigen. Vorher fragte sie: »Darf ich?« Ich mochte ihre ruhigen Bewegungen und ihre Berührungen. Seitdem meine Mutter gestorben war, hatte mich außer meinen kleinen Brüdern niemand mehr berührt. Der Franzose betrat das Zimmer, sprach kurz mit mir über das Fest und schloss mit den Worten: »Sei so, wie du immer bist.« Bevor wir das Haus verließen, musste ich noch in Sandalen schlüpfen, mit denen ich auf dem Weg zum Auto dreimal hintereinander stolperte. Wir saßen zu viert hinten auf der Rückbank, ich inmitten der drei Mädchen, der kleine Sohn saß vorne auf dem Schoß der Mutter. Ich stellte fest, dass Sopheap gut roch.

Als wir aus dem Auto stiegen, fühlte ich mich plötzlich überfordert. Ich hatte Angst, dass der Franzose nicht zufrieden sein würde mit mir. Der Hotelpark war mit zahlreichen Lampions erleuchtet, elegant gekleidete Menschen strömten herein. Sopheap drehte mit mir eine Runde durch das Hotel, es war eine völlig andere Welt für mich. Später stand ich neben dem Franzosen auf der kleinen Bühne und spürte mein Herz schlagen, so aufgeregt war ich. Er erzählte von mir, und es war eigenartig für mich, aus seinem Mund etwas über mein Leben und über meine Familie zu hören.

»Der Junge hat bei der Geburt des jüngsten Bruders die Mutter verloren«, sagte er. Er fügte hinzu, dass ich sehr klug sei und nach sechs Jahren in der Dorfschule die Möglichkeit haben solle, in Kep das Lycée zu besuchen, auch dass der zweite Bruder sehr klug sei, bereits mit fünf Jahren lesen und schreiben gekonnt habe. Dann reichte er mir das Mikrofon, das ich mit beiden Händen umklammerte. Ich nannte meinen Namen, mein Alter, die Namen der Brüder, erzählte von meinen Lieblingsfächern in der Schule, dass ich gerne las und Fußball spielte. Die Leute applaudierten. Sopheap holte mich von der Bühne ab und brachte mich zu dem großen Tisch, an dem ihre Mutter, ihre Geschwister und noch ein Ehepaar saßen, ein großer glatzköpfiger Mann und eine dicke Frau.

»Das sind alles gute Freunde meines Vaters«, flüsterte mir Sopheap zu.

Der Franzose sprach lange weiter, über Bildung, über das Erlernen von Berufen und wie wichtig das alles für die Kinder Kambodschas sei. Ich versuchte, ihm zuzuhören, obwohl Sopheaps jüngere Geschwister laut herumjammerten, sie hätten Hunger. Mir erschien seine Rede teilweise wie eine Moralpredigt.

»Wir haben eine Verantwortung!«, wiederholte er mehrmals. »Wir müssen sie wahrnehmen und dürfen nicht wegschauen!«

Zum Schluss forderte er die Gäste zu großzügigen Spenden auf.

Das Essen holten wir von einem »Buffet«, Sopheap erklärte mir das Wort. Als ich vor den Tischen stand, die sich unter der Essenslast regelrecht bogen, traute ich meinen Augen nicht. Der Franzose kam zu uns und lobte mich, ich hätte es gut gemacht, sagte er und legte mir die Hand auf die Schulter. Anschließend ging Sopheap mit mir von Tisch zu Tisch, damit die Leute Gelegenheit bekamen, ein paar persönliche Worte mit mir zu wechseln. Sie lächelte mich die ganze Zeit freundlich und aufmunternd an. Wenn ich vor Nervosität nicht wusste, was ich sagen sollte, half sie mir weiter. Die meisten fragten nach meinem Berufswunsch, und darauf antwortete ich stolz: »Lehrer!« Einige Frauen wollten es genau wissen und fragten: »Welcher Lehrer? In der Grundschule oder in einem Lycée?« Andere fragten, wo ich unterrichten wolle. Das alles wusste ich nicht, und Sopheap antwortete für mich: »Das wird er sich noch überlegen.«

Der große glatzköpfige Mann am Tisch fragte mich später, was ich mir für Kambodschas Zukunft wünsche. Auch darauf wusste ich keine Antwort, und Sopheap sagte mit einem lächelnden Blick auf mich: »Das, was wir uns alle wünschen, nicht wahr? Frieden, und dass es uns allen gut geht.« Und ich nickte.

Später wurde die Familie des Franzosen von Son nach Hause chauffiert, Sopheap und ich durften noch bleiben. Es war offensichtlich, dass sie das Lieblingskind des Franzosen war und die beiden anderen Mädchen eifersüchtig auf sie, vor allem die Jüngere, sie bekam einen Tobsuchtsanfall, als die Mutter sie zum Auto zerrte. Da es uns am Tisch mit dem älteren Ehepaar langweilig war, streunten Sopheap und ich im Park herum und beobachteten die Menschen. Mittlerweile waren einige betrunken, viele tanzten. Wir holten vom Buffet noch Eiscreme, nebeneinander saßen wir am Rand des Pools und löffelten es. Ich aß es restlos auf, obwohl mir vom vielen Essen schon schlecht war, leckte sogar die Schüssel aus, was Sopheap lachend nachmachte. Immer wieder musste ich sie heimlich von der Seite betrachten. Noch nie hatte ich so ein schönes Mädchen gesehen. Sie trug ein weißes Sommerkleid, das ihr bis zu den Knien reichte, und hellrosa Ledersandalen mit Blumen darauf. Ihre Haare fielen in Wellen den Rücken hinunter, ihr Gesicht war anders als das einer Khmer, es war nicht so breitflächig, die Augen waren größer, die Nase schmal. Sie redete mit mir, als wäre ich ihresgleichen, ich, der arme Sohn eines Fischers, und sie, die Hoteldirektorentochter, und als wären wir schon länger befreundet. Sie erzählte von Filmen, die sie im Kino gesehen, von Büchern, die sie gelesen hatte, von Ländern, die sie bereisen wollte, von der Musik, die sie mochte. Wie ich liebte sie die Beatles.

Der Franzose brachte uns zwei süße Cocktails mit einem winzigen Schuss Alkohol, wie er augenzwinkernd behauptete, und setzte sich eine Weile zu uns. Beim Song »Let's twist again, like we did last summer« von Chubby Checker stand er auf, verbeugte sich tief vor Sopheap und zog sie schwungvoll hoch. Es war wunderschön, ihnen beim Tanzen zuzusehen, auch weil sie beide über das ganze Gesicht strahlten. Für einen kurzen Augenblick wünschte ich mir, Teil dieser Familie zu sein. Fast bedauerte ich, dass der Song zu Ende war, ich hätte ihnen noch stundenlang zuschauen können. Sopheap kam wieder zu mir, der Franzose wurde von jemandem gerufen und winkte uns beiden zu. Beim nächsten Twist sprang sie auf und bestand darauf, ihn mir beizubringen.

Später schlief sie neben mir auf der Hollywoodschaukel ein, ihr Kopf fiel auf meine Schulter. Ich wagte nicht, mich zu bewegen, weil ich sie nicht wecken wollte, ich saß ganz ruhig da und atmete den Duft ihrer Haare ein.

Nach dem Fest nahm der Franzose mich mit in sein Haus, und ich schlief zum ersten Mal in einem Bett. Es war ungewohnt, und ich schlief nicht besonders gut. Am Morgen frühstückten wir in der Küche, es gab Baguette, Butter, Marmeladen, Honig, Schinken, Spiegeleier. Noch nie hatte ich solch ein Frühstück gesehen, bei uns gab es morgens nur eine Handvoll kalten Reis oder den Rest einer Suppe vom Vortag, bevor wir in die Schule liefen. Ich aß langsam und nicht sehr viel, weil ich noch übersättigt war. Ich saß neben Sopheap und dem Franzosen, uns gegenüber saßen die beiden anderen Mädchen und die Mutter mit dem Jungen auf dem Schoß. Sie waren alle fröhlich und redeten unbeschwert miteinander. Bei uns zu Hause herrschte meistens eine bedrückte Stimmung. Die Jüngste, Tevi, beobachtete mich die ganze Zeit, und ich hatte Angst, etwas Falsches zu sagen.

Der Franzose und ich stiegen ins Auto, und ich war enttäuscht, weil sich Sopheap nicht verabschiedet hatte. Doch dann kam sie gelaufen, sie hatte eine Tasche in der Hand, die sie mir mit den Worten »Mittagessen, von meiner Mama« reichte. Sie wollte mitfahren, kletterte über mich und saß zwischen mir und ihrem Vater. Mir war es peinlich, dass sie mitkam, ich wollte nicht, dass sie sah, wie ich lebte. Während der Fahrt hörten wir Musik aus dem Radio, als der Song »Let it be« lief, drehte sie lauter, und ihr Vater und sie sangen mit, und plötzlich hatte ich den Mut, auch mitzusingen. Er fuhr nicht bis zur Hütte, sondern blieb vor dem Dorf stehen, ich war ihm dankbar dafür. Sopheap drückte mir schnell einen Kuss auf die Wange, und ich stieg aus. Sie winkte mir nach, lehnte sich aus dem Fenster, ihre Haare wehten im Fahrtwind. Ihre schmale, helle Hand bewegte sich hin und her, mit der Handfläche zu mir. Sie rief mir etwas zu, lachte dabei, aber ich konnte es nicht verstehen, sie waren bereits zu weit weg. Ich stolperte zur Hütte meines Vaters. Den ganzen Tag und auch die folgenden bekam ich sie nicht mehr aus dem Kopf.

Kambodscha, Siebzigerjahre, Familie Chhang

Tevi wuchs etwas außerhalb der Küstenstadt Kep auf, in Meeresnähe, neben einem kleinen Mangrovenwäldchen.

Wenn sie an die Stadt ihrer Kindheit zurückdachte, fielen ihr als Erstes die Abende ein, an denen der Vater Zeit für die Familie hatte. Sie flanierten am Strand entlang bis in die Stadt hinein, die Eltern Händchen haltend, die Kinder hinter oder vor ihnen herlaufend. Der kleine Bruder Arun und sie hopsten auf einem Steckenpferd, ihre älteren Schwestern Sopheap und Channary ließen manchmal einen Drachen steigen. Ab und zu, wenn der Hunger bereits groß war, fuhr die Familie mit den Mopeds, der Vater nahm den kleinen Bruder und sie mit, hinter der Mutter saßen die beiden älteren Schwestern.

Es war viel los, denn wenn es nicht mehr so heiß war, war die ganze Stadt auf den Beinen. Alles wirkte bunt und fröhlich, jeder hatte sich ein bisschen herausgeputzt. Viele Frauen hatten farbenfrohe Sarongs umgebunden, einige trugen westliche Kleidung, kurze Röcke, glockenförmige Jeans. Bei den Männern war es umgekehrt, wenige von ihnen, zumeist die älteren, trugen Sarongs, alle anderen trugen Hosen und schicke Hemden, die jungen hatten ihre Haare zurückgekämmt wie Elvis Presley. Sie standen in Grüppchen beieinander, neben ihren Mopeds, sie rauchten französische Zigaretten, plauderten, lachten und schauten den jungen Frauen hinterher. Überall ertönte Musik aus kleinen Transistorradios oder Kassettenrekordern, Rock 'n' Roll, Twist, Popballaden. Die Kambodschaner liebten westliche Musik genauso sehr wie die traditionelle Mohori, welche die Volkstänze bei Festveranstaltungen begleitete. Manchmal tanzten Tevis Eltern bei einem Rock 'n' Roll oder Twist mit, der Vater hatte der Mutter diese Tänze beigebracht, als sie jung verheiratet waren. Tevi gefiel das, denn beide waren sehr gute Tänzer, und es sah wundervoll aus. Die Leute um sie herum klatschten zum Schluss, und die Eltern verneigten sich spaßhalber.

Am Straßenrand wurde Essen verkauft, Fisch-Amok in Bananenschiffchen, Nudelsuppe mit Hühner- oder Rindfleisch, Lok-Lak mit frischen Tomaten, knusprige Ente auf gebratenen Nudeln, Klebreis mit geröstetem Sesam und geraspelter Kokosnuss und andere Köstlichkeiten, auch Obst gab es in Hülle und Fülle: Mangos, Papayas, Sapodillas, Longanfrüchte, Jackfrüchte. Sie kauften etwas zu essen, setzten sich damit in einen Park, an den Strand oder einfach auf eine Decke am Straßenrand, aßen und beobachteten das Treiben um sie herum. Vor allem der Vater, der untertags meistens in seinem Hotel *Frangipani* aß, genoss diese typisch kambodschanische Art der Essenskultur. Meistens bezahlte er den Straßenverkäufern das Doppelte von dem, was sie verlangten. Als Nachspeise bekamen Tevi und ihre Geschwister Eis. Abends brachten die Eltern die Kinder zu Bett und saßen dann noch eine Weile auf der Terrasse, Tevi hörte ihre gedämpften Stimmen und das Rauschen des Meeres durch das geöffnete Fenster.

Das gelbe Haus mit der Holzveranda, in dem die Familie lebte, war ein typischer französischer Kolonialbau. Der Vater hatte es einem Händler aus Montpellier abgekauft, dieser hatte jahrzehntelang Tropenhölzer nach Frankreich importiert, bevor er sich in seiner Heimat zur Ruhe gesetzt hatte.

Tevi liebte das Haus. Im Erdgeschoss gab es die Vorhalle mit dem teppichbelegten Treppenaufgang, eine geräumige Küche mit der Glastür zur Veranda, ein Wohnzimmer mit dem Fernsehapparat, den der Vater der Mutter zum dreißigsten Geburtstag geschenkt hatte, das kleine Bureau, das die Kinder nur betreten durften, wenn der Vater dabei war, den sogenannten Wirtschaftsraum, in dem die Wäsche gewaschen und gebügelt wurde, und eine Toilette. Im ersten Stock befanden sich die drei Schlafräume, ein Gästezimmer und ein großes Bad. Im Gang konnte man mit einem Haken eine Leiter von der Decke herunterziehen, über die man auf den Dachboden gelangte. Dieser wurde außer von den Kindern zum Spielen kaum genutzt. Einmal war Tevi von der steilen Leiter heruntergestürzt und hatte sich den rechten Arm gebrochen, daraufhin war der Dachboden als Spielplatz verboten worden. Jedoch hielten sich die Kinder nicht lange an das Verbot und kletterten heimlich hinauf. Von der einen Dachluke aus konnte man weit über das Meer sehen, sie sahen Fischerboote sich entfernen und näher kommen. Durch die andere Dachluke sahen sie in der Ferne die breite Straße. Arun und sie zählten die Autos, Mopeds, Fahrradfahrer und Ochsenkarren, die in die Stadt hinein und heraus fuhren.

Während der Monsunzeit hängte die Mutter die nasse Wäsche auf dem Dachboden auf, da sich Jiut Mok, eine einfache Frau aus einem nahe gelegenen Dorf, die ihr im Haushalt und im Garten half, beharrlich weigerte, die steile Leiter hochzuklettern. Stattdessen wollte sie die Kleidungsstücke in der Vorhalle trocknen, weshalb diese oft nach Essen rochen, denn die Tür zur Küche stand stets weit offen. Die Mutter schimpfte mit Jiut, aber diese zuckte nur mit den Schultern. Einmal jedoch wäre ihr fast gekündigt worden. Der Vater roch nach der Arbeit an der Bluse der Mutter und sagte: »Du riechst so gut nach gebratenem Fisch, ich kann es kaum erwarten, dich zu vernaschen!«

Tevi und ihre Geschwister konnten nicht aufhören zu lachen, der Mutter jedoch war es peinlich, zumal der Vater einen Freund mitgebracht hatte. Ihr Vater machte gerne solche Späße, er war ein fröhlicher Mensch. Tevi liebte ihn mehr als die stille Mutter.

In jedem Zimmer des Hauses standen kunstvolle Möbel aus Teak- oder Bangkiraiholz, welche der Tropenholzhändler in seiner Heimat hatte anfertigen lassen, um sie wieder zurück nach

Kambodscha zu schiffen. Gemeinsam mit dem kleinen Bruder schlief Tevi in einem breiten, schweren Bett unter einem weißen Moskitonetz. Vom Fenster aus konnte man durch die Mangroven bis zum Strand hinuntersehen, auf dem Fensterbrett waren weiße Orchideen. Auf dem hellen Holzboden standen außerdem eine schwere Kommode, in der die Spielsachen verstaut waren, ein Kleiderschrank und ein Tisch mit zwei Stühlen. Am liebsten drehten Tevi und Arun den Tisch um und behängten ihn mit einem Bettlaken, um »Schiffsreise« zu spielen. Gerne wären sie mit dem Schiff nach Frankreich gesegelt, dem Land, aus dem ihr Großvater stammte, den sie nicht kannten, nach England, der Heimat der Beatles, die sie verehrten und deren Lieder sie auswendig konnten, nach Amerika, dem Land der Hollywoodstars, der Jeans und Turnschuhe.

Sie wuchsen zweisprachig auf, obwohl es mittlerweile in bestimmten Kreisen verpönt war, die Sprache der ehemaligen Kolonialmacht zu beherrschen. Allerdings war der Vater mit den Jahren nachlässiger geworden, weshalb Tevis ältere Schwestern fließend Französisch sprachen, wohingegen Arun und sie nur ein paar Worte konnten. Die Mutter schimpfte deshalb manchmal mit dem Vater. Sie wäre gerne ausgewandert, vor irgendetwas schien sie Angst zu haben, doch davon wollte der Vater nichts hören.

»Der Krieg ist bald zu Ende«, hörte Tevi ihn einmal im Sommer 1974 sagen, »und nach einem Krieg hilft man mit, sein Land wiederaufzubauen.«

Daraufhin schnaubte ihre Mutter verächtlich: »Aufbauen! Was noch nicht kaputt ist, werden die Roten Khmer zerstören, wenn sie an der Macht sind.«

Tevi verstand nicht, was die Mutter damit meinte. Was war bereits kaputtgegangen? In der Stadt war noch alles heil und ganz.

»Die Amerikaner lassen uns nicht im Stich«, antwortete der Vater und steckte die Nase wieder in die Zeitung.

Als Tevi nach dem Krieg fragte, erklärte er ihr, dass die kambodschanische Regierung unter dem Präsidenten Lon Nol gegen eine kommunistische Gruppe mit dem Namen Rote Khmer kämpfte, welche die Macht an sich reißen wollten. Diese behaupteten zwar, gute Ziele für das Land zu haben, mittlerweile wurde das aber von vielen angezweifelt.

»Es gibt Gerüchte, dass sie in den westlichen Gebieten, in denen sie bereits die Herrschaft errungen hatten, sehr grausam vorgehen, um diese Ziele zu erreichen«, warf die Mutter ein, der Vater unterbrach sie schnell: »Das sind Gerüchte.«

Als Tevi weiterbohrte, wehrte er ab, er sprach nicht gerne über politische Dinge mit seinen Kindern, er wollte sie nicht beunruhigen.

Tevis Vater war zur Hälfte Franzose, zur Hälfte Khmer. Sein Vater, aus Rouen stammend, war ein hoher Kolonialbeamter in Battambang gewesen. Was genau er dort gemacht hatte, wusste niemand, ihr Vater sprach nicht gern über seinen Erzeuger. Die Großmutter hatte sich genetisch durchgesetzt, er sah aus wie ein Khmer. Seine Kindheit hatte er in Kambodscha verbracht, als er zehn war, verfrachtete ihn sein Vater kurzerhand nach Frankreich, wo er jedoch nie heimisch wurde. Er besuchte acht Jahre lang die Schule, bevor er in Paris ein Medizinstudium begann. Wenn die Kinder ihn fragten, warum es ihm in Europa nicht gefallen habe, sagte er: »Da war es mir viel zu kalt!« Er ließ die Unterlippe hängen und schnaubte wie ein Pferd: »Brrrr, brrr!«, und die Kinder lachten und machten es ihm nach. Dennoch stellten sich Sopheap, Channary und Tevi Paris himmlisch vor.

Gegen den Willen seines Vaters brach er nach zwei Jahren sein Studium ab und kehrte 1960 nach Kambodscha zurück. Das Land war mittlerweile kein französisches Protektorat mehr, jedoch gab es immer noch viele französische Unternehmen, die in den Exportwirtschaftszweigen Kautschuk, Fisch,

Tropenhölzer, Reis und Obst tätig waren. Am ersten Tag, an dem er in Sihanoukville an Land ging, nahm er den Familiennamen seiner Mutter an und den Vornamen, den sie ihm bei seiner Geburt gegeben hatte: Heng Chhang.

Er, der beim Besteigen des Schiffes in Marseille noch keine Ahnung gehabt hatte, wie er seinen Lebensunterhalt in Kambodscha verdienen sollte, lernte während der Fahrt eine ältere, wohlhabende Khmer aus aristokratischen Kreisen kennen, sie war eine Großcousine des Prinzen Sihanouk. Beeindruckt von seinem Charme, unterbreitete sie ihm kurz entschlossen das Angebot, die Leitung eines Hotels in Kep zu übernehmen.

Sie hatte das *Frangipani* gemeinsam mit ihrem Mann Anfang der Fünfzigerjahre erbauen lassen. Damals boomten Keps Strände bei Ausländern und bei wohlhabenden Khmer, die aus den heißen Städten ans Meer flüchteten, um sich zu erholen. Die Küste Kambodschas von Sihanoukville bis hinunter nach Kep wurde in der inländischen und internationalen Presse als die Côte d'Azur Südostasiens bezeichnet. Die Stadt Kep bezeichneten viele als Kep d'Azur. Ein französischer Stararchitekt hatte das *Frangipani* geplant, und beim Bau waren keine Kosten und Mühen gescheut worden. Anfangs war es sehr gut gelaufen, doch schnell hatte der Ehegatte das Interesse verloren und in die Hauptstadt zurückgewollt. Die Leitung des Hotels wurde einem Direktor übergeben, der es zwei Jahre lang lieblos führte, Gelder für sich abzweigte und sich schließlich nach Thailand absetzte.

Obwohl Heng keinen Hehl daraus machte, dass er keinerlei Erfahrung im Hotelgeschäft hatte, erhielt sie das Angebot aufrecht, und da er keine Alternative wusste, sagte er zu. Er stürzte sich in die Herausforderung. Zunächst hielt er die Hotelbesitzerin davon ab, das Hotel zu vergrößern. Die bereits vorhandenen vierzig Suiten, das Restaurant mit der großen Terrasse, die Bar, der Pool inmitten eines großzügig angelegten Parks mit englischem Rasen und wunderschönen Blumen aus Europa und Kambodscha sollten das Exquisiteste werden, was die Stadt zu bieten hatte. Er arbeitete wie ein Verrückter, um das *Frangipani* auf Vordermann zu bringen und es zur angesagtesten Adresse an der Küste zu machen.

Nach zwei Jahren lernte Heng im Krankenhaus in Phnom Penh die junge Krankenschwester Bopha kennen, wegen einer Blinddarmentzündung hatte er in die Hauptstadt gefahren werden müssen. Bophas Familie stammte aus einem Dorf in Kampong Cham, einem reichen Verwandten verdankte sie ihre Ausbildung in der Hauptstadt. Bereits im Krankenbett bat der Patient sie um ein Rendezvous, was sie selbstbewusst ablehnte. Das erstaunte ihn, gefiel ihm aber auch.

»Er war es nicht gewohnt, dass ihm eine Frau eine Absage erteilte«, sagte die Mutter lächelnd, wenn sie den Kindern die Geschichte ihres Kennenlernens erzählte, und der Vater fügte jedes Mal augenzwinkernd hinzu: »Was das betrifft, war eure Mutter die Erste. Alle Frauen in Kep sind mir nachgelaufen!«

Tevi konnte sich das bei ihrem Vater gut vorstellen.

Nach seiner Entlassung aus dem Krankenhaus blieb der Vater noch einige Tage in Phnom Penh, jeden Tag brachte er der jungen Krankenschwester Blumen. Am letzten Tag seines Aufenthalts ließ sie sich erweichen und ging mit ihm ins Kino. Zwei Wochen später kam er wieder für einige Tage in die Hauptstadt, und sie trafen sich täglich. Drei Wochen darauf machte er ihr einen Heiratsantrag. In Kambodscha war es nicht üblich, jahrelang miteinander zu gehen, bis man sich bereits wieder auf die Nerven ging, ganz gleich, ob die Ehe von der Familie arrangiert worden oder ob es eine Liebesheirat war, in letzterem Fall nutzte man die Verliebtheit der ersten Zeit, um das Wagnis einzugehen.

Sie heirateten im *Frangipani*. Einen Monat später war die junge Frau schwanger.

Der Vater war dreiundzwanzig, die Mutter zweiundzwanzig, als die älteste Tochter Sopheap 1963 geboren wurde, schnell folgte Channary ein Jahr darauf. Anfangs wohnten sie in einer kleinen Wohnung im Hotel. Auch die Mutter identifizierte sich mit dem Hotel, sie genoss es, den Suiten ihren Stempel aufzudrücken.

Im Herbst 1967 kaufte der Vater das gelbe Haus außerhalb der Stadt, der Besitzer war ein Stammgast im Hotelrestaurant. Er wollte nicht, dass seine Kinder in einem Hotel aufwuchsen, in dem Luxus an der Tagesordnung stand. Allerdings fiel der Mutter die Umstellung, tagsüber und oft bis spät in die Nacht hinein mit den Kindern alleine zu sein, nicht leicht. Doch für sie war es natürlich, sich den Wünschen des Mannes zu fügen.

Tevi wurde am 1. März geboren. Die Mutter war klein und zart gebaut, die Geburten waren für sie sehr schwer, bei Tevis Geburt – sie war von allen vieren der größte Säugling – wären beide fast gestorben. Als sie zum vierten Mal schwanger wurde, war der Vater panisch vor Angst, doch Arun, der kleine Bruder, 1972 geboren, war ein Winzling und bereitete die wenigsten Schwierigkeiten. Vermutlich war er deshalb ihr Liebling.

Das Hotel lief gut, und das war vor allem Hengs persönlichem Einsatz zu verdanken, die Besitzerin war sich dessen bewusst und honorierte es: Sie bezahlte ihm ein äußerst stattliches Gehalt. Tevis Vater hatte Charme und die Gabe, Menschen mitreißen zu können, außerdem setzte er auf das richtige Pferd: die »fêtes de charité«. Die Leute wollten feiern, sich amüsieren und obendrein ihr schlechtes Gewissen beruhigen, denn der Großteil der Bevölkerung lebte nach wie vor in Armut.

Jedes Wochenende wurde gefeiert, es gab abwechselnd eine kleine Party auf der Hotelterrasse nur für Hotelgäste und ein rauschendes Fest im Park, für das sich Gäste von auswärts anmelden konnten. Da der Vater sich immer wieder etwas Neues einfallen ließ – mal stand das Fest unter einem Motto und die Leute hatten verkleidet zu kommen, mal gab es eine Überraschung wie ein lustiges Gemeinschaftsspiel, ein Theaterstück oder einen Tanz, der gemeinsam einstudiert wurde –, hatten diese Feste bald den Ruf, legendär zu sein, und viele kamen sogar extra die weite Strecke aus Phnom Penh angereist, um dabei zu sein. Am Beginn des Abends stellte der Vater ein neues oder laufendes Wohltätigkeitsprojekt vor und forderte zu Spenden auf. Mit dem Geld wurden Schulen in den Dörfern gebaut und Lehrer angestellt, landwirtschaftliche Projekte gefördert, begabte Jugendliche zum Studieren in die Städte geschickt und kinderreiche Familien, die unverschuldet in Not geraten waren, langfristig unterstützt. Ebenfalls zu Beginn des Festes berichteten Verantwortliche über die Entwicklung eines Projekts, zeigten Dias, manchmal erzählte ein Betroffener von seinen Erfahrungen. Besonders französische Unternehmer und Urlauber waren äußerst spendabel, als würden sie als Staatsbürger der ehemaligen Kolonialmacht ihren Seelenfrieden erkaufen wollen.

Ab Herbst 1973 veränderte sich einiges, was das Hotel betraf. Feste wurden seltener und bescheidener organisiert, weil der Vater sie nicht mehr für angebracht hielt, doch feierten die reichen Khmer – welche nun in der Überzahl waren, denn die ausländischen Urlaubsgäste blieben vielfach aus – auch ohne angekündigtes Fest wild und ausgelassen. Es herrschte eine Art Endzeitstimmung. Ausländische Geschäftsleute, die nicht wahrhaben wollten, dass die Kuh ausgemolken war und obendrein am Rande des Abgrunds stand, machten ebenfalls immer noch Badeurlaub. Gelegentlich verbrachten auch amerikanische US-Marine-Offiziere und Offiziere der kambodschanischen Regierung ihre freien Tage im Hotel.

Anfang April 1975 besiegten die Roten Khmer die Regierungstruppen endgültig, jahrelang hatten sie bereits weite Teile des Landes beherrscht, nun fielen ihnen auch die Städte in die Hände. Die letzten Ausländer verließen fluchtartig das Land. Tagelang waren die Eltern angespannt gewesen, das bevorstehende Neujahrsfest wurde zur Enttäuschung der Kinder zum ersten Mal nicht gefeiert. Einmal hörte Tevi ihre Mutter weinend den Vater anflehen: »Lass uns doch nach Frankreich gehen.« Doch der Vater sagte nur leise: »Ich kann nicht, ich kann einfach nicht.«

Tevi erinnerte sich an jede Einzelheit des Morgens, an dem der Soldat der Roten Khmer an die Haustür hämmerte und »Aufmachen!« brüllte. Sie hielt gerade ein Stück Mango in der Hand, der klebrige Saft rann über ihre Finger und tropfte auf den Teller. Die Familie saß in der Küche und frühstückte, sie zwischen den Eltern auf ihren Fersen sitzend auf dem Stuhl, der eigentlich dem kleinen Bruder Arun gehörte. Der war auf den Schoß der Mutter geklettert, sodass Tevi die Gelegenheit wahrgenommen hatte, unter dem Tisch hindurchgekrochen und auf seinen Stuhl geklettert war. Die älteren Schwestern hatten missbilligend die Köpfe geschüttelt, Tevi hatte ihnen die Zunge gezeigt. Der Vater hatte eine Mango geschält und jedem ein großes Stück gereicht, ihr hatte er dabei zugezwinkert.

Die Eltern sahen einander erschrocken an, und der Vater stand langsam auf, schob den Stuhl zurück und verließ mit schweren Schritten die Küche. Der Mutter liefen Tränen über die Wangen. Sie hörten, wie der Vater den Schlüssel im Schloss drehte, die Tür öffnete und mit jemandem sprach. Nach einer Weile rief er nach ihnen, sie standen auf und gingen in die Vorhalle. Zwei junge Männer, einer davon fast noch ein Kind, standen am Türrahmen gelehnt und grinsten ihnen unverschämt triumphierend entgegen, sie trugen schwarze, weite Kleidung, ein rotes Tuch um den Hals, Gummisandalen an den schmutzigen Füßen, Maschinengewehre um die Schultern gehängt. Beide kamen ihr bekannt vor, und Tevi überlegte, woher sie sie kannte. Doch sie erinnerte sich nur an den Älteren: Er hatte im Hotel ihres Vaters gearbeitet, sein Name fiel ihr nicht ein, sie wusste nur, dass er ihrem Vater viele Sorgen bereitet hatte. An den Jüngeren konnte sie sich beim besten Willen nicht mehr erinnern, ihr Vater hatte aufgrund seiner Wohltätigkeitsfeste immer viele Kinder ins Haus gebracht, vermutlich war der Junge eines davon.

»Wir müssen innerhalb einer Stunde das Haus verlassen«, erklärte der Vater.

Die Mutter schrie unterdrückt auf. Tevi sah die Angst in ihren Augen und begann am ganzen Körper zu zittern.

»Packt nur das Nötigste ein«, sagte der ältere Soldat zur Mutter. »In drei Tagen dürft ihr zurück.«

»Wohin sollen wir gehen?«, fragte die Mutter.

»Raus aus der Stadt. Wenn ihr Verwandte auf dem Land habt, geht zu ihnen«, sagte er. »Ich bin in einer Stunde zurück und sehe nach euch. Ich würde euch raten, keine Zeit zu verschwenden.« Er wandte sich ab.

»Warum macht ihr das?«, rief ihnen Sopheap nach. Ihre Stimme klang schrill.

Er drehte sich um, schaute sie interessiert an und ging langsam auf sie zu. Knapp vor ihr blieb er stehen und schaute ihr fest ins Gesicht. »Weil wir die Macht dazu haben«, sagte er grinsend. »Und weil ihr jetzt nichts Besseres mehr seid.«

Er verschwand nach draußen.

Der Vater schloss die Tür und schickte sie in ihre Zimmer, sie sollten schnell ein paar Kleidungsstücke in eine Tasche packen, außerdem dürfe jeder sein Lieblingsspielzeug mitnehmen. Sopheap erhielt den Auftrag, darauf zu achten, dass alle sinnvoll packten, nämlich bequeme Sachen wie Hosen, Shirts, dünne Pullover, Regenjacken, Turnschuhe. Die Mutter zog er mit in die Küche. Tevi lief ihnen nach.

»Wer war das?«, fragte sie.

»Soldaten der Roten Khmer«, sagte der Vater.

Tevi war erstaunt. Soldaten hatte sie sich immer in Uniformen und schwarzen Schnürstiefeln gekleidet vorgestellt, würdevoll auftretend. Die jungen Männer hatten auf sie wie ungehobelte, verwahrloste Bauernjungen gewirkt.

»Haben sie den Krieg gewonnen?«

Der Vater nickte.

»Was wollen sie jetzt von uns?«, fragte sie weiter, während sie gegen die Tränen kämpfte.

»Ich weiß es nicht. Aber mach dir keine Sorgen, alles wird gut. Sie wollen unserem Land Frieden bringen.«

Im Zimmer begannen Arun und sie wahllos ihre Lieblingssachen aufs Bett zu türmen, dabei schluchzten sie die ganze Zeit. So viele vertraute Dinge wie möglich wollte Tevi mitnehmen – ihren Teddybären, obwohl sie schon lange nicht mehr mit ihm gespielt hatte, ihre bunten Kleider, die Malbücher und Malstifte, die Puppe mit den langen, gelben Haaren, ihre Musikkassetten – sie konnte das doch nicht alles zurücklassen, es gehörte zu ihr! Wer weiß, was damit passieren wird, dachte sie. Nach einer Weile kam Sopheap zu ihnen, sie hatte Reisetaschen und Rucksäcke in den Händen und begann systematisch zu packen, sie wählte sorgfältig dünne Kleidungsstücke aus, die nach einem Regen schnell trockneten, und faltete sie ordentlich. Was ihre Kleider und Spielsachen betraf, musste Tevi sich entscheiden, sie beschimpfte Sopheap, doch diese blieb streng, schließlich reichte sie ihr ein geblümtes Kleid und die Puppe.

Eine Stunde später ging Tevi durch die Räume des Hauses und betete stumm: Bitte lass mich bald wieder hier sein! Obwohl sie erst sieben war, ahnte sie, dass sie ihr Zuhause für immer verloren hatte.

Voll beladen mit Reisetaschen, Säcken und Koffern, traten sie aus dem Haus, die Eltern hatten einen großen Koffer mit Wasserflaschen, einem Reissack, einer Menge Konservendosen, einem Gaskocher und Geschirr gefüllt. Am Auto lehnten lässig mehrere Soldaten und rauchten.

»Ihr geht zu Fuß«, sagte einer von ihnen, »so wie alle anderen auch.«

Er deutete mit dem Kopf in Richtung Straße. Der Vater starrte ihn fassungslos an. Der junge Mann verzog die Lippen zu einem spöttischen Grinsen, dann wurde sein Gesicht hart, und er spuckte aus.

Sie setzten sich in Bewegung und gingen den Weg hoch, der sich durch die Mangrovenbäume zur Straße schlängelte, hinter ihnen die Soldaten. Laufend trafen sie auf Nachbarsfamilien, die ebenso aus ihren Häusern gejagt worden waren.

Dann schienen es sich die grölenden Männer anders zu überlegen, sie trieben Tevis und eine andere Familie an den Strand hinunter, die zweite Familie kannte Tevi gut, es waren Freunde ihrer Eltern. Stundenlang saßen sie im Sand, bekamen von den Soldaten zu essen und zu trinken, die Eltern achteten darauf, dass sie und ihre Geschwister mit dem Rücken zum Meer saßen und sich nicht umdrehten, einmal schlief sie ein. Als sie Schüsse hörte, steigerte sich Tevis Angst ins Unermessliche. Sie wollte sehen, was unten am Wasser vor sich ging, doch ihr Vater hielt sie fest, sie konnte nur den entsetzten Ausdruck in seinem Gesicht sehen. Es wurde dunkel, und sie verbrachten die Nacht am Strand, auch den nächsten Tag. Tevi wusste nicht mehr, wie viel Zeit vergangen war, als andere Soldaten kamen und einen heftigen Streit mit denjenigen begannen, die sie bewacht hatten.

Der Soldat, der sie aufgefordert hatte, das Haus zu verlassen, wurde heftig geschlagen. Der andere Soldat, der fast noch ein Kind war, kam zu ihnen und forderte sie auf, ihm zur Hauptstraße zu folgen, sie erhoben sich und nahmen ihre Sachen. Tevi sah, dass der Vater sich ständig nach der anderen Familie umdrehte, und hörte, dass der junge Soldat ihm viele Ratschläge gab.

Monikas Tagebuchaufzeichnungen: Jänner 1981 – September 1982

Marthas und meine Vermutung, die wir von Anfang an gehabt hatten, bestätigte sich: Familie Nath, mit der Kim und Tevi nach Österreich ausgewandert waren, ist nicht ihre richtige Familie gewesen.

Kim erzählte, dass sich die Eltern im Dschungel der beiden angenommen und sie im Flüchtlingslager kurz entschlossen als leibliche Kinder ausgegeben hatten, damit sie eine Chance auf eine Zukunft im Westen hatten. Familien mit Kindern wurden beim Asylantrag bevorzugt behandelt, Waisenkinder erhielten nur Asyl, wenn im Vorfeld Adoptiveltern für sie gefunden worden waren, was bei älteren Kindern selten vorkam. Tausende Waisenkinder lebten in den thailändischen Flüchtlingslagern und in Kambodscha selbst und hatten kaum eine Perspektive.

Wir erfuhren nach und nach die ganze Geschichte. Auslöser war das Beantragen der Flüchtlingspässe gewesen. Beide zögerten beim Niederschreiben des Familiennamens »Nath« und gestanden, dass es nicht ihr richtiger Name sei und sie wieder die Namen ihrer Eltern tragen wollten. »Werden wir jetzt zurückgeschickt?«, fragte Tevi ängstlich. Das war ihre ganze Sorge. Ich musste den beiden mehrmals versichern, dass das nicht der Fall sein würde.

Nicht einmal Geschwister sind sie. Darüber wunderte ich mich dann doch. Warum? Ich kann es nicht so recht beschreiben, aber diese Vertrautheit zwischen ihnen schrieb ich automatisch der Geschwisterliebe zu (na ja, ich bin ein Einzelkind und Ines auch). Sie gehen sehr behutsam und liebevoll miteinander um.

Kims richtiger Name ist Mey, Tevis Nachname lautet Chhang. Tevi wurde in der Küstenstadt Kep geboren, Kim in einem kleinen Fischerdorf, das sich zwischen Kep und Kampot befindet. Sein Vater war Fischer.

Beide verloren sie ihre Familienangehörigen, und zwar alle, Tevi ihre Eltern, ihre zwei älteren Schwestern und einen jüngeren Bruder, Kim seinen Vater und zwei Brüder. Seine Mutter war bei der Geburt des jüngsten Bruders gestorben. Mit Ausnahme von Tevis Bruder, der an Malaria gestorben ist, wurde ihre gesamte Familie von den Roten Khmer ermordet. Man erschlug sie mit der Rückseite einer Axt. Wie Kims Familie starb, erfuhren wir nicht, er wollte nicht darüber reden.

Tevi machte uns das vor, ich konnte sie gar nicht bremsen, obwohl ich es versuchte, denn Ines saß mit geweiteten Augen da. »Die Leute mussten niederknien«, sagte sie, »und der Soldat hat mit der Axt fest auf den Hinterkopf geschlagen. Die Leute sind nach vorn gekippt, in die Grube hinein. Niederknien hat bei uns Sterben bedeutet.«

Sie schlüpfte in die Rolle des Opfers, indem sie sich auf den Boden kniete und den Kopf beugte. Dann sprang sie auf und holte aus der Schublade einen Schöpflöffel. Sie packte ihn mit beiden Händen und ließ ihn mit einer Wucht auf die Stelle niedersausen, an der sich zuvor ihr Kopf befunden hatte. Mir stockte regelrecht der Atem. Dann setzte sie sich wieder an den Tisch.

Tevi und Kim hatten einander nicht gekannt, sie liefen sich Ende 1978 zufällig über den Weg und traten gemeinsam die Flucht vor den Kämpfen zwischen den Vietnamesen und den Roten Khmer an. Auf dem Weg durch den Dschungel zur thailändischen Grenze nahm sich Familie Nath ihrer an.

Bevor sie die Küche verließen, fragte Ines: »Aber wie und wo habt ihr euch kennengelernt?« Ich hörte Tevis Stimme im Flur, während Kim mir gegenübersaß und seinen Tee schlürfte: »Kim rettet mein Leben. Er geht bei Grube vorbei, voll mit toten Menschen. Ich bin auch darin, aber noch am Leben. Er holt mich heraus und nimmt mich mit auf die Entenfarm, wo er arbeitet. Ich bin sehr krank und schwach, und er füttert mich mit Fleisch von Ente.«

***

Ich musste Ines bremsen. Sie ist sehr neugierig und hat eine Schwäche für tragische Geschichten. Ständig fragt sie Tevi und Kim nach ihrer Kindheit aus, nach ihren Familien, nach den Erlebnissen zur Zeit der Roten Khmer. Man merkt, dass es beiden zu viel ist, auch Tevi. (Kim erzählt ohnehin nichts.) Tevi erzählt lieber von der Zeit vor dem April 1975, offenbar hatte sie eine glückliche Kindheit. Ihr Vater war zur Hälfte Franzose und führte ein Hotel in Kep. Warum ihre Familie erschlagen wurde, weiß sie nicht. »Sie sagen dir keinen Grund, sie tun es einfach«, sagte sie.

***

Bis jetzt läuft alles gut in den neuen Klassen. Kims Lieblingsfächer sind Geschichte und Werken, Tevis Lieblingsfächer sind Englisch, Turnen und Textiles Werken. Sie ist sehr geschickt beim Häkeln, Stricken und Nähen. Martha erklärte ihr die Nähmaschine, und sie nähte an einem Nachmittag ein Kleid für sich. (Einiges ist verbesserungswürdig.)

Es ist unglaublich, wie schnell sie lernen, nicht nur die Sprache, sondern alles, und wie schnell sie sich anpassen, sie saugen alles auf wie ein Schwamm. Nie sind sie frech oder aufmüpfig. In den ersten Tagen sahen sie, dass Ines half, den Tisch zu decken und abzuräumen, dass sie den Geschirrspüler ein- und ausräumte, und sofort machten sie es auch. Als sie sahen, dass Ines ihr Zimmer aufräumte, taten sie es ihr nach. Ines trank Tee und aß Cornflakes zum Frühstück, sie auch. (Kim stieg allerdings schnell wieder auf Brot mit Honig und Kakao um.) Tevi imitiert Marthas: Sapperlot!, was uns anfangs sehr zum Lachen brachte, Kim verwendet oft meine Redewendung: Na komm schon.

Zweimal besuchten sie mit Martha den Gottesdienst, ließen es dann aber wieder, sie konnten nichts damit anfangen. In der Schule, das weiß ich von Ines, hängen sie an den Lippen der Lehrer und sind ängstlich darauf bedacht, alles richtig zu machen.

***

Heute wurden Geburtstagswünsche bei Martha und mir deponiert: Tevi (sie hat in drei Tagen Geburtstag) wünscht sich eine Schokoladentorte und Rollschuhe, Ines eine Malakoff-Torte und fünf Reitstunden, Kim eine Käsesahnetorte und neue Turnschuhe. Außerdem beschlossen Tevi und Ines, Anfang April eine gemeinsame Geburtstagsparty mit allen Mädchen ihrer Klasse im Garten zu feiern.

***

Ines nahm im letzten halben Jahr sieben Kilo ab!!

***

Heute kamen die Flüchtlingspässe aus Wien!

Beim Abendessen zog Martha langsam die Besteckschublade auf und zwinkerte mir zu. Sie holte zwei Kuverts heraus und legte sie auf den Tisch. »Ihr habt Post bekommen«, sagte sie zu Kim und Tevi. Die zwei starrten die Briefe ehrfürchtig an und trauten sich nicht, sie zu öffnen. Es war das erste Mal überhaupt, dass sie Post bekamen. Schweigend aßen sie einfach weiter.

»Na kommt schon, macht sie auf«, sagte ich zu ihnen, »worauf wartet ihr?«

»Wir müssen zurück?«, fragte Kim leise.

»Blödsinn«, sagte Martha, »das werden eure Pässe sein. Passports! Wir können im Sommer eine Reise machen.«

»Darf ich sie für euch aufmachen?«, fragte Ines. Tevi nickte.

Ines riss das Kuvert auf, zog den grauen Pass heraus, öffnete ihn und las vor: »Tevi Chhang, geboren am 1. März 1968.« Sie zeigte uns allen Tevis Foto und sang Tadadadaaa. Tevi stieß ein Freudengeheul aus, nahm den Pass an sich und küsste ihn.

Dann öffnete Ines den zweiten Brief, zog den Pass heraus, las vor: »Kim Mey, geboren am 17. Juni 1966«, und zeigte uns allen sein Foto. Kim drückte ihn an seine Brust.

Sie freuten sich so wahnsinnig! Immer wieder nahmen sie ihre Pässe in die Hand, öffneten sie, schauten sie an, streichelten sie, als könnten sie es nicht glauben. Martha machte zur Feier des Tages Schokoladenfondue mit Bananen, Mandarinen und Orangen. »Können wir jetzt wirklich reisen?«, fragten sie an die zehn Mal. Den ganzen Abend lang diskutierten wir, wo wir unseren Sommerurlaub verbringen sollen. Ines stimmte für Griechenland, Tevi für Paris, Kim für Italien.

***

Vierzehn Mädchen kamen letzten Samstag zur Geburtstagsfeier. Sie saßen auf Decken im Garten, verkleideten und schminkten sich stundenlang. Fünf übernachteten auf einem Matratzenlager in Ines' Zimmer. (Tevi schläft ohnehin seit Langem die meiste Zeit bei Ines.) Die halbe Nacht hörte ich sie im Zimmer kichern und konnte nicht schlafen. Ich ging ins Wohnzimmer hinunter und schlief auf der Couch.

***

Kim scheint Bäume nicht zu mögen. Oder liegt es an der Dunkelheit, die im Wald herrscht? Auf alle Fälle betritt er meinen geliebten Wald überhaupt nicht gern, was ich sehr schade finde. Jedes Mal, wenn wir am Sonntagnachmittag eine Runde drehen, zu Fuß oder mit dem Rad, schlägt er den Weg über die Felder ein, damit ich nicht auf die Idee komme, hoch zum Wald zu gehen. Letzte Woche ließ er sich zwar überreden, wirkte dann aber höchst widerwillig und sprach kein Wort. Als wir wieder auf der Wiese standen, schien er aufzuatmen. Er wollte dann nicht darüber sprechen, winkte einfach mit einer lässigen Handbewegung ab. Ich würde gerne wissen, ob er etwas Schreckliches in einem Wald erlebt hat, doch ich will nicht bohren. Ich muss ihm Zeit geben. Vielleicht erzählt er es mir einmal, ich hoffe es sehr.

***

Unsere Senta ist heute Nacht gestorben.

Es ging ihr bereits zwei Wochen lang sehr schlecht, sie fraß kaum mehr und verkroch sich tagsüber im Garten unter der Berberitze, in der Nacht lag sie in der Küche unter der Bank. In den letzten zwei Tagen ging sie gar nicht mehr ins Freie und fraß nichts mehr.

Martha, die völlig fertig ist, wollte sie unbedingt im Garten begraben, obwohl das verboten ist. Kim hob hinter dem Haus eine Grube aus, wir wickelten sie in ihre alte Decke und begruben sie. Die Mädchen warfen Blumenkränze in das Grab und lasen ein Gedicht vor, das sie selbst geschrieben hatten. Kim bastelte auf Marthas Wunsch ein Kreuz und steckte es in die Erde.

***

Kim feierte heute seinen fünfzehnten Geburtstag. Er lud zwei Freunde ein, Martin (aus seiner Klasse) und dessen älteren

Bruder Christian. Jeder von ihnen verdrückte drei Tortenstücke, Martha hatte ihre wahre Freude mit ihnen. Christian flirtete ein bisschen mit Tevi. Anschließend radelten sie ins Freibad. Tevi wäre gerne mitgekommen, aber da Ines sich weigerte (ihr ist es peinlich, vor Jungs im Bikini zu sein), blieb sie auch zu Hause.

Kim kam spät nach Hause. Er war grün im Gesicht, und ihm war übel. Er gestand Martha und mir, dass er sein erstes Bier probiert hatte. »Bier schmeckt grauenhaft«, sagte er. »Wenn dir Bier nicht schmeckt, wirst du nie ein richtiger Österreicher«, lachte Martha.

***

Dr. Wimmer bot mir das Du an. Es ist ungewohnt, Alexander zu ihm zu sagen, ich verrede mich ständig und sage »Doktor Wi… äh Alexander«.

***

Zeugnistag!

Ines hat außer einem Gut in Turnen nur Sehr gut. Sie ärgert sich maßlos über die Turnlehrerin (ich auch). Tevi und Kim wurden dieses Mal in allen Fächern – im Gegensatz zum Halbjahreszeugnis – benotet, und beide haben sie nur in Deutsch ein Genügend, ansonsten nur Sehr gut bis Befriedigend. Ich bin stolz auf alle drei.

***

Der Sommer neigt sich dem Ende zu. Am Montag beginnt wieder die Schule.

Kim verbrachte viel Zeit mit Martin und Christian im Freibad und auf dem Fußballplatz, drei Wochen lang half er auf dem Kehrer-Hof beim Heuen. Ines und Tevi blieben fast zwei Wochen lang in München und kamen ganz selig zurück. (Zum Glück lief es für Ines besser als im letzten Jahr.) Robert hatte sich Zeit genommen und mit den Mädchen und seinen zwei Buben ein paar Tage lang im Schwarzwald Campingurlaub gemacht.

Zehn Tage verbrachten wir auf Grado. Als Kim und Tevi das erste Mal das Meer vor sich sahen, war ihre Begeisterung unglaublich. Tevi schrie: »Bonjour mer!«, weinte vor Freude und umarmte alle der Reihe nach. Kim sagte: »Endlich.« Sie wollten gar nicht mehr aus dem Wasser heraus und planschten wie kleine Kinder herum. Jeden Tag bauten sie alle möglichen Gebäude aus Sand oder buddelten sich selbst ein. Oder sie lagen im Schatten, und Ines las ihnen aus »Onkel Toms Hütte« vor.

Martha und ich hatten uns Sorgen gemacht, dass den dreien ein Strandurlaub zu langweilig wird. Das Gegenteil war der Fall, sie wären gerne länger geblieben.

***

Jubiläum: Kim und Tevi sind genau ein Jahr bei uns. Zur Feier des Tages kochte Martha das Lieblingsessen der beiden: Hühnergeschnetzeltes mit Reis und Gemüse, als Nachspeise Schokoladenmousse.

Kim ist im letzten Jahr elf Zentimeter gewachsen, Tevi acht. Aber nicht nur äußerlich veränderten sie sich. Sie sprechen Dialekt, blödeln mit ihren Freunden herum, sind auch nicht mehr ganz so kindlich, brav und ruhig wie am Anfang. Es gibt ab und zu ein Murren, besonders bei Tevi, wenn es heißt »Zimmer aufräumen« oder »Könntest du endlich für die Schularbeit lernen?«. Es sind zwei normale pubertierende Teenager, die mir viel Freude bereiten.

***

Wir haben Tevis Tante in Rouen gefunden!!!

Da Tevi nicht aufhörte, von Paris zu reden, beschlossen wir, den Urlaub dieses Jahr in Frankreich zu verbringen, zuerst wollten wir ein paar Tage in Paris bleiben, anschließend war geplant, in die Normandie oder Bretagne – je nach Lust und Laune – weiterzufahren. Alle drei wollten wieder ans Meer.

In Paris wohnten wir im Hotel *Gare du Nord,* direkt im Zentrum. Fünf Tage lang bummelten wir durch die Stadt. Sogar Martha, der es manchmal ein bisschen zu anstrengend wurde, war wie die Kinder von den Sehenswürdigkeiten und vom Essen begeistert. (Ich liebe diese Stadt sowieso, seitdem ich mit achtzehn zum ersten Mal da gewesen bin.)

Wir sahen sehr, sehr viel: Eiffelturm, Triumphbogen, Champs-Élysées, Notre Dame, Sacré-Cœur, Centre Pompidou, Jardin de Luxembourg, den Louvre und natürlich die Sorbonne, darauf bestand Tevi. Sie erzählte, dass ihr Vater hier zwei Jahre lang Medizin studiert hatte, bevor er wieder nach Kambodscha zurückgegangen war, weil sein Heimweh zu groß geworden war. Tevi hatte ihren französischen Großvater, er war ein hoher Kolonialbeamter in Battambang gewesen, nie kennengelernt.

»Ich glaube, der ist schon tot«, sagte sie.

»Hast du noch andere Verwandte hier?«, fragte Martha, aber Tevi wusste kaum etwas.

»Mein Vater hat nie von Verwandten geredet«, sagte sie, »nie, das war bei uns zu Hause immer ein großes Geheimnis. Ich weiß nur, dass er in Paris studiert und vorher ein paar Jahre in Rouen bei einer Familie Auger gewohnt hat. Aber ob er mit denen verwandt war, weiß ich gar nicht. Er ging dort auf ein Lycée, das ist alles, was ich weiß.«

»Die Leute in Rouen finden wir, oder zumindest jemanden, der sie gekannt hat«, sagte Kim.

Plötzlich wurde es zu einem Abenteuer, welches Kim und Ines mehr reizte als Tevi. Sie schien Angst zu haben, etwas herauszufinden, das ihr eventuell nicht gefallen könnte.

»Ich glaube, mein Großvater war ein schrecklicher Mensch«, sagte sie einmal, »sonst hätte mein Vater von ihm erzählt.« Und ein anderes Mal: »Ach, wisst ihr, ich fahre lieber schnurstracks ans Meer.«

Da aber Kim nicht lockerließ (Na komm schon, auch wenn wir nichts finden, ist es spannend!), packte sie ebenfalls die Neugier. Wir fuhren nach Rouen und fühlten uns wie Detektive, eine eigenartige, aufgekratzte Stimmung hatte von uns Besitz ergriffen. (Ich war überzeugt davon, dass wir keine Verwandten finden würden. Es kam mir einfach nicht realistisch vor. Das, was Tevi wusste, war so wenig, so bruchstückhaft, widersprach sich in vielem.)

Wir kauften einen Stadtplan von Rouen. Auf dem Hauptpostamt suchten wir im Telefonbuch nach dem Namen »Auger«. Es gab nur drei Familien mit diesem Namen, wir schrieben ihre Adressen auf und suchten sie im Stadtplan, eine lag etwas außerhalb.

Der Erste, den wir besuchten, war Auger Charles, es war der Falsche, wie sich schnell herausstellte. Tevi und ich (die Einzigen, die etwas Französisch sprechen) wurden an die Front geschickt, hinter uns standen Martha, Ines und Kim, permanent überdreht Witze reißend. Ich erklärte dem alten Herrn – mehr schlecht als recht –, worum es ging, was gar nicht so leicht war, Tevi warf einige Worte ein. Wir faselten etwas von Kambodscha, Verwandten, Kolonialbeamten, Sohn, der hier eine Zeit lang lebte und zur Schule ging. Der Mann schaute uns skeptisch an und schüttelte bedauernd den Kopf. Die nächste Adresse (Jean) erwies sich ebenso als Flop.

Wir fuhren zur dritten Adresse (Marie), während der Fahrt musste Tevi dringend auf die Toilette. Das Haus lag nicht direkt an der Straße, sondern etwas abseits, es gab eine schmale Zufahrt, weshalb wir es nicht sofort fanden. Von vorne sah das Haus unscheinbar aus, umgeben von alten Bäumen. (Innen ähnelt es einem Palast.)

Tevi und ich liefen zur Tür, während die anderen im Auto sitzen blieben. Wir klingelten, und eine Frau um die sechzig öffnete. Ich sagte nur: »Darf diese junge Dame bei Ihnen auf die Toilette gehen?«, während Tevi neben mir von einem Bein aufs andere trat. Nach Kambodscha wollte ich nachher fragen. Die Frau zeigte Tevi die Toilette, sie selbst musste schnell in die Küche, sie hatte etwas auf dem Herd stehen, so genau verstand ich sie nicht. Ich wartete in der geöffneten Eingangstür, Kim und Ines stiegen aus dem Auto und kamen zu mir. Der Flur, der vor uns lag, war eher eine Halle, geschmackvoll eingerichtet, die Wände von oben bis unten behängt mit gerahmten Schwarz-Weiß-Fotos, Kim schaute sich einige Bilder an, bei einem stutzte er und winkte mich zu sich. Im selben Moment kam Tevi aus der Toilette, die sich am Ende des Flurs befand. Sie ging langsam auf uns zu, beim Vorbeigehen betrachtete sie ebenfalls die Fotos an der Wand. In dem Augenblick, in dem Kim mir das Bild zeigte, auf dem vier Jugendliche, darunter ein kambodschanischer Junge, abgebildet waren, und die Frau wieder auftauchte, blieb Tevi ruckartig vor einem Foto stehen, stieß einen Schrei aus und schlug sich die Hände vor den Mund. Danach begann sie sehr heftig zu weinen, sie schluchzte und krümmte sich, und wir konnten sie lange nicht beruhigen.

Das ist nun drei Tage her. Seither sind wir hier. Marie Auger lud uns ein, bei ihr ein paar Tage zu verbringen. Sie ist eine sehr nette, herzliche Frau (obendrein gebildet, unterrichtet Sprachen an der Hochschule), und sie ist überglücklich, endlich ihre Nichte kennenzulernen. Die beiden können sich aneinander kaum sattsehen, sind ständig am Erzählen. Tevis Vater, Henri Auger, war Maries Halbbruder, den sie zum letzten Mal im Herbst 1960 gesehen hatte, sie war die Einzige, von der er sich verabschiedete, bevor er Frankreich verließ. Sie hatten eine enge Bindung, mit dem Rest der Verwandtschaft war er nicht klargekommen. Sie schrieben sich Briefe, er schickte hin und wieder ein Foto von seiner Familie. Sein letzter Brief samt Foto stammte vom März 1975, dann hörte sie nichts mehr von ihm. Die Suche über das Rote Kreuz im Jahr 1979 blieb erfolglos.

Tevi hatte das Foto an der Wand sofort erkannt. Es zeigte sie an ihrem siebten Geburtstag am 1. März 1975. Sie saß an einem Tisch im Freien, rechts von ihr saß ihr kleiner Bruder Arun, links saßen die beiden Schwestern Sopheap und Channary. Ihr Vater stand direkt hinter ihr, hatte die Hände auf ihre Schultern gelegt, ihre Mutter stand neben ihm.

***

Vorgestern kamen wir aus Frankreich zurück – zu dritt. Nie hätte ich gedacht, dass unsere Reise ein solches Ende nehmen würde.

Es ist ruhig im Haus. Gestern Nacht heulte ich tatsächlich wie ein Schlosshund.

Kim und Tevi sind in Rouen geblieben. Marie Auger hatte Martha und mich darauf angesprochen: »Ich hätte gerne meine Nichte bei mir, und sie möchte es auch. Es ist ihr unangenehm, Ihnen das zu sagen, da sie Ihnen sehr dankbar ist für alles, was Sie getan haben. Ich bin Ihnen auch sehr dankbar. Und ich finde, wir sollten Kim und Tevi, falls sie zusammenbleiben wollen, nicht trennen. Er ist sich noch nicht ganz sicher und möchte am Ende der Sommerferien entscheiden, ob er hierbleibt oder nach Österreich zurückgeht. Das mit dem Antrag auf Pflegschaft geht sicherlich problemlos über die Bühne, da ich nachweisen kann, dass Tevi meine Nichte ist, außerdem habe ich einen guten Freund im Bildungsministerium.«

Das Erste, was ich nach Marie Augers kleiner Rede dachte, war: Warum habe ich mich nur auf dieses blöde Detektivspielen eingelassen? Dann wäre das alles nicht passiert! Im nächsten Moment schämte ich mich für meinen kleinlichen Gedanken.

Die letzten zwei Tage waren schwierig für alle Beteiligten. Irgendwie schien jeder ein schlechtes Gewissen zu haben, besonders mir gegenüber. Ich freute mich für Tevi, dass sie einen Teil ihrer Familie gefunden hatte, und ich konnte Kim verstehen, dass er nicht alleine in Österreich bleiben wollte, Tevi war mehr Schwester für ihn, als es Ines je hat werden können. Aber ich fühlte mich vor Trauer wie gelähmt.

Ich redete mit den beiden, ob sie nicht doch mit nach Hause kommen wollen, um sich in Ruhe von den Freunden zu verabschieden, zu packen und Lebwohl zu sagen. »Findet ihr das nicht alles ein bisschen überstürzt?«, fragte ich sie.

Ich merkte, dass es Tevi peinlich war, mit mir darüber zu reden. Sie sagte mehrmals zu mir: »Es tut mir leid, aber sie ist meine Tante, meine Tante!«

Ich musste sie immer wieder beruhigen und ihr beteuern, dass ich sie verstehen konnte. Kim war merkwürdig still, er wirkte verstört, als wäre er völlig hin- und hergerissen. Tevi erklärte, dass erstens in wenigen Tagen der Rest der Verwandtschaft auftauchen würde, um sie kennenzulernen, nämlich Maries Brüder und deren Familien – Tevi hatte drei Cousins und zwei Cousinen –, und dass zweitens schon in vier Tagen das Lycée beginnen würde. Ich versprach, ihr ihre Sachen zu schicken, und Tevi zählte ihre Lieblingskleidungsstücke auf. Beim Abschied weinten wir alle, außer Kim.

Die Rückfahrt war schrecklich. Ines saß auf dem Rücksitz, redete kein Wort und schaute mit versteinerter Miene aus dem Fenster.

***

Kim ist wieder da.

Seelenruhig kletterte er gestern Nacht durch das geöffnete Fenster im Badezimmer. Martha, die ihn für einen Einbrecher hielt, hätte ihm beinahe die Pfanne übergezogen. Er war komplett übermüdet und wollte nur ins Bett, stundenlang hatte er gebraucht, um per Autostopp von Linz nach Hause zu kommen, von Paris nach Linz war er mit dem Zug gefahren, Marie Auger hatte ihm das Ticket bezahlt. »Du hättest anrufen können, ich hätte dich abgeholt«, sagte ich. »Ich wollte dir keine Mühe machen«, sagte er.

Beim Frühstück staunte Ines nicht schlecht und fiel ihm sogar um den Hals. »Warum bist du nicht dortgeblieben?«, fragte sie.

Er zuckte mit den Schultern. »Ich hatte wirklich, wirklich keinen Bock, wieder ganz von vorne anzufangen. Außerdem braucht ihr hier ja einen Mann im Haus.«

Kambodscha, Siebzigerjahre, Familie Mey

Nach dem Fest im *Frangipani* änderte sich mein Leben. Ich war nicht mehr so unglücklich wie die Jahre zuvor und fühlte mich zuversichtlicher.

Morgens lief ich zur Hauptstraße und stieg in den Bus, der mich in die Stadt brachte. Alles, was die Lehrer erzählten, saugte ich auf wie ein Schwamm. Besonders interessierten mich die Fächer Geschichte, Geografie und Englisch. Schon nach wenigen Wochen war ich unter den Klassenbesten.

Regelmäßig sah ich Sopheap. Jeden Dienstag hatten wir zur selben Zeit Unterrichtsschluss, und wir gingen ein Stück gemeinsam, bis sich unsere Wege trennten. Ich ging ins *Frangipani,* dort bekam ich in der Küche ein Mittagessen, sie lief weiter nach Hause, wo ihre Mutter auf sie wartete.

Jeden Freitag aß der Franzose mit seinem Freund, dem glatzköpfigen Mann, den ich auf dem Fest kennengelernt hatte, auf der Hotelterrasse zu Mittag. Anschließend rauchten sie eine Zigarre und spielten eine Runde Rommé. Bis sein Freund eintraf – dieser kam stets in die Küche, um dem Chefkoch den Fisch oder die Meeresfrüchte zu zeigen, die er zubereitet haben wollte –, setzte sich der Franzose kurz zu mir. Nachdem der Glatzkopf dem Koch erklärt hatte, wie er seine Meeresfrüchte zubereitet haben wollte, und mir »Schönen Gruß an den Fischer!« zurief, verabschiedete sich der Franzose von mir und folgte seinem Freund hinüber ins Restaurant.

Die Minuten, die er bei mir saß, genoss ich. Er war ruhig und freundlich, wirkte jedoch immer ein bisschen traurig, jedes Mal fiel mir das auf. Nie war er herablassend mir oder dem Vater gegenüber, der den Zeitpunkt seiner Lieferung so legte, dass er mich mit nach Hause nehmen konnte. Ich kannte reiche Khmer, die sich verhielten, als wären wir Abschaum, wenn sie uns auf der Straße Fisch abkauften. Wir redeten über den Schulstoff und anderes, meine Meinung interessierte ihn tatsächlich. Auch über den Bürgerkrieg, der seit Jahren im Land herrschte, sprachen wir. Seit Jahren bekämpften revolutionäre kommunistische Guerillagruppen, welche von allen als *Khmer Rouges*, Rote Khmer, bezeichnet wurden, die Armee der Regierung. Mehrere Teile des Landes hatten sie bereits besetzt, wo sie die Zwangskollektivierung von Grund und Besitz vorantrieben. Die Roten Khmer bekamen immer mehr Zulauf von der einfachen Bevölkerung, von Menschen, die nichts mehr zu verlieren hatten, und davon gab es mehr als genug in Kambodscha. Die Kommunisten warfen der Regierung unter Staatschef Lon Nol neben Korruption und Ausbeutung des einfachen Volkes auch die Nähe zu den USA vor und wollten sie stürzen. Das Land sollte nur dem Volk gehören, lautete ihre Devise, und auf gar keinen Fall Spielball der ausländischen Politik und Melkkuh einer kleinen städtischen parasitären Schicht von Geschäftsleuten, ausländischen wie einheimischen, sein. Ich musste zugeben, dass mir diese Devise gefiel, ebenso die Vorstellung von kämpfenden Revolutionären, die sich für das einfache Volk und dessen Wohlergehen einsetzten. Der Franzose konnte das verstehen, auch er träumte von gerechteren Bedingungen in Kambodscha. Seine Bedenken galten jedoch der Umsetzung, falls es zum Sieg der Roten Khmer käme. Er hatte viele Bekannte in der Hauptstadt, die ihm von der diktatorischen Vorgehensweise der Truppen in den besetzten Gebieten und den damit einhergehenden grausamen Praktiken erzählt hatten. Offenbar war für die Roten Khmer ein einzelnes Menschenleben nicht viel wert.

»Das sind Gerüchte, um die Revolutionäre schlechtzumachen«, sagte ich entrüstet.

»Ich hoffe sehr, dass du recht hast«, antwortete der Franzose.

Long, die Frau, die ihn damals gemeinsam mit ihrer Tochter Chenda gestillt hatte, passte auf den jüngsten Bruder auf, dafür erhielt sie monatlich eine großzügige Zahlung. Der Kleine spielte gerne mit Chenda. Nach dem Besuch der Dorfschule holte der mittlere Bruder ihn bei ihr ab, und sie bekamen noch ein Mittagessen. Am Abend kochte der Vater für uns. Er trank nicht mehr, nur ab und zu genehmigte er sich ein Glas Reiswein, wenn er mit seinen Freunden Karten spielte. Er wusste, dass der Franzose die monatlichen Zahlungen aus dem Spendentopf zurückhalten würde, wenn er seine Trunksucht nicht im Griff behielt. Ich wusste, dass der Franzose Long angehalten hatte, ihm zu berichten, falls der Vater rückfällig werden würde.

Der Vater ließ sich nicht mehr gehen wie in den letzten Jahren, er spielte wieder mit uns Fußball, erzählte Geschichten aus seiner Kindheit, ließ sich von uns vorlesen, weil seine Augen schlechter geworden waren. Er sanierte die Hütte und vergrößerte sie um einen Schlafraum, wir bekamen ein Stromaggregat und unter der Hütte einen eigenen Wasseranschluss, wir mussten nicht mehr zum Dorfbrunnen laufen, um Wasser zu holen. Ab und zu besuchte uns der Franzose, jedes Mal brachte er eine Kleinigkeit mit, Kleidungsstücke für uns, Spielsachen für den Jüngsten oder Bücher für uns Ältere. Er blieb eine Weile, unterhielt sich mit dem Vater und uns und fuhr dann wieder weg. Mich wunderte, dass er Zeit für diese Besuche hatte, doch von einem Hotelangestellten, Son, wusste ich, dass das Hotel nicht mehr so gut lief wie früher, es waren unruhige Zeiten, seitdem sich der Bürgerkrieg verschärft hatte.

Wenn der Vater keine Zeit hatte, mich abzuholen, brachte Son mich auf Anweisung des Franzosen nach Hause. Son hatte damals das neue Moped zu uns gefahren. Die neue Yamaha war einer der Hauptgründe, warum mein Vater sich anstrengte, nicht zu trinken und fleißig zu arbeiten, er hatte Angst, dass sie ihm wieder weggenommen wurde. Auch wir Buben liebten sie, wir genossen die Ausflüge, die wir mit ihr machen konnten, an abgelegene Strände, in die Küstenstädte, in die Berge. Jeden Sonntag putzten und polierten wir sie hingebungsvoll.

Im Hotel war Son zuständig für Reparaturen, für die groben Putzarbeiten, er parkte die Autos der Gäste, trug deren Koffer in die Suiten. Man nannte das »Concierge«, ihm selbst fiel es schwer, das Wort auszusprechen. Er war klein und drahtig, hatte kurz geschorenes Haar, beim Gehen zog er das rechte Bein etwas nach. Als ich ihn danach fragte, erzählte er mir, dass er vor einigen Jahren in seiner Heimat, der Provinz Kampong Cham, bei einem Bombenabwurf der Amerikaner verletzt worden war. Seine Familie war dabei getötet worden. Nachdem seine Wunde notdürftig verheilt war, hatte er sich wie Tausende andere, die vor den amerikanischen Bomben flüchteten, auf den Weg nach Phnom Penh gemacht. Dort herrschte aufgrund der Flüchtlingsströme aus den bombardierten Regionen eine furchtbare Wohnungsnot, die Menschen hausten auf den Straßen, fanden keine Arbeit, viele waren zum Betteln verurteilt. Ein entfernter Verwandter riet ihm, in eine der Küstenstädte zu gehen, dort sei die Situation entspannter, es gäbe keine Bomben und mehr Arbeitsmöglichkeiten. Son beherzigte seinen Rat und kam Anfang 1971 in Kep an, wo er auf ein menschenwürdigeres Leben hoffte. Der Anfang gestaltete sich schwieriger, als er sich vorgestellt hatte, er fand keine Unterkunft und schlief am Strand, seine Wunde entzündete sich wieder. Eines Tages, er hatte bereits hohes Fieber, fand ihn der Franzose in der Nähe des Hotelstrands und brachte ihn kurzerhand im Personalhaus unter. Der Arzt versorgte seine Wunde, und wenige Wochen darauf begann Son im *Frangipani* als Concierge zu arbeiten.

Aus irgendeinem Grund schien Son meine Nähe zu suchen. Wenn ich alleine beim Mittagessen saß und er Zeit hatte, setzte er sich zu mir. Wenn jedoch der Franzose bei mir saß, ließ er sich nicht blicken. Sein Lieblingsthema war die katastrophale politische Situation in Kambodscha, er konnte zwar kaum lesen und schreiben, dafür jedoch gut und überzeugend erzählen. Seine Erzählungen glichen Predigten. Er wusste viel über die Geschichte unseres Landes, ereiferte sich sehr über politische Fehlentwicklungen in den letzten Jahren. Er mochte Prinz Norodom Sihanouk nicht, dem das Schicksal seines Volkes, das ihn wie einen Gottkönig verehrte, offensichtlich gleichgültig war. Er schimpfte über den korrupten Staatschef Lon Nol, der in Saus und Braus lebte und mit den Amerikanern paktierte. Diese warfen jährlich Zigtausende Bomben im Nordosten des Landes ab, um die Waffennachschubbasen der Vietcong in den kambodschanisch-vietnamesischen Grenzregionen zu zerstören. Ganze Landstriche wurden verwüstet, die Flüchtlingsströme in die Hauptstadt nahmen kein Ende. Über die reiche Schicht, die er als Blutsauger bezeichnete, lästerte er, sie verursache die Armut der meisten Menschen. Er schwärmte von der Vision, dass kein Mensch hungerte, keiner bessergestellt war als der andere. Auch wenn er mich nach Hause fuhr, was nicht oft der Fall war, kam er auf dieses Thema zu sprechen, er schien fixiert darauf zu sein, erging sich in Hasstiraden über die gebildeten reichen Stadtbewohner, die auf Kosten der ländlichen Bevölkerung lebten, die kaum wussten, wo sie die nächste Mahlzeit für ihre Kinder herbekamen.

»Fragst du dich nie, warum der Franzose und seine Familie in einer Villa leben und du mit deiner Familie in einer armseligen Hütte? Warum sie täglich köstliche Speisen in Hülle und Fülle bekommen und du nur den Fisch, den dein Vater gefangen hat? Warum seine Kinder gute Schulen besuchen können, immer bestens gekleidet sind, während ihr in Lumpen geht?«, fragte er.

Solche Gedanken wären mir früher nie in den Sinn gekommen. Die Situation, in die Menschen hineingeboren wurden, war von den Göttern bestimmt, hatte meine Mutter immer gesagt, es lag an jedem Einzelnen, das Beste daraus zu machen und ein Leben zu führen, das den Göttern und den Geistern der Vorfahren gefiel. Doch Son verstand es, allmählich ein Gefühl in mir hervorzurufen, das ich bisher nicht gekannt hatte: Neid. Ich begann den Franzosen und das Umfeld, in dem er sich bewegte – die Hotelgäste, seine Freunde –, in einem anderen Licht zu sehen.

Son gestand mir, dass er zweimal wöchentlich eine Gesprächsrunde besuchte, in der den Teilnehmern diese Themen nähergebracht wurden. Er bezeichnete diese Runde als »Zirkel«. Er senkte die Stimme, wenn er davon sprach, als dürften seine Arbeitskollegen und vor allem der Franzose von seiner Freizeitbeschäftigung nichts erfahren. Ich fand interessant, was Son erzählte, Geschichte war auch mein Steckenpferd. Auch gefiel mir, dass er dem Franzosen, den Gästen und den Hotelangestellten, die ihm höhergestellt waren, offen in die Augen sah, was andere Khmer nie getan hätten, die meisten schauten zu Boden, wenn mit ihnen gesprochen wurde, verhielten sich unterwürfig. Doch etwas anderes gefiel mir nicht: Er wirkte verschlagen auf mich. Einmal bekam ich mit, wie er den Franzosen belog, indem er behauptete, Geld, das ihm dieser für den Kauf einer Fahrradkette gegeben hatte, wäre ihm gestohlen worden. Außerdem erniedrigte er Kollegen, die ihm untergeordnet waren, jedoch nie vor anderen Leuten, stets im Verborgenen, nur vor mir hatte er keine Hemmungen.

Einmal fragte er mich nach Einzelheiten über den Tod meiner Mutter, und ich berichtete vom geldgierigen Arzt, der sich geweigert hatte zu kommen, weil er Geld im Voraus hatte sehen wollen und ihm Fisch als Bezahlung zu wenig gewesen war. Während ich erzählte, merkte ich, wie es in meinen Eingeweiden rumorte. Obwohl sich unser Leben zum Positiven verändert hatte, seit der Franzose auf dem Fest Spenden gesammelt hatte, war der Gedanke an den Tod der Mutter noch sehr schmerzhaft. Auch wenn sich die materielle Situation geändert hatte, das Fehlen der Mutter würde es niemals aufwiegen können. Immer noch spürte ich den hasserfüllten Zorn auf den Mann, der das alles hätte mit Leichtigkeit verhindern können. Son begann zu lachen.

»Und dabei frisst er jetzt den Fisch deines Vaters so gern, der Herr Doktor!«, sagte er.

»Was meinst du?«

»Er kommt jeden Freitag ins *Frangipani,* um hier zu essen, er bevorzugt Makrelen und Oktopusse«, antwortete Son. »Er ist der beste Freund des Franzosen, außerdem sind sie Nachbarn.«

»Das ist der Arzt?«, fragte ich erstaunt, und Son nickte.

»Du solltest dein Gesicht sehen!« Son bekam sich vor lauter Lachen kaum ein.

Vor Bestürzung bekam ich kein Wort heraus.

Da ich wusste, dass Son den Glatzkopf nicht leiden konnte, weil dieser ihn einmal beim Stehlen erwischt hatte – Son hatte Benzin aus den Autos einiger Gäste in einen Kanister gesaugt, was ein großer Skandal im Hotel gewesen war, ihm wäre beinahe gekündigt worden –, fragte ich einige Tage darauf den Koch, ob der Glatzkopf tatsächlich der Arzt war, und er bestätigte es.

Von da an ging ich freitags nicht mehr ins *Frangipani* essen, weil ich es nicht ertrug, den Mann zu sehen, der meine Mutter auf dem Gewissen hatte. Ich hatte Angst, man könnte den Hass in meinem Gesicht erkennen, Angst, dass mir übel werden könnte. Vom Franzosen war ich enttäuscht.

Es war gut möglich, dass er von der ganzen Sache nichts wusste, dennoch, die Tatsache, dass er mit solch einem Scheusal befreundet war, färbte auf ihn ab. Mit einem Mal sah ich ihn und seine Hilfe in einem anderen Licht. Vermutlich war ich für ihn nur Mittel zum Zweck gewesen, um vor seinen Gästen den wohltätigen Helden spielen zu können.

Ich war zu feige, um den Franzosen darauf anzusprechen, stattdessen zog ich mich zurück. Ich begann ihn zu verachten, die Freundschaft mit dem Arzt machte mir seine Zugehörigkeit zur skrupellosen, ausbeuterischen Schicht bewusst, ich hatte sie vorher nicht sehen wollen, weil ich ihn gemocht hatte. Wie hatte ich mir vormachen können, er wäre einer von uns? Er war keinen Deut besser als diejenigen, die uns mit ihrer protzigen Lebensweise täglich den Mund wässrig machten, dachte ich.

Zur gleichen Zeit hörte Sopheap auf, mich dienstags von der Schule bis zum Hotel zu begleiten, sie wurde rot, wenn sie mich sah, wandte sich zu ihren Freundinnen. Diese kicherten, wenn sie mich erblickten. Offensichtlich war sie wegen unserer Freundschaft gehänselt worden. Dennoch fühlte ich mich verletzt und zutiefst gekränkt. Es brachte das Fass zum Überlaufen, ich wollte mit der Familie Chhang nichts mehr zu tun haben. Ich sah mich nach einer anderen Mitfahrgelegenheit um und fand schnell eine. Ältere Schulkollegen besaßen ein Moped und waren bereit, mich nach dem Unterricht mitzunehmen, sie wohnten in der Nähe meines Dorfes. Wir freundeten uns an, trafen uns abends, saßen mit einem Transistorradio am Strand, hörten Musik, rauchten, die Älteren schauten den Mädchen hinterher. Eine andere Zeit brach für mich an. Ins *Frangipani* ging ich nicht mehr. Der Franzose schaute einmal bei uns vorbei, doch ich versteckte mich in der Hütte eines Freundes und ließ mich nicht blicken.

Wenige Monate darauf wurde das Hotel geschlossen, der Vater verkaufte seinen Fisch wieder an der Straße, die Yamaha durfte er behalten. Die Roten Khmer stünden kurz vor dem Sieg, hieß es, die meisten der ehemaligen Gäste hatten sich ins Ausland abgesetzt. Ich fragte mich, ob die Chhangs auch gegangen waren.

Einige Monate später sah ich Son wieder, er lehnte lässig am Schultor und lud mich auf ein Eis ein. Da ich neugierig war, wie es ihm in der letzten Zeit ergangen war, ging ich mit. Wir saßen im Park, und er erzählte mir, dass er sich vor einem halben Jahr ganz den Roten Khmer angeschlossen hatte. Er fragte mich, ob ich nicht Lust hätte, einen zweiwöchigen Zirkel zu besuchen, in dem den Teilnehmern die Geschichte des Landes und die Philosophie der Kommunisten nähergebracht wurde. Das Camp würde auf dem Berg Phnom Bokor stattfinden, nach Ablauf der Zeit war jeder frei, seiner Wege zu gehen.

Ich sagte, ohne zu zögern, zu, ich hatte nichts zu verlieren. Meine Brüder waren mittlerweile groß genug, um eine Weile ohne mich auszukommen, der Ältere war verantwortungsbewusst und kümmerte sich rührend um den Jüngeren. Die beiden waren sich in der Zeit, in der ich den Großteil des Tages im Gymnasium in Kep verbracht hatte, sehr nahegekommen.

Ich wollte Teil der Revolution sein. Ich wünschte mir eine bessere Zukunft für mich, meine Brüder, für die armen Menschen im Land. Ich hatte keine Lust mehr, in einer armseligen Hütte dahinzuvegetieren, ich wünschte mir dieselben Bedingungen, die wohlhabende Leute hatten.

Kambodscha, Siebzigerjahre, Familie Chhang

Schon aus der Entfernung konnte Tevi sehen, dass auf der Straße viele Menschen unterwegs waren, massenweise strömten sie langsam stadtauswärts. Ruhig und ergeben wirkten sie, beschäftigt damit, ihre Habseligkeiten zu schleppen und nicht aufzufallen, keiner lehnte sich auf oder wehrte sich. Die Familie reihte sich ein, die Menge verschluckte sie, der junge Soldat war plötzlich verschwunden.

Eifrig bedacht, sie nicht zu verlieren, ging Tevi zwischen ihren Eltern, denn sie sah Kinder herumlaufen, auch ganz kleine, die nach ihrer Mutter und ihrem Vater schrien. Sie konnte Gesprächsfetzen der Menschen um sich herum aufschnappen und lauschte neugierig. Eltern beantworteten die Fragen ihrer Kinder, warum sie ihr Zuhause hatten verlassen müssen und wann sie wieder zurückkehren durften. Ein Vater lobte die rasche Evakuierungsmaßnahme, da die Amerikaner in den nächsten Tagen die Stadt bombardieren würden.

»In drei Tagen dürfen wir zurück«, sagte der Mann zu seinem Kind, »das haben sie gesagt.«

Tevi fragte ihren Vater danach.

»Ich bin mir nicht so sicher, dass das stimmt«, sagte er.

Eine ältere Frau drehte sich zu ihnen um und sah sie böse an. »Ihr wollt behaupten, dass die Roten Khmer lügen?«, fragte sie hart.

Daraufhin blieben sie ein Stück zurück, bis sie aus ihrem Blickfeld verschwand. Sie gingen und gingen, unerbittlich brannte die Sonne auf sie hernieder. Tevis Mund war wie ausgedörrt, doch wenn sie um Wasser bettelte, zögerten ihre Eltern es hinaus.

»Bald bekommst du etwas«, sagten sie abwechselnd zu ihr.

Wenn Arun bettelte, ließ sich die Mutter schneller erweichen, einmal hob sie ihn hoch, und während sie ihn trug, reichte sie ihm heimlich eine Wasserflasche. Tevi bemerkte es und schrie vor Wut auf, sie stürzte auf die beiden zu und entriss ihnen die Flasche. Danach wollte sie die Mutter nicht mehr aus den Augen lassen und ging gekränkt neben ihr her. Ihr Vater nahm sie an der Hand und erzählte ihr leise eines ihrer Lieblingsmärchen, *Die schlafende Schöne im Wald*. Sie trafen auf Bekannte, die alle so taten, als würden sie sie nicht kennen, keiner grüßte, jeder senkte den Kopf. Ab und zu brausten Jeeps an ihnen vorbei, in denen junge Männer saßen, alle schwarz gekleidet, manche hielten ein Maschinengewehr in der Hand, manche grölten wild: »Sieg! Es lebe das Demokratische Kampuchea!« Als eine alte Frau nicht mehr gehen konnte – sie war mitten auf der Straße niedergesunken –, blieb ein Jeep am Straßenrand stehen. Zwei junge Soldaten sprangen vom Wagen und befahlen der Familie weiterzugehen.

»Ich lasse meine Mutter nicht zurück«, sagte der Familienvater.

»Wir kümmern uns um sie«, sagte einer der Soldaten.

Der Familienvater weigerte sich zu gehen, und es entstand ein Tumult, weil er immer wieder dazu aufgefordert wurde.

»Wie wollt ihr euch um sie kümmern?«, hörte er nicht auf zu fragen.

Die beiden Männer hoben die Bewusstlose an den Achseln hoch und schleppten sie in das angrenzende Feld, ihr Kopf baumelte hin und her, sie verlor ihre Sandalen, die nackten Füße schleiften am Boden und wirbelten Staub auf. Der Familienvater folgte ihnen und redete laut auf die Soldaten ein. Neugierig verfolgte Tevi die Szene. Ihr Vater zog sie an der Hand weiter, den Kopf jedoch wendete sie zurück. Die Soldaten blieben stehen, ließen die Frau zu Boden fallen, einer von ihnen nahm seine Pistole aus dem Gürtel und schoss ihr in den Kopf, dann auf die Brust des Mannes, der vor ihnen stand. Tevi schrie auf, und ihrem Vater entfuhr ein entsetztes »Nein!«. Sie drehte den Kopf vor und lief weiter, mechanisch setzte sie einen Fuß vor den anderen. Als der Jeep an ihr vorbeifuhr, hörte sie den älteren Soldaten mit den beiden jüngeren schimpfen: »Ihr sollt Munition sparen, ihr Idioten!« Alle Menschen hasteten weiter. Wenn Tevi einen Blick in ein Gesicht erhaschen konnte, sah sie nur Angst, Verzweiflung und Grauen. Später suchte sie mit den Augen die Familie der alten Frau und ihres Sohnes, konnte sie aber nirgendwo entdecken.

Am Abend, als es endlich etwas abkühlte, schlug die Familie neben der Straße inmitten Hunderter anderer Familien ihr Lager auf. Während die Mutter auf dem Gaskocher Reis kochte, ging der Vater zwischen den Menschen umher. Mit einem älteren Ehepaar, das früher im Hotel gearbeitet hatte, unterhielt er sich länger. Als Tevi zu ihnen lief, schickte er sie weg. Kurz darauf kam er zur Familie zurück und sagte: »Kommt, lasst uns ein Stück gehen.«

Abseits von den anderen Flüchtlingen sah er sich noch einmal um, bevor er eindringlich mit ihnen sprach: »Es ist sehr wichtig, was ich euch jetzt sage. Vergesst alles, was mit unserem früheren Leben zu tun hat, vor allem vergesst unsere französischen Wurzeln. Wir sind eine einfache Arbeiterfamilie. Ich bin Fischfabrikarbeiter im Hafen, eure Mutter hat Nudelsuppe auf der Straße verkauft, um etwas dazuzuverdienen, eure Mutter stammt aus einem Dorf in Kampong Cham, ich aus einem in Koh Kong. Wir sind sehr arm, haben in einer Einzimmerwohnung gewohnt und haben kaum Schulbildung. Ihr sprecht kein Französisch, hört ihr? Denkt immer daran. Lasst euch nicht dazu hinreißen, etwas anderes zu sagen, auf keinen Fall.«

Er ließ sie seine Worte wiederholen, Arun musste sie sogar zwei Mal nachsprechen. Tevi verstand die Welt nicht mehr. Ihr Vater sollte ein einfacher Fabrikarbeiter sein?

Sie aßen ein bisschen Reis, bevor sie sich hinlegten. Aus Erschöpfung schlief Tevi sehr schnell ein, wachte jedoch nach wenigen Stunden auf, ihr Magen knurrte, und ihr ganzer Körper juckte, weil sie sich nirgendwo hatten waschen können. Sie lag da, versuchte, nicht an ihr Zuhause zu denken, an ihre Freunde, ihre Spielsachen, das Meer, versuchte, die Angst und den Hunger zu vergessen und wieder einzuschlafen, was ihr erst gegen Morgen gelang. Als Sopheap sie weckte, fühlte sie sich wie gerädert.

Nach drei Tagen kamen sie an eine Straßenkreuzung, an der viele Soldaten der Roten Khmer standen. Auch Soldatinnen waren darunter, alle sahen gleich aus, trugen schwarze Hosen und Hemden wie die Männer, hatten kurze Haare und finstere Gesichter. Eine Familie nach der anderen musste mit ihrem Hab und Gut vortreten. Ein Soldat und eine Soldatin, etwas älter als die übrigen, saßen an einem provisorischen Tisch – eine Platte, die man auf gestapelte Autoreifen gelegt hatte –, fragten mit strengem Blick nach Namen, Berufen und notierten alles in einem großen Heft.

Stundenlang standen sie in der Schlange. Bevor sie an der Reihe waren, verfolgten die Eltern genau, was vor ihnen passierte. Ein Ehepaar nannte seine Berufe, er war Arzt in Sihanoukville gewesen, sie hatte als Krankenschwester gearbeitet. Sie mussten nach rechts gehen und mit ihren zwei kleinen Kindern auf einen Ochsenwagen steigen. Ein anderes Ehepaar hatte in Schulen unterrichtet, sie wurden ebenfalls mit ihren Kindern zu dem Ochsenwagen geleitet und mussten aufsteigen. Eine Familie, die auf einer Hühnerfarm gearbeitet hatte, musste nach links gehen, eine andere mit vier Kindern, der Mann ein einfacher Handwerker, sie eine Arbeiterin, gingen auch nach links.

Schließlich waren sie an der Reihe und mussten an den Tisch vortreten. Mittlerweile trugen sie die einfachste Kleidung, die sie in ihren Taschen mitgetragen hatten, der Vater hatte einen leichten Baumwollschal, einen Krama, um den Kopf gewickelt, er hielt den Blick gesenkt und ging leicht gebückt, sein Gesicht hatte er mit Staub und Dreck eingerieben.

»Heng Chhang«, sagte er, »vierunddreißig Jahre alt, Fischfabrikarbeiter.«

»Bopha Chhang«, sagte die Mutter, »zweiunddreißig, ich habe Somlah Machou Khmae gekocht und auf der Straße verkauft.«

Der Vater zeigte der Reihe nach auf die Kinder und nannte nicht nur ihre Vor- und Familiennamen, sondern auch ihre Generationennamen, die in Kambodscha üblich waren. Alle Buben einer Generation tragen in einer Familie denselben Vornamen, dann erst folgt der individuelle Vorname, dasselbe ist bei den Mädchen der Fall. Die drei Schwestern hießen alle Sok. Der Bruder trug den Generationennamen Pich vor seinem Vornamen Arun, und falls sie einen zweiten Bruder bekommen hätten, hätte dieser ebenfalls Pich geheißen.

»Sok-Sopheap Chhang, zwölf Jahre. Hat auf ihre Geschwister aufgepasst und tageweise in der Fischfabrik ausgeholfen. Sok-Channary Chhang, zehn Jahre alt. Sok-Tevi Chhang, sieben Jahre. Pich-Arun Chhang, fünf Jahre.«

»Wo habt ihr gelebt?«, fragte die Frau weiter.

»Die letzten Jahre in Kep, vorher in Sihanoukville«, sagte mein Vater.

»Wir nennen die Stadt wieder bei ihrem alten Namen Kampong Som«, sagte die Frau. »Hast du das verstanden, Kamerad?«

Der Vater nickte.

»Woher stammst du?«, fragte der Mann.

Der Vater nannte den Namen eines kleinen Dorfes in der Provinz Koh Kong.

»Habt ihr noch Verwandte auf dem Land?«, fragte er weiter.

Der Vater nickte. Der Soldat forderte ihn auf, die mitgebrachten Sachen neben dem Tisch abzulegen und alles zu öffnen. Die Soldatin beobachtete den Vater genau, als er in die Hocke ging und die Taschen, Säcke und den Koffer öffnete.

»Sehr feine Finger hast du, Genosse«, sagte sie, »sehen nicht aus wie die eines gewöhnlichen Arbeiters.«

»Ach, mein Mann ist eitel«, meldete sich die Mutter zu Wort, dabei grinste sie dümmlich. »Er schmiert sich jeden Abend vor dem Schlafengehen die Hände mit Kokosfett ein.«

Die Soldatin lachte höhnisch.

»Eitelkeit ist eine schlimme Eigenschaft«, sagte der Soldat streng. »Du musst sie dir abgewöhnen, Genosse.«

Der Vater murmelte Zustimmung und stand wieder auf, mit gesenktem Kopf und hängenden Schultern blieb er stehen. Tevi spürte Scham in sich hochkriechen. So kannte sie ihn nicht, ihr Vater war immer ein stolzer Mann gewesen, mit geradem Rücken und offenem, freundlichem Blick war er den Menschen begegnet. Gleichzeitig wurde sie innerlich wütend, auf ihn, auf sich selbst – weil sie ja wusste, dass er nicht anders konnte, um sie alle zu retten, und sie sich trotzdem schämte –, auf die ganze Situation, auf diese schwarz gekleideten, finster dreinblickenden, jungen Menschen, die ihr Leben von einem Tag auf den anderen so völlig veränderten. Sie verstand den Sinn dahinter nicht und wurde verwirrter und verwirrter.

Der ältere Soldat winkte einem jungen Soldaten, dieser kam näher, bückte sich, riss alles aus den Taschen heraus und durchwühlte es. Aus dem Koffer purzelten die Konservendosen, der Reissack zerriss, das Geschirr fiel in den Staub. In Channarys Rucksack fand er den kleinen Kassettenrekorder und die Beatles-Kassetten. Er hob ihn hoch, der Mann am Tisch nickte, der junge Soldat warf das Gerät auf den Boden und trat mit den Füßen darauf. Zum Schluss warf er es zur Seite. Der kaputte Rekorder landete auf einem Haufen voller zerstörter Dinge, zwei ramponierte Autos standen da, die Reifen und Sitze fehlten, Fahrräder, Mopeds, Radios, Stöckelschuhe, sogar ein Schaukelstuhl war darunter.

»So etwas braucht ihr nicht mehr«, sagte der Mann am Tisch zu Tevi und ihren Geschwistern. »Das wahre Leben auf dem Land ist zwar einfach und arbeitsreich, aber voller Schönheit.«

Er deutete der nächsten Familie vorzutreten, offensichtlich war er mit ihnen fertig. Sie rafften schnell die verstreuten Sachen auf und gingen weiter, ein Soldat wies sie nach links. Tevi merkte, dass die Eltern erleichtert waren.

Sie liefen weiter, liefen und liefen, stundenlang, neben ihnen viele andere verzweifelte Menschen. Die ganze Zeit blieben welche zurück, sie sanken stumm am Straßenrand nieder und standen nicht mehr auf. Anfangs hielten ihr die Eltern die Augen zu, wenn ein Toter neben der Straße lag, dann ließen sie es bleiben, es wurden zu viele. Tevi sah ein totes Baby, eine tote alte Frau, einen toten alten Mann, dessen Mund offen stand. Sie sah eine Frau neben der Straße ihr Kind gebären; als der Mann einen Roten Khmer darum bat, sie in ein Krankenhaus zu fahren, wurde er brutal niedergeschlagen. Keiner half, jeder schlich mit gesenktem Kopf vorbei. Sachen lagen überall verstreut, Schuhe, Kleidungsstücke, Radios, ein Fernsehapparat, eine Nähmaschine, offene Koffer, Geschirr, kaputte Fahrräder und Mopeds. In der vierten Nacht legte sich Tevi neben ihren Vater und fragte ihn, wann sie denn endlich nach Hause gehen würden, da die drei Tage ja bereits um waren.

»Die Roten Khmer wollten nur, dass wir die Stadt verlassen«, antwortete der Vater. »Wir können nicht zurück. Wir müssen ein Dorf finden, dort bleiben und hoffen, dass der Spuk bald ein Ende findet.«

Sie weinte sich in den Schlaf, während sie ihr Vater festhielt und beruhigend auf sie einredete.

Es war die heißeste Zeit im Jahr, die Sonne brannte unerbittlich auf sie hernieder. Wenn es dunkel wurde, suchten sie sich einen geeigneten Schlafplatz abseits der Straße, unter Bäumen, neben einem kleinen Fluss oder Tümpel, in dem sie sich notdürftig waschen konnten. Die Mutter kochte eine Kleinigkeit, es war gerade so viel, dass das Knurren des Magens nicht mehr zu hören war, satt wurden sie nie davon.

Der leere Magen war das Schlimmste. Doch wenn Tevi gewusst hätte, dass der Hunger noch viel schlimmer werden würde, wäre sie zufrieden gewesen und hätte nicht ständig um mehr Essen gebettelt, sie hätte sich wie ihre älteren Schwestern diszipliniert verhalten. Sie beneidete Sopheap und Channary um ihre Ruhe, weder jammerten sie noch bettelten sie um eine größere Portion, sie halfen den Eltern, so gut sie konnten. Tevi war hin- und hergerissen zwischen dem Wunsch, so zu sein wie sie – denn sie ahnte, dass ihre Eltern sie dafür umso mehr liebten –, und ihrem übergroßen Hunger, der sie fast um den Verstand brachte. Ihr kleiner Bruder bettelte ständig um Wasser, Essen, eine Ruhepause, und sie konnte sich nicht immer zurückhalten und bettelte mit. Die Eltern blieben hart, obwohl es ihnen den beiden Jüngsten gegenüber gewiss schwerfiel. Sie mussten weitergehen, Wasser musste gespart werden, und die Lebensmittel im Koffer durften sich täglich nur um eine bestimmte Ration verringern. Wenn der Vater am Abend nichts Essbares wie Früchte oder Maiskolben fand und keine Fische fangen konnte, war ihre Mahlzeit besonders armselig, dann bekam jeder nur eine Handvoll Reis und einen Esslöffel voll vom Inhalt einer Konservendose. Einmal fing Sopheap in einem kleinen Fluss mit den bloßen Händen drei Fische, sie war daraufhin die Heldin des Abends. Die Mutter briet sie in der Pfanne, und sie hielten ein Festessen ab.

Die Zahl der Menschen, die neben ihnen gingen, veränderte sich täglich, sie verringerte sich, weil viele von der Straße abzweigten, in Wege einbogen, die zu Dörfern führten, in denen sie Bekannte oder Verwandte hatten, dann stießen andere dazu, und man ging gemeinsam weiter. Die Eltern blieben zu allen freundlich, gaben aber nie viel preis, sprachen nur das Nötigste. Der Vater hatte Angst, dass jemand ihn wiedererkennen würde. Deshalb wollte er auch so weit wie möglich von Kep weg. Einmal kamen sie mit vielen anderen Familien in einem Dorf an, das sie aber in der Nacht, als noch alle schliefen, wieder verließen. Tevi fragte den Vater nach dem Grund, und er antwortete, dass ihm der Dorfvorsteher nicht freundlich genug erschienen sei. Das kam ihr seltsam vor. Ihr war gleichgültig, ob jemand freundlich oder nicht freundlich war, sie wollte endlich irgendwo bleiben, ihre geplagten Füße ausruhen lassen und geregelte Mahlzeiten bekommen. Sie wollte nicht mehr neben den Straßen schlafen müssen, ohne sich vorher irgendwo waschen zu können. Außerdem war der Weg immer beschwerlicher geworden, weil sie seit Tagen in den Bergen unterwegs waren.

»Es ist wichtig, wie der Dorfvorsteher sich verhält«, erklärte ihr Vater. »Davon hängt vieles ab. Dieser Mann hat uns nicht begrüßt, nur barsche Anweisungen gegeben. Seine Augen waren voller Hass, und er hat vor den Leuten ausgespuckt.«

Auch ein zweites Dorf verließen sie rasch wieder. Das war nur möglich, da sie noch nicht registriert waren und ihren Rastplatz nicht am Dorfplatz gewählt hatten, sondern am Waldrand. Während die anderen schliefen, schlichen sie nachts davon. Die Dörfler waren um die Neuankömmlinge herumgestanden, hatten sie voller Verachtung angestarrt. So viel Wut und Hass war in den finsteren Gesichtern spürbar gewesen, dass Tevi sich zitternd hinter Sopheap versteckt hatte. Eine junge Frau hatte der Mutter vor die Füße gespuckt, ein älterer Mann hatte gerufen: »Verdorbenes Pack aus der Stadt! Alle sollte man euch erschlagen!«

Als Tevi ihren Vater fragte, warum sie sie denn so hassten, erklärte er ihr, dass in den Augen der Roten Khmer alle Stadtleute reich und böse seien und vor allem schuld daran, dass es den Menschen auf dem Land so schlecht ginge, ihrer Meinung nach hätten sie die Landbevölkerung ausgebeutet.

Ihr kamen diese Roten Khmer immer verrückter vor. Gerade der Vater hatte den Hotelangestellten mehr bezahlt als üblich, weswegen er oft mit Dame Samnang Sisowath, der Hotelbesitzerin, Streit gehabt hatte, manchmal auch mit der Mutter, da sie es als übertrieben abtat. Er hatte sich gekümmert, wenn ein Angestellter krank geworden war, er hatte immer hohe Spenden für arme Familien gesammelt.

Nach zwölf Tagen kamen sie gemeinsam mit vier anderen Familien in einem kleinen Bergdorf an, in dem an die siebzig Leute lebten. Die Bewohner wirkten etwas freundlicher, manche standen vor ihren Hütten und schauten zu ihnen herüber, aber niemand kam und spuckte sie an. Der Dorfvorsteher, ein Mann von ungefähr dreißig Jahren, wirkte ruhig und besonnen. Den Ankömmlingen wies er Plätze zu, an denen sie in den nächsten Tagen selbst ihre Unterkunft zu bauen hatten. Zwei leer stehende Hütten teilte er den Familien zu, deren Kinder am kleinsten waren und die obendrein die Großeltern bei sich hatten. Seine Frau ging mit einem Topf Reissuppe umher und schöpfte jedem einen großen Löffel voll in seine Schüssel. Ihr Baby trug sie auf den Rücken gebunden, ein zweijähriges Kind lief neben ihr her.

»Dort drüben könnt ihr frisches Wasser holen«, sagte der Dorfvorsteher und deutete auf einen kleinen Brunnen. »Morgen erkläre ich euch, wie man mit Beeren die Kleidung schwarz einfärbt. Denn alle Menschen müssen einheitlich, mit schwarzen Hemden und Hosen, gekleidet sein, Kleider und Sarongs sind nicht erlaubt. Einmal in der Woche findet eine Versammlung in der Nachbarkommune statt, es ist unsere Pflicht, sie zu besuchen. Das Dorf ist gut eine Stunde von hier entfernt. Auf diesen Versammlungen wird euch das neue Demokratische Kampuchea erklärt, und auch, wie ihr euch zu verhalten habt.«

In den nächsten Tagen bauten sie wie die anderen Familien eigenhändig eine Hütte. Die Hütte entstand auf vier ein Meter hohen Stelzen unter einem großen Banyanbaum. Sie gaben sich Mühe, das Innere so geräumig und gemütlich wie möglich zu gestalten und das Dach regendicht zu machen, denn der Monsun stand bevor. Die Mutter stellte sich geschickter an als der Vater. Die Kinder erlebten sie ganz anders als früher, sie war stark und auch erfinderisch, was das Zubereiten von Essen betraf. Für Arun und Tevi war der Hüttenbau ein Abenteuer, das sie sogar ein bisschen genossen, vor allem waren sie glücklich, dass sie nicht mehr stundenlang gehen mussten. Der Vater färbte die Kleidung schwarz ein, und die Mutter schnitt die Haare der Mädchen und ihre eigenen kinnlang ab. Der Dorfvorsteher bestand darauf.

»Sonst machen es die Roten Khmer bei der Versammlung«, sagte er.

Er hatte recht.

Als sie zur ersten Versammlung gingen, schlichen sie, die Bewohner des kleinen Bergdorfs, hinter ihrem Dorfvorsteher her und nahmen auf der linken Seite Platz, Frauen, Männer und Kinder getrennt. Die Versammlung fand auf dem Platz der Kommune statt, unter einer großen Überdachung, gefertigt aus Palmwedeln. In Reihen geordnet, sah man so viele Hütten, dass Tevi sie gar nicht zählen konnte. Später erklärte ihr der Vater, dass dreihundert Bauern in dem Dorf gelebt hatten, man nannte sie die Basisleute oder das Alte Volk, und ungefähr noch einmal genauso viele Neuankömmlinge aus den Städten hinzugekommen waren. Sie waren das Neue Volk, das umerzogen werden musste.

Der Kamaphibal, so wurde der politische Insktrukteur und Leiter der Versammlung bezeichnet, rief alle Frauen und Mädchen nach vorn, deren Haare noch lang waren. Sie mussten niederknien, und zwei junge Rote Khmer schnitten ihnen das Haar ab. Da nur eine Schere zur Verfügung stand, verwendete einer von ihnen ein scharfes, großes Messer. Ein Mädchen wurde dabei am Ohr verletzt, sie blutete heftig, doch der Wunde wurde von den Erwachsenen keine Beachtung geschenkt.

Anschließend predigte der Kamaphibal – ein älterer Mann, dicklich, mit Hängebacken, wulstigen Lippen und einem schlechten Atem – eine Stunde lang über eine sogenannte »Angka«, von der bisher noch nie jemand gehört hatte.

»Die Angka bringt euch Frieden und Gerechtigkeit! Die Angka liebt euch, die Angka sorgt für euch! Die Angka kennt eure Bedürfnisse! Diene der Angka, und alles ist gut! Die Angka ist jetzt deine Familie!«, rief er fortwährend.

Auch in den weiteren Versammlungen ging es nur um diese mysteriöse Angka, deren Regeln von allen Leuten unbedingt befolgt werden mussten, Ungehorsam würde hart bestraft werden. Bei der dritten Versammlung wagte ein Kind zu fragen, wo sie denn sei, diese Angka, und was oder wer sie überhaupt sei. Der Kamaphibal beugte sich zu ihm herab und sagte: »Auch wenn du sie nicht sehen kannst, heißt das nicht, dass sie dich nicht sehen kann. Die Angka hat so viele Augen wie eine Ananas, sie sieht bis in dein Herz hinein. Dein Herz ist gut und rein, wenn du die Angka liebst, es ist böse, wenn du schlecht von ihr denkst oder sprichst, dann bist du ihr Feind und wirst hart bestraft.«

Nach wenigen Wochen kamen zwei junge Rote Khmer in das kleine Bergdorf und besuchten alle Neuankömmlinge in ihren Hütten. In einem Heft notierten sie wieder Namen, Alter und Berufe. Sie fragten auch nach den anderen Familien, ob jemand wisse, ob Lehrer, Ärzte, Künstler, Ingenieure oder Soldaten der ehemaligen Regierung unter ihnen seien. Tevis Eltern stellten sich dumm. Sie mussten ihre wenigen Habseligkeiten vorzeigen, und das meiste nahm man ihnen weg. Arun weinte, als ihm sein kleines Spielzeugauto abgenommen wurde. Die Mutter wischte ihre Tränen weg, die wenigen Fotos, die sie hatte einpacken können – von ihrer Hochzeit, von den Kindern als Babys –, waren fort, sie hatte sie nicht gut genug versteckt. Jeder durfte nur zwei schwarze Hosen und Hemden behalten, eine Schüssel, einen Löffel.

»Das ist alles, was ihr braucht«, wurde ihnen erklärt, »vergesst euer altes Leben!«

Am Abend brannte lichterloh ein Stapel, den die Roten Khmer mit den Besitztümern errichtet hatten. Nur die Armbanduhren hatten sie behalten und sich selbst umgebunden, bevor sie wieder im Wald verschwanden.

Mehr als drei Jahre blieben die Chhangs in dem Dorf. Tevis Vater verstand sich gut mit dem Dorfvorsteher, sie saßen oft beieinander und sprachen über Dinge, von denen Tevi nichts wissen durfte.

»Er glaubt an die Ideale der Revolution, ist aber ein guter Mann, er verabscheut jegliche Form von Gewalt«, hörte sie den Vater zur Mutter sagen.

Die Eltern, Sopheap und Channary arbeiteten auf den Reisfeldern hinter dem Dorf. Monate nach ihrer Ankunft kam der Befehl des Kamaphibals, dass mehr Reisfelder zu entstehen hatten, weshalb die Männer, darunter der Vater, eine große Fläche roden mussten. Das Baumfällen war harte Arbeit, die der Vater nicht gewohnt war, er war nach dem Essen so erschöpft, dass er sofort einschlief. Tevi vermisste ihren lustigen Vater, der mit den Kindern gescherzt und gespielt hatte. Auf der gerodeten Fläche mussten die Männer Kanäle graben, die während der Trockenzeit der Bewässerung dienen und in der Monsunzeit vor Überschwemmungen schützen sollten. Arun und sie mussten je nach Bedarf im Gemeinschaftsgarten, bei den Hühnern und bei den Fischteichen mithelfen.

Sie konnten sich zwar nie die Bäuche vollschlagen, doch sie hungerten nicht. Von der letzten Ernte war genug Reis übrig, zusätzlich gab es Hühnerfleisch, da der Dorfvorsteher Hühner züchtete – sie liefen im ganzen Dorf herum –, Gemüse und Fisch, all das verteilte er umsichtig und sparsam.

Doch im Mai 1976 geschah es, dass Rote Khmer in der Nacht kamen und aus dem Lager die restlichen Reissäcke fortschafften. Nur zwei ließen sie zurück. Sie trugen die Säcke den schmalen Pfad hinunter und luden sie auf einen Lastwagen. Der Dorfvorsteher lief ihnen nach und fragte, wohin sie gebracht würden und dass nun seine Leute zum Verhungern verurteilt wären, daraufhin schlugen sie mit Bambusstöcken auf ihn ein und ließen ihn liegen. Der Vater fand ihn am nächsten Morgen und trug ihn in seine Hütte.

Daraufhin erhielt jede Familie nur noch eine Konservenbüchse voll Reis jeden Tag. Zum Glück gab es die Fischteiche, sie besserten die Mahlzeiten auf, auch wenn eine sechsköpfige Familie mit einem einzigen Fisch auskommen musste, war es besser als nichts. Sie aßen den Fisch mit allem, mit Kopf, Flossen, Innereien, sogar den kleinen Gräten, welche ihre Mutter sehr klein hackte und der Fischsuppe beimengte, um sie dicker zu machen. Der Hunger beherrschte Tevis ganzes Denken, die Familie aß sogar Frösche und Schlangen.

Alte Menschen und kleine Kinder starben an Auszehrung und Krankheiten, nirgendwo gab es einen Arzt. Die Roten Khmer hatten sie alle getötet.

Im Sommer 1976 wurde dem Dorfvorsteher ein Chhlop, ein sogenannter Spitzel, zugeteilt. Er wohnte in einer Hütte mitten auf dem Vorplatz und spionierte alles aus, was sich im Dorf zutrug. Seine Aufgabe war es, bei den Versammlungen in der Nachbarkommune dem Kamaphibal die Vergehen der Bewohner mitzuteilen, dieser hatte über die Bestrafung zu entscheiden. Von nun an beobachtete jeder jeden misstrauisch, die Dorfleute bewachten auch ohne Auftrag rund um die Uhr Fischteiche, Maisfeld, Gemüsegarten. Die Stimmung hatte sich geändert.

Laufend kamen neue Menschen an, und von ihnen erfuhren sie, dass sie es noch relativ gut getroffen hatten. Die Familien durften zusammenleben und auch für sich kochen, es gab keine Gemeinschaftsküche wie in anderen Dörfern und Kommunen. Zur Ergänzung ihrer Ration durften sie eigenes Gemüse neben der Hütte anbauen, im Wald Wurzeln und Pilze suchen, Wildvögel jagen, und auch das Austauschen von Lebensmitteln zwischen Nachbarn und Freunden war erlaubt. Der Dorfvorsteher verstand es, aufgebrachte Gemüter zu besänftigen. Der Chhlop war einer von der faulen Sorte, der seine Ruhe haben wollte. Er schlief viel und war zufrieden, wenn er abends reichlich zu essen bekam. Nur manchmal rügte er jemanden, schwang seinen Bambusstock dabei in der Hand, nur selten meldete er jemanden bei einer Versammlung im Nachbardorf dem Kamaphibal.

Sie hörten Geschichten von Neuankömmlingen, die ihnen die Haare zu Berge stehen ließen. In größeren Dörfern und in den Kommunen wüteten die Roten Khmer viel schrecklicher als in diesem gottverlassenen Nest auf dem Berg. Vermutlich war es ihnen zu mühsam, regelmäßig vorbeizukommen, der schmale, steile Pfad war in der Monsunzeit oft durch umgestürzte Bäume unpassierbar.

Ein zehnjähriges Mädchen, mit dem Tevi wochenlang im Maisfeld Vögel vertreiben musste – sie hieß Li En und wirkte sehr erwachsen –, erzählte ihr von schrecklichen Geschehnissen aus dem Dorf, in dem sie mit der Mutter und den Geschwistern gelebt hatte. Mädchen wurden am helllichten Tag in den Wald geschleppt, wo man ihnen schlimme Dinge antat, Nachbarn denunzierten sich bei den Versammlungen gegenseitig, täglich wurden Leute abgeführt, niemand sah sie je wieder.

»Sie kommen am Abend und sagen, hilf uns, einen Ochsenkarren aus dem Schlamm zu ziehen, hilf uns, eine eingestürzte Brücke zu reparieren oder den Reifen bei einem Lastwagen zu wechseln, und nehmen dich mit. Jeder weiß aber, was wirklich passiert«, erzählte sie.

»Was denn?«, fragte Tevi.

»Du musst vor einer Grube niederknien, und dann schlagen sie dir mit einer Axt von hinten den Schädel ein. ›Knie nieder‹ bedeutet, dass du sterben musst«, sagte sie. »Wenn die Axt den Schädel trifft, klingt das wie das Öffnen einer Kokosnuss. Tock, tock.«

Tevi fragte sie, woher sie das wisse, ob sie es mit eigenen Augen gesehen habe.

»Mein Bruder hat es gesehen, er musste vorher den Gefangenen die Kleidung abnehmen und sie nach dem Schlag in die Grube hinunterstoßen. Manche waren nicht einmal tot und haben ihn von unten herauf verflucht.«

Tevi glaubte ihr nicht und erzählte es in der Nacht den Eltern. Diese waren längst nicht so entsetzt darüber, was sie erzählte – als hätten sie von solchen Dingen bereits gewusst –, sondern darüber, dass sie während der Arbeit über derartiges sprachen. Sie verboten es Tevi, denn jemand könnte es hören und dem Chhlop berichten. Der würde es dem Kamaphibal melden, und bei einer Versammlung würde man sie vor allen zur Rede stellen, vermutlich sogar bestrafen. Man durfte auf keinen Fall schlecht über die Angka reden, und die Roten Khmer vertraten die Angka.

Daraufhin mied Tevi Li Ens Gesellschaft.

Im Januar erkrankte Arun schwer. Es begann mit Übelkeit und Schwäche, er klagte über Schmerzen in den Beinen, lag den ganzen Tag in der Hütte und war zu nichts zu bewegen. Die Mutter trug Tevi auf, gut auf ihn zu achten und ihm viel Wasser zu trinken zu geben, sie kochte es ab, bevor sie aufs Reisfeld ging. Am Abend wurde es schlimmer, er erbrach, weinte und schrie vor Schmerzen. In der Nacht bekam er hohes Fieber, dann wieder schüttelte es ihn vor Kälte. Alle lagen wach und litten mit, Tevi hielt es kaum aus, ihren kleinen Bruder so leiden zu sehen. Sie hörte, wie die Mutter zum Vater sagte: »Es ist vielleicht Malaria.« Am nächsten Tag ging es ihm ein bisschen besser, er aß etwas Reis und Fisch, in der Nacht verschlechterte sich sein Zustand wieder.

»Gibt es keine Medizin?«, fragte Tevi ihre Mutter, doch diese schüttelte traurig den Kopf.

Sie wurde vom Dorfvorsteher freigestellt und durfte bei Arun bleiben, Tevi ersetzte sie auf dem Feld. Als sie am Abend mit den Schwestern todmüde zur Hütte kam, lag Arun schwach und schweißgebadet auf seiner Bambusmatte, er erkannte niemanden mehr. Sie selbst fiel in einen erschöpften Schlaf.

Am nächsten Morgen war Aruns Körper in Mutters alten Sarong eingewickelt. Ihr Vater nahm sie in die Arme und sagte ihr, dass ihr kleiner Bruder in der Nacht gestorben war. Etwas zerbrach in ihr, sie lief in den Wald und trat gegen Bäume, sie schrie und weinte laut. Von allen Geschwistern war er ihr der Liebste gewesen, mit ihm hatte sie die meiste Zeit verbracht, auch noch, nachdem sie aus ihrem Leben in Kep vertrieben worden waren. Der Dorfvorsteher erlaubte ihnen, Arun hinter dem Dorf zu beerdigen, eine Verbrennung der Leiche war nicht gestattet. Die Mutter war nach Aruns Tod verändert, sie wirkte hart und schaute dem Vater eine Zeit lang nicht mehr in die Augen. Tevi wusste, was sie ihm vorwarf: dass er nicht rechtzeitig mit seiner Familie nach Frankreich ausgewandert war.

Bei einer abendlichen Versammlung im Herbst 1978 stellten sie fest, dass ein anderer Kamaphibal eingesetzt worden war. Der alte war am frühen Morgen desselben Tages von einer Gruppe Roten Khmer mitsamt seiner Familie aus dem Bett geholt und in einem Jeep abtransportiert worden. An diese eine Versammlung erinnerte Tevi sich besonders gut. Der neue Kamaphibal war jünger, klein und drahtig, hatte einen verschlagenen Gesichtsausdruck, seine Stimme war laut und schneidend. Den ganzen Abend lang schrie er nicht nur von der Angka, sondern auch von den neuen Feinden, den Vietnamesen: »Die Angka braucht jeden Einzelnen von euch mehr denn je! Wir wappnen uns für den Kampf gegen die Vietnamesen! Diese Hunde schleichen über die Grenzen und wollen unser Land stehlen! Sie lauern überall und sind unsere Feinde! Wir müssen uns gegen sie verteidigen! Wir müssen unser Land von innen heraus stärken! Die Revolution ist ein ständiger Kampf! Wir müssen nach Feinden in den eigenen Reihen Ausschau halten! Nachsichtigkeit und Laschheit werden deshalb nicht mehr verziehen, sondern aufs Härteste bestraft!«

Tevi fiel auf, dass die Bewohner des Nachbardorfs verschreckt wirkten. Für gewöhnlich tat sie so, als lausche sie den Tiraden des Kamaphibals aufmerksam, während sie mit ihren Gedanken ganz woanders war, sie träumte von einem Tisch, der sich bog vor lauter Köstlichkeiten, sie träumte von ihrem weichen Bett, von ihrem Zimmer, vom Meeresrauschen, das sie durch das geöffnete Fenster hören konnte, von den Spielsachen, von ihren Kleidern. Sie träumte davon, dass der Spuk endlich ein Ende hatte, so wie der Vater es immer wieder tröstend sagte, wenn die Verzweiflung besonders groß war: »Ihr werdet sehen, der Spuk hat bald ein Ende, die Amerikaner lassen uns nicht im Stich. Wir müssen und wir werden durchhalten.«

Dieses Mal jedoch hörte sie den Worten des neuen Kamaphibals zu, da sie spürte, etwas hatte sich gravierend verändert. Sie wunderte sich längst nicht mehr darüber, dass man nichts, wovon die Roten Khmer predigten, sehen konnte, weder sah sie diese ominöse Angka noch einen Vietnamesen herumschleichen und die Menschen bedrohen.

Beim Nachhauseweg über den steilen Pfad blieb der Vater mit dem Dorfvorsteher zurück, flüsternd unterhielten sie sich. In der Hütte teilte ihnen der Vater seinen frisch gefassten Plan mit. Er wollte in der darauffolgenden Nacht heimlich mit ihnen aufbrechen und alles daransetzen, über die thailändische Grenze zu gelangen, sie wären hier nicht mehr sicher. Der Dorfvorsteher werde sich mit seiner Familie anschließen, man würde sich jedoch, um jede Gefahr zu vermeiden, schnell trennen.

»Das Morden hat jetzt systematisch begonnen«, sagte der Vater traurig.

Es kam nicht mehr dazu. Am frühen Morgen stürmten zwanzig bewaffnete Rote Khmer in das kleine Dorf. Sie trieben die Menschen aus ihren Unterkünften und versammelten sie auf dem Vorplatz. Tevi spürte das Zittern ihres Vaters, der ihre Hand hielt, als Schreie aus der Hütte des Dorfvorstehers drangen. Es war, als hielten alle den Atem an, so still war es. Es dauerte eine gefühlte Ewigkeit, bis die Tür aufschwang. Zwei Soldaten stießen den Mann die Stufen der Hütte hinunter, den nackten Oberkörper voller Striemen, die Hände am Rücken gefesselt. Ein dritter Soldat schleifte die beiden Kinder aus der Hütte, der vierte hielt die Frau am Oberarm gepackt und zerrte sie mit. Ihr Hemd war zerrissen, man sah eine nackte Brust, ihr Gesicht war blutig, ihre Haare zerzaust, ihr Blick leer. Der Vater der Frau stürzte nach vorn und rief: »Wo bringt ihr sie hin?«

»Das geht dich nichts an, alter Mann«, erwiderte ein Roter Khmer.

»Lasst wenigstens die Frau und die Kinder hier!«, bettelte er. »Habt Erbarmen!«

Der Soldat drehte sich um und rammte ihm das Gewehr in den Magen, der Mann sackte nach vorn und blieb nach Luft ringend liegen. Ein Stöhnen ging durch die Menge. Tevi sah zu ihrem Vater hinauf, er war grau im Gesicht. Er machte ein Sampeah, indem er die Handflächen aneinanderpresste, die gefalteten Hände zur Nase führte und den Kopf beugte, eine Geste, mit der man Lehrer und höherstehende Personen ehrwürdig begrüßte und verabschiedete. Einer nach dem anderen tat es ihm gleich, bis das ganze Dorf die Familie des Dorfvorstehers mit diesem Gruß verabschiedete, die von den vier Soldaten an ihnen vorbei in den Wald geschleppt wurde. Der

Chef der Truppe lief in die Menge hinein und schlug wahllos mit dem Gewehr nach den Leuten.

»Alle, die nach der Revolution in dieses Dorf gekommen sind, packen ihre Sachen zusammen und sind in wenigen Minuten zum Abmarsch bereit!«, schrie er.

Mit neun Familien verließen Tevi und ihre Familie das Bergdorf, das ihnen mehr als drei Jahre lang zur Heimat geworden war, sie stiegen den Berg hinab und kletterten auf einen Lastwagen. Tagelang fuhren sie. Selbst in der Nacht, als der Lastwagen stehen blieb, durften sie nicht hinuntersteigen, um sich einen bequemeren Schlafplatz zu suchen. Man reichte ihnen schmutziges Wasser zum Trinken, zu essen bekamen sie nichts.

Sie waren versteinert vor lauter Angst.

Samstag, 18. Juni 2016

Tevi saß in Kims und Ines' Küche, frühstückte und erzählte dabei Lea, Simon und Jonas, die atemlos an ihren Lippen hingen, die Geschichte ihrer Kindheit.

»Drei Jahre, acht Monate und zwanzig Tage dauerte das Regime der Roten Khmer in Kambodscha, vom 17. April 1975 bis 7. Jänner 1979. Zwangsarbeit, Hunger, Krankheit, Folter und Hinrichtung kosteten einem Viertel der Bevölkerung das Leben. An die zwei Millionen Menschen starben innerhalb von diesen drei Jahren, acht Monaten, zwanzig Tagen. Es gibt niemanden in Kambodscha, der keine Familienangehörigen in der Zeit verlor.« Mit diesen Worten hatte sie begonnen.

»Meine ganze Familie wurde im Dezember 1978 von einem jungen Roten Khmer erschlagen, mein Vater, meine Mutter und meine Schwestern Sopheap und Channary, sie waren fünfzehn und vierzehn Jahre alt. Dass es nur einen Monat vor der Befreiung durch die Vietnamesen geschah, lässt es umso sinnloser erscheinen. Außer meinem kleinen Bruder, der an Malaria gestorben war, hatten meine Eltern, meine zwei Schwestern und ich bis zu diesem Tag durchgehalten, die Vertreibung aus unserem Zuhause, den langen Marsch, den Hunger, die schwere Arbeit auf den Reisfeldern und beim Roden der Wälder und einen langen, mühsamen Transport.

Nachdem wir aus dem Bergdorf abgeholt worden waren, waren wir tagelang unterwegs gewesen, auf einem Lastwagen, zu Fuß, auf einem Ochsenwagen und zum Schluss wieder auf einem Lastwagen, bis wir in einem riesigen Arbeitslager angekommen waren. Hier, mitten im Nirgendwo einer trockenen Buschlandebene, bauten wir mit Hunderten anderer Menschen einen monströsen Staudamm.

Auf der einen Seite dieses kahlen Ungetüms mit der harten,

lehmigen Oberfläche standen unsere Hütten. Männer-, Frauen- und Kinderunterkünfte waren durch spärlich gesetzte Bäume getrennt. In der Mitte gab es die Küche, den Gemeinschaftsspeiseraum und Versammlungsraum, es waren längliche, zu den Seiten hin offene Hallen. Etwas abseits befanden sich die Soldatenunterkünfte und die Häuser der Kamaphibals, und noch weiter entfernt gab es eine Krankenstation, dahinter lag ein kleiner Wald, in dem sich die Latrinen befanden. An den anderen drei Seiten erstreckten sich hügelige Wiesen, am Horizont sah man einen riesigen Wald.

In den ersten Wochen hatten meine Schwestern und ich Glück, wir wurden in der Küche eingesetzt. Dort ging es uns besser als den Eltern, die zwölf Stunden und länger in der prallen Sonne schuften mussten. Auch bekamen wir ein bisschen mehr zu essen und zu trinken. Die Arbeiter auf dem Damm erhielten nur morgens und abends einen Löffel voll dünner Reissuppe. Unsere Eltern sahen nach kurzer Zeit um Jahre gealtert aus. Beinahe täglich erhängten sich Menschen, entweder am Waldrand an einem Baum oder einfach in der Unterkunft, sodass die Leute, wenn sie aufwachten, den toten Menschen über sich baumeln sahen.

Im ganzen Lager waren Lautsprecher aufgehängt, aus denen ab Mittag schreckliche laute Musik und Parolen über die Angka und die Feinde aus Vietnam dröhnten. Als eines Abends die Arbeiter zum Essen trotteten, das wir zu verteilen hatten, setzten alle Lautsprecher aus, und wir hörten ein seltsames Geräusch, es klang wie das Öffnen einer Kokosnuss. Tock, tock. Immer wieder. Es kam aus dem Wald hinter den Soldatenunterkünften. Die Leute senkten die Köpfe und aßen schweigend. Ich dachte an Li En und was sie mir erzählt hatte und begriff, dass sie die Wahrheit gesagt hatte. Deshalb die Lautsprecher, die Musik, diese grässliche laute Stimme, damit wir das nicht hören, dachte ich.

Die Wächter kontrollierten immer wieder die Küche, wobei

wir vor allem vor einem von ihnen Angst hatten. Er trug stets seinen Krama um das Gesicht gewickelt, sodass man nur die Augen sah, an seinem Gürtel hing in einer Lederhülle ein Messer. Sein Spitzname war »Genosse Schlächter«, weil er mit seinem Messer äußerst brutal Menschen massakrierte. Eine Frau erzählte uns flüsternd, dass es schreckliche Gerüchte über ihn gäbe, angeblich habe er einmal einem jungen Küchengehilfen bei lebendigem Leib die Leber herausgeschnitten und sie gebraten. Der Wächter kam immer öfter und musterte unverhohlen Sopheap. Sie war eine Schönheit, und es war offensichtlich, dass sie ihm gefiel. Wir wussten, dass junge Frauen oft von Soldaten vergewaltigt wurden. Sopheap schnürte ihre Brust mit einem zerrissenen Hemd, doch es half nicht, alle Wächter starrten sie an. Früher oder später wird einer sie in den Wald mitnehmen, sagten die Frauen in der Küche. Jedes Mal, wenn sich einer des Wachpersonals näherte, zitterte sie und wurde blass. Zu uns sagte sie oft: »Ich halte das nicht mehr aus.« Eines Nachts stand sie auf und schlich sich aus der Unterkunft. Als ich ihr folgte, sah ich sie in der Nähe der Latrine die Hose ausziehen und sie um einen Ast schlingen. »Was hast du vor?«, fragte ich, und sie schrie: »Ich hänge mich auf!« Ich konnte sie mit Mühe davon abhalten. Schließlich saßen wir beide auf dem Waldboden und klammerten uns weinend aneinander.

Im November wirkte das Wachpersonal mit einem Mal sehr angespannt. Manchmal hörte man in der Ferne Schüsse. Meine Mutter nutzte die Gelegenheit, mich heimlich auf der Latrine zu treffen. Sie, die seit Aruns Tod immer sehr apathisch gewirkt hatte, war ganz aufgeregt und flüsterte mir zu: »Bald ist alles vorbei, die Vietnamesen sind nah. Wenn hier das Chaos ausbricht, treffen wir uns im Wald und machen uns auf den Weg nach Thailand. Haltet durch. Sag es auch Sopheap und Channary.« Ich fragte sie, woher sie das mit den Vietnamesen wisse. »Jemand hat es deinem Vater gesagt«, antwortete sie und lief wieder weg. In der Nacht erzählte ich es meinen Schwestern.

In den nächsten Tagen und Nächten sehnte ich mir das Chaos herbei, das uns erlauben würde, uns heimlich davonzumachen. Ich sehnte mich danach, Schüsse in der Nähe zu hören, nach Panik, die ausbrechen würde. Doch es passierte nichts, alles blieb gespenstisch ruhig, unbarmherzig langsam verstrich die Zeit.

Wenige Tage später kam ein Wächter in die Küche und griff beim Vorbeigehen nach Sopheap. Er packte ihre Hände, drehte sie ihr auf den Rücken und schleppte sie hinaus. Sie wehrte sich nicht, es hätte auch nichts genützt. Channary und ich begannen zu weinen, eine ältere Köchin schrie uns an, sofort damit aufzuhören. Gefühle zu zeigen, überhaupt welche zu empfinden, war laut Angka verboten. Ich sah noch, wie der Mann mit Sopheap in den Wald eilte, und biss meine Lippen blutig bei dem Gedanken daran, was er mit ihr anstellen würde. Nach einer Weile kam sie zurück und arbeitete weiter, als wäre nichts geschehen. Beim Essen flüsterte sie uns zu, dass Genosse Schlächter sie vor der Vergewaltigung gerettet hätte. Wir konnten kaum glauben, was wir da hörten. Ich hatte den Verdacht, dass meine Schwester Fieber bekommen hatte und fantasierte.

Beim Essen sahen wir nur die Mutter, jedoch nicht den Vater, sie berichtete uns, dass Wächter ihn ohne jede Erklärung abgeführt hatten.

»Sie sind mit ihm zum Gefängnis gegangen«, weinte sie.

Ich saß da und bekam kaum Luft. Ich wagte mir nicht vorzustellen, was meinem Vater angetan wurde.

Vom nächsten Tag an mussten wir drei Mädchen im Krater neben dem Damm arbeiten. »Eure Schonfrist ist vorbei«, sagte am Morgen grinsend ein Wächter zu uns.

Es war mir gleichgültig, ich fühlte mich wie tot, die ganze Zeit dachte ich nur an meinen Vater. Meine Schwestern und ich arbeiteten nebeneinander. Wir lockerten die staubtrockene, harte Erde mit Bambusschaufeln, sodass die anderen – meistens waren es kleinere, schwächere Kinder – sie mit bloßen Händen in die muschelförmigen Körbe schaufeln konnten. Mit ihren geblähten Bäuchen und den dünnen Gliedern sahen sie wie alte Menschen aus. Die vollen Körbe wurden von Erwachsenen auf eine Stange gehängt, auf die Schultern gehoben und auf den Damm getragen, mit den leeren kamen sie wieder. Wie schwarze Ameisen in einer Prozession bewegten sie sich hinauf und wieder in den Krater hinunter. Mein Rücken, mein ganzer Körper schmerzte, meine Zunge klebte am Gaumen, ich fühlte mich einer Ohnmacht nahe vor Erschöpfung, Hunger und Durst.

Nach einer Woche ging es mir körperlich sehr schlecht. Ich ahnte, dass das schmutzige Wasser, das wir zu trinken bekamen, schuld war. Im Bergdorf hatte die Mutter aus Angst vor der Ruhr das Wasser abgekocht. In der Nacht lief ich mehrmals auf die Latrine, bis nur noch blutiger Schleim kam, ich hatte höllische Schmerzen und das Gefühl, meine Eingeweide hätten Feuer gefangen. Wenn ich stöhnte, regten sich die anderen Mädchen lautstark über mich auf, bis mir meine Schwestern den Mund zuhielten. Am Morgen hatte ich immer noch starke Bauchschmerzen, die Arbeit im Krater war schrecklicher denn je, ich wankte benommen umher. Gegen Mittag bat ich die Brigadeleiterin, ob ich in die Krankenstation gehen dürfe, doch sie verweigerte es mir. Da man mir nicht erlaubte, auf die Latrine zu gehen, und ich es nicht mehr zurückhalten konnte, rann es einfach aus mir heraus.

»Du stinkst!«, protestierten die Kinder um mich herum, die Brigadeleiterin wurde auf uns aufmerksam, sie kam auf mich zu, packte mich am Arm und schrie mich an: »Du gehst dich sofort waschen und umziehen, dann meldest du dich wieder bei mir! Du bist einfach nur faul! Wenn du nicht in einer Stunde wieder da bist, melde ich dich.«

Ich eilte davon, und drohend rief mir ein Wächter nach: »Denk daran: Tok min chomenh, dah chenh ka, min khat. Behalten wir dich, ist das kein Gewinn, töten wir dich, ist es kein Verlust.«

Nach einer Stunde schleppte ich mich wieder in den Krater und nahm meine Arbeit neben meinen Schwestern wieder auf, ich konnte mich kaum noch auf den Beinen halten, so schwach und elend fühlte ich mich. Die Mutter, sie arbeitete einige Reihen von uns entfernt, sah besorgt zu mir herüber. Am späten Nachmittag, ich weiß das so genau, weil die Sonne nicht mehr auf unsere Köpfe brannte, sondern auf den unteren Rücken schien, gingen zwei Rote Khmer auf die Brigadeleiterin zu. Nach einem kurzen Gespräch mit dieser – sie zeigte in unsere Richtung und in die der Mutter – näherten sie sich uns, einer nahm das Gewehr von der Schulter.

»Ihr vier«, sagte er und deutete mit dem Gewehrlauf auf uns, »mitkommen!« Wir folgten ihm.

Alle um uns herum arbeiteten stumm weiter und senkten die Köpfe noch tiefer. Tevi dachte verzweifelt an das, was in den Nächten die Kinder erzählt hatten, die bereits länger im Lager waren: Wenn jemand von der Arbeit fortgeholt wurde, bedeutete das, man war entweder von jemandem denunziert worden oder durch schlechtes Benehmen aufgefallen und wurde zur Bestrafung abgeholt, die darin bestand, dass man niederknien musste. Wenn man Glück hatte, wurde man nur einer anderen Brigade zugeteilt. Kinder, die bei der Arbeit und bei den Versammlungen positiv auffielen – einfach aus dem Grund, weil sie nicht ganz so schwach wirkten wie der Großteil –, wurden in ein nahe gelegenes Kinderlager gebracht, um sie für den Kampf gegen die Houns, die Vietnamesen, auszubilden. Mädchen im heiratsfähigen Alter wurden in die Soldatenunterkünfte gebracht, damit sich die Soldaten für die bevorstehende Zwangsverheiratung die Braut selbst aussuchen konnten. Manche Soldaten, die ihre Lust nicht unterdrücken konnten, holten auch ein Mädchen, das ihnen gefiel, kurz von der Arbeit fort und nahmen sie in den Wald mit, wie es bei Sopheap der Fall gewesen war.

Was würde mit uns passieren? Warum holte man uns alle vier? Ich war weder im heiratsfähigen Alter, noch wirkte ich gesund genug, um als Soldatin ausgebildet zu werden. Ich war nicht fähig, einen klaren Gedanken zu fassen. Mein Herz hämmerte wie verrückt, und meine Angst war so groß, dass sie mir die Kehle zuschnürte.

Am Waldrand trafen wir auf vier andere Wächter, darunter war auch Genosse Schlächter, und auf unseren Vater. Er sah schrecklich aus, die Augen waren blau und zugeschwollen, überall klebte Blut: in seinem Gesicht, an Armen und Beinen. Sie führten uns auf eine Lichtung, wo uns ein unerträglicher Geruch entgegenschlug. Ich brauchte eine Weile, um zu begreifen, woher er kam. Vor uns war eine große Grube, in der tote Menschen lagen, viele waren bereits verwest. Um die Grube herum lagen ebenfalls tote Menschen, man hatte sich nicht die Mühe gemacht, sie zu bestatten, sie lagen einfach da, so, wie sie gestorben waren. Die sechs Wächter waren sehr vergnügt, sie hatten Reisweinflaschen dabei und tranken. Sie trieben üble Späße mit uns, und Genosse Schlächter rauchte eine Zigarette nach der anderen.

Mein Vater flehte um unser Leben, bis es einem zu viel wurde und er ihm einen Tritt in den Bauch versetzte. Als zwei Soldaten Sopheap und Channary die Kleider vom Leib rissen, sprang mein Vater auf und stürzte sich auf sie. Sie lachten, schlugen ihn nieder und fesselten ihm die Hände auf dem Rücken. Ein Mann nach dem anderen vergewaltigte meine beiden Schwestern. Am Anfang schrien sie noch, dann waren sie sehr still, es war das Schrecklichste, was ich je erlebt hatte.

Einer, er schien der Anführer zu sein, grinste und sagte: »Der Ordnung halber bitte dem Alter nach hinknien.« Er drückte meinen Vater auf die Knie, rechts von ihm kniete meine Mutter nieder, dann Sopheap, ihr griff er noch auf die Brust, es folgte Channary und zum Schluss ich. Ich kniete neben meiner Familie und wartete auf unsere Hinrichtung. Meine Schultern und Oberarme berührten die Channarys, ich tastete nach ihrer Hand und ergriff sie, aus den Augenwinkeln sah ich, dass sie lautlos weinte. Genosse Schlächter, mit der Axt in der Hand, trat von hinten auf meinen Vater zu.

Ich weiß noch, dass die Angst plötzlich fort war und ich zwei Dinge dachte: Endlich ist alles vorbei, und bald sehe ich Arun wieder.

Tock, tock, es hörte sich an wie das Öffnen einer Kokosnuss, und es kam immer näher.

Meine Schwester kippte vornüber, und weil sie meine Hand hielt, riss sie mich mit. Ich lag bäuchlings auf dem Gras und hörte nichts mehr, es war still um mich. Ich dachte: Das ist jetzt der Tod. Als ich zwei Tage später aufwachte, brauchte ich lange, um zu begreifen, dass ich nicht tot war.«

Tevi endete. Lea, Simon und Jonas starrten sie an.

»Aber in Wirklichkeit warst du nicht tot, sondern …«, sagte Jonas nach einer Weile.

»Auf einer Entenfarm«, ergänzte sie.

»Aber wer hat dich dorthin getragen?«, fragte Jonas.

»Dein Vater«, sagte Tevi nach einem kurzen Zögern. »Als ich aufwachte, saß er neben mir.«

Sie sah zu Kim, er war dabei, irgendein Gericht mit Entenfleisch zu machen, und wich ihrem Blick aus.

Samstag, 18. Juni 2016

Kim lag auf der Couch in seinem Büro und versuchte, ein wenig zu schlafen. Den ganzen Tag über hatte er sich rastlos und zugleich immens erschöpft gefühlt. Er schloss die Augen, zwang sich, an nichts zu denken und ruhig zu atmen, der ersehnte Schlaf wollte dennoch nicht kommen.

Es war sechs Uhr abends, Ines hatte ihn um fünf Uhr von zu Hause fortgeschickt, um die letzten Vorbereitungen zu treffen, spätestens da war er sicher gewesen, dass es nicht nur ein Abendessen mit sechs Gästen werden sollte, sondern ein richtiges Geburtstagsfest, das er nie hatte feiern wollen. Um acht wurde er wieder zu Hause erwartet.

Eigentlich hatte er es bereits am Vormittag gewusst. Er war neben Ines in der Küche gestanden und hatte das Entencassoulet und den Geflügelsalat zubereitet, sie hatte nicht nur eine Sachertorte gebacken, sondern auch ein Tiramisu und eine Schokoladenmousse gemacht. Es war geplant gewesen, dass sie eine Sachertorte – von den anderen Desserts hatte er nichts gewusst – in Monikas Küche zubereitete, damit er die Küche für sich alleine hatte, doch dann hatte sie sich umentschieden. Er vermutete, dass das an Tevi gelegen hatte, die gemeinsam mit den Kindern in ihrer Küche frühstückte, Ines hatte ihre Erzählungen zumindest mit einem halben Ohr hören wollen.

Zu zweit an der Anrichte zu stehen und zu kochen, machte ihn nervös, normalerweise war er alleine, wenn er seine Entengerichte kochte, darauf achtete er. Auch Ines schien gereizt zu sein, immer wieder schaute sie zu Tevi und den Kindern hinüber. Noch nervöser allerdings machte ihn die Tatsache, dass Tevi mehr als zwei Stunden lang ihre Geschichte erzählte. Sie erzählte von einem schönen, gelben Haus am Strand, vom gütigen Vater, der auf Partys Spenden für arme Familien gesammelt hatte, Einzelheiten des Tages, an dem sie aus ihrem Zuhause vertrieben worden war, von dem langen Marsch zu einem Bergdorf, in dem die Familie eine neue Heimat fand, vom Tod des Bruders, von Hunger, Elend und Verzweiflung. Das Finale – das grauenhafte Leben im Arbeitslager und schließlich die Ermordung ihrer Familie – folgte nach einer kleinen Pause – »ach, ich muss jetzt kurz auf die Terrasse, um eine zu rauchen, ich bin völlig durcheinander« – wirkungsvoll um Punkt zwölf Uhr Mittag. Als sie vom Sterben ihrer Familie erzählte, warf sie ihm mehrmals Blicke zu.

Während er mit dem Messer Ente und Gemüse hackte und schnitt, hörte er von einer Welt, die für ihn nicht mehr existierte, sie war im Laufe der Jahrzehnte im Nebel versunken, er fühlte sich ihr nicht mehr zugehörig und wollte sie auch nicht wiederauferstehen lassen, nicht in seinen Gedanken, nicht in den nächtlichen Träumen. Daran hatte er hart gearbeitet.

Allmählich merkte er, wie sein Unbehagen in Wut überging. Er ertrug kaum ihren sich öffnenden und schließenden Mund, die rostrot angemalten, schön geschwungenen Lippen, die weißen Zähne. Er stellte sich vor, wie er ihr sein Messer in den Mund steckte und ihr die Mundwinkel bis zu den Ohren aufschlitzte; er stellte sich vor, wie er diesen schönen Mund mit einem langen Kuss zum Schweigen brachte.

Er wollte sich ihre Geschichte nicht anhören, sie interessierte ihn nicht im Geringsten. Er kannte sie, zwar nicht alle Details, doch immerhin so gut, um zu wissen, dass sie nicht ganz der Wahrheit entsprach, zumindest das Ende nicht, denn das hatte er hautnah miterlebt. Ihm war ihre leichte Abänderung der Ereignisse jedoch völlig gleichgültig, für ihn machten diese Nuancen keinen Unterschied, Grauen blieb Grauen, und es war schrecklich genug, was sie in den letzten Tagen des Jahres 1978 erlebt hatte, sie hätte es nicht noch durch diese Kleinigkeit dramatisieren müssen. Er konnte ihr auch nicht unterstellen, das Erlebte bewusst verändert zu haben, es war vermutlich tatsächlich so, dass sie *überzeugt* davon war, dass alles so gewesen war. Was ihn jedoch zunehmend verärgerte, waren ihre eindringliche Erzählerstimme und der aufgesetzte pathetische Gesichtsausdruck.

Die Wut schwoll an und verursachte Magenschmerzen. Und vor allem, *vor allem!*, wollte er diese alten Geschichten nicht an seinem fünfzigsten Geburtstag hören, richtiges Datum hin oder her, es war sein Geburtstagswochenende, und er wollte es mit seiner Familie und ein paar Freunden – oder mehreren, wenn es denn Ines glücklich machte – verbringen. Er konnte nur hoffen, dass sie vor den Gästen mit ihrer Geschichte nicht wieder von vorne begann: *Meine ganze Familie wurde im Dezember 1978 von einem jungen Roten Khmer erschlagen. Dass es nur einen Monat vor der Befreiung durch die Vietnamesen geschah, lässt es umso sinnloser erscheinen …* Er hasste ihre Wortwahl. Wie konnte man in diesem Zusammenhang von Sinnhaftigkeit reden, so als wäre es sinnvoller gewesen, wenn sie früher erschlagen worden wären.

Was fiel der Frau ein, sich als Gast in einem fremden Haus derart in Szene zu setzen? Viel lieber würde er mit Lea zusammensitzen und von ihr hören, wie es ihr in Wien erging, ob sie alle Prüfungen im Sommersemester geschafft hatte oder schaffen würde, einige standen ihr sicherlich noch bevor, ob sie sich mit der neuen Mitbewohnerin gut verstand, ob sie viel ausging. Lea hatte eine lebendige Art zu erzählen, und Kim hörte ihr gerne zu. In letzter Zeit hatte sie sich seltener gemeldet, sie hatte nicht angerufen, und kaum eine Nachricht oder ein Foto waren auf WhatsApp eingetrudelt. Ines vermutete, dass ein junger Mann dahintersteckte. Viel lieber würde er, während er das Abendessen vorbereitete, Ines, Lea und Monika auf der Terrasse sitzen sehen, wo sie sich einen Hugo nach dem anderen einschenkten, immer fröhlicher wurden und immer häufiger lachten, bis ihnen die Tränen über die Wangen liefen, so wie es an seinen letzten Geburtstagen gewesen war, am Abend waren bereits alle mehr oder weniger betrunken gewesen. Das waren die Zeugnisse seiner neuen Welt, von denen er sich gerne berieseln ließ, sie gaben ihm das Gefühl, am Leben zu sein.

Kim hatte sich zur Ruhe gezwungen, indem er sich sagte, dass es sein Jüngster gewesen war, der Tevi eingeladen hatte, und Lea hatte sie aufgefordert, von sich zu erzählen. Er konnte es seinen Kindern nicht einmal verdenken, dass sie neugierig waren, vermutlich wäre er es an ihrer Stelle auch gewesen. Sie wussten das Wichtigste, nämlich dass sein Vater und seine Brüder gestorben waren, er das Lager überlebt hatte, ebenso die Flucht nach Thailand. Oft hatten sie gebohrt und Einzelheiten wissen wollen, er hatte es jedoch nicht fertiggebracht, mehr von sich preiszugeben, es war keine Affektiertheit seinerseits gewesen, er hatte es wirklich nicht fertiggebracht.

Er stellte sich Tevis Tätigkeit schrecklich vor: Hundert Mal im Jahr dasselbe zu erzählen, den Lebensunterhalt damit zu verdienen, indem man in der grauenhaften Kindheit wühlte und stecken blieb. Immer wieder zu sagen: *Tock, tock, es hörte sich an wie das Öffnen einer Kokosnuss.* Und da verrauchte die Wut. Sie hatte ihre Kindheit nie hinter sich gelassen, sondern sie zu ihrem Lebensinhalt gemacht, für ihn wäre das undenkbar gewesen. Als er die Entenfarm verließ, hatte er sich geschworen, niemals von seinen Erlebnissen zu erzählen. Schon damals hatte er begriffen, dass er seine Kindheit völlig abstreifen musste, um ein neues Leben beginnen zu können.

Ein einziges Mal war er seinem Vorsatz untreu geworden, das war vor vier Jahren gewesen, und es war zu einem persönlichen Desaster für ihn geworden. Im Grunde sah er darin die Bestätigung, dass es richtig gewesen war, was er jahrzehntelang gelebt hatte: nämlich die absolute Verdrängung.

Als Lea die Oberstufe besucht hatte, war die Geschichtslehrerin an sie herangetreten und hatte sie gefragt, ob es nicht möglich wäre, dass ihr Vater in den Unterricht käme, um vom Roten-Khmer-Regime zu erzählen. Unterrichtsthema waren die totalitären Regimes des zwanzigsten Jahrhunderts. Lea war – im Gegensatz zu Simon – stolz auf die Andersartigkeit ihres Vaters und vor allem auf die Tatsache, dass er als Kind Krieg, Genozid und Flucht überlebt hatte, und diesen Stolz trug sie in ihrem Freundeskreis und in der Schule gerne zur Schau. Ihr Vater hatte Schreckliches mitgemacht und war dadurch für sie etwas Besonderes. Kim irritierte das. Manchmal beschlich ihn sogar der leise Verdacht, dass der Hang, ihn zum Helden zu machen, die Grundvoraussetzung für ihre übermäßige Liebe zu ihm war, auch bei Ines war er in den ersten Jahren ihrer Beziehung dieses Gefühl nie ganz losgeworden. Er hatte überlebt, weil er nichts anderes als unverschämtes Glück gehabt hatte – und das immer wieder. Als er, gemeinsam mit anderen, tagelang Richtung thailändischer Grenze unterwegs gewesen war, war zwei Mal in wenigen Metern Entfernung jemand auf eine Mine getreten und vor aller Augen zerfetzt worden. Und das war nur ein Beispiel von vielen. Dass er nicht wie zwei Millionen andere krepiert war, verdankte er einzig und allein dem glücklichen Zufall, darauf konnte er nicht stolz sein. Und noch weniger sollten es seine Frau und seine Tochter sein.

Zunächst wehrte Kim also ab. Er verspürte keine Lust, in seiner Vergangenheit zu wühlen und etwas zutage zu fördern, was seit mehr als drei Jahrzehnten sehr gut ruhte, und schon gar nicht vor einer Schulklasse. Doch als Lea nicht aufhörte zu betteln, gab er nach, seiner Tochter gegenüber war er machtlos. Er hatte keine Zeit, sich in irgendeiner Form vorzubereiten, und dachte sich nicht viel, als er zur Schule fuhr. Er betrat die Klasse, überzeugt davon, dass die vielen Jahre, die seither vergangen waren, genug Distanz geschaffen hatten, er die Schüler mit allgemeinen Sätzen zufriedenstellen konnte, fünfzig Minuten nicht lang waren. Er sollte sich täuschen.

Freundlich wurde er von der Geschichtslehrerin begrüßt, einer ältlichen, hageren Frau mit unerforschlichem Gesichtsausdruck, dicker Brille und Männerhaarschnitt. Er hatte sie vorher noch nie zu Gesicht bekommen, zumindest erinnerte er sich nicht daran, denn um Dinge wie Elternsprechtage und Elternabende kümmerte sich Ines, das war ihr Revier, sie hatte das auch so gewollt. Vor der Tafel hing eine große Landkarte mit den Ländern Thailand, Kambodscha, Laos und Vietnam, daneben stand ein langer dünner Stock. Mit den Stühlen hatten die Schüler einen Halbkreis gebildet, er saß davor, als säße er als Prüfling vor einer Kommission.

»Das ist Kim Mey, Leas Papa. Wir sind sehr dankbar, dass er sich die Zeit genommen hat, zu uns zu kommen. Herr Mey hat seine gesamte Familie während des Roten-Khmer-Regimes verloren.« Mit diesen Worten stellte die Lehrerin ihn vor.

Dass er, Herr Mey, seine gesamte Familie während des Roten-Khmer-Regimes verloren hatte, musste Lea erzählt haben, er blickte kurz zu ihr hinüber, sie saß zwischen ihren Freundinnen und wirkte angespannt. Hatte sie Angst, er würde sie enttäuschen, zu wenig tragische Figur sein und zu viel Häufchen Elend? Kim wurde aufgefordert, von sich zu erzählen, bevor er Fragen der Schülerinnen und Schüler beantworten sollte. Diese hätten welche vorbereitet, so die Lehrerin. Er sah, dass einige Jugendliche einen gefalteten Zettel in der Hand hielten oder im Schoß liegen hatten. Die Lehrerin schien die Klasse gut im Griff zu haben, denn es war sehr still im Raum, vierundzwanzig Augenpaare sahen ihn mehr oder weniger erwartungsvoll an.

»1863 wurde Kambodscha aus unterschiedlichen Gründen zum Protektorat Frankreichs und blieb es neunzig Jahre lang«, begann Kim räuspernd. Monikas Interesse für die Geschichte seines Heimatlands kam ihm nun zugute, sie hatte stets die politische Entwicklung Kambodschas in den Medien verfolgt und ihn auf dem Laufenden gehalten.

»Wie das bei Kolonialherrschaften üblich war, gab es für das Volk Vor- und Nachteile. Es gab zahlreiche Reformen, zum Beispiel wurde die Sklaverei abgeschafft und das Recht auf Besitz von Privatland eingeführt, Eisenbahnlinien wurden gebaut, Kautschukplantagen errichtet. Allerdings profitierten nur bestimmte Regionen, meistens waren das die Städte, und Bevölkerungsschichten davon. In den ländlichen Gegenden änderte sich meist nicht sehr viel. Das Land war reich an Rohstoffen und wurde ausgebeutet. Erst 1953 erhielt Kambodscha kampflos die völlige Unabhängigkeit von Frankreich, ein Verdienst des Staatsoberhauptes, Prinz Sihanouk. Die Wirtschaft erlebte trotzdem einen Aufschwung, da weiterhin ausländische Unternehmer investierten. Das Land boomte in den Fünfziger- und Sechzigerjahren, man nannte es im Westen ›die Schweiz Südostasiens‹. Aber wieder profitierten nur wenige davon. 1970 brach ein Bürgerkrieg aus. Die Kommunistische Partei Kampucheas oder die Roten Khmer, wie sie der Einfachheit halber genannt wurden, kämpften gegen die Regierungstruppen, weil sie unzufrieden waren. Die Lage der ländlichen Bevölkerung war sehr schlecht und die Wut auf die reiche und korrupte politische Elite des Landes sehr groß. Dass sich die Amerikaner einmischten und jahrelang weite Teile Kambodschas bombardierten, verhalf den Roten Khmer zu weiterem Zulauf, sie gewannen immer mehr Anhänger, vor allem unter den armen Bauern.

Im April 1975 siegten die Roten Khmer über die Regierungstruppen und nahmen die Hauptstadt ein. Die Stadtbevölkerung wurde vertrieben. Die Leute mussten auf dem Land in Dörfern leben und auf den Feldern hart arbeiten, sie bekamen sehr wenig zu essen. Oder sie schufteten in Arbeitslagern, das war noch schlimmer. Sie waren das Neue Volk, das nicht so viel wert war wie das Alte Volk, die Bauern. Die meisten Soldaten der Roten Khmer waren sehr jung, ungebildet und äußerst grausam. Ihre Uniform bestand aus einem schwarzen Hemd, weiten Hosen, rot karierten Halstüchern und Sandalen, die aus Gummireifen geschnitten waren. Alles geschah willkürlich, nie gab es eine Gerichtsverhandlung, bevor jemand bestraft oder hingerichtet wurde. Es wurde immer nur gepredigt: Gehorcht der Angka, dann fügt sich alles zum Guten, sie regelt und lenkt alles für euch, sie ist gerecht, weise und allwissend und hat das Wohl des Landes und Volkes im Sinn. Aber niemand wusste, wer oder was diese mysteriöse Angka sein sollte. Erst viel später stellte sich heraus, dass es nur ein Begriff war, hinter dem sich die Führungsschicht der Roten Khmer versteckte, um anonym bleiben zu können. Geheimhaltung war den Obersten in der Partei sehr wichtig.«

Hier unterbrach ihn die Geschichtslehrerin räuspernd: »Wir haben die Geschichte Kambodschas letzte Stunde ausführlich durchgenommen. Eventuell können Sie etwas mehr von sich erzählen. Wo lebten Sie zum Beispiel mit Ihrer Familie?«

»In einem kleinen Fischerdorf an der Südküste zwischen Kampot und Kep«, antwortete Kim.

Zögernd gingen die ersten Hände in die Höhe.

»Wie viele Geschwister hatten Sie?«, fragte ein Mädchen.

»Zwei Brüder.«

»Was war Ihr Vater von Beruf?«

»Er war Fischer.«

»Und Ihre Mutter?«

»Sie war zu Hause bei uns Kindern, manchmal hat sie an der Straße Fisch verkauft.«

»Sie gehörten also zum Alten Volk?«

»Ja.«

Wenn Sie und Ihre Familie zum Alten Volk gehörten, warum mussten dann Ihr Vater und Ihre Brüder sterben?«, fragte ein Junge.

»Mein Vater hat Fisch in seiner Hütte getrocknet, anstatt ihn sofort an die Gemeinschaftsküche abzuliefern«, sagte Kim zögernd. »Das zählte als Diebstahl und wurde mit dem Tod der ganzen Familie bestraft.«

»Wie starben sie?«, fragte ein anderer Junge.

Ich kann mich nicht mehr an ihre Gesichter erinnern, dachte Kim, und soll von ihrem Sterben erzählen. Er merkte, dass er schwitzte, und war froh, ein dunkles Hemd angezogen zu haben, an dem die Schweißflecken hoffentlich nicht so schnell erkennbar sein würden.

»Ich weiß es nicht«, log er.

»Warum wissen Sie es nicht?«

»Zwei Soldaten haben sie abgeführt.«

»Das heißt, Sie wissen gar nicht, ob sie wirklich ermordet wurden? Vielleicht hat man sie woanders hingebracht?«, fragte ein anderer Junge. Er stach durch sein selbstbewusstes Auftreten hervor, saß sehr lässig auf seinem Stuhl, hatte die Ellbogen an den Lehnen der benachbarten Stühle aufgestützt und die Beine weit gespreizt.

»Das ist kaum möglich«, antwortete Kim.

»Wo waren Sie? Warum hat man Sie verschont?«

»Ich war zu dem Zeitpunkt nicht in meinem Heimatdorf.«

»Wie sah Ihr Leben konkret aus unter den Roten Khmer?«

Er versuchte, jede Frage so knapp wie möglich zu beantworten, oft mit nur einem Wort oder kurzen Satz, um anschließend auf allgemeine Dinge überzugehen. Er erklärte den Aufbau eines Arbeitslagers, wer Pol Pot gewesen war und welche Ziele er verfolgt hatte, warum man Kinder mit neun Jahren von den Eltern getrennt und in Kinderlager gesteckt hatte, wo die Stärksten von ihnen zu Soldaten ausgebildet worden waren.

»Wurden Sie auch zum Kindersoldaten ausgebildet?«

»Haben Sie jemanden getötet?«

»Auf welcher Seite standen Sie damals?«

»Was denken Sie, warum Sie überlebt haben und zwei Millionen andere nicht?«

Die Fragen der Sechzehnjährigen trafen ihn mit einer Wucht, auf die er nicht vorbereitet gewesen war. Sie entbehrten jeglicher Distanz, und die Abgebrühtheit, welche die Jugendlichen in ihren Gesichtern zur Schau stellten – zwei, drei von ihnen ausgenommen –, erschreckte ihn. Bei manchen spürte er Provokation mitschwingen, als müssten sie mit diesen Fragen nach Details sich gegenseitig etwas beweisen. Oder war es eine Art Sensationsgier, waren sie gierig danach, von Grausamkeiten zu hören, die sie sonst nur aus Filmen und von Computerspielen kannten?

Je länger er redete, umso stärker wuchs die Frage in ihm, wovon er da eigentlich berichtete. Denn was er auch erzählte, es schien immer weniger mit ihm selbst zu tun zu haben. Es gehörte einer Zeit an, die sehr, sehr fern war. Hatte es sie wirklich einmal gegeben, oder war sie nicht doch ein Hirngespinst seiner kranken Fantasie? War er wirklich einmal dieser Junge gewesen, der lebende Käfer hinuntergeschluckt hatte, der nicht nur einmal in eine Grube voller toter Menschen geblickt hatte, der ein kleines Mädchen zerfetzt auf dem Boden liegen gesehen hatte, nachdem es auf eine Mine getreten war?

Schweißtropfen standen ihm auf der Stirn, und er hatte kein Taschentuch, um sie wegzuwischen. Als er den Kopf etwas neigte, löste sich ein Tropfen, Kim sah ihn auf seine Hose fallen und einen Fleck hinterlassen. Er fragte sich, was sie erwarteten. Detaillierte Beschreibungen von Folterungen, Hinrichtungen, von sterbenden Menschen? Oder dass ein erwachsener Mann vor ihnen zusammenbrach?

Die Lehrerin griff ein, als der Junge mit dem lässigen Gehabe seine Theorie über Kims Heimatland zum Besten gab: »Mein Vater war vor einem Jahr in Kambodscha, und er hat gesagt: Was für ein Drecksland. Die Leute sind faul. Ihren Müll werfen sie überall hin. Eltern verkaufen ihre Kinder an Pädophile. Die Beamten sind korrupt. Die Regierung verkauft alles, was Wert hat, an die Russen, Chinesen, Vietnamesen. Die NGOs sollen die Scheißarbeit erledigen, nämlich Minenfelder räumen und sich um die Ärmsten kümmern.«

»Die Theorie deines Vaters ist hier unerwünscht«, schnitt ihm die Lehrerin das Wort ab.

»War es nicht so«, der Junge gab nicht auf, »dass zur Zeit der Roten Khmer vor allem das Alte Volk das Neue Volk schikaniert hat? Die Leute aus der Stadt mussten arbeiten, die Bauern waren faul, bekamen aber mehr Essen und hatten Privilegien. Die Landbevölkerung, die mehr als siebzig Prozent ausgemacht hat, hätte sich ja auch mit der Stadtbevölkerung solidarisch zeigen können. Sie haben ihre eigenen Landsleute gequält, auf die sie neidisch waren, weil sie gebildeter und erfolgreicher waren. Hat das Ihr Vater auch getan?«

Die Lehrerin winkte nur entnervt ab: »Ignorieren Sie ihn, Herr Mey.«

Es hätte nicht viel gefehlt, und er hätte sich auf den Rotzlöffel gestürzt und ihn erwürgt. Er musste kreidebleich geworden sein, denn die Lehrerin sah ihn besorgt an und trug einer Schülerin auf, ein Fenster zu öffnen, bevor sie sich bei ihm, Herrn Mey, für das Kommen bedankte. Dann teilte sie den Schülern organisatorische Dinge mit, es läutete, und er musste beim Verlassen des Klassenzimmers darauf achten, dass es keinem Wanken gleichkam.

Lea begleitete ihn zum Auto. Nachdem sie das Schulgebäude verlassen hatten, fragte sie: »Warum hast du nie erzählt, dass du Kindersoldat warst?«

»Ich war nie ein Soldat«, antwortete er gereizt. »Ich wurde nur dazu ausgebildet, aber ich hatte Glück, man setzte mich stattdessen auf einer Entenfarm ein.«

Beim Verabschieden sagte sie noch: »Danke, Papa, dass du dir das angetan hast, ich schätze das wirklich sehr.« Und: »Sorry, in meiner Klasse gibt es einige Idioten.«

Er startete das Auto und fuhr ein Stück, bis er am Straßenrand parken musste, um sich fassen zu können. Am ganzen Körper klatschnass und zitternd, drosch er auf das Lenkrad ein, bis er sich so weit beruhigt hatte, um ins Büro fahren zu können, wo er den restlichen Tag auf der Couch verbrachte. Wochenlang schlief er danach schlecht, hatte Albträume, untertags fielen ihm aus heiterem Himmel bestimmte Szenen ein, die er längst vergessen geglaubt hatte und die ihn lähmten. Das alles wurde mit der Zeit besser, doch noch heute wurde ihm übel, wenn er an diese Stunde im Klassenzimmer dachte. Sie hatte etwas in Gang gesetzt, das er nicht mehr rückgängig machen konnte.

Seither herrschte in seinem Innersten ein Aufruhr, der wühlte und nagte. Er war wie ein schwelendes Geschwür, dann wieder wie ein wütendes Tier, er konnte nicht an ihn herankommen und ihn auch nicht besänftigen, nur bedachtsam unter Verschluss halten, was viel Kraft kostete. Nach außen gab er sich ruhig und auch gleichgültig. Alles langweilte ihn. Ines langweilte ihn. Er interessierte sich nicht für die Dinge, die sie begeisterten, und redete kaum mit ihr, sie lebten nebeneinanderher. Er wusste, dass sie darunter litt. Simon und Jonas langweilten ihn. Am meisten war er von sich selbst gelangweilt. Gleichzeitig war er überfordert von den täglichen banalen Anforderungen des menschlichen Zusammenlebens, die Tage, an denen er es gerade schaffte, die Enten zu versorgen und an einem Entwurf zu arbeiten, wurden mehr. Die Leute in seinem Umfeld wahrzunehmen oder gar auf sie einzugehen, überstieg seine Kräfte, denn permanent musste er darauf achten, sich selbst zusammenzuhalten, sich nicht zu fragmentieren, nicht in tausend kleine Stücke zu zerbersten, zerbrechen, zerbröseln.

Um Viertel vor acht erhob sich Kim von der Couch, schlüpfte in das frische Hemd, das Ines ihm mitgegeben hatte, und verließ das Büro. Er stieg in sein Auto und machte sich auf den Weg, um zu seinem Geburtstagsfest nicht zu spät zu kommen.

Kambodscha, Siebzigerjahre, Familie Mey

Zwei Wochen lang lebte ich mit anderen Kindern und Jugendlichen auf dem Berg Phnom Bokor und hörte von der Geschichte unseres Landes und den Zielen der Kommunisten, die kurz vor dem Sieg standen. Bald würden sie den Rest des Landes besetzen und die Regierung Lon Nols für abgesetzt erklären.

Wir hausten in Hütten – in jeder schliefen sechs bis acht Jungen – im Wald. Die Treffen dauerten den ganzen Tag, am Abend wurde gegrillt. Es gab ausreichend zu essen, und die Stimmung war sehr gut, für mich war das Ganze ein Abenteuer. Son sah ich kaum, er nahm nicht teil an den Treffen, ab und zu tauchte er mit weiteren Jugendlichen auf, die dann bei uns blieben. Offensichtlich war er für das Anwerben neuer Teilnehmer zuständig, stets waren es sehr junge Burschen, die er mitbrachte, oft noch Kinder, alle kamen sie aus armen Familien.

Im Halbkreis saßen wir um Tao herum, er war der Leiter des Zirkels, ein charismatischer Mann um die dreißig mit einer mitreißenden Stimme. Er gab uns das Gefühl, ernst genommen zu werden. Er erzählte uns von der legendären Khmer-Metropole Angkor, die ein großes und bedeutendes Reich vom neunten bis zum fünfzehnten Jahrhundert gewesen war und in dem Gottkönige geherrscht hatten. Die Gottkönige verstanden es, das einfache Volk, das sich mit ein bisschen Reis zufriedengab, zu riesigen Arbeitskolonnen zusammenzuführen. Zwischen Saat und Ernte führten sie gemeinnützige Arbeiten aus: Im ganzen Reich wurde ein engmaschiges Wasserverteilungssystem angelegt. Es diente der Bewässerung der Reisfelder während der Trockenzeit und dem Schutz vor Überflutungen in der Monsunzeit und somit dem Wohlergehen des gesamten Volkes. Die Gottkönige von Angkor verstanden es, die Energie des einfachen Volkes für das Reich und für die Menschen selbst zu nutzen, doch auch, um riesige Bauwerke wie die Tempelanlage Angkor Wat zu erbauen, um die Größe der Dynastie zu zeigen.

Das lang vergangene Angkor-Reich war das Vorbild der Führer der Kommunistischen Partei, diese wollten Kambodscha wieder so mächtig und reich machen wie damals. Mit einigen von ihnen hatte Tao zwei Jahre im Untergrund verbracht. Sie hatten in Paris studiert und waren zurückgekehrt, um die kommunistischen Ideen in Kambodscha zu verbreiten. Sie wollten das Land revolutionieren.

Das erste Ziel bestand darin, Lon Nols Armee endlich zu besiegen, die korrupte Regierung abzusetzen und die Ausländer, die das Land ausgeblutet hatten, ein für alle Mal zu verjagen. Für dieses Ziel hatte man jahrelang hart gekämpft, und es lag nun in greifbarer Nähe. Das zweite und eigentliche Ziel war es – und es war an uns, zu entscheiden, ob wir Teil davon sein wollten –, eine Art bäuerliche, einfache, anspruchslose Urgesellschaft zu schaffen. Es sollte eine locker organisierte, jedoch auf strikter Disziplin beruhende Gemeinschaft sein. Industrie sollte es nur in geringem Umfang geben, und zwar, soweit sie die Landwirtschaft unterstützte. Das Wichtigste war die landwirtschaftliche Produktion, und jeder Mensch im Land sollte daran beteiligt sein. Auch, was den Verdienst betraf, war jeder gleichgestellt, es gab keine privilegierten, reichen Menschen mehr. Der Verdienst bestand aus Naturalien, Geld wurde abgeschafft. Tao schilderte uns eindringlich die Armut der Menschen in den entlegenen ländlichen Gebieten, bevor er sagte: »Gigantische Gemeinschaftsaktionen werden Neuland erschließen, bewässern und vor Überschwemmungen schützen, und das bedeutet Sattwerden und Zufriedenheit für alle, nicht nur für eine kleine parasitäre Schicht der Städter. Für jeden!«

Alle Schüler waren fasziniert von Taos Vorträgen, sein Stolz, Kommunist zu sein, ging auf uns über, er verstand es, uns zu fesseln. Wir sahen es vor uns, das grüne, fruchtbare Land, in dem die Menschen friedlich nebeneinander arbeiteten und keiner bessergestellt war als der andere. Wir fieberten danach, in solch einer Gesellschaft zu leben. Und doch blieb bei mir ein Funke Skepsis zurück. Ich fragte mich, ob ich wirklich Teil einer einfachen, bäuerlichen, anspruchslosen Gesellschaft sein wollte. Ich sah mich nicht auf dem Reisfeld stehen, ich wollte mich weiterbilden, später in einem Lycée oder sogar in einer Hochschule Geschichte unterrichten. Ebenso konnte ich nichts mit der allgemeinen Verunglimpfung von Luxusgütern anfangen, ich hatte Träume, eines Tages schön zu wohnen, vielleicht sogar ein Auto zu besitzen, ich wollte das Land bereisen, andere Länder sehen. Alle Menschen sollten dieselben Möglichkeit haben, ihre Ansprüche verwirklichen zu können, wenn sie ehrgeizig waren, und nicht nur wie bisher eine Minderheit, das war meine Meinung. Doch diese wagte ich niemandem mitzuteilen, nicht einmal Tao, der mir das Gefühl verlieh, dass ich sein Lieblingsschüler war, weil ich Dinge hinterfragte und wissbegierig war.

Tao sprach viel von der Angka. Sie war die Organisation, die nach dem endgültigen Sieg alles im Land leiten und lenken würde. Wir und die gesamte Bevölkerung hatten ihr zu dienen. Ohne Angka konnte das Leben der Menschen in der neuen Gesellschaft, im neuen System, nicht funktionieren, sie war der unabkömmliche Leitfaden für jeden Einzelnen. Ohne Regeln, die eine Gesellschaft befolgte, gäbe es Unordnung, und Unordnung würde unweigerlich zum Krieg führen. Nur wenn eisern Regeln in einer Gemeinschaft befolgt werden, könne ein Land ein starkes, mächtiges, reiches, unabhängiges Reich werden, das von allen Staatsoberhäuptern der Welt respektiert wurde. Unser Dienst an der Angka bestand darin, sie auf keinen Fall zu hinterfragen, denn das wäre ein denkbar schlechtes Beispiel für das Volk. Und vor allem war es unsere Aufgabe, das Volk zu überwachen, ob es die Regeln streng befolgte. Wir wären somit die Wegbereiter eines kommenden unvergesslichen Reiches.

Was das Volk betraf, wurde zwischen dem »Alten« und dem »Neuen« Volk unterschieden. Die einfachen, ungebildeten Menschen, Arbeiter, Handwerker und vor allem die Bauern bildeten das Alte Volk, auf ihnen sollte die neue Gesellschaft aufgebaut werden, sie waren die unverzichtbare Grundlage, wertvoller als alles andere. Das Neue Volk hingegen waren die reichen Städter, die körperliche Arbeit nicht gewohnt waren. Sie mussten umerzogen werden, lernen, auf den Feldern zu arbeiten.

»Sie kleiden sich wie Amerikaner und Franzosen, sie essen in teuren Restaurants, sie fahren in großen Autos spazieren, sie leben in Luxusvillen, sie feiern Partys, machen Urlaub. Sie stellen ihren protzigen Reichtum zur Schau, baden in goldenen Wannen, essen sechsmal am Tag Köstlichkeiten, die Köche für sie zubereiten, während ihr und eure Eltern Tag für Tag hungert! Es ist Zeit, diesen Privilegien ein Ende zu setzen!«, beschrieb Tao das Neue Volk.

Einigen Jungen neben mir blieb der Mund offen stehen. Ich wusste jedoch, wovon er sprach. Ich kannte sie, diese Menschen, die sich ohne Rücksicht auf andere bereicherten. Oft genug hatte ich sie am Strand gesehen, wenn ich mit dem Vater fischen gegangen war, diese reichen Badegäste aus der Hauptstadt und aus dem Ausland. Sie waren in der Sonne gelegen, unter ihren gestreiften Sonnenschirmen, und hatten sich vom Personal eisgekühlte Getränke servieren lassen, während wenige Kilometer von ihnen entfernt Menschen hungerten. Und auf dem Fest des Franzosen hatte ich sie hautnah erlebt.

Ich ließ mich mitreißen, nach Ablauf der zwei Wochen war ich ebenso wie alle anderen ein Neurekrutierter, meine leisen

Zweifel wischte ich beiseite. Ich wollte für Gerechtigkeit, für ein Leben ohne Not kämpfen und Teil der siegreichen Revolution sein.

Drei Tage lang zeigte man uns, wie man sich anschlich und ein Maschinengewehr benutzte. Gewalt auszuüben sei in manchen Fällen absolut notwendig, um sich Respekt zu verschaffen, trichterte man uns ein. Wir wurden genauestens registriert, Name, Alter, Namen und Berufe der Eltern, Geschwister wurden festgehalten, und jeder bekam eine Uniform, eine Kappe, einen Krama, Gummisandalen und ein Gewehr ausgehändigt. Wir verließen das Camp in Gruppen von jeweils zwölf Soldaten. Nach der Struktur der Roten Khmer – und damit folgten sie den internationalen militärischen Formationen – bildeten drei Gruppen zu je zwölf Kämpfern eine Sektion, drei Sektionen machten eine Kompanie aus, drei Kompanien wiederum ein Bataillon, drei Bataillone bildeten ein Regiment, drei davon eine Brigade, und zum Schluss folgte die Division. Die meisten in unserer Gruppe waren noch Kinder, auch ich fühlte mich als Kind, die Uniform war mir zu groß, das Gewehr zu schwer, in meiner Gruppe war ich der Jüngste. Untereinander redeten wir uns mit »Genosse« oder »Kamerad« an, die Verwendung der Vornamen war verpönt.

Ich war Sons Gruppe zugeteilt worden, er hatte darauf bestanden. Tao führte eine andere Gruppe an und war zudem unser Sektionschef, bei vielen Einsätzen waren die Gruppen auf sich gestellt, nur bei manchen trat die Sektion gemeinsam auf. Ich wäre gerne in Taos Nähe geblieben, ich mochte ihn, und er kam mir besonnener vor als Son.

Samstag, 18. Juni 2016

Die Vorbereitungen waren gut gelaufen, das Buffet, die geschmückte Terrasse, die Stehtische im Garten, die aufgehängten Lampions, alles sah wunderbar aus. Keine Regenwolke war in Sicht, die Gäste kamen pünktlich. Als Kim kurz nach acht eintraf, waren bereits alle da, außer Tevi, Monika hatte sie nicht wecken wollen. Jonas mussten sie zurückhalten, damit er nicht hinüberlief, um sie zu holen, er war enttäuscht, dass sie nicht in dem Moment dabei war, in dem sein Vater aus dem Auto stieg, den Garten betrat und überrascht in die vielen Gesichter schaute.

Eine Stunde später erschien sie, und es kam tatsächlich einer Erscheinung gleich, schoss es Ines durch den Kopf. Tevi schwebte auf die Terrasse zu, gekleidet in einen roten, extravaganten Overall, rückenfrei, mit weit geschnittenen Beinen bis zu den Knöcheln, er schmeichelte ihrer Figur und ihrem Teint. Sie trug sehr hohe Sandaletten, in denen sie sich durch den Garten bewegte, als würde sie diese täglich tragen, hatte ihre Haare locker aufgesteckt, war perfekt geschminkt, der Lippenstift hatte exakt dieselbe Farbe wie ihr Overall. Die langen, dazu passenden Ohrringen sahen aus wie Blutstropfen; sind das etwa echte Rubine?, dachte Ines. Sie kam sich in ihrem engen, schwarzen Cocktailkleid, mit Marthas Perlenohrringen und den flachen Pumps – sie bekam mit hohen Schuhen immer schnell Rückenschmerzen – gewöhnlich vor.

Tevi sah sagenhaft aus, alle Blicke wandten sich ihr zu. Ines griff nach einem Glas Wein. Tevi kam zu ihr, küsste sie auf beide Wangen und fragte: »Stellst du mir ein paar Leute vor?«

»Aber gerne«, sagte Ines, nahm die Freundin leicht am Ellbogen und führte sie durch den Garten, in dem die Gäste in

Grüppchen beieinanderstanden und sich unterhielten. Sie winkten Simon vor der Gartenhütte zu, welcher der Band, die er organisiert hatte, half, die Instrumente aufzubauen, jeder der jungen Männer hatte eine Flasche Bier in der Hand, Ines hoffte, dass sie nicht zu viel trinken würden, bevor sie zu spielen begannen, und dass sie sich zumindest ein bisschen an ihre Liederwunschliste halten würden; Rap und anderes, zu modernes Zeug, wie sie es genannt hatte, war unerwünscht.

Sie war mit dem Beginn des Festes zufrieden, die Stimmung war gut und fröhlich, die meisten hatten sich bereits etwas vom Buffet geholt, das sie und Kim kurz nach seinem Eintreffen eröffnet hatten. Auf eine längere Rede hatten sie beide verzichtet, sie hatte sich bei allen für das Kommen bedankt, Kim zum runden Geburtstag gratuliert und ihn geküsst, woraufhin er sich für das Fest und ihre Mühe bedankt hatte und die Gäste applaudiert hatten. Ines war in dem Moment froh über Tevis Abwesenheit gewesen, deren weltgewandte Ausstrahlung hätte sie noch nervöser gemacht, und vielleicht hätte sie dann die zurechtgelegten Sätze gar nicht gesagt.

Jonas begleitete sie auf ihrer Runde mit Tevi durch den Garten und verkündete stolz: »Das ist Tevi Gardiner. Es war meine Idee, sie einzuladen. Sie war meine Überraschung für Papa. Er hat ihr damals das Leben gerettet.«

Samstag, 18. Juni 2016

Tevi stand am Fenster, das einen kleinen Spalt geöffnet war, und schaute in den Garten hinunter.

Sie sah nach und nach die Gäste eintreffen, alle waren sie schick gekleidet, Tevi lächelte, ländliche Provinzeleganz konnte etwas Rührendes haben. Alle hatten ein Geschenk in den Händen und gingen auf Ines zu, die über das ganze Gesicht strahlend beide Arme ausstreckte, um zu begrüßen. Das wirkte herzlich, Tevi musste sich diese Geste merken. Ines wurde von jedem gelobt, weil der Garten fantastisch aussah, und anschließend legte jeder, von der Hausherrin dorthin dirigiert, sein Geschenk auf einen vorbereiteten Tisch auf der Terrasse.

Als Kim mit dem Auto vorfuhr und parkte, winkte Ines die drei Kinder zu sich, und die Gäste scharten sich in einem Halbkreis um die vier. Der Jüngste trug eine Anzugshose und ein weißes Hemd mit spießiger Fliege, der Älteste hatte sich an keinen Dresscode gehalten, er trug Jeans und T-Shirt, die Tochter Lea sah großartig aus in ihrem bunten, langen, fließenden Sommerkleid im Empirestil. Die junge Frau gefiel ihr, sie war groß und schlank, hatte wohlgeformte weibliche Rundungen, sie war keine magere, hysterische, stark geschminkte Bohnenstange, wie sie sie jahrelang erlebt hatte, als sie mit dem Fotografen Jake Edwards zusammen gewesen war. Das dichte, leicht gelockte Haar fiel ihr auf die Schultern und war von einer Farbe, die schwer zu definieren war; je nachdem, wie das Licht fiel, schimmerte es in Braun- oder Blondtönen. Ihren dunklen Teint hatte sie eindeutig von ihrem Vater, die grünen Augen und vollen Lippen von ihrer Mutter. Ihren Erzählungen gestern Nacht im Auto nach zu schließen, schien sie auch klug zu sein, *smart,* würde man in den USA dazu sagen. Seit zwei Jahren studierte sie Medizin, und die Art, wie sie darüber gesprochen hatte, zeugte von Empathie und Enthusiasmus. Tevi hatte gestaunt über die junge selbstbewusste Frau neben ihr am Steuer und hatte sich eingestehen müssen, dass sie einen ganz anderen Menschen erwartet hatte. Es war ihr vorgekommen, als wären alle positiven Eigenschaften der beiden Jugendfreunde in dieser Person vereint.

Der ältere Junge ähnelte seinem Vater, was Gesicht und Statur betraf, frappierend. Als Lea am Tag zuvor mit ihr einen Rundgang durch den Garten gemacht hatte und sie ihn durch die offene Terrassentür in der Küche stehen sah, hatte sie einen kurzen Moment geglaubt, die Zeit wäre zurückgedreht, und es wäre der junge Kim, der ihr verlegen zuwinkte. Einen Bruchteil einer Sekunde hatte es ihr den Atem verschlagen. Als sie ihm dann gegenüberstand, irritierten sie mehr seine tätowierten Arme als die Ähnlichkeit mit dem Vater, der streng blickende Erzengel Gabriel mit weit ausgebreiteten Flügeln prangte am linken, ein schwarzer, sich aufbäumender, kraftvoller Hengst am rechten Arm. Sie schalt sich eine dumme Kuh. Würde sie die Türme von Angkor Wat, ein Reisfeld, einen Elefanten, eine Schlange, Gott Vishnu auf der Haut eines Asiaten – falsch, eines asiatisch aussehenden jungen Mannes – weniger skurril finden? Sie konnte Tätowierungen im Allgemeinen nichts abgewinnen.

Der Kleine, Jonas, hatte am wenigsten von seinem Vater. Er war ein Plappermaul, so wie Ines es mit zehn gewesen war, außerdem schien er sehr von sich überzeugt zu sein. Er hatte sie beim ersten Kennenlernen – Lea, Monika und sie hatten ihn am Freitagnachmittag von der Schule abgeholt – mit Fragen gelöchert, und sie war kaum nachgekommen, diese zu beantworten.

Von oben konnte Tevi erkennen, dass Kim nicht sofort ausstieg, sondern ein paar Sekunden lang sitzen blieb und vor sich hin starrte, als müsste er Kräfte sammeln für das, was vor ihm lag.

Er betrat den Garten und schaute überrascht um sich. Ines, sie wirkte aufgeregt, ging auf ihn zu und küsste ihn, ebenso die Kinder, auch der älteste Sohn ließ sich zu einer schnellen Umarmung herab, da ihn seine Mutter, die Hand auf seinen Rücken gepresst, hinschob. Am längsten hielt ihn das Mädchen umfasst.

Anschließend begrüßten ihn mehrere Gäste, manchen schüttelte er nur schnell die Hand. Ines zog ihn mit zum Buffet, wo sie ein paar Worte sagte. Sie erwähnte kurz, dass Kim kein Geburtstagsfest gewünscht habe, ihr es aber wichtig gewesen sei zu feiern, nicht nur den Geburtstag an sich, auch das Leben im Allgemeinen, die Freunde, die Kinder und die Tatsache, dass es ihnen gut ging.

»Ich freue mich auf jedes weitere Lebensjahr mit dir«, sagte sie zum Schluss und fügte tränenerstickt hinzu, bevor sie ihn umarmte: »Du bist mein Leben, meine Liebe.«

An Kims Gesichtsausdruck und mehr noch an denen der Kinder merkte Tevi, dass diese Worte nicht zum alltäglichen Sprachgebrauch der Familie gehörten und sie deshalb etwas theatralisch herüberkamen. Sie empfand sie dennoch als bewegend, und sie war sie auch gewohnt, in einer amerikanischen Familie standen solche Worte bei Feiern auf der Tagesordnung, in P. vermutlich nicht.

Plötzlich empfand sie Neid. Das große Haus, der herrliche Garten, die fünf nebeneinander vor einem großen Freundeskreis: Es war ein traumhaftes Bild und überwältigte sie beinahe, sie hatte sich immer eine große Familie gewünscht.

Gegen neun Uhr überprüfte sie im Spiegel ihr Aussehen und verließ das Zimmer. Ines begrüßte sie liebevoll und machte bereitwillig eine Runde mit ihr durch den Garten, um ihr die Gäste vorzustellen. Zuerst gingen sie zu Monika, die mit einem älteren Mann an einem Stehtisch stand.

»An Alexander erinnerst du dich sicher«, sagte Ines.

»Natürlich, wie könnte ich Dr. Wimmer vergessen, der bei

jeder Erkältung sofort zur Stelle war«, sagte Tevi lächelnd und umarmte ihn.

Sie stellte fest, dass er ein gutes Aftershave verwendete, und sagte ihm, dass er für sein Alter sehr gut aussah, er freute sich darüber.

»Schön, dich zu sehen, Tevi«, sagte er.

Dann folgten Ines' Arbeitskolleginnen, sie stellte alle mit Namen vor, und Tevi schüttelte Hände. Sie selbst wurde von Ines, wenn Jonas nicht vorher dazwischenposaunte, mit »Das ist Tevi Gardiner, die damals als Kind mit Kim zu uns gekommen ist und später nach Frankreich gegangen ist« vorgestellt.

»Weißt du noch, wer ich bin?«, fragte eine alte Dame mit schlohweißem Haar und wollte ihre Hand gar nicht mehr loslassen. Mit ihrem Gebiss war offensichtlich etwas nicht in Ordnung, es bewegte sich leicht vor und zurück. Die Frau kam ihr tatsächlich ein wenig bekannt vor, dennoch ärgerte sich Tevi darüber, dass sie einfach so geduzt wurde.

»Du bist damals in meiner Klasse in der Volksschule gesessen«, sagte die Frau. »Du warst sehr klein und dünn und hast mich aus der ersten Reihe mit deinen großen Augen angeschaut, und zu allem hast du Ja gesagt. Ich habe immer noch eine Zeichnung von dir in meiner Küche hängen.«

Tevi begann sich vage an die Volksschullehrerin zu erinnern, in deren Klasse sie bis Weihnachten 1980 gesessen war, nach den Ferien hatte sie auf Monikas Drängen in die Hauptschule gewechselt. Sie war Monika dankbar gewesen, da sie die Lehrerin mit dem Pferdegebiss nicht sehr gemocht hatte. Wie hatte sie geheißen? Wenn sie sich nicht täuschte, musste es Frau Lechner gewesen sein. Tevi machte ihr die Freude und sagte: »Aber natürlich erinnere ich mich an Sie, Frau Lechner!«, und die alte Frau lachte selig.

Sie langten bei der kleinen Gruppe an, bei der auch Kim stand, sie begrüßte ihn wie Ines mit zwei Wangenküssen, er zuckte unmerklich zurück.

»Das ist Thomas, Kims Geschäftspartner, seine Frau Annette und Arthur Bergmüller«, sagte Ines. »Thomas und Kim haben in seiner Bergmühle ihr Büro.«

»Vermutlich erinnerst du dich nicht an mich«, sagte Arthur Bergmüller, und Tevi fragte sich, wie oft man ihr die Frage nach dem Erinnern oder Nichterinnern an dem Abend noch stellen würde. Bedauernd schüttelte sie den Kopf.

»Ines und du, ihr habt einmal mit eurem Schlauchboot eine kilometerlange Tour im Bach gemacht, genau vor der Bergmühle seid ihr hängen geblieben«, sagte er. »Es war kaputt, weil ein Ast ein Loch hineingebohrt hat. Du bist ans Ufer geklettert, und dabei hat dich eine Wespe gestochen. Ich habe euch und das Boot dann nach Hause gebracht.«

Plötzlich hatte sie die Begebenheit klar vor Augen und musste lachen. Bergmüller hatte das klatschnasse, zerknäulte Boot in seinen Kofferraum geworfen, und sie war während der Fahrt von der Rückbank in den Kofferraum geklettert, weil ihr das nasse Plastik als das Beste für ihren schmerzenden, geschwollenen Fuß erschienen war. Bergmüller, der plötzlich im Rückspiegel nur noch Ines hinten sitzen sah, hatte eine Vollbremsung hingelegt, woraufhin sie sich hart den Kopf angestoßen hatte.

Sie begrüßten Kims ehemalige Arbeitskollegen in Linz, ein paar seiner Kunden aus der näheren Umgebung, für die er in den letzten Jahren gebaut hatte und mit denen man in Kontakt geblieben war, seine früheren Studienkollegen in Wien, zwei von Leas Freundinnen aus dem Gymnasium, einige von Ines' Schulfreundinnen aus der Pädagogischen Hochschule, viele Bewohner von P., die sie fragten, ob sie sich an sie erinnerte, mit einigen von ihnen war sie zur Hauptschule gegangen, und Tevi sagte zu ihnen allen: »So good to see you again!«

In Wahrheit erkannte sie nur Johannes und Anna Kehrer auf Anhieb wieder, von ihnen hatte Monika jedes Jahr zu Weihnachten die Christbäume gekauft, und im Sommer hatte Kim ihnen beim Heuen geholfen. Tevi war manchmal auf dem

Traktor mitgefahren, sie war auf dem Rücken im duftenden Heu gelegen und hatte in den blauen Himmel geschaut, anschließend hatten sie eine Speckjause bekommen. Tevi freute sich sehr, die beiden wiederzusehen. Der älteste Sohn hatte den Hof übernommen, die Eltern halfen bei der Arbeit immer noch mit, fünf Enkelkinder hatten sie mittlerweile. Sie planten, in nächster Zukunft eine längere Reise zu machen, Tevi lud sie ein, nach Boston zu kommen.

Auch Christian, Kims Freund aus der Hauptschulzeit, mit dem er nach der Matura durch Europa gereist war, erkannte Tevi sofort. Er hatte seine Tischlerei zusperren müssen, da die Konkurrenz der großen Möbelhäuser zu groß geworden war, und eine Umschulung zum Altenpfleger gemacht.

»Ist ganz okay, die Arbeit«, beteuerte er, doch Tevi konnte ihm nicht ganz glauben, er machte einen unglücklichen Eindruck auf sie. Sie hatte ihn als Kind in der Werkstatt erlebt, wie er begeistert seinem Vater geholfen hatte, ein fertiges Möbelstück mit der Hand abzuschleifen.

»Geregelte Arbeitszeiten, fünf Wochen Urlaub im Jahr. Wenn ich krank bin, gehe ich in den Krankenstand. Hat auch seine Vorteile. Vorher war das ja alles anders. Und obendrein gibt es eine gute Kantine, wie man sehen kann.«

Er tätschelte seinen Bauch. Tevi betrachtete seine großen Hände und stellte sich vor, wie die Hände, die jahrelang Möbel gebaut hatten, nun alte, gebrechliche Menschen wickelten.

An Kims Mitbewohner aus Wien zu Studienzeiten, Andreas und Michael, erinnerte sie sich ebenfalls, sie hatte mehrere Monate in derselben Wohnung gewohnt, zunächst gemeinsam mit Kim in einem Zimmer, dann, nachdem Andreas ausgezogen war, in einem eigenen Zimmer. Andreas betonte mehrmals im Gespräch, dass er Chefredakteur einer Tageszeitung war, Michael war Sportlehrer in einem Wiener Gymnasium. Tevi fragte sich, ob er den Schülern alle Übungen am Reck und am Bock vormachte, er war ziemlich übergewichtig.

»Hi Tevi«, sagte Michael zu ihr und prostete ihr mit seinem Bier zu. »Na, so eine Überraschung. Lange nicht gesehen. Wo bist du denn im Sommer 1993 so plötzlich hin verschwunden? Kim hat es ja völlig aus der Bahn geworfen.«

Siebzigerjahre, Kambodscha, Familie Mey

Der erste Einsatz unserer Gruppe war die Räumung Keps. Die Stadtbevölkerung musste sich auf den Weg ins Landesinnere machen, weil sie auf dem Land angesiedelt werden sollte. Wir mussten allen sagen, dass die Stadt bombardiert werden würde. Ich wusste von unserem Sektionschef Tao, dass das nicht stimmte, aber so wollte man Panik vermeiden, Gewaltanwendung war uns von ihm verboten worden.

Wir klopften an jede Tür und forderten die Menschen auf, innerhalb einer Stunde die notwendigsten Sachen zu packen und ihr Haus zu verlassen. Son wollte unbedingt derjenige sein, der den Franzosen und seine Familie aufforderte, sich auf den Weg in ihr neues Leben zu machen.

»Ich werfe zuerst den Franzosen und seine Familie aus ihrem Haus und dann du den Arzt und seine Familie«, sagte er, und ich willigte ein.

Die Familie saß gerade beim Frühstück, als wir an ihre Tür hämmerten. Son genoss es in höchstem Maße, seine Macht gegenüber dem Mann, der früher sein Arbeitgeber gewesen war, auszuüben. Ich konnte keine Genugtuung empfinden, verspürte sogar kurz ein Gefühl der Scham, vor allem, als der Franzose erstaunt fragte: »Du auch?«, und mich Sopheap mit großen Augen anschaute.

Ich bat Son, mich zum Arzt zu begleiten, um den Chhangs mehr Zeit zu geben, ihre Sachen zu packen. Der zitternde Glatzkopf erkannte mich nicht, weshalb ich seinem Gedächtnis auf die Sprünge half. Er erinnerte sich zwar an den Jungen, der auf dem Fest des Franzosen gewesen war und ein paar Monate lang in der Hotelküche gesessen hatte, doch nicht daran, dass er sich geweigert hatte, dessen Mutter zu helfen.

»Ich habe jedem geholfen, jedem!«, jammerte er. »Was du da erzählst, entspricht nicht der Wahrheit!«

Dass er die Dreistigkeit besaß, mich auch noch anzulügen, brachte mich in Rage, ich schrie ihn an, er solle niederknien, meine Stimme überschlug sich vor Hass. Schlotternd vor Angst kniete er vor mir, ich drückte ihm den Gewehrlauf an den Kopf, Son beobachtete mich mit einem lauernden Blick, ich wusste, worauf er wartete, doch ich schaffte es, mich zu beherrschen.

»Deine Lügen nützen dir nichts«, sagte ich. »Pack deine Sachen und verschwinde aus deinem Haus. Du bist jetzt nichts Besseres mehr.«

Ich gab der Familie nur eine halbe Stunde, um zu packen, und blieb in ihrer Nähe, um ihnen nicht die Möglichkeit zu geben, Wertgegenstände wie Goldschmuck und anderes mitzunehmen, wie es viele andere Familien sicherlich gemacht hatten, um später damit Leute zu bestechen oder es gegen etwas anderes eintauschen zu können. Sie durften nur einige Kleidungsstücke und Nahrungsmittel einpacken. Die Armbanduhr des Mannes kassierte Son, er zog sie stolz über sein Handgelenk. Mit gesenkten Köpfen verließ die Familie schließlich ihre Villa, wir folgten ihnen und veranstalteten ein gehässiges Pfeifkonzert. Sie wollten in ihr Auto steigen, doch wir verboten es ihnen. Son zertrümmerte mit einem Stein die Windschutzscheibe.

Der Arzt drehte sich um, zischte: »Ihr seid nur ein elendes Pack!«, und spuckte vor uns aus. Sons Gesicht lief rot an, mir schien, als hätte er in den letzten Tagen nur darauf gelauert, dass ein derartiger Vorfall geschehen würde.

»Wisst ihr was, die haben eindeutig eine Bestrafung verdient«, sagte er, und zu mir gewandt: »Du hast sicher nichts dagegen, wenn sie eine kleine Abkühlung bekommen. Vielleicht erinnert er sich ja dann an deine Mutter.«

Im selben Augenblick verließen die Chhangs ihr Haus, und Son forderte sie auf mitzukommen.

»Freundschaft verpflichtet«, sagte er zum Franzosen.

Mit vorgehaltenen Gewehren wurden die Familien gezwungen, uns an den Strand zu folgen. In Sons Augen glitzerte etwas, und erst später begriff ich, dass es die Lust am Quälen war. Er beschimpfte den Arzt und seine Familie als Kapitalisten und Imperialisten und hörte nicht auf zu schreien.

»Was hast du vor?«, fragte ich, ich ahnte nichts Gutes, doch er machte nur eine abwehrende Bewegung mit dem Gewehr.

Son und seine fünf treuesten Anhänger in der Gruppe trieben die Familie des Arztes in das Meer hinein und ließen sie nicht mehr an Land kommen. Die Familie des Franzosen saß unter einem Mangrovenbaum, die Kinder mit dem Rücken zum Meer, da die Eltern darauf bestanden, und wurde von einem Soldaten bewacht.

Der Arzt und seine Frau standen bis zur Hüfte im Wasser, den Kindern reichte es bis zur Brust. Das Jüngste hielt die Mutter im Arm, es war noch sehr klein. Da sie nicht schwimmen konnten, gab es für sie weder ein Vor noch ein Zurück. Unsere Gruppe aß und trank, wir hatten aus den leeren Häusern vieles mitgenommen, es war ein Festessen für uns. Zwei Soldaten wechselten sich damit ab, mit einem Maschinengewehr auf die Familie zu zielen. Wenn sie sich näher zum Strand bewegten, wurde ein Schuss ins Wasser abgefeuert. Wenn ich den Arzt ansah, ertappte ich mich bei dem Gedanken: Dass du leiden musst, geschieht dir nur recht, du Drecksack. Wenn ich aber seine Kinder sah – die beiden jüngeren waren ungefähr im gleichen Alter wie meine Brüder –, spürte ich, dass es völlig falsch war, was wir taten, dass es meine Mutter nicht lebendig machen würde und dass obendrein diese Art von Vergeltung mir den Schlaf rauben würde.

Nach einer Stunde sagte ich: »Das war genug Strafe, kommt schon, wir lassen sie an Land.«

Son stand auf und schlug mir den Gewehrgriff in den Magen: »Ich dulde keinen Widerspruch, du Weichling.« Ich war völlig überrascht und auch die meisten anderen in der Gruppe, doch alle schauten sie zu Boden und unterstützten mich nicht, es beschämte mich.

Nach drei Stunden in der prallen Sonne, ohne etwas zu trinken zu haben, begannen die fünf zu schreien und zu betteln. Sie liefen parallel zum Strand, kamen im Wasser aber nur langsam voran. Ein Soldat feuerte sie sogar an; als er keinen Spaß mehr dabei hatte, schoss er ein paar Kugeln ab, worauf sie wieder stehen blieben. Mir wurde der Anblick zu viel, ich bat Son noch einmal, er solle sie endlich an Land kommen lassen. Daraufhin schlug er mich zusammen, und ich verlor das Bewusstsein. Als ich am Morgen des nächsten Tages zu mir kam, waren sie nur noch zu dritt, die beiden jüngeren Kinder waren gestorben, die Leichen an den Strand gespült worden, niemand machte sich die Mühe, sie von dort wegzutragen. Die Eltern und der Junge waren verstummt.

Gegen Abend stieß Tao mit dem Rest der Sektion zu uns. Er war außer sich, dass die Gruppe für eine derart sinnlose Aktion so viel Zeit verschwendet hatte.

»Ich hoffe, es wurden nicht auch noch Kugeln vergeudet«, schrie er wutentbrannt.

Kugeln durften nur im äußersten Notfall abgefeuert werden, sie waren wertvolle Mangelware, das hatte man uns immer wieder eingeschärft. Son zuckte nur mit den Schultern. Da ich wollte, dass er zur Rechenschaft gezogen wurde, nannte ich die Zahl der Kugeln, die abgefeuert worden waren, bis zu dem Zeitpunkt, an dem Son mich bewusstlos geschlagen hatte.

»Stimmt das?«, fragte Tao die anderen.

Ein anderer Junge, nicht viel älter als ich, der das Ganze kaum hatte mitansehen können, bestätigte es, die anderen starrten ängstlich Son und Tao an und wussten nicht, wie sie sich verhalten sollten. Er befahl, die Familie an Land zu holen. Der Arzt, seine Frau und der älteste Sohn schleppten sich mühsam an Land, die Frau brach weinend neben den Leichen ihrer Kinder zusammen, der Junge bettelte um Wasser. Tao schlug Son vor der ganzen Sektion und vor der Familie des Franzosen mit dem Gewehrkolben nieder. Tao forderte mich auf, den Franzosen und seine Familie unverzüglich zur Hauptstraße zu bringen. Einem anderen befahl er, dem Arzt und dessen Familie Wasser zu geben.

Wir zogen ab, zwei Genossen schleppten den verletzten Son mit. Unterwegs fand ich die Gelegenheit, dem Franzosen zuzuflüstern, dass er mit seiner Familie so weit wie möglich ins Landesinnere gehen solle, am besten in ein abgelegenes Bergdorf, wo ihn niemand kennen würde, dass er sich als Handwerker oder einfacher Arbeiter ausgeben solle und dass er auf alle Fälle seine französische Herkunft verschweigen müsse. Er bedankte sich für meine Ratschläge und sah mich mit traurigen Augen an.

Von da an hasste Son mich und ließ mich nicht mehr aus den Augen. Meinetwegen war er öffentlich gedemütigt worden, und nicht nur seine Gruppe hatte die Demütigung mitangesehen. Wenn unsere Gruppe alleine, ohne die gesamte Sektion, unterwegs war, verhöhnte Son mich vor allen, er wagte jedoch nie, mich anzugreifen. Dennoch machte ich es mir zur Gewohnheit, mit dem Gewehr in der Hand zu schlafen.

Ich hatte Angst vor den eigenen Genossen.

Sommer 1986

Mit zwanzig schloss Kim das Gymnasium ab.

Die letzten Jahre waren für ihn schwierig gewesen, nicht, was das Lernen betraf – das war ihm, je besser er die Sprache beherrschte, immer leichter gefallen –, sondern das Zusammensein mit den Klassenkameraden, die allesamt jünger waren als er, er hatte sich fehl am Platz gefühlt.

Im Sommer reiste er mit einem Freund aus der Hauptschulzeit, Christian, drei Monate lang quer durch Europa. Der Schulabschluss, der ihm so lange unerreichbar fern erschienen war, markierte für ihn einen entscheidenden Einschnitt in seinem Leben, mit dem sich alle – beruflichen – Möglichkeiten eröffneten. Mit dieser Reise wollte er ihn feiern. Jedes Jahr hatte Kim in den Sommerferien gearbeitet, auf dem Kehrer-Hof beim Heuen geholfen, im Gasthof *Linde*, der früher einmal Monikas Mutter gehört hatte, gekellnert und das Geld eisern für diese Reise gespart. Christian, der seine Lehre beendet hatte und in die Tischlerei seines Vaters eingestiegen war, hatte spontan zugesagt, als er ihn gefragt hatte, ob er mitkommen wolle. Monika lieh ihnen den VW-Bus, den sie gebraucht gekauft hatte, nachdem Marthas alter Golf den Geist aufgegeben hatte; der Bus enthielt eine eingebaute Liegefläche, da sie und ihr Freund Alexander gerne Campingurlaub machten, und war deshalb optimal für ihre Reise. Geplant hatten sie nichts, sie wollten sich treiben lassen, sie legten nur eine ungefähre Route fest. Über Deutschland fuhren sie in den Norden, nach Finnland, Dänemark, Skandinavien, und dann über die Niederlande, Belgien, Luxemburg bis nach Frankreich und weiter in den Süden, nach Spanien und Portugal. Sie sahen sich Städte an und genossen das Nachtleben, parkten auf Supermarktparkplätzen und wurden vertrieben, um dann wieder tagelang in der Einöde oder am Strand zu campieren. Wenn es warm war, schliefen sie bei geöffneter Heckklappe und sahen direkt in den Sternenhimmel. Sie verstanden sich gut.

In Paris übernachteten sie bei Tevi. Sie wohnte in den Ferien in der Wohnung ihres Onkels, der mit seiner Frau vor der Hitze des Sommers auf ein Weingut in der Provence geflohen war, welches ihm zur Hälfte gehörte. Tevis Aufgabe bestand darin, die Wohnung sauber zu halten, die Pflanzen zu gießen, den Kater zu füttern und gelegentlich auf das kleine Kind ihrer Cousine, die in der Nähe wohnte, aufzupassen.

Christians Kommentar zur Wohnung lautete: »Was für ein Palast!« Beeindruckt marschierte er durch die hohen, mit Antiquitäten eingerichteten Räume.

»Ich hab dir ja erzählt, ihre Verwandtschaft ist reich«, sagte Kim.

»Was machen deine Verwandten?«, fragte Christian.

Tevi zuckte mit den Schultern: »Machen? Eigentlich nicht viel. Tante Marie ist Professorin – für ein paar Stunden in der Woche. Ein Onkel ist Weinhändler, der andere handelt ein bisschen mit Antiquitäten. Sie besitzen viel. Angehäuft von den vorigen Generationen.« Sie lächelte. »Erben werde ich aber nicht, zumindest von diesem Onkel nicht. Mein Vater ist nämlich schuld daran, dass er die rechte Hand verloren hat.«

»Was?«, entfuhr es Christian.

»Er hat ihn im Streit mit einem Messer schwer an der rechten Hand verletzt, die Verletzung hat sich entzündet, und der Arm musste oberhalb des Handgelenks amputiert werden.«

Sie saßen in der Küche und tranken Kaffee, Tevi zündete sich eine Zigarette nach der anderen an. Sie sprach immer noch sehr gut Deutsch, hatte es im Lycée in Rouen als erste Fremdsprache gewählt, den leichten französischen Akzent fand Christian niedlich.

»Das war der Grund, warum er so überstürzt nach Kambodscha abgereist ist. Mein Vater hat geglaubt, er hätte seinen

Bruder umgebracht«, erzählte Tevi Christian. »Er hat ein paar Sachen zusammengepackt, ist in den Zug nach Marseille gestiegen und von dort mit einem Handelsschiff weiter nach Kambodscha gereist. Er ist einfach untergetaucht. In seiner Heimat hat er wieder den Namen angenommen, den ihm seine Mutter gegeben hat, niemandem hat er von seiner Herkunft und seinen Jahren in Frankreich erzählt. Erst nach zwei Jahren hat er seiner Schwester Marie einen Brief geschrieben, und sie hat ihm geantwortet, dass der Bruder noch lebt, ihm aber die Hand amputiert wurde, Vater und Bruder ihn gerne im Gefängnis sehen würden. Sie hat geschrieben: ›Es ist besser, du bleibst noch eine Zeit lang dort drüben.‹ Tja, er ist zu lange geblieben und hat es mit dem Leben bezahlt.«

Tevis Großvater Remy stammte aus einer verarmten adligen Familie und ging aus reiner Abenteuerlust kurz vor dem Ersten Weltkrieg nach Kambodscha. Dort nahm er in der Provinz Battambang eine Stellung in der Kolonialverwaltung ein, in der er sich ehrgeizig nach oben arbeitete. Bald war er für die Koordination des Transports und der Verschiffung des gewonnenen Kautschuks in der gesamten Provinz zuständig. Ende der Zwanzigerjahre heiratete er die Tochter eines Industriellen, der mit der Herstellung von Reifen reich geworden war. Sie bekamen schnell hintereinander einen Sohn, eine Tochter und wieder einen Sohn, sie führten, abwechselnd in Battambang und Phnom Penh, ein sorgloses und luxuriöses Leben. Als Remys Frau schwer erkrankte, ging die Familie nach Frankreich zurück, ein Jahr darauf starb die junge Frau. Remy, den es zurück nach Indochina zog, – die Stimmung in Mitteleuropa Ende der Dreißiger behagte ihm ohnehin nicht –, überließ die drei Kinder der Obhut seiner Schwiegereltern. In Battambang lebte er später mit einer jungen Khmer zusammen, ihr Sohn Heng wurde 1940 geboren, es war Tevis Vater, sein französischer Name lautete Henri Auger.

Anfang der Fünfzigerjahre strebte Prinz Sihanouk die Unabhängigkeit Kambodschas von Frankreich an, die Zeit der Kolonialmacht war endgültig vorbei, Remy kehrte in seine Heimat zurück und ging in Pension. Den zehnjährigen Heng nahm er mit, dessen Mutter jedoch nicht, es wäre in den Kreisen, in denen er und seine drei ehelichen Kinder verkehrten, verpönt gewesen. Heng sollte ihn dafür immer hassen.

Die Beziehung zu seiner französischen Familie stand von Anfang an unter keinem guten Stern. Die Halbbrüder, besonders der Jüngere, konnten ihn nicht leiden, sie waren eifersüchtig, hatte er ja im Gegensatz zu ihnen in seiner Kindheit einen Vater gehabt. Nur die Schwester Marie schloss den einsamen Jungen ins Herz, sie konnte jedoch die Quälereien oft nicht verhindern. Je älter er wurde, umso häufiger wehrte er sich, die Streitereien eskalierten. Im Herbst 1960 bedrohte der Bruder, beide waren betrunken, Henri mit einem Messer, bei der folgenden Rauferei konnte dieser ihm das Messer abnehmen, verletzte ihn jedoch schwer an der Hand. Henri flüchtete, gegen ihn wurde ein Haftbefehl ausgestellt, er schaffte es jedoch rechtzeitig, das Land zu verlassen.

»Mein Onkel weiß immer noch nicht so recht, wie er sich mir gegenüber verhalten soll. Er überhäuft mich mit Geschenken, weil er ein schlechtes Gewissen hat, dann wieder ist er distanziert und zugeknöpft und betrachtet mich mit so einem eigenartigen Gesichtsausdruck. Einmal hat er sich bei mir entschuldigt, wegen seiner Eifersucht auf meinen Vater. Bei mir! Meinem Vater hat er keinen einzigen Brief geschrieben, nicht einmal Anfang 1975, als die politische Situation in Kambodscha so prekär wurde! Vielleicht wäre mein Vater mit uns nach Frankreich zurückgegangen, wenn er gewusst hätte, dass ihm verziehen worden ist und es keinen Haftbefehl mehr gibt«, endete Tevi.

Kim, der die Geschichte bereits kannte, betrachtete Tevi, während sie redete. Sie war achtzehn und, obwohl ziemlich mager, eine Schönheit. Er hatte sie zwei Jahre nicht gesehen; ein Jahr nachdem sie in Rouen bei ihrer Tante geblieben war,

war sie nach P. auf Besuch gekommen, wo sie sich demonstrativ gelangweilt hatte. Wieder ein Jahr darauf besuchten Ines und er sie in Rouen und fühlten sich dort ziemlich unwohl. Das Leben im Hause Auger war eine völlig fremde Welt für sie. Es gab Angestellte, die sich um alles kümmerten. Noble Sommerpartys wurden im großen Garten gefeiert, Kim und Ines den Gästen regelrecht vorgeführt. Tevi bekam Golfunterricht und nahm Reitstunden, sie durften dabei zusehen. Außerdem wussten sie nichts mit Tevis Freundinnen anzufangen, die permanent vorbeikamen. Tevi selbst bestimmte mit einem kommandierenden Ton die Tagesabläufe.

»Sie ist arrogant und zickig geworden«, hatte Ines enttäuscht festgestellt, und Kim musste ihr recht geben.

Wenn das Bedürfnis, sich in der Muttersprache zu unterhalten, bei einem der beiden überhandgenommen hatte, telefonierten sie. Doch auch das wurde seltener. Ihrer beider Leben verlief zu unterschiedlich. Ines und Tevi schrieben sich im ersten Jahr noch Briefe, dann kamen nur noch Weihnachtsgrußkarten und Geburtstagsglückwünsche, bis auch diese versiegten. Schließlich hatte auch Monika aufgehört, Briefe zu schreiben, da sie meistens unbeantwortet blieben.

»Was hast du jetzt eigentlich vor?«, fragte Kim Tevi und bat um eine Zigarette.

In einem Jahr wollte Tevi das Baccalauréat machen. »Wenn alles gut geht«, fügte sie hinzu. »Ich bin ziemlich faul, muss ich zugeben. Die arme Tante Marie verzweifelt an mir.«

Danach würde sie in Paris studieren, was genau, wusste sie noch nicht. »Vielleicht ein Dolmetscherstudium«, meinte sie, »immerhin spreche ich jetzt Französisch, Deutsch, Englisch und Khmer.«

In den Nächten zogen sie los. Die aufreizend gekleidete Tevi rauchte wie ein Schlot, auch Joints, trank einen Gin Tonic nach dem anderen und flirtete mit beiden. Untertags hingen sie gerädert in der Wohnung herum, und Tevi erzählte Geschichten über ihre Familie. Einmal schmuste sie ungeniert mit einem Mann herum, den sie am selben Abend kennengelernt hatte, bis Kim angewidert mit Christian die Bar verließ, Stunden später wankte sie zu den beiden ins Zimmer und legte sich zu ihnen ins Bett. Hysterisch lachte sie und fing dann noch hysterischer zu schluchzen an.

Kim trug sie ins Badezimmer und stellte sie unter die Dusche, in T-Shirt und Unterhose lehnte sie an der Wand und sah ihn an, während das Wasser auf sie niederprasselte.

»Warum hast du mich damals eigentlich gerettet?«, fragte sie.

»Hätte ich dich liegen lassen sollen?«

»Ja!«, schrie sie mit solch einer Vehemenz, dass er zusammenzuckte. »Ja! Ja, das hättest du! Du hättest mich sterben lassen sollen! Gemeinsam mit meiner Familie! Es wäre besser gewesen!«

Sie brach erneut in Tränen aus und ging in die Hocke. Kim drehte das Wasser ab und hockte sich neben sie.

»Es vergeht kein Tag, an dem ich nicht daran denke. An meine Eltern, an meine Schwestern, die neben mir knien, an den jungen Mann hinter mir, mit der Axt in der Hand, an dieses gottverdammte Geräusch. Tock, tock. Es gibt so viele Tage und Nächte, in denen er hinter mir steht. Ich ertrage es nicht mehr. Kim, hilf mir, ich ertrage es nicht mehr.«

Er half ihr hoch, zog ihr die nassen Sachen aus und rieb sie mit einem Handtuch trocken.

»Na komm schon«, sagte er, »was du jetzt brauchst, ist erstens ein Liter Wasser und zweitens zehn Stunden tiefer Schlaf.«

»Na komm schon«, lachte sie leise, »na komm schon, du sagst es immer noch. Wie oft hat Monika das am Tag gesagt? Na komm schon, mein Mäuschen, du schaffst das.«

»Sehr oft«, erwiderte Kim.

»Wie geht es ihr eigentlich?«

»Gut. Alexander, ich meine Dr. Wimmer, und sie sind ein Paar, schon seit Längerem«, antwortete Kim.

»Das ist schön«, murmelte Tevi. »Er hat sie schon damals angehimmelt.«

Kim führte Tevi in ihr Zimmer, sie kroch in ihr Bett, und er deckte sie zu. Er holte aus der Küche ein Glas Wasser, sie trank es leer, er holte ein zweites und stellte es auf den Nachttisch.

»Schläfst du neben mir, so wie früher in Thailand?«, fragte sie. »Ich verspreche dir, ich benehme mich.«

Kim zögerte, ging dann zur anderen Bettseite und schlüpfte unter die Decke. Er lag mit dem Bauch an ihrem Rücken und hielt sie fest, sie schlief sofort ein.

Am nächsten Morgen schrieb er ein paar Zeilen auf ein Stück Papier und schob es unter ihrer Tür durch. Er weckte Christian, sie verließen die Wohnung und fuhren weiter an die südfranzösische Atlantikküste, dann nach Spanien und Portugal.

Bei der Rückreise über die Schweiz besuchten sie Ines und ihre Freundin, die in einem Berggasthaus in der Nähe Zürichs jobbten. Am letzten Tag stiegen sie um drei Uhr früh auf einen Gipfel, um den Sonnenaufgang zu sehen. Beim Abstieg rutschte Ines aus und verletzte sich am Fuß, Kim trug sie huckepack den Berg hinunter.

Herbst 1986

Nach langem Überlegen, ob er sich an dieses schwierige Studium wagen sollte, sprang Kim ins kalte Wasser: Im Oktober 1986 zog er nach Wien, um Architektur zu studieren.

Seit seinem ersten Herbst in Österreich war der Beruf des Architekten sein Traumberuf gewesen, und er hatte ihn nie aus den Augen verloren. Als er in der ersten Hauptschulklasse saß, lud die Zeichenlehrerin kurz vor Weihnachten einen Architekten aus dem Ort, Arthur Bergmüller, in den Unterricht ein, wo dieser von seiner Arbeit erzählte und einige Overheadfolien von Projekten zeigte, die er geplant hatte. Kim verstand zwar noch nicht alles, was geredet wurde, doch die Bilder der Pläne, der verschiedenen Stadien der Baustellen und der fertigen Bauwerke beeindruckten ihn zutiefst. In den folgenden Stunden ließ die Lehrerin die Schüler fantasievolle Gebäude zeichnen, in denen sie gerne wohnen würden, viele Mädchen zeichneten ein Schloss mit Türmen, viele Buben eine Ritterburg mit Türmen, die meisten waren schnell gelangweilt von der Aufgabe. Kim war der Einzige, der mit Feuereifer bei der Sache war und der sein Traumhaus aus verschiedenen Perspektiven zu Papier brachte. Es war ein einstöckiges Haus aus Glas, das wie ein Vierkanthof einen quadratischen Innenhof umschloss, in dem sich ein Ententeich befand. In seinem holprigen Deutsch erklärte er, dass sein Haus deshalb aus Glas sei, damit man immer den Himmel sehen könne, die Sonne, die Wolken, die niederplatschenden Regentropfen, und vor allem in den Nächten die Sterne. Außerdem war das Glas ein besonderes, eines, das kühlte, wenn die Sonne zu stark brannte, doch ebenso wärmen konnte, wenn es draußen kalt war, erklärte er weiter. Die Lehrerin war von seinen Zeichnungen hellauf begeistert und stellte sie in der Aula aus, für den Entwurf aus der Vogelperspektive kaufte sie einen Rahmen, damit er es Monika zu Weihnachten schenken konnte.

Er war von Beginn an ein strebsamer Student, doch kein herausragender. Vor allem im Fach Entwerfen war er einigen Professoren zu wenig kreativ und visionär. Seine Pläne und Modelle waren funktional, jedoch dezent, ein Professor, der für seine Vorliebe für protzige Bauten bekannt war, schnauzte ihn deswegen einmal an: »Wollen Sie, dass man Ihre Werke sieht, oder möchten Sie sie gleich unter der Erdoberfläche verstecken? Wenn ich es recht bedenke, könnten Sie Architekt für Keller und Bunker werden.«

Ein anderer Professor kritisierte ihn, weil seine Entwürfe und Modelle nicht zu stärkerer Sozialität und Gemeinschaft anregten, Kim bevorzugte es, Bauwerke zu entwerfen, welche die Autonomie des Menschen betonten.

Auch bei Präsentationen tat er sich schwer, er mochte es nicht, vor einer Gruppe zu reden und sein Modell anpreisen zu müssen. Oft war er nahe daran, das Studium hinzuschmeißen, Monika und Ines leisteten jedes Mal wieder Überzeugungsarbeit, wenn er einen Tiefpunkt erreicht hatte.

Gemeinsam mit zwei anderen Studenten wohnte er in einer Wohnung im achten Bezirk. Er verstand sich gut mit seinen Mitbewohnern, Andreas studierte Politikwissenschaft, Michael Sportwissenschaften und Englisch fürs Lehramt. Die beiden liebten das Debattieren. Nächtelang saß man in der kleinen Küche beisammen, über alles Mögliche diskutierend. Sie waren so ziemlich gegen alles, regten sich über den Status quo auf, jedoch auch über Veränderungen und Umwälzungen, über die Regierung, über Politiker und ihre Skandale. Was konnte man tun, um die Umweltverschmutzung so gering wie möglich zu halten? War der sogenannte Generationenvertrag tatsächlich im Wanken? Wie konnte man die Gleichberechtigung zwischen Mann und Frau vorantreiben? Hatte der Bundespräsident wirklich, was seine Vergangenheit betraf, Dreck am Stecken? Hatte eine junge politische Partei, die sich die Grünen nannten und erst vor Kurzem ins Parlament eingezogen waren, ihre Berechtigung, waren sie gar die große Hoffnung der Zukunft?

Kim stand den Diskussionen mit einem Unverständnis gegenüber, welches die anderen irritierte und zuweilen auch belustigte. Er konnte die Missstände und Zwänge, welche die Freunde in der Gesellschaft, im System sahen, nicht erkennen, es waren Feinheiten, die ihn nicht berührten. Sie beschwerten sich über Dinge, die ihm lächerlich erschienen. Einmal fragte er sie, ob denn Leute in Arbeitslagern zusammengepfercht wurden und an Hunger und Erschöpfung verreckten oder gar gefoltert und hingerichtet wurden, und sie schauten ihn ungläubig an.

»Worüber regt ihr euch dann so auf?«, fragte er.

Die erste Zeit in Österreich, als er überwältigt in einem Supermarkt stand und ihm schwindlig wurde von den vielen Dingen, die es hier zu kaufen gab, war ihm noch deutlich in Erinnerung. Kim hatte auch über Modegeschäfte, Möbelhäuser, Autofirmen gestaunt, sich über saubere Straßen, gepflegte Wiesen und Felder gewundert.

»Wer hält das alles so sauber?«, fragte er Monika, doch sie konnte ihm seine Frage nicht zufriedenstellend beantworten.

Er durfte zur Schule gehen und wurde von allen Lehrern freundlich behandelt, niemand machte ihn herunter, im Gegenteil, alle waren bemüht um ihn, so sehr, dass es ihm manchmal sogar unangenehm war. Hatte er das verdient? Dass Monika sie nicht bestochen hatte, hatte er zunächst kaum glauben können.

»Nein, Kim, ich gebe den Lehrern kein Geld, auch kein Obst oder Hühnerfleisch«, lachte sie, als er sie danach fragte.

Martha, die alt war und nicht mehr arbeitete, nicht einmal Suppe auf der Straße verkaufte, bekam jeden Monat Geld ausbezahlt, ohne darum betteln zu müssen, man nannte das Rente. In Kambodscha waren alte Menschen von ihren Kindern abhängig gewesen, und unter den Roten Khmer waren viele erschlagen worden, weil sie dem System zu nichts mehr nütze waren, falls sie nicht ohnehin vorher gestorben waren. Wenn er krank war, kümmerte sich Dr. Wimmer liebevoll um ihn – er kam sogar ins Haus – und gab ihm Medizin, die bewirkte, dass er sich schon am nächsten Tag besser fühlte. Wieder musste Monika nichts dafür bezahlen. Die Leute konnten jeden Beruf ergreifen, den sie wollten, die einzige Voraussetzung war, sie strebten ihn ehrgeizig an, das System bot alle Möglichkeiten dafür. Auch Frauen konnten sich für Karriere entscheiden und alles studieren, was ihr Herz begehrte. In seiner Heimat hatten nur Männer aus der reichen Oberschicht Zugang zu Universitäten gehabt und dafür zumeist im Ausland leben müssen, die meisten waren wie ihre Väter arme Reisbauern geworden, oder Fischer, Tagelöhner, Straßenverkäufer. Eine Frau, die nicht heiratete und Kinder bekam, war nichts wert, eine Frau, die heiratete, war dem Mann zu Gehorsam verpflichtet und wurde oft sehr schlecht von ihm behandelt.

Die Freude über die himmlischen Zustände hatte monatelang angehalten, und eigentlich empfand er sie mitunter immer noch, denn er durfte das studieren, wovon er geträumt hatte, und erhielt sogar eine hohe Studienbeihilfe. Jeder war frei, sein Leben so zu gestalten, wie er es wollte. Das war seine simple Einstellung. Seiner Meinung nach lag das Problem bei den Menschen selbst, sie konnten die Freiheit als solche nicht erkennen.

Bei den Diskussionen belächelten die Mitbewohner seine Naivität. Er belächelte ihre Luxusprobleme.

September 1992 – Juli 1993

Nachdem Ines in Linz die Ausbildung zur Volksschullehrerin beendet hatte, bekam sie zunächst keine Stelle und entschloss sich, mit einer Freundin ein Jahr in Australien zu verbringen. Sie arbeiteten in der sogenannten »School of the Air« mit, in welcher Schüler, die keine Schule besuchen konnten, mittels Funk unterrichtet wurden, auch in Deutsch als erster Fremdsprache. Monatelang waren sie Teil des Feldteams und besuchten mit australischen Lehrern die Schüler in ihrem Zuhause.

In diesem Auslandsjahr wurde ihr bewusst, dass es Liebe war, die sie für Kim empfand. Die Heftigkeit, mit der sie ihn vermisste, war schmerzhaft und ließ sie in den Nächten wach liegen. Lange Zeit hatte sie ihre Gefühle ihm gegenüber für eine kindische Verliebtheit gehalten – oder für eine sehr tiefe Vertrautheit, die zwischen ihnen bestand, weil sie die Jugend im selben Haus verbracht hatten. Sie waren wie Bruder und Schwester und verstanden sich blind. Ines wusste, was Kim gerne hatte, womit er sich arrangieren und was er nicht leiden konnte, und umgekehrt war es ebenso. Sie mochte seine ernste Art, seine Bodenständigkeit, seinen Ehrgeiz, wenn er Dinge in Angriff nahm, es gefiel ihr, dass er sich bei jeder Kleinigkeit um Monika und Martha sorgte. Sein Bemühen, immer alles richtig zu machen, seine Dankbarkeit, die in vielen Dingen immer noch mitschwang, fand sie rührend. Er war nicht anspruchsvoll, hatte keine Launen und faselte keinen hochtrabenden Schwachsinn, um sein Gegenüber zwanghaft von seiner Intellektualität zu überzeugen. Die Burschen in ihrem Alter erschienen ihr unreif im Vergleich zu ihm, ihr Bemühen, immer möglichst cool zu wirken, fand sie uninteressant und auch anstrengend. Kim war das Gegenteil davon, Coolness schien ein Fremdwort für ihn zu sein, und genau das machte ihn für sie attraktiv. Manchmal drückte sein Gesicht Erstaunen aus wie am Anfang, als er zu ihnen gekommen war, als könne er immer noch nicht glauben, was das Leben für ihn bereithielt.

Jedes Mal, wenn sie ihn an den Wochenenden wiedersehen sollte, weil er nach Hause kam oder sie ihn in Wien besuchte, hatte sie sich nicht nur wie wahnsinnig darauf gefreut, sie hatte auch ein Kribbeln im Bauch verspürt und war leicht nervös gewesen. Manchmal hatte sie das irritiert, sie wollte es abschütteln, es war ihr lästig, vor allem auch deshalb, weil Kim ihr nie das Gefühl gab, es ginge ihm ebenso. Das konnte aber auch an seiner Schüchternheit den Frauen gegenüber liegen. Sie nahm sich vor, ihm nach ihrer Rückkehr ihre Gefühle zu offenbaren, und malte sich in romantischen Tagträumen seine Reaktion aus.

Außerdem geisterten noch andere Gedanken durch ihren Kopf: Kim war der richtige Mann fürs Leben, denn er war kein Mistkerl. Im Gegenteil. Nie würde er sie verlassen oder in anderer Weise enttäuschen, dessen war sie sich sicher. Sie, Ines, würde nicht wie ihre Mutter zwei Mal sitzen gelassen werden. Zu gut erinnerte sie sich an die Monate, in denen sie ihre Mutter dafür verachtet hatte, depressiv, schwach und vor allem die Verlassene zu sein. Ihr – und ihren Kindern – würde das mit Kim sicher nicht passieren.

Samstag, 18. Juni 2016

Lea saß bei ihren ehemaligen Schulfreundinnen und aß das Entencassoulet, das ihr Vater am Vormittag zubereitet hatte. Wie immer schmeckte es hervorragend, doch sie konnte es nicht genießen, sie war zu angespannt. Ständig zog sie ihr Handy hervor und schaute nach, ob sie eine Nachricht bekommen hatte.

Vor drei Wochen hatte sich ihr Leben komplett verändert. Sie hatte Adam kennengelernt und war heftig verliebt. Adam, aus der Steiermark stammend, war ein Jahr älter als sie und studierte im dritten Jahr Jura. Ob sie ein Paar waren oder nicht, war noch nicht klar ausgesprochen worden zwischen ihnen, sie steckten in der prickelnden Kennenlernphase, der Bauch prall gefüllt mit Schmetterlingen, der restliche Körper bestehend aus Herzklopfen. In dieser Phase fuhr man nicht gerne für ein verlängertes Wochenende zu seiner Familie und ließ das Objekt der Verliebtheit zurück. Vor allem dann nicht, wenn dieses zu einer Party eingeladen worden war, auf der auch die Ex-Freundin sein würde. Zuerst hatte Lea überlegt, Adam zu fragen, ob er mit zu ihren Eltern kommen wolle, den Gedanken jedoch schnell wieder verworfen. Es war einfach viel zu früh dafür. Sie hielt sich lieber an die ungeschriebene Regel, einen Freund erst nach mindestens drei Monaten Beziehung der Familie vorzustellen. Außerdem fand sie es unsensibel, zum runden Geburtstag des Vaters jemand Außenstehenden mitzubringen, der Vater sollte im Mittelpunkt stehen, niemand sonst.

Allerdings stand nun eine andere Person im Mittelpunkt. Lea beobachtete Tevi, wie sie mit ihrer Mutter durch den Garten ging und sich alle darum rissen, der Berühmtheit endlich vorgestellt zu werden. Die Aktfotos, die der bekannte Fotograf Jake Edwards Mitte der Neunzigerjahre von ihr in Kambodscha gemacht hatte, im Dschungel, in Reisfeldern, in den Tempelanlagen von Angkor Wat, auch inmitten von Minenopfern, waren damals – zusammen mit ihrer Geschichte – um die Welt gegangen und hatten die Öffentlichkeit endgültig auf das immer noch kaputte Land aufmerksam gemacht. Sie war schlagartig eine Berühmtheit geworden und in der Prominentenszene ein und aus gegangen. Als Botschafterin ihrer Heimat hatte man sie zu unzähligen Wohltätigkeitsveranstaltungen eingeladen.

Wieder warf Lea einen Blick auf ihr Handy, das neben ihr auf dem Tisch lag, sie wusste, es war unhöflich ihren Freundinnen gegenüber, aber sie konnte nicht anders. Sie wartete auf Neuigkeiten aus Wien, sie wünschte sich, Adam würde ein Selfie, auf dem Balkon sitzend oder in seinem Bett liegend, schicken, unter dem samt angehängtem Kussmund geschrieben stand: »Bleibe zu Hause.« Sie hatte sich nämlich beim Abschied zu der Bemerkung hinreißen lassen, dass es ihr lieber wäre, Adam ginge nicht auf diese Party, da die Ex-Freundin sicherlich nichts unversucht lasse, um ihn sich wieder zu krallen. Nachher hatte sie es bereut, das gesagt zu haben, vor allem das Wort »krallen«, wie schrecklich das klang, als hätte er keinen freien Willen und könne nur Opfer sein. Er hatte nur leicht den Kopf geschüttelt und nichts gesagt, was mochte er bloß über sie gedacht haben?

Es kam aber keine Nachricht von Adam. Dafür eine von ihrer Freundin Bea, die ebenfalls zu der Party eingeladen worden war. Sie hatte Lea versprochen, sie auf dem Laufenden zu halten, nachdem ihr diese ihre Sorgen mitgeteilt hatte. »Er ist gerade aufgetaucht«, schrieb Bea.

Leas Stimmung sank.

Vor drei Monaten hatte Jonas sie in sein Geheimnis eingeweiht: Er hatte Tevi Gardiner als Überraschungsgast zum Geburtstagsfest des Vaters eingeladen, und sie hatte bereits zugesagt. Lea war beeindruckt von ihrem kleinen Bruder und begeistert, sie ärgerte sich ein bisschen, weil sie nicht selbst auf die Idee gekommen war. Dann aber freute sie sich einfach nur auf dieses Geburtstagswochenende zu Hause, besonders darauf, ihren Vater durch seine Reaktion auf die Besucherin von einer anderen Seite kennenzulernen und endlich mehr über seine Jugend zu erfahren.

In den letzten drei Wochen hatte sie sich jedoch die Vorfreude auf das Familienwochenende und den Besuch aus den USA regelrecht einreden müssen, und bis zu einem gewissen Grad hatte das auch funktioniert. Sie war tatsächlich neugierig auf diese Frau Gardiner, von der ihr Vater nie erzählt hatte. Jedoch bereits wenige Minuten nachdem sie losgefahren war, um die Frau vom Flughafen abzuholen, spürte sie mit jeder Faser ihres Körpers, wie sehr sie Adam, mit dem sie den Abend noch verbracht hatte, vermisste. Das Gefühl war beinahe schmerzhaft. Als sich dann herausstellte, dass die Gardiner ihr unsympathisch war, begann sie genervt zu sein.

Kühl hatte sie Lea die Hand gereicht und sie dann den schweren Koffer bis zum Auto ziehen lassen, weder hatte sie sich für die Einladung noch für das Abholen bedankt. Lea kannte genug Amerikaner, um zu wissen, dass man sich üblicherweise überschwänglich begrüßte, meistens sogar umarmte, dass man viel plauderte. Da der Flieger aus New York zwei Stunden Verspätung gehabt hatte, saßen sie erst um elf Uhr nachts im Auto, Lea war todmüde und musste sich beim Fahren stark konzentrieren. Die Frau antwortete einsilbig auf ihre Fragen, war distanziert und weigerte sich, Deutsch zu sprechen. Schweres Parfum hing in der Luft und verursachte Lea heftige Kopfschmerzen, die Fahrt erschien ihr wie eine Ewigkeit. Hoffentlich ist die ganze Sache mit diesem Überraschungsgeschenk kein Reinfall, dachte sie verzweifelt, während sie angestrengt auf die Fahrbahn starrte, hoffentlich ist Jonas nicht enttäuscht, weil jeder Satz übersetzt werden muss und weil sie eine arrogante Zicke ist.

Den Morgen darauf – es war vereinbart gewesen, dass sie mit Monika und der Gardiner frühstückte – verschlief Lea. Als sie das Haus ihrer Oma betrat, hörte sie bereits im Flur die Stimmen der beiden Frauen. Tevi Gardiner und Monika frühstückten gemeinsam in der Küche, ein altes Fotoalbum lag geöffnet zwischen ihnen. Während Lea sich Kaffee einschenkte und Marmelade auf ein Brot schmierte, hörte sie zu, wie die beiden von bestimmten Ereignissen sprachen, während sie das Album durchblätterten. Sie zeigten auf ein Foto und begannen mit den Sätzen: »Weißt du noch?« oder »Meine Güte, daran kann ich mich gut erinnern!« oder »Wie lange das her ist!«, dabei lachten sie viel. Die Amerikanerin wirkte herzlicher als am Tag zuvor. Sie sprach mit starkem amerikanischem Akzent, jedoch grammatikalisch einwandfrei. Sie kann also doch noch Deutsch, stellte Lea verärgert fest.

Die Vertrautheit, die von den zwei Frauen ausging, irritierte sie, ihre Oma war für gewöhnlich nicht der Typ, der sich schnell öffnete. Lea verspürte Eifersucht in sich aufkeimen und fühlte sich ausgegrenzt, sie musste sich in Erinnerung rufen, dass die Frau als Kind zwei Jahre lang bei ihrer Oma gelebt hatte.

Das Album, das die beiden Frauen durchblätterten, kannte sie, allerdings nicht so gut wie die anderen Fotoalben der Mutter, die schön geordnet und nummeriert im Regal des Wohnzimmers in ihrem – dem neuen – Haus standen. Als Kind hatte Lea oft die alten Alben hervorgezogen und sie angesehen, sie hatte sich über Mode und Frisuren amüsiert. Beinahe auswendig hatte sie sie gekannt, stets gewusst, welche Bilder auf der nächsten Seite folgen würden. Warum die Mutter dieses eine Album bei ihrer Mutter im alten Haus gelassen hatte, wusste Lea nicht.

Als Jonas geboren wurde, waren Simon und sie für ein paar Tage bei ihrer Großmutter untergebracht, und als Lea aus Langeweile das Regal durchforstet hatte, hatte sie das dünne, rote

Album hinter Büchern entdeckt. Auf der ersten Seite des Albums stand in verschnörkelter Handschrift *Ines, Tevi und Kim – 1980 bis 1982* geschrieben, und Lea blätterte es interessiert durch. Sie hatte zwar vage gewusst, dass ihre Oma Anfang der Achtzigerjahre nicht nur Kim, ihren Vater, sondern auch ein Mädchen aufgenommen hatte, jedoch hatten ihre Eltern nie darüber geredet. Sie hatte auch nie danach gefragt. Beim Abendessen zeigte sie das Album ihrer Oma, und diese sagte erfreut: »Wo hast du denn das aufgetrieben? Ich dachte, das wäre drüben bei euch. Ich habe es seit Ewigkeiten nicht mehr gesehen.«

Einen ganzen Abend lang löcherte Lea ihre Oma mit Fragen über die beiden Kinder, die sie im Oktober 1980 aus einem Flüchtlingsheim abgeholt hatte. Gespannt lauschte sie ihren Antworten, ihr Bruder Simon blätterte in einem Comicheft und hörte nur mit halbem Ohr zu. Erst als Monika erzählte, angeblich hätte Kim dem Mädchen im Dschungel das Leben gerettet, horchte er auf, doch wusste Monika nichts Genaues darüber. Ines und das Mädchen Tevi waren von Anfang an gute Freundinnen gewesen, erzählte sie weiter. Dann wurden in Frankreich entfernte Verwandte gefunden, die das Mädchen zu sich nahmen, bei denen Kim aber nicht hatte bleiben wollen. Die letzten Fotos zeigten die drei Kinder – immer stand die blonde Ines zwischen den beiden – vor dem Eiffelturm, vor Notre Dame und schließlich vor einem großen Haus.

In den darauffolgenden Wochen fragte Lea ihren Vater manchmal nach seiner Kindheit, doch er speiste sie mit belanglosen Sätzen ab oder wechselte das Thema. Alles, was sie wusste – teilweise von Ines oder Monika –, war, dass er seine ganze Familie während des Pol-Pot-Regimes verloren hatte, ihm die Flucht nach Thailand geglückt war und er in Österreich Asyl bekommen hatte. Sie fühlte sich ihrem Vater näher als ihrer Mutter und hätte gerne mehr über ihn erfahren.

Vor vier Jahren war ihre Geschichtslehrerin an sie herangetreten und hatte sie gefragt, ob es möglich wäre, dass ihr Vater in den Unterricht käme, um vom Roten-Khmer-Regime zu erzählen. Sie nahm mit der Klasse die totalitären Regimes des zwanzigsten Jahrhunderts mit Schwerpunkt auf dem Nationalsozialismus durch. Dieser Stoff war das Steckenpferd der Lehrerin, andere Themen und Prozesse – wie zum Beispiel die Zeit nach 1945, die entstehenden neuen Demokratien, die Europäische Union und ihr Werdegang, das Scheitern des Kommunismus – streifte sie marginal innerhalb einer Woche. Mit anschaulichen Materialien vermittelte sie den Schülern nicht nur die organisierte politische Durchdringung der Gesellschaft und die Auslöschung von Andersdenkenden bis hin zum Genozid, sondern auch immer wieder einzelne Biografien verfolgter und hingerichteter Menschen. Zwei Mal machten sie eine Exkursion zu einem Konzentrationslager. Die Schüler hatten nach wenigen Wochen die Schnauze voll von dem Thema, manche begehrten auf.

»Können wir nicht mal was anderes machen?«, hieß es, oder: »Mich kotzt das Großvaterthema echt schon an«, motzten die frecheren.

Frau Barth ignorierte es.

»Zwanglos soll es sein, unkompliziert, Vorbereitung ist nicht notwendig, dein Vater soll einfach nur erzählen«, sagte sie zu Lea und entblößte bei einem angedeuteten Lächeln ihr rosa Zahnfleisch.

Als Lea vom Wunsch ihrer Geschichtslehrerin erzählte und ihren Vater fragte, ob er dazu bereit wäre, saßen sie beim Abendessen. Noch bevor Kim antworten konnte, blickte Simon sie von der Seite an und fragte sie: »Möchtest du das wirklich?«

»Ja, klar«, sagte sie, und Simon schüttelte ungläubig den Kopf.

Sie wusste, dass es für ihren Bruder unvorstellbar wäre, seinen Vater in den Unterricht mitzunehmen, damit er vor den Klassenkollegen von aufgeblähten Kinderbäuchen und Massengräbern erzählte. Für Simon wäre das eine einzige Peinlichkeit gewesen, ein Zugeständnis an seine Andersartigkeit schlechthin. Er litt schon genug darunter, dass er von allen drei Kindern seinem Vater am ähnlichsten sah, er war, was das Äußere betraf, ein Kambodschaner – oder ein *Khmer,* wie es richtig hieß. Haare und Augen waren schwarz, die Haut war dunkel, die Nase breit, das Gesicht flächig. Als er noch in die Volksschule gegangen war, hatte er oft geweint, weil ihn andere Kinder verspottet hatten. »Hey, du Chinese! Isst du lieber Hunde oder Spinnen?«, riefen sie ihm nach. Ein neuer Sportlehrer fragte ihn, woher er denn komme, aus Korea, Vietnam oder China? Einmal, er war acht, gestand er Lea, dass er sich nichts sehnlicher wünsche als das Aussehen seiner Mutter, helle Haut, kleine Nase, blonde Haare, grüne Augen – und dass der kleine Bruder nicht zur Welt gekommen wäre, Simon war zu der Zeit sehr eifersüchtig auf Jonas, der obendrein der Mutter wie aus dem Gesicht geschnitten war. Im Gymnasium begann er sich zu wehren. Als ihn ein Klassenkamerad in der Pause fragte: »Wie schmeckt das Hundefleisch da in deiner Semmel?«, schlug er auf ihn ein und hörte nicht mehr auf, bis der Lehrer dazwischenging. Danach hatte er seine Ruhe – und den Ruf, ein Schläger zu sein.

Lea bat ihren Vater so lange, bis er zusagte. Sie wollte ihre Lehrerin, deren Lieblingsschülerin sie war und die sie ebenfalls sehr mochte, nicht enttäuschen und die Gelegenheit nutzen, mehr von der Vergangenheit des Vaters zu hören. Doch viel mehr, als sie bereits wusste, erfuhr sie nicht, neu war für sie, dass er zum Kindersoldaten ausgebildet worden war. Obwohl sie später nie darüber sprachen, war ihr bewusst, dass die Stunde für ihn zu einer Katastrophe geworden war. Schuld daran war der Überdruss der meisten das Thema betreffend, sie hatten es gründlich satt, von grausamen Regimes und Unterdrückung zu hören, und viele hatten deswegen bei ihren Fragen über die Stränge geschlagen. Ihren Ärger über die Geschichtslehrerin hatten sie an Leas Vater ausgelassen, ohne dass es den meisten vermutlich bewusst gewesen war. Und diejenigen, denen es bewusst war, hatten es mit voller Absicht getan, um der Lehrerin eins auszuwischen. In ihren Stunden getrauten sie sich das nicht aufgrund ihrer Strenge, Leas Vater war ein Fremder, da fielen die Hemmungen.

Florian hatte sich besonders ekelhaft verhalten. Es war bestimmt Absicht gewesen, er hatte jedoch nicht der Lehrerin eins auswischen gewollt, er hatte sich damit an ihr gerächt. Sein Vater war sicherlich nicht derjenige gewesen, der zu ihm gesagt hatte »Kambodscha ist ein Drecksland«, er hatte sich garantiert tagelang ganz gezielt im Internet solche Dinge herausgesucht, um ihren Vater damit zu konfrontieren und zu verletzen.

Eine Woche zuvor war Lea mit ein paar Leuten ausgegangen, in einen Klub in Linz, in den sie nur mit einem gefälschten Ausweis hineinkamen, weil sie zu jung waren. Florian, der seit Längerem auf sie stand, war auch dabei gewesen und hatte sie im Lauf der Nacht ziemlich offen angemacht. Sie hatte ihm vor den anderen eine klare Absage erteilt und demonstrativ mit einem anderen jungen Mann herumgemacht. Das Ganze konnte sie ihrem Vater jedoch nicht erklären, weil dieser gar nicht wusste, dass sie in diesen Klub gegangen war, den Eltern hatte sie erzählt, sie übernachte bei einer Freundin. Auch wollte sie nicht, dass ihrem Vater bewusst wurde, dass sie, sein kleines Mädchen, eben kein kleines Mädchen mehr war.

Sie bekam eine zweite Nachricht von Bea. »Er tanzt mit ihr«, schrieb sie. Lea stürzte ihr Glas Wein hinunter und stand auf.

»Na, wollen wir?«, fragte sie ihre zwei Freundinnen und deutete mit dem Kopf zur Band, die zu spielen begonnen hatte, es war Zeit, etwas Schwung in die Party zu bringen. Außerdem wollte sie ihren Vater um einen Tanz bitten. Er tanzte zwar nicht gern, aber zu ruhiger Musik würden sie einen Blues hinbekommen.

Das wünschte sie sich jetzt: von ihrem Vater gehalten zu werden.

Kambodscha, Siebzigerjahre, Familie Mey

In den Wochen nach dem April 1975 folgte eine Ernüchterung nach der anderen.

Ich fühlte mich enttäuscht und betrogen, und schnell kam die Angst um das eigene Leben, ich wusste, ich hatte wegzusehen oder würde selbst sterben müssen. Es gab kein Zurück für mich. Unsere Gruppe war mit einem Jeep ausgestattet, wir patrouillierten die Straßen und überwachten die Übersiedelung der Stadtbevölkerung auf das Land. Ich sah Dinge, die mir die Haare zu Berge stehen ließen. Kranke Menschen, alte Menschen, die auf dem Weg in das bessere Leben, das ihnen von den Roten Khmer versprochen worden war, elendig krepierten. Hilfe leisteten die Soldaten keine, im Gegenteil, ich sah, wie Son einen alten Mann, der nicht mehr weitergehen konnte, erschlug, eine alte Frau einfach niederschoss. Als ich ein halbes Jahr nach dem Sieg der Roten Khmer mitansehen musste, wie er Mediziner, Lehrer, Ingenieure, Bibliothekare vor einer Grube erschlug, weil sie nicht in das Bild der bäuerlichen Urgesellschaft passten, war ich völlig verzweifelt. In der Zeit gewöhnte ich mir an, meine Kappe tief ins Gesicht zu ziehen und meinen Krama bis über die Nase zu wickeln, sodass nur die Augen zu sehen waren. Ich wollte undurchdringlich wirken. Aber am liebsten wäre ich unsichtbar geworden.

Eines Tages wurde unsere Gruppe eingeteilt, eine solche Hinrichtung durchzuführen. Die zu Tode Verurteilten hoben eine Grube aus, wir saßen im Schatten und sahen ihnen dabei zu, es dauerte stundenlang. Sie mussten sich ausziehen, uns ihre Kleidung gefaltet überreichen und sich vor die Grube niederknien. Son beobachtete mich die ganze Zeit, es bereitete ihm Vergnügen, meine Überwindung und Verzweiflung zu sehen. Auch Tao schien mich im Blick zu haben.

Son und zwei andere zeigten uns Neuen, wie man Menschen mit einem Schlag auf den Hinterkopf tötete und welche Stelle man mit der Rückseite der Axt treffen musste, damit es schnell ging. Offensichtlich hatten sie Übung darin, vor allem Son, der den Spitznamen »Genosse Axtkünstler« erhalten hatte, die Menschen sanken stumm oder mit einem Stöhnen in die Grube.

Der Letzte war für mich bestimmt. Meine Hände zitterten so stark, dass ich die Axt wieder sinken ließ. Son schnauzte mich an: »Du kannst gleich selber niederknien.« Ich musste meine ganze Kraft zusammennehmen, um den tödlichen Schlag ausführen zu können, danach musste ich mich setzen, weil mich meine Beine nicht mehr trugen.

Am Abend nahm Tao mich zur Seite, vermutlich hatte er meine Verzweiflung gemerkt. Aus irgendeinem Grund mochte er mich, er hatte mich von Anfang an bevorzugt behandelt, was wiederum manchen in der Gruppe ein Dorn im Auge gewesen war. Er wirkte längst nicht mehr so ruhig wie in den Wochen im Wald, sondern gequält. Er redete davon, dass die Revolution mit harter Hand geführt werden müsse, Schwäche in den Reihen der Revolutionäre würde sich herumsprechen und unweigerlich zu Widerstand führen. Ich verstand ihn nicht.

»Warum bedeutet es, Schwäche zu zeigen, wenn man gebildete Menschen tötet?«, fragte ich.

Tao schaute um sich, ob uns niemand hörte. »Die Revolution fordert ihre Opfer«, sagte er laut.

Diesen Satz konnte ich nicht mehr hören.

»Diese Menschen waren gebildet, und Bildung ist das erste Zeichen von Feudalismus. Wir müssen sie ausmerzen«, fuhr er laut fort.

»Sind diese Opfer nicht sinnlos?«, wagte ich ihm zu widersprechen. »Wir hätten sie umerziehen können, auf dem Land, bei der Arbeit. Außerdem werden Ärzte und Lehrer dringend gebraucht. Sie hätten von Nutzen sein können. War das nicht der ursprüngliche Plan?«

Tao betrachtete mich eine Weile, flüsterte mir zu: »Du musst härter werden, sonst überlebst du das Ganze nicht!«, und ließ mich stehen.

Der Gedanke an meine Naivität, als ich mich rekrutieren hatte lassen, machte mich innerlich noch lange Zeit zornig. Mich hatten Taos eindrückliche Schilderungen einer friedlichen und gerechten Heimat begeistert, ich hatte mich blenden lassen und meine Zweifel unterdrückt. Im Nachhinein fielen mir Dinge ein, auf die ich zu wenig geachtet hatte. Junge Männer, die bereits jahrelang bei den Roten Khmer waren und ab und zu in unserem Camp vorbeigeschaut hatten und gegrinst hatten, wenn sie uns beim Philosophieren zuhörten. Einmal hatte Son ausgespuckt und gesagt: »Mit Reden werden keine Revolutionen gewonnen, sie sollten etwas anderes üben.« Tao hatte ihn mit einem Blick zum Schweigen gebracht.

Später wurden in den Gruppen erfahrene Soldaten mit den Neurekrutierten gemischt. Es gab in jeder Einheit geborene Schlächter, denen es nichts auszumachen schien, Kinder mit den Köpfen an Bäume zu schmettern, Frauen die Bäuche aufzuschlitzen, Männern bei lebendigem Leib die Leber herauszuschneiden. Dabei hatten sie die Unterstützung der politischen Instrukteure, die immer und immer wieder predigten, dass jeder, der nicht für uns war, unser Feind sei und nicht wert, am Leben zu bleiben. Die Leute, die wir aus ihren Stadtwohnungen vertrieben – selbst arme Menschen –, hatten große Angst vor uns. Mich irritierte das. Waren wir nicht ihre Retter? Doch später erfuhr ich, dass die kommunistische Führung bereits zuvor gezielt Grausamkeiten hatte verüben lassen, um Widerstand von vornherein zu unterbinden. Ich kam mir nun so naiv vor! Der Großteil der Bevölkerung hatte gewusst, wozu die Roten Khmer fähig waren, nur ich, der ich zu ihnen gehörte, nicht. Es gab wenige Gruppen, Sektionen, in denen den Soldaten Grausamkeiten verboten waren, der Kommandeur riskierte jedoch viel, das war Tao vermutlich bereits in den ersten Wochen klar geworden. Er lief Gefahr, abgelöst und selbst hingerichtet zu werden. »Gnade mit dem Feind« war das höchste Vergehen, das wir uns zuschulden kommen lassen konnten. Das verstand ich alles erst im Laufe der Zeit.

In den Dörfern wurden wir anfangs wohlwollend empfangen. Die arme Bevölkerung, vor allem die in den abgelegenen Regionen, erhoffte sich viel von den Roten Khmer. Es gab die Sehnsucht nach einem Leben in Würde und Freiheit, ohne Not und Entbehrung, nach Gerechtigkeit und Frieden. Jahrelang hatten die Bauern den Bürgerkrieg miterlebt, die Bombardierungen der Amerikaner erdulden müssen. Sie hatten Vertrauen in die Sieger, die von einem besseren Leben erzählten. Niemand hinterfragte die simplen Thesen, die sie predigtartig wiederholten, im Gegenteil, man klammerte sich an sie. Doch bald schon, innerhalb eines Jahres, spürten wir auch in den Dörfern Widerwillen uns gegenüber. Die ehemals freien Bauern wollten nicht in Gemeinschaftsunterkünften untergebracht werden, in Gemeinschaftsküchen verpflegt, in Kolonnen unter Aufsehern arbeiten, ihre Familien von ihnen getrennt und ihre Kinder von politischen Instrukteuren erzogen sehen.

Die Revolution bereitete mir zunehmend Ekel. Und noch mehr Ekel bereiteten mir meine Mitgenossen. Sie waren dressierte, primitive Barbaren, die kaum lesen und schreiben konnten und sich an Gewalttaten berauschten. Es gab viele unter ihnen, die sich darum rissen, Folterungen und Hinrichtungen vornehmen zu dürfen, und wir, die Neuen, wurden gezwungen, dabei zuzusehen. Einmal mussten gefangene Offiziere der besiegten Armee nackt vor einem Tempel knien.

Man sah, dass sie gefoltert worden waren, im Tempel war ein Gefängnis eingerichtet, in dem die Folterungen stattfanden, um Geständnisse zu erpressen. Hatte der Gefangene was auch immer gestanden, wurde er hingerichtet. Die Offiziere wurden gleichzeitig von einem Bajonett aufgespießt, zwanzig junge, brüllende Soldaten stürmten auf zwanzig kniende nackte Männer los, das Spektakel war grauenhaft. Jemand flüsterte mir zu, dass sie sich freiwillig ergeben hatten.

Doch zunehmend schlich sich Abgebrühtheit ein, Resignation, das einfach nur Überlebenwollen, um jeden Preis. Es machte mir keinen Spaß, Menschen zu misshandeln, doch machte es mir allmählich nichts mehr aus, dabei zuzusehen. Ich hatte die grausame Wahl, entweder anständig zu bleiben oder zu überleben. Im Lauf des Jahres 1978 kam etwas anderes dazu: Ich wartete darauf, dass der Wahnsinn ein Ende nahm.

Doch davor stand mir noch die Hölle bevor. Sie begann an dem Tag, an dem unsere Gruppe meinem Heimatdorf einen Kontrollbesuch abstattete und ich meine Familie nicht beschützen konnte.

Herbst 1992

Eines Tages stand Tevi vor Kims Wohnung und lud ihn zum Mittagessen ein.

»Woher hast du meine Adresse?«, fragte er.

Sie war von Paris nach Wien geflogen, hatte am Flughafen Monika angerufen, nach Kims Adresse gefragt und sich dann ein Hotel in der Nähe genommen, erzählte sie ihm. Sie saßen einander in einem Biergarten gegenüber, sie trug ein schwarzes Strickkleid, welches teuer aussah, ihre Haare waren auf Schulterlänge gekürzt, sie hatte etwas zugenommen, war keine dürre Bohnenstange mehr wie früher. Sie war schön und gefiel ihm, er konnte nicht aufhören, sie anzustarren.

»Und was machst du hier?«, fragte Kim.

»Dich besuchen. Und ich sehe mir Wien an. Wenn es mir gefällt, bleibe ich und studiere hier. Das hast du mir ja vorgeschlagen.«

Sie kramte aus ihrer Handtasche ein klein gefaltetes Blatt Papier hervor, öffnete es und reichte es Kim. Er erkannte es wieder, er hatte in dieser Pariser Wohnung einige Zeilen auf einen Block geschrieben, der in der Küche gelegen war, das Blatt abgerissen und es unter Tevis Schlafzimmertür durchgeschoben: »Liebe Tevi! Was hältst du davon, wenn wir gemeinsam in Wien studieren? Ich würde mich darüber sehr freuen. Also mach dein Baccalauréat und komm nach Wien!! Wir werden eine schöne Zeit haben. Alles Liebe, dein Kim. PS: Du musst mehr nach vorne schauen. Lass die Vergangenheit ruhen. Wenn ich das schaffe, schaffst du das auch, du bist viel stärker als ich.«

»Du hast aber lange gebraucht, um die Schule abzuschließen«, sagte er und gab ihr das Papier zurück.

»Mir ist etwas dazwischengekommen.«

»Was?«

»Die Liebe.«

Sie verbrachten den Nachmittag zusammen, spazierten durch die Stadt, besuchten eine Ausstellung, spät am Abend aßen sie in dem Hotel, in dem Tevi abgestiegen war. Kim erfuhr von Tevi, dass es tatsächlich ihr Plan gewesen war, nach Wien zu kommen, um zu studieren.

»Der Gedanke daran hat mich aufgebaut, ich habe in meinem letzten Schuljahr in Rouen alles gegeben, um nicht noch einmal die Klasse wiederholen zu müssen.«

Im Juni 1987 schaffte sie das Bac – zur großen Freude ihrer Tante Marie, die ein großes Fest für ihre Nichte organisierte und dazu nicht nur deren Freundeskreis einlud, sondern auch die gesamte Verwandtschaft. Auf dem Fest lernte sie ihn kennen: den bekannten Fotografen Jake Edwards. Einer ihrer Cousins, der ebenfalls fotografierte, kannte ihn seit Längerem und hatte ihn mitgenommen. Jake stammte aus irgendeinem Kaff in Wisconsin, hatte Fotografie in New York studiert und war der Shootingstar in der internationalen Fotokunstszene.

Seit einigen Monaten war er auf »Europatour«, wie er das bezeichnete, er hatte die Schnauze voll von den USA. In Paris hatte er eine kleine Wohnung gemietet, war jedoch immer wieder tage-, wochenlang unterwegs. Rastlos und besessen jagte er einem guten Fotomotiv hinterher. Jake, fünf Jahre älter als sie, umwarb sie von Anfang an, und Tevi verliebte sich heftig in ihn. Den Sommer verbrachten sie gemeinsam in Paris und in Südfrankreich. In diesen Wochen entstanden zahlreiche Porträts und Aktfotos von ihr, später wurden einige davon veröffentlicht. Ihren Plan, im September nach Wien zu gehen, legte sie auf Eis, sie konnte und wollte nicht von Jake getrennt sein.

»Er war froh eine Assistentin zu haben, obendrein eine, die finanziell nicht von ihm abhängig war«, sagte sie.

Doch er war ein Einzelgänger, der ihrer Begleitung überdrüssig wurde, auf seinen Reisen war er lieber alleine. Sie begann ein Dolmetscherstudium. Wenn Jake nach Paris zurückkam, war er verrückt nach ihr, es kam vor, dass sie tagelang die Wohnung nicht verließen, um sich dann wieder nächtelang in der Künstlerszene herumzutreiben. Für sie waren es nervenzerreibende Jahre, oft war sie wochenlang in Paris, ohne eine Nachricht von ihrem Freund zu haben. Nachdem im Herbst 1989 die Mauer in Berlin gefallen war, war er in Ostdeutschland unterwegs, im Frühling 1991 fotografierte er im Kriegsgebiet in Jugoslawien.

»Im letzten Herbst ist er nach New York zurückgegangen«, schloss Tevi.

»Und du bist nicht mitgegangen?«, fragte Kim.

»Doch, aber nach vier Monaten bin ich wieder nach Paris zurückgezogen.«

»Warum?«, fragte Kim.

»Ich habe mich einsam in New York gefühlt. Nach wenigen Wochen ist Jake nach Moskau geflogen, um den Zusammenbruch der Sowjetunion zu fotografieren. Und vorher habe ich ihn im Bett mit einer ehemaligen Studienkollegin erwischt.«

»Oh, das tut mir leid.«

»Schon gut«, sagte Tevi.

Sie schwiegen eine Weile.

»Warum hast du dich nicht schon früher gemeldet?«, fragte er.

»Ich wollte zuerst zur Ruhe kommen, ich habe einige Zeit für mich alleine in Paris gebraucht. Ich war müde und kaputt und erschöpft. Und du? Erzähl von dir. Wie gefällt dir Wien? Dein Studium? Kommst du voran? Hast du eine Freundin?«

Kim lachte. »Wien gefällt mir sehr gut, aber später möchte ich doch einmal auf dem Land leben. Das ist mein Traum, ein Haus in der Natur zu haben, dort meine Kinder aufwachsen zu sehen und als Architekt zu arbeiten. Wobei es mir reicht, Einfamilienhäuser zu planen, es müssen keine Fußballstadien oder Hochhäuser mit fünfhundert Wohnungen sein. Falls ich das Studium überhaupt jemals zu Ende bringen sollte.«

»Spießer.«

»Und nein, ich habe keine Freundin.«

»Noch nie eine gehabt?«

»Ich war zweimal kurz mit jemandem zusammen, aber immer nur wenige Wochen. Um genau zu sein: fünf Wochen, sechs Wochen.«

»Eine davon hieß Anja«, sagte Tevi.

»Woher weißt du das?«

»Einmal habe ich mit Monika telefoniert, vor ungefähr einem Jahr. Das war zu dem Zeitpunkt, als Jake geplant hat, in die USA zurückzugehen. Ich wusste nicht, ob ich mitgehen soll, viele Dinge sind nicht mehr gut gestanden zwischen uns, ich wusste, ich sollte die Trennung nicht hinauszögern, hatte aber nicht den Mut und die Kraft dazu. Ich hatte absolut keinen Bock, nach New York zu gehen, andererseits hat er so sehr gebettelt. Auf alle Fälle dachte ich an dich und wollte mit dir reden. Ich dachte: Wenn du dich freust, meine Stimme zu hören, wenn du zu mir sagst ›Komm endlich nach Wien‹ oder irgendetwas in der Art, dann würde ich Jake den Laufpass geben und nach Wien ziehen. Ich weiß, das klingt blöd, vor allem, weil ich mich jahrelang nicht gemeldet habe, aber es war wirklich so. Als ich Monika nach dir gefragt habe, hat sie erzählt, dass du seit Kurzem eine Freundin hast. Bei einem Besuch in Wien hast du sie ihr vorgestellt.«

»Und dann bist du nach New York gegangen.«

Tevi nickte. Sie bestellten noch eine Flasche Wein.

Kim beugte sich vor und sagte lächelnd: »Auch wenn ich eine Freundin gehabt hätte, hättest du nach Wien kommen können. Warst du etwa eifersüchtig?«

Sie beugte sich ebenfalls vor: »Ja, in dem Augenblick war ich eifersüchtig.«

»Das ist aber eigenartig«, erwiderte Kim und konnte nicht

aufhören, breit zu lächeln, »wir waren und sind ja nur Freunde, oder nicht?«

Anstelle einer Antwort strich sie mit ihrem Zeigefinger über seinen Handrücken.

»Ich habe einmal in Rouen bei deiner Tante angerufen und wollte mit dir reden, du warst aber nicht da«, sagte Kim. »Ich wollte wissen, ob du die Schule geschafft hast und nach Wien kommst. Sie hat gesagt, dass du in Paris mit einem Fotografen zusammenlebst, und sie hat mir deine Telefonnummer gegeben. Ich habe aber nie angerufen.«

»Warum nicht? Warst du etwa eifersüchtig?«

»Ja, in dem Augenblick war ich eifersüchtig. Es war …«, er überlegte, »… als würden tausend Elefanten auf meinem Herz herumtrampeln oder tausend Dolche es durchbohren.«

Sie lachte auf: »Das fühlt sich aber sehr unterschiedlich an.«

»Im Grunde ist es ein und dasselbe.«

»Pathos passt nicht zu dir.«

»Du hast recht«, sagte er.

»Genau das gefällt mir an dir«, sagte sie, beugte sich noch weiter vor und küsste ihn.

Wenige Minuten später fielen sie beide auf das Hotelbett und liebten sich.

Herbst 1992

Tevi kaufte ein Doppelbett für Kims Zimmer und zog bei ihm ein.

Andreas ging nach Graz zurück, wo er bei einer Tageszeitung zu arbeiten begann, und sie bezog sein Zimmer, meistens schlief sie jedoch bei Kim. Sie begann neben ihrem Dolmetschstudium ein paar Stunden in der Woche für die UNO zu arbeiten.

Das Zusammenleben funktionierte besser als erwartet, für Kim fühlte es sich von Anfang an richtig an. Nie zuvor hatte er Ähnliches mit einer Frau erlebt, nicht mit der Geschichtsstudentin Julia, nicht mit der Physikstudentin Anja, nicht mit den anderen erotischen Abenteuern, die sich beim Ausgehen ergeben hatten, es waren nicht viele gewesen, und die Initiative war stets von den Frauen ausgegangen. Er hatte nie besonders viel empfunden, nicht einmal stark angezogen war er gewesen, und schon nach wenigen Tagen waren sie ihm auf die Nerven gegangen, ihr übersteigertes Selbstbewusstsein, ihr intellektuelles Geplapper über das Zeitgeschehen und das Selbstverständnis der Frau, ihre Interpretationen über sein geplagtes Heimatland. Er schlief mit ihnen, weil sie es von ihm erwarteten und weil er glaubte, dass ein aktives Sexualleben von einem jungen Studenten erwartet wurde. Am Morgen darauf fühlte er sich manchmal angewidert. Obwohl er gerne unter Menschen war – er genoss das Studentenleben in den ersten Jahren in vollen Zügen –, hatte er kein Verlangen nach Zweisamkeit, nach Liebe und Geliebtwerden, auch nicht im Geringsten nach körperlicher Nähe, ihm ging es nicht wie Andreas und Michael, die nach Wochen ohne Sex herumjammerten, weil bei den Frauen »nichts lief«. Er glaubte, dass er keine Liebe empfinden konnte, dass er kalt geworden war vor vielen Jahren, in einem Wald in der Nähe seines Heimatdorfs, und bekam manchmal Angst deswegen, denn er wünschte sich später eine Familie, ein glückliches, erfülltes Leben konnte er sich nur mit Kindern vorstellen.

Er war so sehr in Tevi verliebt, dass er keine einzige Eigenschaft an ihr entdeckte, die ihm missfiel oder bei der er sich gedacht hätte: Ich nehme sie in Kauf. Bei den anderen Frauen, die er kennengelernt hatte, waren ihm schon nach wenigen Stunden die meisten Eigenschaften negativ erschienen.

Tevi war spontan und temperamentvoll, sie hatte die Gabe, ihn mitzureißen, ihn aus seiner Lethargie, die ihn zuweilen überfiel, zu holen, doch ebenso hatte sie eine antizipatorische Feinfühligkeit, die ihn immer wieder staunen ließ. Sie nahm sich zurück, wenn es erforderlich war, und übernahm subtil die Führung, wenn es nötig war. Ohne sich dabei selbst aufzugeben, schien sie zu spüren, was Kim brauchte. Außerdem war er verrückt nach ihrem sehnigen Körper, ihrer glatten Haut, ihren festen Brüsten; er, der sich beinahe für asexuell gehalten hatte, entdeckte mit Tevi die körperliche Lust und konnte nicht genug davon bekommen.

Am schönsten empfand Kim die Abende, an denen nichts geplant war, sie gemeinsam in ihrem Zimmer lagen und sich unterhielten. Sie sprachen über vieles, worüber Kim mit anderen nicht hätte reden können. Einmal ließen sie ihre erste Zeit in Österreich und wie sie sie erlebt hatten, Revue passieren, sie redeten die ganze Nacht durch und schliefen erst im Morgengrauen ein. Kim erzählte von seinem ersten Spaziergang in Thalham und wie überwältigt er von allem gewesen war, wie sehr er über das Fremde gestaunt hatte.

»Ich marschierte einfach nach dem Frühstück drauflos und sah zum ersten Mal blonde Menschen. Ich weiß noch, dass ich dachte: Es stimmt also wirklich, hier gibt es gelbhaarige Leute! Wie seltsam sie aussehen! Und diese helle Haut! Ich hörte sie in ihrer Sprache sprechen, sie kam mir wie ein Kauderwelsch vor, und ich hatte Angst, dass ich sie nie erlernen werde. Dann sah ich diese schönen großen Häuser mit den vielen Blumen an den Fassaden und verstand nicht, warum diese Blumen da hingen und warum sie nicht herunterfielen. Ich fragte mich, warum die Häuser so groß waren, ob da vielleicht mehrere Familien darin wohnten. Ich kannte ja nur unsere kleinen Dorfhütten auf den Stelzen. Mir wurde schwindlig, als ich die vielen verschiedenen Autos auf der Straße vorbeibrausen sah. Am meisten überwältigte mich die schöne Landschaft. Als ich am See ankam, konnte ich mein Glück gar nicht mehr fassen. Plötzlich war ich froh, dass wir in Österreich und nicht in Australien gelandet waren. Ich saß einfach am Ufer und wollte gar nicht mehr weggehen. Am Nachmittag schimpfte mich die Betreuerin, weil ich nicht zum Mittagessen gekommen war. Ich ging dann fast jeden Nachmittag zum Attersee, einmal zog ich mich aus und schwamm eine Runde, obwohl das Wasser sehr kalt war. Und als uns Monika und Ines abholten und wir uns mit dem Auto immer weiter vom See entfernten, war ich sehr enttäuscht. Aus irgendeinem Grund hatte ich gedacht, wir würden in der Nähe bleiben.«

»Daran kann ich mich erinnern!«, lachte Tevi. »Du bist im Auto ganz nervös geworden, und ich musste dich beruhigen.«

»Du hast meine Hand genommen und gesagt: Dort, wo wir hinkommen, ist bestimmt auch ein See. Da war aber keiner. Ich suchte tagelang die Gegend ab, fand jedoch nur Wiesen, Wälder, Maisfelder und Äcker, aber immerhin einen großen Ententeich auf dem Kehrer Hof. Da blieb ich dann wieder stundenlang sitzen.«

Kim erinnerte sich daran, wie er neben dem großen Bauernhof gesessen war und die Enten beobachtet hatte. Der Bauer war zu ihm gekommen und hatte ihm ein Glas Saft und ein Speckbrot überreicht und ihn freundlich aufgefordert, mit in den Stall zu kommen. Er hatte über die großen, sauberen Gebäude gestaunt, über den Stall, die Scheune mit den riesigen

Fahrzeugen, das Wohnhaus. Es gibt also auch hier Altes Volk, hatte er gedacht, aber hier geht es ihm gut.

»Es war auch ein wunderschöner warmer Herbst, weißt du noch? Stell dir vor, wir wären im Winter angekommen, dann hätten wir es vermutlich nicht so schön erlebt. Ich fand die Kälte am Anfang schrecklich. Das Essen und die Gerüche sowieso«, sagte Tevi.

Kim lachte: »Und dabei gab sich Martha immer solche Mühe! Weißt du noch? Am ersten Tag gab es faschierten Braten mit Kartoffelpüree, und du hast in der Toilette alles wieder ausgekotzt. Am nächsten Tag machte sie Buchteln mit Vanillesoße. Einmal gab es Grießschmarrn mit Zwetschgenröster, und ich dachte, was ist das schon wieder?«

»Für mich war das alles grauenvoll«, sagte Tevi. »Ich fragte mich die ganze Zeit: Gibt es hier keinen Reis? Du hast immer brav alles aufgegessen, auch meine Portion, obwohl es dir nicht geschmeckt hat. Und es ist ihnen nie aufgefallen! Und als es dann endlich einmal Reis gab, war da eine eigenartige Tomatensoße dabei und riesige zähe Fleischstücke. An dem Tag hätte ich am liebsten vor Wut geschrien.«

»Serbisches Reisfleisch. Eins von Marthas Lieblingsgerichten«, lachte Kim.

»Warum hast du dich eigentlich so gequält und immer alles brav aufgegessen?«

»Ich hatte Angst, dass wir den Zorn der Götter auf uns ziehen, wenn wir es nicht tun.«

»Mein armer Liebling«, sagte Tevi und küsste ihn.

»Für mich war es nicht so schlimm wie für dich. Du hast unter Brechreiz gelitten, nur Süßes hast du vertragen. Marthas Torten und Puddings hast du geliebt.«

»Und deine Enten, die du alle zwei Monate über dem Feuer gegrillt hast.«

»Damit du endlich mal was Ordentliches isst. Ich hatte jeden Tag einen Mordshunger und würgte alles herunter. Ich gewöhnte mich schnell an das neue Essen. Ich hatte auch mit der Kälte kein Problem, mir gefiel der Schnee und das Skifahren.«

»Du warst anpassungsfähiger als ich.«

»Außer, was die Sprache betrifft. Du hast unglaublich schnell Deutsch gelernt!«

»Fährst du eigentlich noch Ski?«, fragte Tevi.

»Ja. Wenn ich in den Weihnachts- und Semesterferien zu Hause bin, gehen Ines und ich oft Skifahren, manchmal sind auch Monika und Alexander dabei.«

»Du sagst tatsächlich ›zu Hause‹.«

»Für mich ist es das«, sagte Kim.

Er erzählte, dass er sich vom ersten Tag an in diesem alten Haus, umgeben von Wiesen und Feldern, wohlgefühlt hatte, er hatte gespürt, dass es da Liebe in Fülle gab und er hier vergessen konnte, er mochte den Hund und die Katzen, die zwei Frauen und das Mädchen, die Natur, die Leute im Ort, die ihm wohlwollend entgegentraten. Das fremde Essen, die fremden Gerüche – das war für ihn nebensächlich, er hätte sich keinen besseren Ort vorstellen können, um ein neues Leben anfangen zu können.

»Klingt pathetisch, nicht wahr?«, fragte er verlegen.

»Aus deinem Mund ja«, sagte Tevi. »Aber ich weiß, was du sagen willst. Monika hat sich wirklich sehr um uns bemüht. Sie war einmalig.«

»Auch Martha und Ines, beide auf ihre Weise. Bei ihnen konnte ich es auch nachvollziehen, die eine war alt und froh über weitere Gesellschaft, Ines freute sich, dass sie dich zum Spielen hatte. Aber bei Monika rätselte ich anfangs ziemlich herum, weißt du.«

»Du warst ihr Liebling.«

»War das so offensichtlich?«

Tevi nickte.

»Ich verstand nicht, warum eine Frau in ihrem Alter in der

Weise lebte, wie sie es tat. Sie war erst dreiunddreißig und eine Schönheit«, sagte Kim.

»Du hast sie schön gefunden?«

»Sehr schön.«

»Warst du vielleicht ein bisschen verknallt in sie?«, lachte Tevi.

»Nein«, wehrte Kim ab. Er dachte daran, wie er sich einige Male in der Nacht in Monikas Zimmer geschlichen hatte. Er hatte mitbekommen, dass sie in den ersten Wochen immer wieder in ihr Zimmer gekommen war, Tevi und ihn betrachtet und sie zugedeckt hatte, einmal hatte sie kurz seine und Tevis Wange gestreichelt. Er fragte sie am Morgen, warum sie das täte, daraufhin sagte sie: »Ich muss doch nachsehen, ob es euch in der Nacht gut geht.« Daraufhin machte er das Gleiche, er schlich sich in ihr Zimmer, um nachzusehen, ob es ihr gut ging, denn das wollte er unbedingt, dass es dieser liebevollen, blonden Frau mit der hellen Haut und den großen, blauen Augen gut ging.

Er überlegte, ob er Tevi das erzählen sollte, und entschied sich dagegen. »Ich habe mich gefragt, warum sie keinen Mann hat, warum sie nie jemanden trifft, nicht einmal Freundinnen. Sie hat in der Praxis gearbeitet und sich um uns gekümmert, am Abend ist sie entweder in ihrem Zimmer gesessen und hat in ein Heft geschrieben, oder sie hat gelesen.«

»Das stimmt. Sie hat so viel gelesen! Überall sind ihre Bücher herumgelegen. Weißt du noch, wie wir sie einmal gefragt haben, was darin geschrieben steht? Wir haben eine spannende Abenteuergeschichte erwartet, und sie liest uns ein Gedicht vor!«

»War es von Rilke?«

»Weißt du nicht mehr? Es war ›Der Panther‹ von Rainer Maria Rilke. Wir haben nichts verstanden. Und nachdem sie versucht hat, es ins Englische zu übersetzen, haben wir nicht begreifen können, warum jemand sich dafür interessiert, wie es einem Panther in einem Käfig geht.«

Sie lachten.

»Auf alle Fälle habe ich es eigenartig gefunden, dass Monika immer nur zu Hause sitzt. Sie war zwar immer fröhlich, aber irgendwie hat sie auch traurig gewirkt. Ich habe das nicht verstanden.«

»Seltsam, dass du dir darüber Gedanken gemacht hast«, sagte Tevi. »Mir wäre das nicht einmal aufgefallen.«

Sie schwiegen eine Weile.

»Was macht Ines?«, fragte Tevi.

»Sie hat die Pädagogische Akademie in Linz besucht und mit einer Freundin zusammengewohnt. Am Wochenende ist sie meistens nach P. gefahren, manchmal hat sie mich in Wien besucht, und wir sind ausgegangen.«

»Sie wollte ja schon immer Volksschullehrerin werden«, sagte Tevi.

»Ja, und sie macht das wirklich gut. Im letzten Jahr hatte sie eine Vertretungsstelle in P., einmal habe ich sie während der Stunde überrascht, und sie hat mich spontan in den Unterrichtsstoff eingebaut. Ich musste also an die Tafel gehen und den Kindern erklären, was ein Architekt genau macht. In diesem Jahr ist sie in Australien unterwegs, sie arbeitet bei einem Projekt in Queensland mit, das sich ›School of the Air‹ nennt, Kinder in sehr dünn besiedeltem Gebiet werden über Funk unterrichtet. Ines gehört zu einem Feldteam, das mit einem Allrad die angemeldeten Kinder besucht.«

»Das hätte ich ihr nicht zugetraut.«

»Du würdest sie nicht wiedererkennen.«

»Wie meinst du das?«

Kim stand vom Bett auf, kramte in seiner Schreibtischschublade herum und holte ein Kuvert hervor, daraus zog er zwei Fotos und reichte sie Tevi. Auf einem Foto standen Kim und Ines vor dem Christbaum, Ines trug ein dunkelblaues Minikleid und hohe Schuhe, hatte ihre taillenlangen Haare auf einer Seite nach vorn hängen. Sie hatte die Arme auf Kims

Schulter abgestützt und schaute mit einem Kussmund in die Kamera. Auf dem anderen Foto war sie alleine abgelichtet, sie trug ein bauchfreies Shirt zu einer zerrissenen Jeans und lehnte lässig in einem Gastgarten an einem Tisch.

»Das war ein Tag, bevor sie nach Sydney geflogen ist«, sagte Kim. »Ihre Freundinnen haben sie mit einer Abschiedsfeier überrascht.«

»Sie sieht toll aus. Kim-Basinger-Look«, sagte Tevi erstaunt. »Sie erinnert mich an Monika.«

»Ja, sie sehen sich ähnlich.«

Kim überlegte, ob er ihr erzählen sollte, was zwischen Ines und ihm kurz vor ihrer Abreise nach Australien vorgefallen war, und entschied sich wieder dagegen. Auf ihrer Abschiedsfeier war Ines betrunken, und plötzlich, als sie in der Nacht zu ihrer Wohnung in Linz gingen – Kim sollte bei ihr übernachten, Monika und Alexander in einem Hotel –, umarmte sie ihn und flüsterte ihm ins Ohr, dass sie in ihn verliebt sei. Sofort war es ihr peinlich und am nächsten Morgen noch peinlicher, sie entschuldigte sich mehrmals.

»Wir verstehen uns wirklich gut«, sagte er stattdessen und legte die Fotos in die Schublade zurück.

»Weißt du noch, wie wir sie insgeheim ›Semmel‹ genannt haben?«, fragte Tevi.

Kim musste lächeln. Martha hatte am ersten Sonntag, den sie in P. verbrachten, frische Semmeln gekauft, und Ines hatte ihnen das Wort laut und deutlich vorgesagt: Semmel, Semmel. Bei dem Frühstück schlang sie zwei ganze Semmeln hinunter, und Tevi sagte zu Kim: Sie sieht aus wie eine. Daraufhin wurde ›Semmel‹ ihr geheimer Spitzname.

»Ich kam ja zum Schluss leider nicht mehr so gut mit ihr klar«, sagte Tevi, »und, ehrlich gesagt, war das auch ein Grund, warum es mir nicht so schwerfiel, die Zelte in Österreich abzubrechen und in Rouen zu bleiben.«

Tevi erzählte, wie Ines ihr auf Schritt und Tritt gefolgt war, sie nicht aus den Augen gelassen hatte, es nicht hatte hinnehmen wollen, wenn Tevi etwas ohne sie mit Mädchen oder Jungen aus höheren Klassen ausgemacht hatte. Tevi hatte einzig und allein für Ines zur Verfügung zu stehen, und das wurde immer mehr zur Belastung, denn Tevi fühlte sich Ines verpflichtet und wagte nicht, das zu tun, worauf sie Lust hatte. Und sie hatte allmählich andere Bedürfnisse als eine Elf-, Zwölfjährige, wollte diese aber gleichzeitig nicht verletzen. Einmal hatte ein Junge nach der Schule sie mit seinem Mofa nach Hause gebracht, Ines hatte geschmollt und zwei Tage lang nicht mit ihr geredet. Ein anderes Mal hatte ein Mädchen aus einer höheren Klasse sie zu einer Übernachtungsparty eingeladen, jedoch Ines nicht. Um ein Drama zu vermeiden, sagte Tevi ab. Es gab zahlreiche solcher Beispiele.

»Ich habe das nur am Rande mitbekommen«, sagte Kim. »Ich wusste nicht, dass es für dich so schlimm war.«

»Du warst zu der Zeit schon ständig mit Martin und Christian unterwegs, weißt du noch? Du hattest es leichter. Du bist alleine in eine Klasse gegangen und hast dir einen eigenen Freundeskreis aufbauen können. Von mir wurde automatisch erwartet, dass ich alles mit Ines teile.«

»Ich bin sicher, Monika hat davon nichts gewusst«, sagte Kim.

»Jetzt glaube ich das auch, aber damals dachte ich, Monika weiß Bescheid und ist auf Ines' Seite. Ich habe also alles getan, um es Ines recht zu machen, mich dabei aber schrecklich gelangweilt.«

»Du hättest mit Monika darüber reden sollen – oder besser mit Martha. Sie hätte Ines den Kopf gewaschen.«

»Im Nachhinein ist man immer klüger. Wir haben uns doch damals kaum etwas getraut, nicht wahr?«

»Hast du es eigentlich je bereut?«

»Was?«

»Dass du so überstürzt in Rouen geblieben bist?«

»Ich wusste schon am ersten Tag, dass ich dort bleiben wollte. Das war die Familie meines Vaters! Kannst du das nicht verstehen? Das hätte ich auch Tante Marie nicht antun können, am Ende der Woche zu sagen: Adieu, jetzt bin ich wieder weg! Sie war so glücklich, dass wir uns gefunden haben, so wahnsinnig, wahnsinnig glücklich. Sie ist eine unglaubliche Frau, intelligent, charismatisch.«

»Reich.«

Tevi boxte ihn in die Seite. »Das war nicht der Grund, warum ich bei ihr bleiben wollte. Ich spürte die Familienbande zwischen uns. Ich hatte das Gefühl, dass ich durch Marie ein bisschen meine verlorene Familie zurückbekam.«

»Was dir nicht gutgetan hat.«

»Was meinst du damit?«

»Du hast nur noch von deiner Familie gesprochen, jedes Mal am Telefon, jedes Mal, wenn wir uns wiedergesehen haben. Mein Vater hier, mein Vater da … Deine Tante Marie ist immer mit dem Fotoalbum dagesessen, mit Tränen in den Augen, und hat irgendeine Kindheitsgeschichte deines Vaters zum Besten gegeben, sie hat das richtig zelebriert, und du bist dahingeschmolzen. Sie hat dir seine Briefe vorgelesen, und das nicht nur ein Mal. Alle Einzelheiten von April 1975 an bis zu deiner Ankunft in Österreich wollte sie von dir wissen, du hast immer wieder von diesen, diesen – Grausamkeiten erzählt. Ich habe das nicht ausgehalten und bin am Ende der Ferien deshalb lieber wieder nach Österreich zurückgefahren.«

»Uns hast du erzählt, dass du nicht wieder von ganz vorne beginnen willst. Wieder eine neue Sprache lernen, wieder eine neue Schule, neue Freunde.«

»Das war der zweite Grund. Ich hatte darauf wirklich keinen Bock und auch keine Energie! Die zwei Jahre in Österreich wären völlig umsonst gewesen. Wenn ich in Rouen geblieben wäre, wäre der Schulabschluss wieder in weite Ferne gerückt. Auf alle Fälle seid ihr zwei, deine Tante und du, beieinandergesessen und habt euch gegenseitig angeheizt, so kam mir das vor.«

»Das ist übertrieben, Kim.«

»Gut, ja, das war übertrieben. Aber statt deine Vergangenheit hinter dir zu lassen, hat sie dich verfolgt, weil du durch deine Verwandten ständig an sie erinnert wurdest. Du konntest nicht loslassen.«

»Im Gegensatz zu dir. Bei dir war es auffallend, dass du nie von deiner Familie erzählt hast. Ich weiß bis heute nicht, was genau mit deinem Vater und deinen Brüdern passiert ist. Ich möchte wissen, was gesünder ist, darüber zu reden oder es totzuschweigen, mein lieber Psychologe.«

»Ich habe mich bewusst dafür entschieden.«

»Wofür?«

»Ich habe mir vorgenommen, nicht daran zu denken und nicht darüber zu reden. Weil ich gewusst habe, dass es für mich so am besten ist.«

»Wann hast du das entschieden?«, fragte Tevi.

»An dem Tag, an dem wir Richtung Thailand aufgebrochen sind.«

»Wie haben deine Brüder geheißen?«

»Es bringt Unglück, die Namen der Toten zu nennen.«

»Das hast du jedes Mal gesagt, wenn ich dich danach gefragt habe! Das ist ein dummer Aberglaube!« Sie boxte ihn in die Rippen.

»Ist es nicht.«

»Erzähl mir von deinem Vater.«

Kim schüttelte den Kopf.

»Na komm schon, erzähl mir von deinem Vater«, sagte Tevi.

»Er war Fischer.«

»Weiter.«

»Er konnte unglaublich gut gegrillten Oktopus zubereiten.«

»Weiter.«

»Er kannte mein Geburtsdatum nicht. Er wusste nur, dass ich nach der Monsunzeit geboren wurde.«

»Was?« Tevi lachte. »Du hast doch am 17. Juni Geburtstag?«

»Das Datum habe ich mir ausgedacht. Beim Stellen des Asylantrags mussten wir unser Geburtsdatum nennen, und ich habe nicht gewusst, was ich sagen soll. Auf dem Kalender habe ich die Zahl 17 gesehen, und deshalb habe ich einfach 17. Januar auf Englisch gesagt, der Mann hat aber 17. Juni verstanden. Mein Englisch war ja sehr schlecht.«

»Warum hast du das nie erzählt?«

Kim zuckte mit den Schultern. »Weil es unwichtig ist. Viele Kinder im Lager kannten ihr Geburtsdatum nicht und haben sich eines ausgedacht.«

»Das heißt, du wurdest im Oktober geboren? Oder im November?«

»Wie gesagt, das wusste keiner so genau. Geburtstage hat man bei uns nicht gefeiert.«

»Du machst dich also vier Monate älter, als du bist«, sagte Tevi.

Kim nickte.

»Außerdem hat mein Vater im Gegensatz zu mir Alkohol vertragen, er war ihm sogar sehr zugeneigt.«

»Was weißt du noch von ihm?«

»Ich war sein Liebling.«

»Wirklich? Nicht der Jüngste?«

»Nein. Ich glaube, er konnte ihm nie ganz verzeihen, dass die Mutter bei seiner Geburt gestorben ist. Er hat ihn nahezu ignoriert.«

»Schrecklich.«

»Er wäre gerne zur Schule gegangen, wenn seine Eltern sich das hätten leisten können. Er war stolz auf uns, weil wir lesen und schreiben konnten. Wir mussten ihm am Abend immer etwas aus unseren Schulbüchern vorlesen.«

»Wie ist er gestorben?«

»Ich bin mir sicher, du hättest ihm gefallen«, sagte Kim. »Und ich bin mir sicher, er hätte jeden Tag gebratenen Oktopus für dich gemacht, er mochte nämlich Frauen, die etwas auf den Rippen haben.«

Kambodscha, Siebzigerjahre, Familie Mey

Viele der Gruppen wurden nicht für den Kampf mit dem Feind an der Grenze zu Vietnam ausgebildet und eingesetzt, sondern waren für die Aufrechterhaltung der Ordnung im Land selbst zuständig. Sie überprüften Dörfer und Kommunen, bildeten das Wachpersonal in Arbeitslagern und Gefängnissen. Wir waren Teil einer solchen Sicherheitsgruppe. Unsere Aufgabe bestand darin, zu kontrollieren, ob die Menschen, ob jung oder alt, der Angka dienten oder ob sie ihre Feinde waren. Die Angka war die oberste Organisation im Land, die höchste und allgegenwärtige Macht, deren Weisungen sich die Menschen ungefragt beugen mussten. Niemand wusste, wer diese höchste und allgegenwärtige Macht war, selbst wir erfuhren erst zwei Jahre später, wer hinter dieser geheimen Organisation steckte. Es war die Führungsschicht der Kommunistischen Partei Kampuchea, an der Spitze ein Mann namens Pol Pot, er war der politische und militärische Anführer der Roten Khmer, dessen Namen wir nie zuvor gehört hatten.

Anfangs waren wir damit beauftragt, die Räumung sämtlicher Küstenstädte zu kontrollieren, die Übersiedelung der Stadtbevölkerung in das Landesinnere zu überwachen, Kontrollposten an den größeren Straßenkreuzungen zu errichten. Diese Posten waren wichtig, hier wurden alle Menschen aus den Städten registriert. Da ich schreiben konnte, wurde ich dort eingesetzt. Ich schrieb Hunderte Namen auf, daneben die Geburtsdaten, sofern die Leute sie wussten, und ihre Berufe. Diese waren meinen Vorgesetzten besonders wichtig. Viele Menschen waren so klug und logen. Obwohl offensichtlich war, dass kein Bauer oder Arbeiter vor mir stand, schrieb ich schnell das hin, was der Mann oder die Frau vor mir sagte, und fragte nicht nach.

Später übernahmen wir auch andere Einsätze. Wir kontrollierten die Dorfvorsteher, ob sie streng genug mit den Bewohnern waren. Trugen alle die vorgeschriebene schwarze Kleidung? Hatten alle Mädchen die Haare kurz geschnitten? Waren alle persönlichen Besitztümer verbrannt worden? Waren die Essensportionen streng rationiert? Arbeiteten alle auf den Feldern? Fanden die Versammlungen, bei denen von der Angka und ihren Regeln gepredigt wurde, pflichtgemäß statt?

Wir kontrollierten und kontrollierten. Wenn etwas nicht in Ordnung war, halfen wir nach. Son fand immer einen Grund nachzuhelfen. Er war unbarmherzig und demonstrierte seine Macht, indem er bestrafte. Son zerrte Mädchen in den Wald unter dem Vorwand, ihnen die Haare zu schneiden, doch tat er ihnen auch etwas anderes an. Nicht nur ein Mal sah ich ihn ein Mädchen vergewaltigen, er machte sich nicht die Mühe, es im Geheimen zu tun. Er verbrannte das einzige Familienfoto, das eine alte Frau noch besaß, obwohl sie bitterlich weinte. Er schlug Kinder, die von anderen Kindern denunziert worden waren – man hatte sie dazu angehalten –, vor ihren Eltern. Anfangs gab es noch keine Hinrichtungen bei diesen Kontrollbesuchen, sie waren von Tao untersagt worden. Doch schon bald kümmerte sich niemand mehr um diese Anweisung, es regierte die reine Willkür.

Sons Hass auf mich schien mit der Zeit abzukühlen. Manchmal merkte ich, dass er mich beobachtete, doch es geschah immer seltener. Der Kontrollbesuch in meinem Dorf wurde hinausgezögert. Vermutlich wollte Son, dass ich mich sicher fühlte – und ich meine Familie in Sicherheit glaubte. So zumindest dachte ich später darüber.

Wir kamen ein Jahr nach dem Sieg, im April 1976, in mein Dorf, um den Dorfvorsteher und seine Arbeit zu kontrollieren. Ich hatte meine Familie nur selten gesehen und immer nur auf einen kurzen Besuch. Es war ihnen jedes Mal gut gegangen, der Vater trank nicht, die Brüder wuchsen und waren ein Herz und eine Seele. Ich machte mir keine großen Sorgen um die drei, sie gehörten zum Alten Volk, der Vater war für den kollektiven Fischfang zuständig, und der Dorfvorsteher war ein Freund des Vaters.

Son wütete in jeder Hütte. Ich ahnte Schreckliches.

Er riss Sachen heraus und tobte, der Stapel an Radios, Geschirr, Kleidung, Bücher, Spielsachen auf dem Dorfplatz wurde größer und größer. Als Son auf die Hütte meines Vaters zuging, lächelte er mich besonders freundlich an. Ich hatte das Gefühl, mein Herz setzte für einen Moment aus.

Er fand eine Menge getrockneten Fisch in der Hütte meiner Familie und stellte meinen Vater zur Rede. Der Vater beteuerte, dass er den Fisch immer in der Hütte trocknete und dann erst zur Gemeinschaftsküche brachte, da viele den Geruch nicht ertrugen, wohingegen er und die Söhne ihn gewohnt waren. Der Dorfvorsteher wollte das bestätigen. Er bekam einen heftigen Schlag mit dem Gewehr auf den Kopf und sank aus Mund und Nase blutend zu Boden. Bei Schlägen gezielt den Kopf zu treffen, war Sons Spezialität. Ich zitterte am ganzen Körper. Mein ganzes Denken konzentrierte sich auf den Wunsch, die Bestrafung des Vaters möge nicht zu hart ausfallen.

»Du bist ein Dieb«, sagte Son zu meinem Vater. »Du bereicherst dich auf Kosten der Gemeinschaft. Es ist meine Pflicht, dich zu bestrafen. Dich und deine Familie.«

Der Vater wurde von zwei Genossen abgeführt, ein Dritter griff nach den Brüdern und schleppte sie mit sich fort. Ich schrie unterdrückt auf. Zu den Dorfbewohnern sagte Son: »Wer einen Erinnerungsgegenstand behält, ist ein Weichling. Wer aber Essen für sich behält und nicht teilt, ist ein Verräter. Er verrät nicht nur seine Genossen, sondern auch die Angka. Er ist ein Feind der Angka.«

Der Vater und die Brüder mussten auf den Jeep steigen. Ich

wusste, was das bedeutete, Strafen wie Rohrstockhiebe wurden im Dorf selbst ausgeführt. Der Kleine streckte die Hände nach mir aus.

Ich bettelte um das Leben der drei. Ich fiel vor Son auf die Knie, umklammerte seine Beine, schrie und flehte. Ich bot ihm an, in Zukunft alles zu tun, was er von mir verlangte. Er blieb ungerührt.

»Ich mache mich selbst strafbar, wenn ich das durchgehen lasse«, erklärte er und, an die Gruppe gewandt: »Ist es nicht so?« Die meisten nickten zögerlich.

»Ist das jetzt deine Rache an mir?«, schrie ich. »Geht es dir um das? Dann nimm doch mich und lass die drei laufen.«

Da rastete er völlig aus. »Du beschuldigst mich der persönlichen Rache?«, fragte er drohend. »Für wie wichtig hältst du dich? Ich bin nur ein Diener der Angka, es ist meine Pflicht zu strafen.«

Da ich ihn nicht losließ, begann er mit dem Gewehr auf mich einzuschlagen, und ich versuchte verzweifelt, den Kopf zu schützen.

»Verschon wenigstens die zwei!«, schrie ich, bis ich nur noch weinte: »Lass mir die Brüder!«

Dann wurde es dunkel um mich.

Als ich aufwachte, lag ich in unserem Lager. Es war Nacht, ich brauchte eine Weile, um mich zurechtzufinden. Ein junger Genosse, mit dem ich mich gut verstand, saß neben mir und reichte mir Wasser. Er erzählte, dass man mich im Dorf liegen gelassen und erst Stunden später abgeholt hatte.

»Sind sie tot?«, fragte ich.

Er schüttelte den Kopf und sah sich vorsichtig um. Sich zu mir beugend und flüsternd erzählte er mir, was passiert war. Ich schrie auf, er presste mir die Hand auf den Mund. Ich rappelte mich hoch, nahm meine Kappe, meinen Krama, mein Gewehr.

»Wo willst du hin?«, fragte er erschrocken.

»Zu ihnen.«

»Das kannst du nicht«, sagte er und wollte mich zurückhalten.

»Tu so, als hättest du geschlafen und nicht gemerkt, dass ich mich entfernt habe«, riet ich ihm und humpelte so leise es ging aus dem Lager.

Wegen meiner Verletzungen brauchte ich lange, um zum Dorf zu gelangen. Hinkend und voller Schmerzen schleppte ich mich dahin. Meine Kleidung und mein Krama waren steif vor verkrustetem Blut.

Ich kam erst an, als die Sonne hoch stand. Die Leute sahen mich eigenartig an, keiner redete mit mir.

Im Wald hinter dem Dorf fand ich den Vater an einen Baum gefesselt, er war nackt und noch am Leben. Rote Ameisen hatten den ganzen Körper bedeckt, sie fraßen ihn bei lebendigem Leib auf. Die beiden Brüder hockten in einigen Metern Entfernung auf ihren Fersen und starrten auf den Vater.

Ich wollte sie hochziehen, der Ältere wehrte sich und schrie: »Wir dürfen nicht weggehen, sie haben es uns verboten. Wir werden sonst auch an den Baum gebunden und mit dem Saft einer Mango eingeschmiert!«

»Da ist niemand!«, schrie ich ihn an.

»Sie sitzen hinter den Bäumen und beobachten uns«, weinte der Jüngere.

Ich zog sie beide hoch und zerrte sie hinter mir her. Nach ein paar Schritten blieb ich stehen und überlegte verzweifelt, ob ich mich noch einmal umdrehen sollte. Um eine Entscheidung ringend wusste ich, ich konnte nicht gehen, ohne einen letzten Blick auf den Vater geworfen zu haben, und tat es schließlich: Ich wandte mich langsam um.

Ich sah, dass der Vater den Kopf gehoben hatte und mich anschaute.

Ich rang nach Atem, kehrte um, nahm das Gewehr von der Schulter, zielte auf sein Herz und drückte ab.

Frühling 1993

Tevi bekam das Angebot, zwei Monate lang als Dolmetscherin bei der »United Nations Transitional Authority in Cambodia« mitzuarbeiten. Seit März 1992 hatte die UNTAC die Verwaltung des Landes übernommen. Die über zwanzigtausend Mitglieder bestanden aus den bewaffneten UN-Friedenstruppen, aus der vorübergehend eingesetzten Polizei und aus Helfern im Bereich der Verwaltung und der Menschenrechte. Tevi sollte je nach Bedarf und Dringlichkeit bei verschiedenen Projekten als Dolmetscherin fungieren, unter anderem bei der Organisation der Rückkehr der Flüchtlinge und Vertriebenen – viele waren immer noch in thailändischen Lagern untergebracht –, doch vor allem bei der Vorbereitung und Überwachung der ersten freien Wahl, die am 23. Mai 1993 stattfinden sollte. Sie versuchte Kim zu überreden, sie zu begleiten.

»Ich verliere ein ganzes Semester«, wandte er ein.

»Dann studierst du eben ein Semester länger«, sagte Tevi und machte einen Kussmund. Sie saßen beim Abendessen.

»Ich werde ohnehin zwei Jahre länger als die Mindestdauer brauchen«, sagte Kim.

»Dann kommt es doch auf das eine Semester auch nicht an. Du sitzt so viel über deinen Büchern und Plänen, du ehrgeiziger, strebsamer Student. Ich meine, das bewundere ich ja an dir, ich würde mir gerne eine Scheibe davon abschneiden. Aber diese Gelegenheit bietet sich jetzt, und wir sollten sie nutzen. Bist du nicht neugierig?«

»Ehrlich gesagt, habe ich eher Angst davor«, gab er zu.

Sie stand auf, setzte sich auf seinen Schoß und umarmte ihn heftig. Ihr Gesicht an seine Schulter gepresst, flüsterte sie: »Das habe ich auch. Meine Angst ist aber kleiner, wenn du dabei bist. Bitte, bitte, komm mit.«

Am Sonntag, den 4. April, landeten sie um vier Uhr nachmittags in Phnom Penh, und beide brachen in Tränen aus, als sie aus dem Flughafen traten. Tevi schaffte es nicht, sich zu beruhigen, den ganzen Weg – sie saßen in einem uralten, verlotterten Taxi, dessen Fensterscheiben teilweise durch Folien ersetzt waren – bis zum Hotel weinte sie heftig. Der alte Chauffeur schaute sie durch den Rückspiegel an und fragte, wie lange und in welchem Land sie gewesen waren. Sie erzählten ihm von Österreich, waren sich aber nicht sicher, ob er sie verstand.

»Australia?«, fragte er, und kurz darauf fügte er resigniert hinzu: »Ihr wärt besser dort geblieben. Geht wieder zurück. Was wollt ihr hier? Es ist immer noch alles kaputt.«

»Austria, Australia«, murmelte Kim und griff nach Tevis Hand. »Weißt du noch?«

Tevi nickte. Sie weinte und lachte gleichzeitig.

Im Flüchtlingslager in Thailand hatte sich Familie Nath, die Kim und Tevi als ihre Kinder ausgegeben hatte, auf den Weg zu dem Büro gemacht, in dem ein Asylantrag auf ein bestimmtes Land gestellt werden durfte. Man hatte das tagelang, auch mit Kim und Tevi, besprochen, und alle waren sich einig gewesen, dass man nach Australien wolle, warum, wusste keiner so genau. Die Länder USA und Australien kannte man eben, doch in die USA wollte Tevi auf keinen Fall, zu oft hatte ihr Vater die amerikanischen Bombardierungen Kambodschas während des Bürgerkriegs verurteilt. Sreng Nath, das Familienoberhaupt, musste den Antrag ausfüllen und unterschreiben, Tevi hatte ihm das Wort »Australia« aufgeschrieben, damit er es sich einprägen konnte. Auf dem Formular jedoch gab es nichts zum Aufschreiben, sondern nur zum Ankreuzen, woraufhin er sein Kreuz machte neben einem Wort, von dem er überzeugt war, dass es »Australia« war. Ein Jahr lang warteten sie auf ihr Asyl in Australien, und als ihnen mitgeteilt wurde, dass es ihnen gewährt worden war und sie in wenigen Wochen von Bangkok nach Wien fliegen würden, klärte sich das

Missverständnis auf. Ihrer Euphorie, bald der Trostlosigkeit des Lagers entfliehen und ein neues Leben beginnen zu können, tat es keinen Abbruch, sie feierten ein kleines Fest und luden die Nachbarn dazu ein.

»Austria kenne ich. Davon habe ich vor vielen Jahren in der Schule gehört. Da reiten die Leute auf Kamelen«, sagte ein alter Mann.

Daraufhin meinte Kummthea Nath, die Mutter, pragmatisch: »Mir soll's recht sein. Ich reite auch auf Kamelen, wenn es von mir verlangt wird. Hauptsache, meine Kinder können endlich ein normales Leben führen und haben wieder eine Zukunft.«

In Thalham angekommen, hielten sie vergeblich nach Kamelen Ausschau.

Am Abend verließen Kim und Tevi das Hotel und aßen am Ufer des Flusses Tonle Sap an einer Straßenküche eine Suppe, dann bestellte Kim Fisch-Amok und Tevi Lok-Lak, als Nachspeise aßen sie Kro Lan.

»Oh Gott, ist das gut«, seufzte Kim. »Wie habe ich das vermisst.«

»Und ich erst«, stöhnte Tevi.

Die beiden Verkäuferinnen, eine alte und eine junge Frau, schauten ihnen lächelnd beim Essen zu. Anschließend zogen sie durch die Stadt, die wie ein riesiger Slum wirkte. Alles war in einem katastrophalen Zustand, zerstörte Häuser hatte man nur provisorisch bewohnbar gemacht. Viele Straßen sahen aus wie die eines Dorfes, es gab winzige Hütten, die Verschlägen glichen, windschief konstruiert aus Karton, Holz, Bambus, Plastikplanen, in denen Menschen unter furchtbaren hygienischen Bedingungen hausten. Davor liefen im Müll Schweine und Hühner umher und eine Menge halbnackter Kinder, welche Tevi und Kim immer wieder lachend nachliefen. Trotz des Elends, das sie umgab, fühlten sie sich berauscht, glücklich, in der Heimat zu sein, besonders Tevi.

Während Tevi arbeitete, machte Kim sich alleine auf, um Stadt und Umgebung zu erkunden. Er lernte den jungen Tuktukfahrer Sareth kennen, die beiden verstanden sich auf Anhieb. Sareth holte ihn jeden Morgen vor dem Hotel ab und brachte ihn überallhin. Wenn eine längere Tour geplant war, kam Sareth mit seinem alten Citroën, auf den er mächtig stolz war, er hatte ihn vor zwei Jahren gekauft, um größere Liefer- und Taxidienste übernehmen zu können. Sareth hatte zur Zeit der Roten Khmer bis auf einen Onkel seine gesamte Familie verloren, mehr jedoch wollte er nicht sagen, auch zu politischen Dingen äußerte er sich kaum, er erzählte lieber Anekdoten aus seiner Tätigkeit als Taxifahrer, die mitunter derart komisch waren, dass Kim beim Lachen die Tränen kamen. Mit seinem Onkel hauste Sareth in einer kleinen Wohnung in der Nähe des Russischen Marktes und schätzte sich glücklich, eine funktionierende Toilette und überhaupt fließend Wasser zu haben. Kim staunte über die Fröhlichkeit und Zuversicht des jungen Mannes.

Tevi erzählte er, wie sehr er sich wunderte, dass kein Einziger, mit dem er sich bisher unterhalten hatte, seine Wut darüber ausgedrückt hatte, was ihnen von einer Horde gewissenloser, machtgieriger Wahnsinniger und deren manipulierten und rekrutierten grausamen Soldaten, die meisten davon unter zwanzig Jahren, angetan worden war.

»Sie haben Angst, dass die Roten Khmer noch einmal an die Macht kommen«, sagte Tevi. »Deshalb sagen sie nichts Schlechtes über sie, weil man sie dann zur Rechenschaft ziehen könnte.«

Kim ließ sich in Sareths Heiligtum über Landstraßen schaukeln, stieg in Dörfern aus, schoss Fotos, versuchte, mit den Menschen ins Gespräch zu kommen. Doch irgendwann fragte er sich, was er hier eigentlich tat, er kam sich voyeuristisch vor. Die meisten wichen seinen Fragen ängstlich aus, wollten ihm jedoch etwas verkaufen oder baten ihn um einen Dollar. Manche fragten nach seinem Leben im Westen, versicherten ihm, er hätte großes Glück gehabt und sollte dafür den Göttern ewig dankbar sein.

Die Zerstörung auf dem Land schien noch gewaltiger als in der Stadt zu sein, die Armut noch bitterer, vieles lag brach, nur vereinzelte bestellte Reis- und Maisfelder waren zu sehen. Unzählige vor Schmutz starrende Kinder, lethargische alte Menschen, gebückt umherhuschende Frauen und Männer, zerstörte Gebäude, Müll – und diese gottverdammte Schicksalsergebenheit, dachte er wütend, an allen Ecken und Enden. Es gab kaum Schulen, keine Ärzte oder Krankenhäuser.

Im Laufe der Wochen spürte er, dass diese überbordende Freude, die er anfangs empfunden hatte – Freude, in der Heimat zu sein, die vertraute Sprache zu hören, das bekannte Essen zu essen, in die zurückhaltend freundlichen Gesichter zu schauen, das angenehme Klima –, allmählich verschwand. Er wurde immer deprimierter. Die Unerträglichkeit gewisser Situationen erdrückte ihn geradezu, er mochte die bettelnden Kinder, denen ein oder gar mehrere Gliedmaßen fehlten, nicht mehr sehen. Was hatte er mit alldem hier noch zu schaffen? Das Wechselbad der Gefühle, Ekel, Wut, Trauer, Frustration, gepaart mit Nostalgie, ermüdete ihn zunehmend. Er sehnte sich in sein Leben nach Wien zurück. Wie gut es ihm dort ging, wie viele Möglichkeiten vor ihm lagen! Hätte er diese Chancen jemals in seiner Heimat gehabt?

Und plötzlich dachte er das Undenkbare: Wo stände er heute, wenn er nicht aus der Heimat geflohen wäre, weil es keinen Grund dazu gegeben hätte? Er wäre nach dem vierjährigen Besuch der Dorfschule vermutlich Fischer wie sein Vater geworden und hätte den Rest seines Lebens in einer kleinen Bambushütte auf Stelzen verbracht. Vielleicht hätte er all seinen Mut zusammengenommen und wäre wie andere in die Hauptstadt gegangen, wo er als Tuktukfahrer, Fabrikarbeiter, Küchenhilfe in einem Restaurant oder gar Hotelpage ein größeres Einkommen gehabt und damit eine unvergleichliche Karriere hingelegt hätte. Doch mehr wäre es nie geworden. Ein grausames Regime war nötig gewesen, um ihm ein menschenwürdiges Leben zu ermöglichen, eines, in dem Bildung, berufliche Perspektive, Wohlstand und Reisen Selbstverständlichkeiten waren. Der Gedanke war schrecklich, und er schämte sich zutiefst.

Er zwang sich, seine Gedankengänge umzuordnen. Wenn es die Roten Khmer nicht gegeben hätte und er nicht geflohen wäre, hätte er das Leben in Europa nie kennengelernt, und er wäre als Fischer in seiner Hütte am Meer glücklich geworden. Er hätte für seine Frau und Kinder gebratenen Oktopus gemacht, im Sonnenuntergang mit seinen Freunden Karten gespielt, den Kindern das Schwimmen beigebracht. Doch insgeheim wusste er, dass es so nicht stimmte. Er erinnerte sich, dass er sich bereits als Sieben-, Achtjähriger nach einem anderen Leben als dem ihm vorgezeichneten gesehnt hatte. Wenn er den Vater bei seinen Auslieferungstouren auf dem Moped begleitet hatte, hatte er in Hotels aus der Ferne eine Welt gesehen, die ihm unglaublich schön erschienen war. Er konnte und wollte nicht verstehen, warum er zu dieser Welt keinen Zugang haben sollte. Als er seinen Vater danach fragte, lachte ihn dieser aus. Und als er den Dorflehrer danach fragte, der immerzu behauptete, Bildung und Wissen seien der Schlüssel für ihre Zukunft – und er war ja wissbegierig und schlau –, schaute ihn dieser nur traurig an.

Die Abende verbrachte er mit Tevi. Sie sprachen wieder Khmer miteinander. Tevi war immer noch im Überschwang ihrer Gefühle und beseelt von dem Gedanken, etwas für ihr Heimatland tun zu können. Enthusiastisch erzählte sie Kim von ihren Arbeitstagen, sie war einer Gruppe zugeteilt worden, deren Aufgabe es war, die Eintragung der Einwohner Phnom Penhs in das Wahlregister zu überwachen, außerdem wurde der Wahlkampf, es hatten sich zwanzig Parteien gestellt, überwacht. So viele Menschen lernte sie täglich kennen, von so vielen Schicksalen erfuhr sie, so viel Hoffnung gab es, dass mit den kommenden Wahlen alles anders wurde. Er überlegte, ob er ihr von seinen Gedanken erzählen sollte, ließ es dann aber bleiben, er wusste, sie hätte kein Verständnis dafür gehabt.

Kambodscha, Siebzigerjahre, Familie Mey

Im Dorf gab uns der Dorfvorsteher heimlich etwas zu essen und zu trinken. Sein linkes zugeschwollenes Auge war dunkelrot und blau. Ich bat ihn, den Vater zu bestatten, falls es ihm irgendwie möglich sein sollte. Er versprach es. Long, die den jüngsten Bruder damals gestillt hatte, winkte uns zu sich und reichte uns eine Metalldose mit gekochtem Reis. Wir verabschiedeten uns voneinander, der Kleine klammerte sich weinend an sie. Aus der Hütte meines Vaters nahm ich nur das große Messer mit, das er für das Ausnehmen der Fische verwendet hatte.

Wir liefen Richtung Westen, ich wollte so schnell wie möglich die Hafenstadt Kampong Som, ehemals Sihanoukville, erreichen. Wir gingen an der Küste entlang und mieden die Straße, weil ich befürchtete, dass Son mich suchen würde. Der Kleine sprach kein Wort, der Ältere schaute mich oft mit vor Angst geweiteten Augen an. Wenn ich ihn berührte, zuckte er zurück. Als ich ihn fragte, was los sei, antwortete er: »Der Mann hat gesagt, sie nennen dich in der Gruppe den Kinderschlächter. Du nimmst die kleinen Kinder und wirfst sie mit dem Kopf gegen einen Baum. Den älteren schlitzt du die Bäuche auf. Du machst das gern. Auch mit uns wolltest du es machen. Deshalb hast du so um uns gebettelt.« Es dauerte lange, bis ich ihn davon überzeugen konnte, dass Son gelogen hatte.

»Aber warum bist du bei denen?«, fragte er zum Schluss weinend. Darauf konnte ich ihm keine Antwort geben.

Ich wusste, dass Tao mit seiner Gruppe zurzeit das Anlegen russischer und chinesischer Schiffe zu überwachen hatte. Es dauerte eine Weile, bis ich ihn fand, ich musste mehrmals nach ihm fragen. Ich erzählte ihm, was in meinem Heimatdorf vorgefallen war, doch er schaute mich nur traurig an.

»Hast du irgendwo Verwandte auf dem Land, wo du sie unterbringen kannst?«, fragte er mich.

Ich schüttelte den Kopf.

»In der Nähe von Prey Nob gibt es ein Kinderlager, ich kenne die Leiterin«, sagte er, und weil er sah, dass ich Bedenken hatte, fügte er hinzu: »Sie ist eine gute Frau.«

Ich wusste, dass ich ohnehin keine andere Wahl hatte, und nickte.

Tao brachte uns am nächsten Tag persönlich hin. Ich sah riesige Unterkünfte, sie waren nach Geschlechtern getrennt, eine Schule, in der die Lehre der Angka und die Lieder für das Demokratische Kampuchea unterrichtet wurden, eine große Küche, eine noch größere Speisehalle.

»Am Tag müssen die Kinder einige Stunden auf den nahen Reisfeldern arbeiten, denn Müßiggang wird nicht unterstützt«, wurde uns erklärt. »An den Abenden müssen alle die Versammlungen besuchen. Begabte Kinder dürfen musizieren und tanzen, um bei Veranstaltungen die Obersten zu unterhalten. Zu diesem Zweck werden sie im ganzen Distrikt herumgefahren.«

Dem ersten Anschein nach wirkten die Gebäude sauber, die Erzieherinnen freundlich, die Kinder nicht ausgehungert. Dennoch wollte ich die Brüder nicht allein zurücklassen, ich war misstrauisch. Ich bat Tao inständig, ebenfalls im Lager bleiben zu dürfen, als Aufpasser oder Koch oder was auch immer, doch er erlaubte es nicht.

»Das würde böses Blut in der Sektion geben, und daraus resultieren Fragen von oben. Ihr seid genau registriert, ein Wechsel innerhalb der Sektion ist aus gewissen Gründen gestattet, doch ich hätte große Schwierigkeiten zu rechtfertigen, wenn ich dich ganz abziehe und in einem Lager einsetze«, sagte er. »Es wird schwierig genug zu rechtfertigen, dass du dich unerlaubt von deiner Gruppe entfernt hast und dass ich dich an meiner Seite haben will.«

»Ich darf bei dir bleiben?«, fragte ich ungläubig.

Er nickte. »Dich in deine Gruppe zurückzuschicken würde deinen Tod bedeuten. Ich brauche ohnehin einen Leibwächter. Deine Brüder darfst du oft besuchen.«

Ich trug dem Älteren auf, gut auf den Kleinen aufzupassen.

»Das musst du mir nicht sagen«, gab er frech zurück.

Ich verabschiedete mich schweren Herzens von den beiden, der Kleine klammerte sich an mich, der Ältere sagte kein Wort. Tao schärfte der Leiterin ein, auf die zwei besonders gut zu achten, und sie versprach es. Ich merkte, dass die beiden einander sehr nahestanden, sie küssten sich zum Abschied und schauten dann schnell um sich, ob es jemand gesehen hatte.

Frühling 1993

Im Mai musste Tevi für ein paar Tage nach Battambang. Kim überlegte mitzukommen, entschied sich dann aber, an die Küste zu fahren.

»Du willst das wirklich?«, fragte Tevi.

Vor ihrem Abflug waren sie unentschlossen gewesen, ob sie in der Heimat die Orte ihrer Kindheit besuchen sollten, Tevi war dagegen gewesen, sie hatte Angst gehabt, dem nicht gewachsen zu sein, Kim hingegen war noch unschlüssig gewesen. »Ich werde spontan entscheiden«, hatte er gesagt.

Kim teilte ihr nicht mit, dass er vor dem Besuch seines Heimatdorfs noch einen anderen Ort besuchen wollte.

»Kommst du dann nach?«, fragte er sie. »Wir könnten ein paar Tage in Kep bleiben und das Meer genießen. Du musst ja nicht zu deinem Elternhaus fahren.«

Tevi schüttelte den Kopf: »Lieber nicht. Ich bin noch nicht so weit.« Sie beschwor ihn, vorsichtig zu sein. »Auf dem Land sind noch viele Rote-Khmer-Truppen unterwegs. Jeden Tag kommt es irgendwo zu blutigen Auseinandersetzungen, nicht nur mit den UN-Friedenstruppen. Sie ermorden heimtückisch Dorfleute, die sich gegen sie auflehnen.«

»Mach dir keine Sorgen«, sagte Kim. »Ich bin bei Sareth gut aufgehoben.«

Sareth und er fuhren nach Kampong Speu und weiter Richtung Westen, immer in der Nähe des Flusses Stoeng Prek Thnaot. Da Kim nicht fand, was er suchte, er aber dennoch nicht nach Kampong Speu zurückfahren wollte und es auf dem Land kein Hotel gab, schliefen sie im Auto. In der Nacht erzählte Sareth, wie er seine Familie in einer großen Kommune verloren hatte, sein Vater war mit einem Palmwedel erhängt worden, weil ihn ein Nachbar wegen irgendeines geringen

Vergehens denunziert hatte, seine Mutter war an Auszehrung gestorben, seine kleine Schwester verhungert. Als die Vietnamesen das Land besetzt hatten, war er wochenlang alleine nach Phnom Penh unterwegs gewesen, wo er seinen Onkel wiedergefunden hatte.

Den folgenden Tag waren sie wieder auf der Suche, sie fuhren kreuz und quer durch die Landschaft, oft waren es keine Straßen mehr, denen sie folgten, sondern ausgetretene Pfade. Wenn Kim nach dem ehemaligen Arbeitslager, in dem ein Staudamm gebaut worden war, fragte, zuckten die Bewohner erschrocken zusammen, schüttelten die Köpfe und schauten ihn an, als wäre er ein Geist, bevor sie sich abwandten. Er war stets der Meinung gewesen, er würde den Ort mit verbundenen Augen finden, doch er hatte die Natur unterschätzt, so vieles war verändert, zu einem undurchdringlichen Dickicht geworden. Sareth war zermürbt und bat ihn darum, aufzugeben, auch hatte er große Angst vor Landminen.

»Was hast du davon?«, fragte er Kim. »Es wird dir nicht guttun, glaub mir das. Diese Dinge muss man hinter sich lassen, sonst wird man verrückt.«

»Ich muss es unbedingt noch einmal sehen«, antwortete Kim.

Es war ein Mädchen, ungefähr zwölf Jahre alt, das ihm schließlich den Weg zeigte. Kim ließ Sareth an einer Kreuzung zurück und bat ihn zu warten.

»Es könnte ein paar Stunden dauern«, sagte er zu ihm.

»Du solltest nicht alleine unterwegs sein«, wandte Sareth ein. »Ich habe Angst um dich.«

Er gab ihm ein Messer in einer Lederhülle mit, Kim nahm es zögernd an sich.

»Es genügt schon, wenn du es zeigst«, beruhigte ihn Sareth.

Das Mädchen begleitete Kim, griff nach seiner Hand und lief neben ihm her, bis sie – sie traten aus einem kleinen Wald – abrupt stehen blieb. Sie standen vor einer weiten, grünen Fläche, bis zum Horizont gab es nichts, das auf Zivilisation hingedeutet hätte, keine Menschen waren zu sehen, keine Hütten, keine Tiere, kein Reisfeld, kein Baum, keine Staude. Die Überreste der monströsen Erhebung und des Kraters waren noch zu erkennen, obwohl die Natur ihr Bestes gegeben hatte, um sie dem Verschwinden preiszugeben, im buchstäblichen Sinn war Gras darüber gewachsen. Das Ganze sah aus wie eine sanfte, lang gestreckte Hügellandschaft, und Kim fühlte sich an den Golfplatz in der Nähe Rouens erinnert, zu dem Marie Auger sie mitgenommen hatte, als Ines und er im Sommer 1984 zu Besuch gewesen waren. Tevi hatte ihre Golfstunde nicht absagen wollen. Ines und er waren stundenlang neben ihr und dem jungen Golflehrer, der mit seiner nasalen Stimme permanent »Très bien, ma chérie!« flötete, einhergetrottet.

Das Mädchen sah ihn mit großen Augen an, er holte einen Zehndollarschein aus seiner Hosentasche und reichte in ihr. Sie bedankte sich und machte kehrt. Langsam erklomm er den Hügel, legte sich in das Gras und starrte in den Himmel. Er hatte das Gefühl, alleine auf der Welt zu sein. Wolken zogen auf, und er spürte die ersten Tropfen.

Von hier aus fand er den Weg auf Anhieb. Es begann heftig zu regnen, und völlig durchweicht kam er nach einer Stunde an. Die Teiche existierten nicht mehr, an ihrer Stelle befanden sich nur Schlammlöcher, die Hütte war völlig verfallen. Die Erinnerungen kamen zurück, er sah sich am Teich sitzen und vor lauter Einsamkeit mit den Enten reden. Erschöpfung überkam ihn, am liebsten hätte er tagelang geschlafen. Nach einer Weile hörte es auf zu regnen, und Kim machte sich auf den Rückweg. Er lief denselben Weg, den er gekommen war, ansonsten hätte er die Orientierung verloren. Bei Einbruch der Dunkelheit kam er zur Straßenkreuzung, an der Sareth auf ihn wartete. Dieser freute sich sichtlich, Kim zu sehen.

»Hast du gefunden, was du gesucht hast?«, fragte er, und Kim nickte.

Sie fuhren zurück nach Kampong Speu, wo sie ein Hotel fanden. Am nächsten Morgen machten sie sich auf nach Kep. Dort stiegen sie im Hotel ab, das Tevi ihm genannt hatte, sie wiederum hatte es von UNO-Mitarbeitern empfohlen bekommen. Kim ging an den Strand und schwamm eine Runde. Als er sich nass in den Sand setzte, wurde er von einem Zittern ergriffen, von einer Mattigkeit, doch auch von Sehnsucht.

Weil er Angst hatte, dem nicht gewappnet zu sein, verschob er den Besuch im Heimatdorf auf den nächsten Tag, dann verschob er ihn wieder. Sareth und er verbrachten die Tage am Strand, sahen sich Kep und Kampot an, fuhren nach Sihanoukville, die ganze Zeit fühlte sich Kim angespannt, er wünschte sich ins Hotel nach Phnom Penh zurück, nach Wien, nach P., weit weg, doch gleichzeitig wusste er, er konnte nicht abfahren, ohne wenigstens einmal sein Dorf gesehen zu haben. Und mit einem Mal wurde ihm bewusst, warum er derart angespannt war. Was, wenn sein Bruder Rangsey doch überlebt hatte, dachte er, und in die Hütte des Vaters zurückgekehrt war, wenn er ihm nun, nach fünfzehn Jahren, wieder gegenüberstehen sollte? Viele Menschen waren nach dem Zusammenbruch des Pol-Pot-Regimes in ihr Heimatdorf zurückgekehrt. Wie sollte er reagieren? Sollte er Freude zeigen oder sich zerknirscht geben, weil er damals ohne ihn nach Thailand aufgebrochen war, ihn zurückgelassen hatte? Dann wieder wischte er verärgert die Gedanken zur Seite. Er brauchte sich für nichts zu rechtfertigen. Er war kein kleiner Junge mehr, der sich herumkommandieren ließ. Die eigentliche Frage, die er sich stellen sollte, war nicht, ob er Freude zeigen sollte, sondern, ob er tatsächlich Freude empfinden würde, dass sein Bruder überlebt hatte. Er konnte sie beim besten Willen nicht beantworten.

Am Tag vor der geplanten Rückfahrt betrat er das Dorf. Es wirkte auf den ersten Eindruck unverändert, wie damals standen an die zwanzig Hütten auf Stelzen zu beiden Seiten der

Feldstraße, hing getrockneter Fisch unter den Hütten, spielten Kinder davor, liefen Hühner herum, tuckerte ein klappriges Moped vorbei, auf dem eine ganze Familie saß. Kim erschien alles so vertraut, dass ihm das Herz wehtat. Er ging ein paarmal auf und ab, sodass bereits einige Frauen argwöhnisch aus den Hütten zu ihm herübersahen, bevor er es wagte, zu der Hütte zu gehen, in der er mit seinem Vater und seinen Brüdern gelebt hatte, sie lag etwas abseits des Weges, hinter Bananenstauden versteckt.

Es war dieselbe Hütte, die damals sein Vater mit dem Geld dieses Hoteldirektors, den alle nur den Franzosen nannten, vergrößert und saniert hatte. Eine vierköpfige Familie lebte dort, und im ersten Moment musste sich Kim eingestehen, dass er erleichtert war. Der Mann arbeitete wie sein Vater als Fischer, seine junge Frau versorgte die Familie, sie hatten einen kleinen Sohn und ein Baby, ein Mädchen. Als er zu den Leuten sagte, er habe als Kind hier gewohnt, reagierten sie ablehnend, sie hatten Angst, er würde die Hütte zurückfordern. Er beruhigte sie und erzählte, dass er seit Langem in einem anderen Land lebte. Sie tauten auf, luden ihn zum Mittagessen ein. Während er mit ihnen am Boden sitzend aß – an derselben Stelle, an der er früher mit seiner Familie gegessen hatte –, Reiswein trank, mit den Kleinen spielte, von seinem Leben im Westen erzählte, konnte er seine Tränen kaum zurückhalten. Als er ging, war es bereits dunkel.

Am letzten Tag fuhren sie zum Haus von Tevis Familie, sie hatte ihm genau beschrieben, wo es sich befand. Das Haus war im Großen und Ganzen intakt, wirkte aber heruntergekommen, die Fassade war an manchen Stellen rußgeschwärzt. Als Sareth vor dem Haus parkte, liefen eine Menge Kinder kreischend und lachend auf das Auto zu.

Ein Mann und eine Frau saßen auf der Veranda, jeder hatte ein Kind auf dem Schoß. Als Kim aus dem Auto stieg, stand der Mann auf und übergab das Kind der Frau. Er ging die Stufen hinab und kam langsam auf ihn zu, dabei zog er das rechte Bein nach.

Kim brauchte eine Weile, bis er seinen Bruder Rangsey erkannte, sein Magen krampfte sich schmerzhaft zusammen.

Rangsey hatte das besitzerlose Haus im Sommer 1980 mit vier Waisenkindern bezogen, nachdem er in verschiedenen Flüchtlingslagern in Thailand gewesen war, auf der Suche nach seinem Bruder.

»Ich habe lange nach dir gesucht, Kim, bis ich mir sicher war, dass du tot bist«, sagte er. Kim erwiderte nichts, er hätte nicht gewusst, was er sagen sollte, er wartete auf Vorwürfe, jedoch kamen keine.

Sie saßen sich in der Küche gegenüber. Währenddessen fuhr Sareth die Kinder abwechselnd im Auto spazieren, eine Runde nach der anderen. Kim war immer noch fassungslos. Darauf, Rangsey ausgerechnet hier, in Tevis Elternhaus, wiederzusehen, war er nicht gefasst gewesen.

Rangsey war nach einem Jahr nach Kambodscha zurückgekehrt. Alleine, ohne den Bruder, hatte er nicht in den Westen auswandern wollen, und ohnehin hatte er keine Chance auf ein Asyl gehabt. Auf dem Weg zum Heimatdorf hatte er an der Entenfarm vorbeigeschaut. Fünf Buben, völlig verwildert, hielten sich dort mit Wurzeln und gejagten Vögeln über Wasser. Er nahm sich ihrer an und konnte sie dazu bewegen, mit ihm die Farm zu verlassen. Zu diesem Zeitpunkt entstand die Idee, aus der Villa des Franzosen, sollte sie noch leer stehen, ein Waisenhaus zu machen. Nach einem halben Tagesmarsch durch den Dschungel passierte das Schreckliche: Einer der Buben trat auf eine Mine und war auf der Stelle tot, ihn selbst erwischte es schwer am rechten Bein. Die Verwundung am Knie und Unterschenkel war so tief, dass die Buben ihn zum nächsten Dorf tragen mussten, wo sich ein altes Ehepaar um sie kümmerte. Die Frau versorgte notdürftig die Wunde. Als er nach Wochen in der Lage war, wieder zu gehen, machten sie sich auf Richtung Kep. Die Villa des Franzosen stand tatsächlich noch leer, Rangsey und die vier Buben zogen ein und machten sich umgehend an die Reparaturarbeiten. Seither lebte er hier, die vier Buben waren mittlerweile ausgezogen, hatten Arbeit gefunden, Familien gegründet.

Im Laufe der Zeit waren andere Waisen hinzugekommen, mittlerweile lebten an die dreißig Kinder im Haus, täglich kamen zwei Lehrer, einer unterrichtete die Jüngeren, der andere die Älteren, außerdem kam eine alte Frau, um zu kochen. Unterstützt wurden sie von vielen Familien in der Umgebung, jeder spendete, was er konnte, jeder half mit, so gut es ging. Auch herrschte ein ständiges Kommen und Gehen, ein Kind wurde volljährig und fand Arbeit, ein anderes wurde von einer Pflegefamilie aufgenommen, ein neues kam dazu. Rangsey betrachtete es als seine Aufgabe, für sie zu sorgen, als Sühne für die Verbrechen, die er als Soldat begangen hatte. Er war als Kind in die Fänge der Roten Khmer geraten, weil er beeindruckt von ihren Lehren gewesen war. Sehr schnell abgestoßen von ihren Grausamkeiten, hatte er sich doch angepasst zeigen müssen, er hätte es sonst mit seinem Leben bezahlt, und auch seine Familie. Seinen Vater und jüngsten Bruder hatte er nicht retten können, nur ihn, Kim, bis er auch ihn in den letzten Kriegswirren im Dezember 1978 verloren hatte. Rangsey musste mit dem Bewusstsein weiterleben, dass er trotz aller Bemühungen versagt hatte und alles vergeblich gewesen war.

Seit acht Jahren war er verheiratet, seine Frau Chenda – sie kam aus dem gleichen Dorf wie er – hatte die Mutterrolle für die Waisenkinder übernommen, sie hatten zwei Söhne, Kim und Munny.

»Erinnerst du dich an Chenda? Sie war die beste Freundin von Munny. Ihre Mutter Long hat beide damals gestillt«, sagte Rangsey.

Das Bild, wie die zwei Vierjährigen Händchen haltend durch die Regenpfützen gesprungen waren, stieg in Kim hoch.

Obwohl er wusste, dass Tevi ihn in Phnom Penh erwartete, blieb er über Nacht, saß bis zum Morgengrauen mit seinem Bruder zusammen. Dieser erzählte ihm alles, er begann mit dem Tod der Mutter, sprach von der Verzweiflung, die ihn überkommen hatte, als er den Bruder auf der Entenfarm nicht mehr vorgefunden hatte. Manchmal musste Kim aufstehen und im Garten einige Schritte gehen, um sich zu beruhigen, er konnte kaum ertragen, was sein Bruder ihm berichtete. Rangsey fragte nach dem Mädchen Tevi, ob es überlebt habe, und als Kim ihm sagte, dass aus dem Mädchen die Frau geworden war, die er liebte und heiraten wollte, weinte er.

Am nächsten Morgen verabschiedete Kim sich von der Familie und den Kindern, er konnte seine Rückkehr nach Phnom Penh nicht länger hinauszögern, Tevi würde sich ohnehin bereits große Sorgen machen. Er versprach, Briefe zu schreiben, Geschenke zu schicken, eines Tages wiederzukommen. Rangsey, seine Frau Chenda, die beiden Söhne winkten ihm herzlich nach, ein paar Kinder liefen dem Auto ein Stück hinterher.

Auf der Fahrt nach Phnom Penh saß er schweigend auf dem Beifahrersitz und starrte aus dem Fenster. Er schämte sich für die Gedanken, die er noch vor wenigen Tagen gehabt hatte. Hatte er tatsächlich Ekel und Hass empfunden, tatsächlich gedacht: Was habe ich damit zu schaffen?

Es war immer nur um ihn gegangen.

Eine ganze Familie hatte sterben müssen, damit er überleben durfte. Wie sollte er mit dieser Last weiterleben?

Die vorbeiziehende Landschaft erschien Kim zum ersten Mal, seitdem er in seinem Heimatland war, schön. Wie hatte er diese Schönheit vergessen können? Mein wunderschönes, geplagtes Land, dachte er. Verzweiflung ergriff von ihm Besitz, sie war so heftig, dass sie ihn körperlich zu schmerzen begann. Er hatte das Gefühl, nach Luft ringen zu müssen, etwas steckte tief unten in seiner Brust, das sie eng werden ließ, ihn nicht atmen ließ, das sich unbeirrbar den Weg nach oben bahnte. Sie überholten einen Ochsenwagen, auf dem viele Menschen saßen, er sah tränenverschleiert, dass ihm ein kleines Mädchen zuwinkte, und plötzlich konnte er einen Schrei nicht mehr unterdrücken, sosehr er auch dagegen ankämpfte, er schlug mit den flachen Händen auf die Ablage. Er bat Sareth anzuhalten, stolperte aus dem Auto und rannte in das Feld hinein, wo er auf die Knie fiel und nicht aufhören konnte zu schluchzen. Sareth kam zu ihm, hielt ihn fest und redete beruhigend auf ihn ein.

Im Hotel freute Tevi sich übermäßig, ihn zu sehen, vor Freude begann sie zu weinen, sie umarmte ihn und wollte ihn nicht mehr loslassen. »Ich habe mir solche Sorgen gemacht«, sagte sie.

Kim hielt sie fest und streichelte ihren Rücken, er hatte Angst, dass sie ihm seine Erschütterung anmerkte.

Nach einer Weile hob sie mit den Worten »Ich muss dir etwas sagen« den Kopf.

»Was ist los?«, fragte Kim.

Sie nahm sein Gesicht in ihre Hände und flüsterte ihm ins Ohr: »Ich bin schwanger, Kim, ich bin schwanger.«

Kims Herz machte einen Sprung.

»Bist du sicher?«, fragte er.

Es bestand kein Zweifel, sie war bereits zwei Wochen überfällig, ihr war morgens übel, ihre Brust war größer geworden und schmerzte mitunter leicht. Laut ihren Berechnungen würde das Kind im Dezember zur Welt kommen. Sie lagen einander zugewandt auf dem Hotelbett.

»Es ist hier passiert, Kim, in unserer Heimat«, sagte Tevi. »Ist das nicht schön?«

»Ja, das ist schön«, murmelte Kim.

Sie fragte nach seiner Reise, und Kim begann zu erzählen, auch dass er, bevor er nach Kep gefahren war, die ehemalige Entenfarm besucht hatte, die nun keine Entenfarm mehr war, weil es ihm ein Bedürfnis gewesen war, den Ort wiederzusehen. Er sprach von seinen Empfindungen, als er durch sein Heimatdorf gegangen und vor der Hütte seines Vaters gestanden war, von der Familie, die jetzt darin wohnte.

»Warst du auch bei meinem Elternhaus?«, fragte Tevi leise.

Kim hatte während der Fahrt überlegt, sie in diesem Punkt zu belügen, zu behaupten, dass es komplett zerstört und nichts mehr von dem Gebäude zu sehen wäre.

»Junge Palmen stehen dort, und eine Schildkröte hat ihr Zuhause gefunden«, hatte er sagen wollen.

Er hatte sich dann entschlossen, die halbe Wahrheit zu erzählen, er wusste, sie würde von der Idee, dass ihr früheres Zuhause nun das Zuhause vieler Waisenkinder war, begeistert sein. Seine Befürchtung, sie würde hinfahren wollen, um es mit eigenen Augen zu sehen, blieb zwar bestehen, doch musste er einfach darauf vertrauen, das in Zukunft verhindern zu können. Denn niemals durfte sie erfahren, wer der Leiter des Waisenhauses war. Er fühlte sich einerseits dazu verpflichtet, Tevi zu schützen, andererseits aber auch seinen Bruder, und auf keinen Fall wollte er, dass sich die beiden irgendwann begegneten.

Tevis Begeisterung war tatsächlich groß. »Ein Waisenhaus? Es ist wirklich ein Waisenhaus? Oh Gott! Hast du Fotos gemacht?«

»Ja, habe ich. Eines vom Haus, davor stehen alle Kinder«, antwortete Kim.

»Nur eines?«

Kim musste lachen. Tevi war diejenige, die von einem Fotomotiv Hunderte Bilder machen konnte.

»Ich habe ein paar mehr gemacht. Von den Räumen, in denen die Kinder schlafen, von der Küche, vom Speisesaal, in dem sie auch unterrichtet werden. Eines vom Haus ohne Kinder davor.«

»Ich könnte bei der UNO bewirken, dass das Haus Gelder bekommt, ich meine, dass es professionell und international unterstützt wird. Wie heißen die Leute, die es führen?«, fragte Tevi.

»Es sind ein Mann und eine Frau, ich weiß nicht, wie sie heißen, die Kinder haben sie ›Onkel‹ und ›Tante‹ genannt«, log Kim. »Ich habe ihnen das auch angeboten, aber sie möchten das nicht. Sie wollen, dass es ein rein lokales Projekt bleibt. Stell dir vor, die ganze Umgebung hilft mit, das Waisenhaus am Laufen zu halten! Das schafft Gemeinschaft. Die Motivation würde dann schnell sinken, meinst du nicht auch? Außerdem weißt du, wie ich darüber denke.«

Sie hatten oft darüber diskutiert. Kim war der Ansicht, dass internationale Hilfe nicht immer gut war, dass es in manchen Belangen mehr kaputt machte, als dass es eine positive Entwicklung vorantrieb, dass die Betroffenen selbst Initiative ergreifen und Verantwortung übernehmen mussten.

»In diesem konkreten Fall hast du recht«, sagte Tevi gähnend. »Das muss ich zugeben.«

Sie küsste ihn. »Ich bin müde. Dein Sohn raubt mir jede Energie.«

»Oder meine Tochter«, sagte Kim. »Schlaf gut.«

Er lag noch lange wach.

Sein Bruder war also am Leben. Es ging ihm gut, er hatte eine Familie und leistete Großartiges. Doch im Grunde war er ein verzweifelter und gebrochener Mensch, Kim hatte es in seinem Gesicht gesehen. Er dachte daran, wie Rangsey vor fünfzehn Jahren eindringlich zu ihm gesagt hatte: »Bald ist alles vorbei, und wir gehen gemeinsam nach Thailand. Du wartest auf mich, hörst du? Du gehst auf keinen Fall alleine los! Wir bleiben zusammen, egal, was kommt. Nur wenn ich zwei

Wochen lang nicht aufgetaucht bin, machst du dich alleine auf den Weg, denn dann bin ich wahrscheinlich tot.« Kim hatte sich nicht an seine Anweisung gehalten, er hatte seinem Bruder nach allem, was er getan hatte, nicht mehr in die Augen sehen können und war am Tag darauf losmarschiert. In der ersten Zeit hatte er mit Hassgefühlen an Rangsey gedacht, in den vergangenen Jahren kaum einen Gedanken an ihn verschwendet, nur Munny hatte er noch sehr lange vermisst.

Von Rangsey hatte er nun die wahren Hintergründe seines Handelns erfahren und wusste nicht, wie er mit diesem Wissen umgehen sollte, es erdrückte ihn. Ihm fiel eine Philosophiestunde in der Oberstufe ein, in der es um moralisches Handeln gegangen war, um Werte und Normen, unter anderem auch um den Wert und Preis des Überlebens. Was macht uns zu Menschen, und was bedeuten Moral und Zivilisation in Extremsituationen, in denen es ums bloße Überleben geht?, waren unter anderem Denkanstöße für die Diskussion. Damals hatte Kim sich angesichts seiner Erlebnisse unter den Roten Khmer innerlich darüber lustig gemacht, auch über den eitlen jungen Lehrer. Und nun, nach den stundenlangen Erzählungen seines Bruders, wusste er, dass er selbst den Wert seines Überlebens und somit seine Existenzberechtigung für immer infrage stellen würde.

Er und Tevi würden ein Kind haben, und vieles würde sich ändern. Er war völlig mittellos und brauchte noch mindestens zwei Jahre für sein Studium. Sollte er es abbrechen und zu arbeiten beginnen? Von Marie Augers Almosen wollte er seine kleine Familie nicht abhängig sehen. Doch als was könnte er als Studienabbrecher arbeiten? Sollte er sich von seinen Zielen verabschieden und sein Leben lang ein Dasein als Kellner fristen? Außerdem mussten sie die Wohnsituation klären, eventuell war es erforderlich, dass Tevi und er sich eine andere Wohnung suchten, falls Michael nicht ausziehen wollte.

Mit einem Mal musste er heftig grinsen, dann wieder bemerkte er, dass ihm Tränen über die Wangen liefen. Überrascht stellte er fest, dass ihm all das keine Sorgen bereitete, sondern dass er sich einfach nur unglaublich glücklich fühlte. Ein einziger Gedanke überwog alles: Er freute sich unbändig auf das kleine Wesen, das in Tevi heranwuchs, er konnte es kaum erwarten, seinen Sohn, seine Tochter in den Armen zu halten. Und noch etwas stellte er fest: Er freute sich darüber, dass sein Bruder am Leben war, dass er eine Schwägerin hatte und zwei kleine Neffen.

Erst gegen Morgen fiel er in einen unruhigen Schlaf.

Schließlich kam die Wahl, die im ganzen Land fünf Tage lang dauerte. Als Wahllokale fungierten Schulen, Tempel und Pagoden. Obwohl die Roten Khmer zum Boykott der Wahl aufgerufen hatten, betrug die Wahlbeteiligung neunzig Prozent, als Wahlsieger ging Norodom Ranariddhs konservative, royalistische Partei mit dem Namen FUNCINPEC, Front Uni National pour un Cambodge Indepéndent, Neutre, Pacifique et Coopératif, hervor.

Am Abend des 28. Mai wurde in Phnom Penh ausgiebig gefeiert. Sie zogen mit Tevis Arbeitskollegen los, Sareth stieß mit seinem Onkel und seiner Freundin dazu. Sie aßen in einem Restaurant in der Nähe des Central Markets und bummelten anschließend durch die Straßen. In der Nähe des Wat Phnom spielte eine Gruppe traditionelle kambodschanische Musik, und Tevi begann zu tanzen, nach einer Weile folgten ihr auch Sareths Freundin und die anderen Frauen.

Erst spät kehrten sie ins Hotel zurück.

»Bald fliegen wir nach Hause«, sagte Tevi.

»Nach Hause?«, neckte Kim sie.

Sie lachte. »Ja, nach Hause.«

»Bist du traurig?«, fragte Kim.

»Ein bisschen schon, aber ehrlich gesagt, freue ich mich auch auf bestimmte Dinge.«

»Auf was zum Beispiel?«

»Auf ein gutes Wiener Schnitzel, auf einen Apfelstrudel mit viel Schlagobers, auf eine Semmel mit einer dicken, dicken Scheibe Leberkäse darin.«

»Das wird nichts, du musst dich gesund ernähren. Glaubst du, ich will, dass ein Riesenbaby aus dir herauswill?«

»Darauf, zum Frauenarzt zu gehen und auf dem Ultraschall jemanden kennenzulernen. Darauf, Babykleidung zu kaufen und ein Kinderzimmer einzurichten.«

Kim streichelte ihren Bauch.

Nach einer Weile fügte sie hinzu: »Aber weißt du was? Ich möchte unbedingt wieder nach Kambodscha kommen, so oft es mir möglich ist. Mit dir, mit unseren Kindern. Ich möchte Spenden sammeln und damit helfen, bei welchen Projekten auch immer, sie müssen nicht international sein«, sie zwinkerte ihm zu, »ich möchte helfen, mein Land wiederaufzubauen, auch wenn es vermutlich nicht viel sein wird, was ich tun kann.«

»Das möchte ich auch«, sagte er.

Mitte Juni flogen sie nach Wien zurück.

Zwei Wochen darauf verschwand Tevi genauso plötzlich und überraschend, wie sie neun Monate zuvor in seinem Leben aufgetaucht war. Kim arbeitete bei einem Architekten und war zwei Tage lang unterwegs, um Vermessungen für ein Projekt am Neusiedler See durchzuführen. Als er zurückkam, war sie nicht mehr da, die Tür zu ihrem Zimmer stand sperrangelweit offen. Als er einen Blick hineinwarf, sah er, dass es sehr ordentlich aufgeräumt war, und das war es, was ihn stutzig machte. Er schaute in ihren Schrank und bemerkte, dass der Großteil ihrer Kleidungsstücke fehlte. Ebenso fehlten ihr Koffer und die Reisetasche, die unter dem Bett verstaut gewesen waren. Die zwei Paar winziger Turnschuhe, eines in Rosa, das andere in Hellblau, hingen über ihrem Bettrahmen, sie hatte nicht widerstehen können, sie zu kaufen, als sie sie kurz nach ihrer Rückkehr von Kambodscha beim Bummeln in der Innenstadt in einem Babyladen entdeckt hatten.

Kim dachte zunächst, sie wäre einem dringenden Auftrag der UNO folgend wieder nach Phnom Penh geflogen, er rief mehrmals in ihrem ehemaligen Büro an und fragte danach, doch von den fünf Mitarbeitern, die er ans Telefon bekam, bedauerten drei, dass sie nichts wussten, und zwei, dass sie diesbezüglich keine Antwort geben durften.

»Herrgott noch mal, hört doch mit dieser Geheimniskrämerei auf!«, schrie Kim am dritten Tag entnervt in den Hörer. »Ihr seid nicht die CIA oder irgendein Geheimdienst, ihr Wichtigtuer!«

Am nächsten Tag teilte ihm eine Arbeitskollegin, die er flüchtig kannte, mit, dass Tevi nicht im Auftrag der UNO nach Kambodscha oder sonst irgendwohin geflogen war. Kim zwang sich zur Ruhe, er wusste, Tevi war spontan, und vermutlich hatte sie sich dazu entschieden, irgendeine Freundin zu besuchen, entweder Antonia in Berlin oder Simone in Zürich, sie kannte sie von ihrem Studium in Paris, doch er wusste auch, dass sie ihm in diesem Fall eine Nachricht hinterlassen hätte. Er telefonierte mit Marie Auger, sie konnte ihm aber nicht sagen, wo sich ihre Nichte aufhielt, und machte sich dann ebenso Sorgen. Kim war am Ende.

Nach vier Tagen fand er unter seinem Nachtkästchen einen kleinen Zettel, er musste durch einen Windstoß hinuntergeweht worden sein, als er die Tür geöffnet hatte. Auf ihm stand geschrieben: »Versuche nicht, mich zu finden.«

Kambodscha, Siebzigerjahre, Familie Mey

Seit dem Vorfall in meinem Heimatdorf war ich an Taos Seite unterwegs.

Kurz darauf wurde er als politischer Instrukteur eingesetzt, da man seine Fähigkeit als Redner schätzte. In der Sektion wäre sein Talent vergeudet, hieß es. Mich nahm er als Leibwächter mit. Viele der höhergestellten Roten Khmer benötigten Leibwächter, sie waren ihres Lebens nicht mehr sicher. Tao war eines Nachts von einem Mann überfallen worden, dessen gesamte Familie von den Roten Khmer hingerichtet worden war. Son sah ich nur, wenn bei einer großen Veranstaltung im Bezirk, zu der auch Vertreter der Führungsriege kamen, mehrere Ordnungsgruppen benötigt wurden. Ich zwang mich jedes Mal, meinen Blick nicht abzuwenden und sein Grinsen zu erwidern.

Taos neue Aufgabe als politischer Instrukteur war es, in großen Kommunen und Arbeitslagern Versammlungen abzuhalten. Predigtartig und unermüdlich wiederholte er die Sätze von der Angka, wie sehr sie jeden liebte, der ihr aufopferungsvoll diente, wie wichtig es war, sie zu ehren. Ob er das alles wirklich noch glaubt?, dachte ich bei mir, wagte ihn aber nicht danach zu fragen, denn auf keinen Fall durfte man seine Gedanken laut aussprechen. Ich konnte sehen, dass sein Eifer geschwunden war, er wirkte müde und alt, wenn wir alleine waren.

Im Frühling 1977 fragte ich ihn einmal, wer denn nun eigentlich die Männer hinter der Angka seien, woraufhin er antwortete: »Männer, die hoffentlich zur Rechenschaft gezogen werden.«

Ich erschrak und sah mich um, ob ihn jemand gehört hatte.

Überall herrschte ein Klima des Misstrauens, jeder konnte jeden denunzieren. Oft genügte ein falscher Gesichtsausdruck, und es kam zur Hinrichtung, immer mehr auch in den eigenen Reihen. Bei den Versammlungen saßen die Menschen vor uns, wie Skelette sahen sie aus, so mager waren sie, das einzig Lebendige an ihnen waren ihre hasserfüllten Augen. Tao versuchte immer wieder, den Abtransport der vollen Reissäcke – sie waren für den Export nach China bestimmt – aus den Kommunen zu verhindern und die Soldaten zu milden Strafen anzuhalten.

»Wir brauchen die Menschen zum Arbeiten«, sagte er, »und nicht in den Gruben!«

Ungefähr einmal im Monat bekam ich kurz Urlaub und durfte die Brüder besuchen. Der Kleine sprach immer noch kein Wort, blass und schmal saß er vor mir und schaute mich mit großen Augen an. Der Ältere war geschickt und klug, sodass man ihn zum Soldaten ausbilden wollte, er lernte abends nach der Arbeit den Umgang mit einem Gewehr. Ich wollte das verhindern, stieß aber bei der neuen Leiterin auf taube Ohren. Die Vorgängerin war eines Tages abgeholt worden, niemand hatte sie je wiedergesehen. Mir gegenüber verhielt er sich schweigsam und distanziert, er schien sich nie zu freuen, wenn ich kam. Einmal begann er zu schluchzen.

»Warum bleibst du nicht bei uns? Warum kümmerst du dich nicht um uns? Das ist deine Aufgabe als großer Bruder!«, brach es aus ihm hervor. »Es ist schrecklich hier, wir müssen den ganzen Tag arbeiten und bekommen fast nichts zu essen. Sie schlagen und quälen uns.«

Er stand auf und lief weg.

Ich dachte an die Mutter, der ich versprochen hatte, auf die Brüder aufzupassen, und konnte es kaum mehr ertragen. Meine Tränen hinunterschluckend wankte ich aus dem Lager.

Samstag, 18. Juni 2016

Kim war tatsächlich überrascht, als er den Garten betrat, so viele Menschen hatte er nicht erwartet. Es mussten über fünfzig sein. Alle waren sie da und strahlten ihn an, auch die früheren Arbeitskollegen aus Linz waren gekommen, und sogar Andreas und Michael, die er jahrelang nicht gesehen hatte, auch weil es nicht zu seinen Talenten gehörte, Freundschaften zu pflegen. Er musste zugeben, dass er im ersten Moment überwältigt war, all diese Menschen zu sehen, seine Weggefährten, die sein Leben ein Stück lang begleitet und vielfach dazu beigetragen hatten, dass es ein gelungenes wurde.

Für einen Moment vergaß er Tevi und dass ihre Erzählungen ihn am Vormittag derart aufgewühlt und genervt hatten. Doch dann merkte er, dass er nach ihr Ausschau hielt, er konnte sie aber nirgendwo entdecken. Der Garten war stimmungsvoll dekoriert, das Buffet üppig, Ines hatte wahrlich einiges geleistet. Er fühlte sich dennoch nicht dankbar, obwohl er sich ein Gefühl der Dankbarkeit ihr gegenüber wünschte, ein Gefühl, dass alles gut war, dass sein Leben wirklich gelungen war und nicht nur nach außen hin so wirkte. Die Menschen, die gekommen waren, um ihn zu feiern, mochte und schätzte er alle, er fühlte sich aber überfordert, sich eine Nacht lang mit so vielen unterhalten zu müssen.

Er ließ die Glückwünsche über sich ergehen, eröffnete mit Ines das Buffet, unterhielt sich eine Weile mit Thomas, Annette und Arthur. Tevi tauchte auf, an Ines' Seite spazierte sie von einem zum anderen und plauderte freundlich. Er holte sich etwas zu essen und ein Bier, obwohl er für gewöhnlich keinen Alkohol trank, und setzte sich zu Andreas und Michael an den Tisch, sie erzählten von ihren Berufen, und ihm fiel es schwer, sich zu konzentrieren, weil er aus den Augenwinkeln Tevi beobachtete, er hätte gerne gehört, was sie mit den Gästen redete.

Er registrierte staunend, wie schmal und zerbrechlich sie von hinten aussah. Ihm fiel eine Szene aus dem Flüchtlingslager ein. In der ersten Zeit im Krankenhaus – er besuchte sie täglich und saß stundenlang an ihrem Bett – war sie apathisch und kaum ansprechbar gewesen, als er am sechsten Tag den Raum betrat, sah er auf ihrem Bett eine Krankenschwester sitzen, die den schmalen Rücken und Nacken eines kleinen Jungen wusch. Ihm wurde heiß und dann eiskalt. Dass in ihrem Bett jemand anderer lag, bedeutete, dass sie gestorben war, er hatte sie umsonst wochenlang durch den Dschungel getragen. Er war also doch alleine auf der Welt. Dass man ihn nicht einmal geholt hatte, als es zu Ende ging, verschlug ihm den Atem, er verspürte eine große Wut.

»Wo ist meine Schwester?«, fuhr er die Krankenschwester an.

Da drehte sich der Junge um und lächelte ihn an, es war Tevi, wegen der Läuse hatte man ihr die Haare sehr kurz geschnitten. Kim fühlte, wie sein Herz einen Sprung vor Freude und Erleichterung machte, und setzte sich neben sie aufs Bett.

Als die Krankenschwester verschwunden war, sagte sie: »Ich bin also deine Schwester«, und er nickte.

»Wir haben Eltern, drei Geschwister und eine Großmutter«, sagte er. »Gemeinsam werden wir einen Asylantrag stellen. Was hältst du von Australien?«

»Das klingt gut. Wird das noch lange dauern, bis wir dort sind?«

»Ich glaube schon. Bis dahin zeige ich dir, wie man Fußball spielt. Und wir dürfen eine Schule besuchen.«

Tevi wurde müde und schlief ein, er blieb noch eine Weile an ihrem Bett sitzen, bevor er wieder zur Hütte zurückging, sein Englischlehrbuch nahm und weiterlernte. Die drei Kinder der Familie Nath setzten sich zu ihm, und er musste ihnen erklären, was er gerade durchgelesen hatte.

Die Band begann zu spielen, Lea kam zu ihm und forderte ihn zum Tanzen auf.

»Darf ich bitten, Geburtstagskind?«, sagte sie und deutete einen Knicks an.

Kim schaute zur Band hinüber und sagte: »Aber es tanzt ja noch niemand.«

»Dann sind wir eben die Ersten«, sagte Lea und fügte lachend hinzu: »Bevor Mama kommt und mit dir einen Eröffnungstango tanzen will.«

Unwillkürlich musste Kim auch lachen, obwohl die Erinnerung an den Tangokurs, den er vor zwei Jahren mit Ines gemacht hatte, keine besonders gute war.

Lea flüsterte dem Sänger etwas zu, daraufhin begann die Band ein ruhiges Lied zu spielen. Während er mit seiner Tochter tanzte, stand Tevi alleine an einen Stehtisch gelehnt und schaute ihnen zu. Kim empfand ihren prüfenden Blick als unangenehm.

Er fragte sich, warum sie die Einladung seiner Kinder angenommen hatte, sie hätte auch absagen können. Warum war sie gekommen? Was suchte sie hier? Wollte sie ihn daran erinnern, was war und was hätte sein können?

Ihre Anwesenheit stellte eine Provokation, eine Kränkung für ihn dar. Sie tauchte auf seinem Geburtstagsfest auf, als wären sie gute alte Bekannte, als hätten sie sich damals als Jugendliche aus den Augen verloren, weil sie zu ihren Verwandten nach Frankreich gezogen war und der Kontakt allmählich abgebrochen war, so wie das Leben eben spielte; als hätte es diese neun gemeinsamen Monate vor dreiundzwanzig Jahren nie gegeben.

Später tanzte Kim mit Ines, andere Paare gesellten sich dazu. Und um Jonas glücklich zu machen – er gab diesbezüglich keine Ruhe –, tanzte er auch mit Tevi, sie sah ihn die ganze Zeit unverwandt an, und er spürte eine grenzenlose Wut in sich.

»Warum bist du gekommen?«, fragte er, und er merkte, dass

es drohend und aggressiv klang. Er musste sich beherrschen, denn sie wurden beobachtet.

»Ich war neugierig auf das Leben, das du und Ines führt, und auf eure Kinder.«

»Ach ja? Weißt du, ich finde, es wäre ein Mindestmaß an Anstand von dir gewesen, die Einladung meiner Kinder abzulehnen, ihnen einfach zu schreiben, dass es dir nicht möglich ist, zu kommen.«

»Warum hätte ich das tun sollen?«, fragte sie. »Ich wollte kommen, ob dir das nun passt oder nicht.«

»Ja, ich erinnere mich, du hast schon immer getan, was du wolltest, Tevi, weil du nämlich egozentrisch und verwöhnt bist«, sagte Kim, er sprach leise und mit einem Lächeln im Gesicht, damit die Leute nicht aufmerksam wurden. »Zuerst haben dich deine Eltern verwöhnt, später deine Tante in Frankreich. Dazwischen habe ich mich um dich gekümmert, dann Monika und Ines, du warst immer gut versorgt, nicht wahr? Du hast das arme Mädchen gespielt, das du gar nicht warst, denn du hast es immer verstanden, Leute für dich einzunehmen und für deine Zwecke zu missbrauchen. Du hast mit den Menschen in deiner Umgebung gespielt. Zu mir bist du damals nur aus einem Grund nach Wien gekommen, und zwar, weil es dir schlecht gegangen ist. Weil dich dieser arrogante Fotograf betrogen hatte. War es nicht so? Kaum ist es dir besser gegangen, warst du wieder weg. Einfach so! Ich komme von der Arbeit nach Hause, und du warst weg. Weißt du, wie ich mich gefühlt habe? Wer war ich für dich?«

Er merkte, dass er betrunken war und sich in Rage redete, obendrein war er es nicht gewohnt, so viel auf einmal zu reden. Er hatte Glück, das Lied war zu Ende, er ließ sie mit den Worten »Ich brauche ein Bier« stehen.

Wenn das Fest vorbei war und diese Frau endlich abgereist, würde er einen Luftsprung vor Freude machen, nahm er sich vor.

1994 – 2004

Lea kam im März 1996 zur Welt.

Als Ines im dritten Monat schwanger gewesen war, hatten sie nicht nur standesamtlich, sondern auch kirchlich in P. geheiratet. Es war Ines' Wunsch gewesen, und obwohl die Zeremonie ihm nichts bedeutete, wollte Kim ihn ihr erfüllen. Er stand wartend am Altar und schwitzte in seinem etwas zu engen Anzug, während laute Orgelmusik ertönte und die Braut langsam von ihrem sichtlich bewegten Vater zu ihm geführt wurde. Monika saß zwischen Martha und ihrem Freund Alexander in der ersten Reihe, auf der anderen Seite saßen Roberts Frau, die zwei Söhne samt ihren Freundinnen und der Nachzügler, Ines' dreizehnjährige Halbschwester.

Die Kirche war voll mit Leuten aus P. und Freunden des Hochzeitspaares, sogar zwei ehemalige Lehrerkolleginnen Ines' waren aus Australien angereist, hatten den Hochzeitsbesuch mit einem Europatrip verbunden, sämtliche Studienfreunde Kims aus Wien waren gekommen. Das Hochzeitsessen wurde in dem Gasthaus serviert, das vor vielen Jahren Martha gehört hatte. Den Abend ließen sie in Monikas Garten ausklingen, ein DJ legte Musik auf, die Leute tanzten, um Mitternacht wurde die Hochzeitstorte angeschnitten.

Zwei Monate zuvor hatte Kim sein Studium in Wien beendet, ohne Ines und ihre Überzeugungskraft hätte er es nicht geschafft. Nach ihrem Auslandsaufenthalt in Australien hatte sie – zu seinem großen Glück – eine Stelle in Wien bekommen, und sie hatten sich oft gesehen, bis sie mit einem Mal, es ging unspektakulär vor sich, ein Paar waren. Michael leistete seinen Beitrag dazu, indem er eines Abends zu Kim sagte: »Sie ist eine tolle Frau und obendrein ziemlich in dich verknallt. Warum greifst du nicht zu?«

Kim beherzigte seinen Rat, führte Ines zum Essen aus und nahm sie anschließend in sein Zimmer mit, wo sie zum ersten Mal Sex hatten. Er stellte sich dabei vor, dass es die junge Monika war, mit der er schlief.

Zu Ostern 1994 fuhren sie nach P. und teilten es Monika mit.

»Ich glaube es euch nicht«, sagte sie und starrte von einem zum anderen. »Ihr veräppelt mich doch.«

»Es stimmt, Monika«, sagte Kim und legte einen Arm um Ines' Schulter. »Wir sind seit März zusammen.«

Sie küssten sich, Monika begann vor Freude zu weinen, und Kim durchzuckten die Gedanken, dass alles seine logische Konsequenz hatte und dass in Kambodscha der Ehemann für die Tochter von deren Mutter ausgesucht wurde.

Den Sommer verbrachten beide in P., Kim arbeitete bei Arthur Bergmüller. Bei einem gemeinsamen Frühstück im Garten sagte Monika: »Warum zieht ihr nicht nach P. zurück? Natürlich erst, wenn du dein Studium beendet hast, Kim. Hier ist Platz genug, und das Grundstück ist groß, ihr könntet euer eigenes Haus bauen.«

Sie wurde rot und fügte hinzu: »Es ist nicht so, dass ich euch das Gefühl geben will, es wäre mein absoluter Wunsch, dass ihr zurückkommt. Ihr sollt euch nicht unter Druck gesetzt fühlen. Und es ist ja noch viel zu früh, von so etwas zu reden.«

Ines sah Kim an und sagte: »Ich könnte es mir gut vorstellen.«

Kim ließ seinen Blick über das Haus und den großen Garten schweifen und dachte: Ja, warum nicht? Was Monika im Grunde angesprochen hatte, war eine Familiengründung, ein Aufbauen einer Existenz, und warum sollte es nicht hier sein, an dem Ort, an dem er vor vierzehn Jahren ein neues Zuhause gefunden hatte?

Nach seiner Diplomprüfung übersiedelten sie nach P., Monika überließ den beiden den ersten Stock. Kim fand schnell eine Arbeit in einem großen Architekturbüro in Linz, in seiner Freizeit plante er hingebungsvoll das gemeinsame Haus auf dem hinteren Teil des Grundstücks, Ines ließ ihm komplett freie Hand dafür. Manchmal unternahmen sie eine gemeinsame Wander- oder Radtour oder fuhren nach Linz und gingen ins Kino, es war eine ruhige Zeit, Kim genoss sie nach den anstrengenden letzten Studienjahren.

Der Gedanke an die gemeinsamen Monate mit Tevi verblassten, ihm wurde bewusst, dass er sie während ihres kurzen Zusammenlebens verklärt hatte, weil er heftig verliebt in sie und verrückt nach ihrem Körper gewesen war. Im Gegensatz zu Ines, die stabil war und genau wusste, was sie wollte und vom Leben erwartete, war Tevi nicht nur verletzlich, sondern auch sehr sprunghaft und inkonsequent gewesen, ein Leben an ihrer Seite wäre vermutlich für ihn zu einem Desaster geworden. Manchmal war sie tagelang depressiv gewesen, hatte nur von ihrer Familie geredet, stundenlang geweint, sie hatte die Erlebnisse in ihrer Kindheit, den Tod ihrer Familie nie verkraften können. Kim brauchte eine starke Frau an seiner Seite, um sich selbst stark zu fühlen, redete er sich ein.

Sie machten keine Hochzeitsreise, da sie kein Geld dafür hatten, lediglich einen hohen Kredit aufgrund des geplanten Hausbaus. Eine Woche nach der Hochzeit wurde begonnen, die Baugrube für den Keller auszuheben, ein Jahr darauf, in dem Sommer, in dem Lea ein halbes Jahr alt wurde, war das Haus fertig, und sie zogen ein. Bald war Ines zum zweiten Mal schwanger, sie empfand es als zu früh, Kim freute sich.

Kim liebte Ines' Körper in den Schwangerschaften und den Monaten nach der Geburt. Ihr großer Körper, ihre vollen Brüste und dunklen Brustwarzen erschienen ihm rätselhaft, ihre Aura geheimnisvoll. Er mochte ihre sanften Bewegungen, ihren weichen, in sich gekehrten Blick, die Zeit blieb stehen, wenn sie mit dem Säugling im Bett lag und ihn stillte, es gab nur sie und das Kind, und er konnte sich kaum sattsehen an beiden. Er fühlte sich zwar ausgegrenzt, andererseits genoss er dieses Ausgegrenztsein und bezog gerne den Beobachterposten, um nichts in der Welt hätte er in diesen Kosmos eindringen wollen.

Seine Freizeit verbrachte Kim zu Hause, er arbeitete oft im Garten, der immer noch nicht fertig war, er schüttete Erde auf, begradigte andere Stellen, baute eine Gartenhütte, ein Carport, legte zwei Ententeiche an. Er liebte es, für seine Familie etwas zu bauen. Immer war seine kleine Tochter an seiner Seite, sie störte ihn nicht bei der Arbeit, er hatte sie gerne um sich.

Simon wurde geboren. Er hatte Blähungen und war ein Schreikind, Ines war mit ihm sehr gefordert, Kim kümmerte sich weiterhin viel um Lea. Morgens brachte er sie in den Kindergarten, mittags holte Monika sie ab, wenn er am frühen Abend nach Hause kam, lief sie ihm mit ausgestreckten Armen entgegen, und er wirbelte sie hoch in die Luft, bevor sie Enten füttern gingen.

Monika half der jungen Familie, so gut sie konnte. Sie arbeitete immer noch als Arzthelferin und versorgte ihre Mutter, die allmählich dement wurde. Nachdem Lea geboren worden war, hatte Kim gescherzt: Jetzt bin ich von vier Frauen umgeben.

Es waren gute Jahre. Kim wünschte sich weitere Kinder, doch Ines blockte ab, zwei wären perfekt, meinte sie, neben zwei Kindern könnte eine Frau arbeiten gehen, sich also beruflich verwirklichen, und auch die Beziehung leben, so ihre Worte. Sie hatte immer eine klare Vorstellung davon, wie ein Leben zu verlaufen hatte.

Als Simon fünf war, stellte sich heraus, dass sie wieder schwanger war, Kim hoffte auf eine zweite Tochter. Obwohl Ines zunächst nicht begeistert gewesen war, hatte sie mit ihrem Nachzügler die größte Freude. Bei den ersten beiden Kindern war sie bereits nach einem Jahr wieder unterrichten gegangen und hatte die zwei Kleinen in der Zeit zu einer Tagesmutter gebracht, bei Jonas blieb sie ganze drei Jahre zu Hause.

Kurz nach Jonas' Geburt starb Martha an einem Herzversagen. Monika fand sie auf der Hausbank, wo Martha gerne die warmen Herbstnachmittage verbrachte, sie saß da, das Kinn auf die Brust gesenkt, Monika brauchte eine Weile, um zu realisieren, dass ihre Mutter nicht schlief, sondern tot war. Sie trauerte lange.

Sommer 1997

Bei der Übersiedelung vom alten in das neue Haus fielen Ines zufällig die alten Tagebücher ihrer Mutter in die Hände. Sie hatte zwar als Kind mitbekommen, dass ihre Mutter in ihrem Zimmer ab und zu an dem kleinen Schreibtisch am Fenster gesessen war, über etwas gebeugt, war jedoch der Meinung gewesen, sie hätte in einem Buch gelesen, und war der Sache nicht auf den Grund gegangen. Ines nahm die Hefte heimlich an sich und las sie in den Stunden, in denen das Baby schlief. Sie erfuhr darin Dinge, von denen sie bislang keine Ahnung gehabt hatte.

Unter anderem las sie, dass sie, Ines, der Grund dafür gewesen war, dass Monika Anfang Oktober 1980 die zwei kambodschanischen Kinder aufgenommen hatte. Monika beschrieb seitenlang die ernsthaften Sorgen, die sie sich um ihre Tochter machte, und die Schuldgefühle, die sie hatte. Ines hatte gegen ihren Willen die gewohnte Umgebung in Wien verlassen müssen, war einsam und depressiv und stopfte nur Essen in sich hinein, Monika befürchtete, sie wäre suizidgefährdet. Ines konnte sich nicht daran erinnern, Sorgen und Schuldgefühle ihrer Mutter mitbekommen zu haben, im Gegenteil, sie hatte sich in der Zeit äußerst vernachlässigt und ungeliebt gefühlt.

Monika hoffte, dass es Ines guttun würde, wenn andere Kinder im Haus waren, las Ines weiter – der erste Gedanke, der ihr dazu einfiel, war: Flüchtlingskinder als Therapie –, die Idee dazu war von Dr. Wimmer gekommen, bei dem Monika seit Kurzem arbeitete. Ihretwegen also waren Kim und Tevi eingezogen. Monika beschrieb die erste Zeit mit den beiden kambodschanischen Kindern genau und liebevoll, in Ines wurden Erinnerungen wach, vieles fiel ihr wieder ein, das sie bereits vergessen hatte. Rückblickend musste sie sich eingestehen, dass ihre Mutter recht gehabt hatte, die zwei Kinder hatten ihr wirklich gutgetan. Und nicht nur ihr, auch Martha und besonders Monika, diese hatte ihre Depression gänzlich hinter sich gelassen, war an der Herausforderung gewachsen und aufgeblüht. Ines erinnerte sich, dass sie als Zehn-, Elfjährige deshalb ein bisschen eifersüchtig gewesen war: Ihre Mutter brauchte zwei fremde Kinder, um glücklich zu sein, sie, die eigene Tochter genügte ihr nicht. Besonders Kim war sie zugetan gewesen, Ines hatte sich gefragt, ob sie sich einen Sohn an ihrer Stelle gewünscht hatte.

Sie las das Tagebuch chronologisch rückwärts und drang immer weiter in die Vergangenheit ihrer Mutter ein. Der zweite Grund, warum Monika von Anfang an nicht abgeneigt gewesen war, Kim und Tevi aufzunehmen, stellte für Ines einen Schock dar. Ihr wurde bewusst, wie wenig sie über ihre Mutter wusste und wie sehr diese sie hatte schonen wollen. »Ich will auf keinen Fall, dass Ines es weiß, sie könnte sich unbewusst schuldig fühlen«, stand da geschrieben. Nach ihrer Geburt waren Komplikationen aufgetreten – wegen des überdurchschnittlich großen Kopfes des Säuglings musste ein Kaiserschnitt gemacht werden –, woraufhin Monika die Gebärmutter entfernt werden musste. Monika konnte mit dreiundzwanzig keine weiteren Kinder mehr bekommen und saß in einer unglücklichen Beziehung fest, viel zu schnell war sie mit Ines' Vater Robert zusammengezogen, die Ehe war von Anfang an unter keinem guten Stern gestanden, er war Pilot und sehr wenig zu Hause.

Ines las, wie sehr Monika darunter gelitten hatte, sie hatte sich immer eine große Familie gewünscht. Für den Jurastudenten, der so plötzlich aus ihrem Leben verschwunden war, war es ebenso ein großes Problem gewesen, er hatte sich eigene Kinder gewünscht, obwohl Monika seine große Liebe gewesen war. Ines fand seinen Abschiedsbrief im Tagebuch, der sie tatsächlich zu Tränen rührte. Ines dachte daran, wie sie ihre Mutter für ihren kompletten Zusammenbruch verurteilt hatte, wie sie sie dafür verachtet hatte, dass sie nicht stark gewesen war, den Mann nicht einfach aufgesucht und beschimpft, sondern alles still hingenommen hatte. Die Szene, in der die entfernte Verwandte wiehernd zu ihr gesagt hatte: »Ich hoffe, du trittst nicht in die Fußstapfen deiner Mutter und Großmutter, was das Glück mit Männern betrifft«, tauchte in ihrem Inneren auf, wie sehr hatte sie sich für ihre Mutter geschämt, die Verlassene zu sein.

Und erst jetzt, beim Lesen dieser Hefte, erfuhr sie die wahren Gründe dafür. Sie hatte immer gedacht, ihre Mutter wäre zu wenig selbstbewusst, zu schwach, zu sanft, zu angepasst, und das war es eben nicht, was die Männer auf Dauer liebten, das wurde lediglich ausgenutzt und dann im Stich gelassen. Obendrein hatte sie sich die falschen Männer ausgesucht, war Ines' Meinung gewesen, mit Kim würde ihr das nie passieren, dessen war sie sich sicher. Als sie Monika zu Ostern 1994 auf der Terrasse gegenübergesessen waren und ihr mitgeteilt hatten, sie wären ein Paar, hatte Ines kurz ein Gedanke durchzuckt: Ich bekomme ihn, nicht du, und du wirst alt. Dann hatte sie sich geschämt.

Von ihrer Großmutter Martha las sie, dass sie ihre Tochter Monika alleine großgezogen hatte. Ihr Mann war zwar aus der sowjetischen Kriegsgefangenschaft zurückgekehrt, jedoch nach zwei Jahren wieder in die Ukraine zurückgegangen, weil er dort eine Frau zurückgelassen hatte, die er nicht hatte vergessen können. Ines war immer gesagt worden, ihr Großvater wäre an den Folgen der Kriegsgefangenschaft gestorben. So konnte man das also auch ausdrücken, dachte sie.

Martha hatte das Gasthaus des Ehemanns alleine weitergeführt, mit ihrer Tochter Monika hatte sie eine innige Beziehung. Martha wollte, dass ihre Tochter, die eine sehr gute Schülerin war, studierte, doch Monika weigerte sich, sie wollte in P. bleiben, in der Nähe der Mutter. Nach dem Schulabschluss arbeitete sie im Gasthof, kochte, servierte und putzte, was nach Marthas Meinung die reinste Vergeudung ihres Potenzials war. Monika hatte jedoch keine anderen beruflichen Ambitionen, als die *Linde* weiterzuführen und zu einem kleinen Hotel auszubauen. Sie überredete ihre Mutter, und weil sie nicht nachgab, ließ sich diese schließlich von ihrem Überschwang mitreißen.

Martha nahm einen hohen Kredit auf und beauftragte einen Architekten mit dem aufwendigen Umbau. Kurze Zeit darauf tauchte der junge attraktive Robert im Zuge eines Motorradausflugs im Gasthaus auf, wo Monika hinter dem Tresen stand.

Es kam, wie es kommen musste, es war Liebe auf den ersten Blick. Nur wenige Wochen später folgte Monika ihrem Robert nach Wien und ließ ihre Mutter mit den Schulden sitzen. Es kam zum kompletten Bruch der beiden. In Wien begann Monika zu studieren, so wie ihre Mutter es sich immer gewünscht hatte, Germanistik und Kunstgeschichte. Zwei Monate darauf war sie schwanger, und wieder ein Jahr darauf hatte sie das Gefühl, ihr ganzes Leben verpfuscht zu haben.

Ihre Mutter getraute sie sich erst anzurufen, da war Ines bereits ein Jahr alt. Martha hatte den begonnenen Umbau nicht stoppen können und den Gasthof verkaufen müssen, um die Schulden zurückzahlen zu können. Ines fiel ein, wie liebevoll Martha sich um die schwer depressive Monika gekümmert hatte, ohne ihr je Vorwürfe zu machen.

Wie sehr man sich in allem täuschen kann, dachte Ines, als sie die Tagebücher wieder an ihren Platz zurücklegte.

Kambodscha, Siebzigerjahre, Familie Mey

Im Jahr 1977 begann sich alles zu verändern, die Zustände in den Kommunen, Dörfern und Lagern wurden noch katastrophaler, als sie ohnehin schon gewesen waren. Die Leute arbeiteten wie die Tiere und bekamen am Abend einen Löffel dünner Reissuppe, sie starben wie die Fliegen an Hunger, Erschöpfung und Krankheit.

Auch im Kinderlager herrschte ein anderer Ton. Die Kinder, auch die kleinen, schufteten wie Erwachsene auf den Reisfeldern und bekamen immer weniger zu essen, die Brüder wirkten verängstigt, der Kleine war nur noch Haut und Knochen.

»Nimm uns mit!«, bettelte der Ältere jedes Mal, wenn ich sie verließ.

Im August fand ich Tao erhängt in seiner Hütte, er hatte Selbstmord begangen. Ich fühlte mich im Stich gelassen und war am Boden zerstört und auch wütend. Angeblich hatte er vor seinem Tod einen Brief an die Führung der Angka geschrieben, in dem er heftige Kritik übte.

Ich wurde wieder der alten Gruppe eingegliedert, und es sollte dem Gruppenchef obliegen, was mit mir, dem Vertrauten des Verräters, geschehen sollte. Son beorderte mich in das Arbeitslager, in dem die Gruppe als leitendes Wachpersonal eingesetzt war. Eintausend Menschen bauten in diesem Lager einen riesigen Staudamm. Hinter den Unterkünften, der Küche, der Speisehalle und der Krankenstation gab es ein Gefängnis, in dieses kamen nicht nur die Arbeiter, sondern auch Wächter, die sich etwas zuschulden hatten kommen lassen. Ohne Unterschied ließ man dort die Leute verhungern, oder man folterte sie zu Tode. Die Stimmung im Wachpersonal war schrecklich, jeder bespitzelte jeden. Die drei Anführer des Lagers waren äußerst brutal, ihr Ruf war im ganzen Bezirk bekannt.

Son entschied sich gegen das Gefängnis und teilte mir die niedrigsten Arbeiten zu. Stundenlang stand ich auf den hohen Bambuswachtürmen, oft ohne Wasser, da man angeblich vergaß, es mir zu bringen. Ich hob die Gruben aus und sammelte die Kleidung vor Hinrichtungen ein. Ich stieß die Erschlagenen in die Grube, und nicht selten passierte es, dass einer noch lebte und mich von unten herauf verfluchte. Wie im ersten Jahr wartete Son auf einen Fehler meinerseits und genoss dieses Lauern, weil er dachte, es machte mir Angst. Mir war bewusst, es benötigte nicht viel, und ich würde im Gefängnis landen und, falls ich die Schläge dort überlebte, zum Niederknien aufgefordert.

Alles schien sich zu wiederholen.

Nur etwas war anders: Ich war älter, kein naives, furchtsames Kind mehr, und ich war listig geworden, bereit zu töten, um meine eigene Haut zu retten und die der Brüder. Ihr Überleben war mir das Wichtigste, ich hatte der Mutter versprochen, auf die zwei zu achten. Früher oder später würde dieser grausame Spuk ein Ende haben, und wir würden ein neues Leben beginnen, dem fieberte ich entgegen. Um die beiden zu retten, musste ich leben.

Schon nach wenigen Tagen im Arbeitslager wusste ich, dass ich mir in der Gruppe, im Wachpersonal, Respekt verschaffen musste, wenn ich überleben wollte. Ich musste mir einen Namen machen, der allen Angst einjagte. Und dabei hieß es, Son zuvorzukommen, die Initiative musste von mir ausgehen. Nur irgendeinen Befehl von ihm auszuführen wäre zu wenig, das taten alle Wächter.

Ich schmiedete Pläne und setzte sie in die Tat um, ohne zu zögern.

Bei einer Hinrichtung wartete ich nicht ab, bis die Menschen knieten oder ausgezogen waren oder der Befehl irgendeinem Genossen erteilt wurde, indem Son ihm zunickte. Ich kam dem zuvor. Ich verwendete nicht die Axt und trat nicht von hinten an sie heran, sodass ihre Gesichter nicht zu sehen waren. Ich schnitt ihnen seelenruhig die Kehle durch, während ich ihnen in die Augen sah. Einer Frau griff ich sogar in den Schritt, einen Mann grinste ich unverschämt an. Meine Hände waren voller Blut.

»Mir dauert das einfach immer zu lange«, sagte ich und wischte mir die Hände an der Hose ab. Das Messer steckte ich ein. Die Genossen starrten mich an, als wäre ich ein Geist.

Ich suchte mir in den folgenden Tagen Menschen aus, die man so oder so getötet hätte; wenn nicht ich Hand angelegt hätte, hätte es ein anderer getan. Der Befehl, sie zu töten, kam nicht von mir. Es waren Menschen, die ihre Leistung nicht mehr erbrachten, weil sie zu schwach oder zu krank waren, sie fielen dem Leitsatz zum Opfer: Behalten wir dich, ist das kein Gewinn, töten wir dich, ist es kein Verlust. Son liebte diesen grauenhaften Satz. Er ging durch die Kolonnen der Arbeiter, die vom Wachturm aus auf dem riesigen Damm wie Ameisen aussahen, deutete mit dem Stock auf Leute, die seiner Meinung nach zu wenig leisteten, und sagte seinen Spruch auf. Diejenigen mussten sich vor Sonnenuntergang bei ihm melden. Es waren täglich zehn bis zwanzig Menschen. Mit dem kleinen Grüppchen marschierten wir dann in das kleine anliegende Wäldchen. Die Menschen hatten noch Stunden weitergearbeitet in dem Wissen, bei Sonnenuntergang erschlagen zu werden.

Ich will nicht alles erzählen, was ich in jenen Wochen im November 1977 tat. Es war schrecklich und verfolgte mich jahrelang in den Nächten. Nur so viel: Ich wütete wie ein Schlächter, ich badete sozusagen in Blut. Seinen metallischen Geruch bekam ich nicht mehr von meinen Händen. Das Messer meines Vaters leistete mir gute Dienste. Früher hatte es exakte Schnitte an Fischen ausgeführt, nun führte es exakte Schnitte an Menschen aus. Es machte mir nicht einmal etwas aus, ich empfand nichts dabei, es erregte mich aber auch nicht. Nur einmal spürte ich Genugtuung. Das war in dem Augenblick, als ich in Sons Augen Entsetzen erblickte.

In der Küche stolperte ein Koch, es war ein schwächlicher Junge, mit einem Topf in den Händen vor den Füßen eines Lagerleiters. Der Inhalt des Topfes, eine Fischsuppe, ergoss sich auf die Füße und Beine des Leiters, der vor Zorn rot wurde. Er schaute Son augenrollend an und schnippte mit den Fingern. Das Schnippen bedeutete ein Todesurteil, das augenblicklich auszuführen war. Son und andere Genossen seufzten, eigentlich hatte man sich gerade zum Essen setzen wollen. Ich nahm mein Messer, trat hinter den Jungen hin und schlitzte ihm die Kehle auf. Er sah erstaunt zu mir hoch, während er zu Boden sank. Ich beugte mich über ihn, setzte das Messer an seinen Bauch und fragte die drei Lagerleiter: »Als Ersatz für die Suppe könnt ihr eine frische Leber haben.« Die Umstehenden schreckten entsetzt zurück, nur der Anführer mit dem Namen Mok – wir nannten ihn alle heimlich bei seinem Spitznamen Kahlkopf – fing hysterisch an zu lachen.

Fortan hatte ich meine Ruhe und meine Freiheiten. In der Hierarchie des Wachpersonals kletterte ich nach oben, Genosse Kahlkopf teilte mich zur Registrierung und Einteilung der Neuzugänge ein, ich durfte patrouillieren, wo immer ich wollte, auf dem Damm, in den Unterkünften, in der Küche. Man nannte mich Genosse Schlächter. Den alten Namen Genosse Oktopus verwendete nur Son ab und zu, um mich zu erniedrigen. Diesen Namen hatte ich damals in den ersten Tagen im April 1975 abbekommen, als wir die Stadtleute aus ihren Wohnungen vertrieben hatten. In der Hotelküche des *Frangipani* fanden wir Meeresfrüchte, darunter auch Oktopusse. Ich wurde übermütig und bot den anderen an, für sie in dieser feudalen Küche zu kochen. Grölend gaben sie ihre Zustimmung. Da ich nicht wusste, wie die technischen Geräte funktionierten, rissen wir kurzerhand die Möbel heraus und entzündeten auf dem Boden ein Feuer, auf dem ich den Oktopus grillte. Die Genossen durchstöberten das Hotel nach brauchbaren Dingen. Aus der Bar brachten sie Alkohol. Die ganze Nacht feierten wir auf dem Küchenboden hockend die Räumung Keps von den imperialistischen Schweinen.

Es gelang Son nicht, mich verächtlich zu machen. Ich war der Schlächter unter den Wächtern, jeder ging mir aus dem Weg, sogar die drei Leiter des Lagers. Nach drei Wochen hörte ich auf zu wüten. Von da an genügte es, dass ich mein langes Messer am Gürtel immer bei mir trug und es ab und zu hervorholte, um eine Mango zu zerteilen. Ich war barsch mit den Leuten und gab mich unnahbar. Aber ich quälte niemanden, rührte keinen Menschen an, im Gegenteil. Ich ließ Leute auf die Krankenstation gehen, wenn sie zu schwach waren. Oder teilte sie für einige Tage zum Küchendienst ein. Ich ließ ihnen Zeit auf der Latrine. Mein Ruf eilte mir dennoch voraus. Son nahm mich kein einziges Mal mehr bei Sonnenuntergang mit zu den Hinrichtungen in den kleinen Wald. Er ließ mich nicht nur in Ruhe, er ging mir sogar aus dem Weg.

2004 – 2016

Im Gegensatz zu Lea, die ihren kleinen Bruder vergötterte und ihn wie eine große Puppe herumschleppte, war Simon eifersüchtig auf Jonas. Kim bemühte sich in dieser Zeit besonders um seinen Ältesten, der immer Mamas Liebling gewesen war, doch dieser ließ den Vater nicht an sich heran, er war bockig und schwierig. Das Kind, das ihm am ähnlichsten sah – Simon war ihm wie aus dem Gesicht geschnitten, hatte seine dunkle Haut, die schwarzen Haare, die breite Nase, sogar eine ähnliche Statur –, gab sich ihm gegenüber unnahbar. Wobei Kim bewusst war, dass es nicht zuletzt daran lag. Simon wurde in der Schule oft gehänselt, man rief ihm »Hey, du Chinese« hinterher, neue Lehrer fragten ihn, aus welchem Land er käme.

Als Simon siebzehn war, ließ er sich die Arme tätowieren, die Unterschrift, die er dafür benötigte, weil er noch nicht volljährig war, fälschte er. Auf dem rechten Arm hatte er den Erzengel Gabriel prangen, auf dem linken ein wildes, sich aufbäumendes schwarzes Pferd. Das Drama, das sich zu Hause abspielte, war groß, Kim, der es selbst kaum ertrug, die grässlich bemalten Arme seines Sohnes anzusehen, litt vor allem mit Ines mit, die völlig außer sich war und tagelang weinte. Das war es auch, was er Simon vorwarf: »Wenigstens an deine Mutter hättest du denken können.«

»*Du* bist es, der an sie denken sollte!«, warf ihm Simon schlagfertig an den Kopf.

Er warf seinem Vater vor, dass dieser es nicht schaffte, seine Mutter glücklich zu machen, und Kim musste sich eingestehen, dass es tatsächlich so war. Er wollte nichts mehr, als dass Ines glücklich war, scheiterte daran aber kläglich. Das Leben, ihre Ehe, hatte sich mit den Jahren verändert. Oder war er es, der sich verändert hatte?

Er wusste, dass er stolz auf seine Frau sein sollte, weil sie tüchtig war, er wusste, dass sie gut aussah. Sie kleidete sich gut – je älter sie wurde, umso stilsicherer wurde sie –, hatte begonnen, dezent Make-up einzusetzen, um ihre grünen Augen und vollen Lippen zu betonen. Das blonde, dichte Haar war auffälliger, seit sie es heller färbte und auf Schulterlänge gekürzt trug, ihr Teint war hell und strahlend, Kim gefiel das besser als die sonnenverbrannten Gesichter, vermutlich eine Reminiszenz an seine Heimat, in der helle Haut ein Schönheitsideal war. Er konnte nicht umhin, die Disziplin zu bewundern, die sie an den Tag legte, um ihr Gewicht zu halten. Ihre Freundinnen mochten ihre Lebendigkeit, ihr angenehmes Wesen, ihre Geselligkeit. Die Männer sahen ihr nach, ihnen gefiel die Art, wie sie sich bewegte, ihre kurvige Figur, das aufmerksame Lächeln, mit dem sie ihnen zuhörte. Das alles wusste Kim. Vor allem war ihm bewusst, dass er es ohne sie nie so weit gebracht hätte.

Ihr einziger Makel war ihre Stimme. Sie war eine Spur zu hoch, zu schrill, die meisten sahen darüber hinweg, weil sie sich gern mit ihr unterhielten. Sie war eine angenehme Gesprächspartnerin, konnte gut zuhören und zeigte Empathie. Im Laufe der Jahre hörte Kim sie hingegen immer deutlicher, bis er irgendwann nur noch ihre Stimme hörte und nichts anderes mehr an ihr wahrnahm. Er ertrug sie nicht, ihre Stimme, Erinnerungen durchzuckten ihn an eine laute, schrille Frauenstimme, die aus den Lautsprechern drang, unermüdlich zum Dienst für die Angka auffordernd, dann wieder wusste er, dass er ungerecht war, wenn er derartige Vergleiche anstellte. Er konnte nicht anders, als abzuschalten, wenn sie lange und viel redete, oder den Raum zu verlassen. Ihre Fürsorglichkeit und Betulichkeit begannen ihn aufzubringen. Ihre heimlichen Tränen und die gut getarnte Traurigkeit rührten ihn ab und zu, den Winterschlaf seiner Seele konnten sie jedoch nicht beenden.

Wenn sie etwas wollte, was er nicht wollte, gab sie nicht auf, sie redete liebevoll und motivierend auf ihn ein, ein ruhiges *Nein* von ihm wurde meist nicht akzeptiert. In solchen Situationen fragte er sich, warum Interaktion überhaupt notwendig war. Ihre Unerschütterlichkeit gegenüber seinen Wünschen und Bedürfnissen machte ihn wütend. Er musste ausrasten und sie anbrüllen, damit es zu ihr durchdrang, und er hasste das, er wollte niemanden anbrüllen müssen, es widerstrebte ihm so sehr, dass er anschließend schweißgebadet war und nach Luft rang. Er vermied es, ging ihr aus dem Weg, er verstummte neben ihr, sie warf ihm vor, dass er nur seine Ruhe haben wolle.

Einmal, und das war nur ein Beispiel von vielen, hatte sie unbedingt einen Tangotanzkurs machen wollen, die Mitternachtseinlage auf Leas Maturaball – ein feuriger Tango Argentino – hatte sie beeindruckt. Kim machte ihr klar, dass er nichts dagegen hatte, wenn sie einen machte, mit Freundinnen oder auch alleine, mit der Aussicht, neue Leute kennenzulernen, er selbst aber verspürte absolut keine Lust dazu. Er war kein Tänzer, konnte laute Musik nicht länger als einige Minuten ertragen, und sie wusste das. Sie hingegen wollte nur mit ihm einen Tanzkurs machen, etwas anderes käme nicht infrage, betonte sie. Es gehöre eben zur kommenden Lebensphase dazu, verschiedene gemeinsame Aktivitäten zu finden, welche das Miteinander-alt-Werden bereicherten. Die Ausbildung war beendet, das Haus gebaut, die Kinder gelungen und aus dem Gröbsten heraus, beruflich hatte man sich verwirklicht, nun kam die Zeit, in der ein Paar auf sich achten sollte, so ihre Worte. Ihn erstaunte aufs Neue, mit welcher Zielstrebigkeit sie eine Lebensphase nach der anderen abhakte, unermüdlich und beharrlich, und welchen Klischees sie dabei folgte.

Er versuchte weiter, ihr klarzumachen, dass ein Tangotanzkurs für ihn nicht infrage käme, doch es schien an ihr abzuperlen. Als Simon ihm beim Verlassen der Küche mit leicht verächtlicher Miene zuraunte: »Ach, komm schon, sei nicht so fad, mach Mama halt die Freude, du sitzt sonst eh nur bei deinen Enten«, resignierte er und gab seinen Widerstand auf. Umgehend sendete Ines online die Anmeldung ab. Mit einem augenrollenden Kopfschütteln in Richtung ihrer Mutter kommentierte Lea Tage später das Ganze mit: »Armer Papa«, woraufhin Ines ihre Tochter anschnauzte, sie solle nicht so tun, als wäre sie die verständnisvollere Ehefrau für den Vater.

Daraufhin quälte sich Kim durch den Tangotanzkurs, um Frieden in der Familie zu haben. Jede Stunde war eine Tortur für ihn.

Seine Kinder liebte er sehr. Doch je älter sie wurden, umso weniger hatte er ihnen zu sagen. Er spürte ihre Erwartungshaltung – vor allem von seinen Söhnen –, er möge ihnen die Welt erklären und einen klaren Standpunkt bestimmten Dingen gegenüber beziehen, doch er konnte nicht, ganz einfach, weil er keinen hatte, er fühlte sich leer. Er war ein Mann, der keine Überzeugungen hatte, keinen Glauben und keine Idee, was er zur Verbesserung der Welt beitragen könne. Er bewunderte Menschen, die die Fähigkeit besaßen, zu allem, was sie hörten oder sahen, eine Meinung zu bilden, die von vornherein eine Vorstellung von »gut« und »verdammungswürdig« hatten. Er schaffte das nicht. Er hatte in der einen Welt versucht zu überleben, in der anderen versucht, sich zurechtzufinden, sich anzupassen, sich etwas zu schaffen, genau in dieser Reihenfolge, bis daraus wieder nur ein tägliches Überleben geworden war.

Seine Kinder schienen ihm fremd, und die Welt, in der sie sich bewegten, war ihm noch fremder. Wenn er sie inmitten ihrer Freunde sah, stellte er fest, dass sich alle Jugendlichen ähnelten, sie trugen die gleiche Kleidung, den gleichen Haarschnitt, starrten auf ihre Handys, schauten dieselben amerikanischen Serien, erwarteten sich mehr oder weniger dasselbe vom Leben. Nichts durfte abweichen vom Trend, niemand wollte auffallen im Freundeskreis, Auffallen war das Schlimmste, andererseits aber erschienen sie ihm orientierungslos. Er bedauerte diese Konformität und Orientierungslosigkeit, hatte dem jedoch nichts entgegenzusetzen. Was hätte er ihnen also vorwerfen können? Dass sie nicht revolutionär veranlagt waren? Sie setzten lediglich die Tradition fort. Er war es nie gewesen und auch sein Vater nicht, der sich ohne Gegenwehr an einen Baum hatte fesseln lassen.

Wenn Kim die Kinder von Johannes und Anna Kehrer sah, stellte er fest, dass sie durch das Aufwachsen auf dem Bauernhof, ihre Naturverbundenheit, ihre Religiosität, das Pflegen bestimmter Traditionen anders waren, sie wirkten nicht derart orientierungslos, schienen weniger Schwierigkeiten mit ihren Rollen zu haben. Er zählte sich eindeutig mit seiner Familie zum Neuen Volk, bewunderte aber Angehörige des Alten Volkes, wie es Johannes und Anna waren. Manchmal stellte er eigenartige Betrachtungen an: Er wünschte sich zum Beispiel, dass seine Söhne später ihre Ehefrauen im Alten Volk fanden, hätte jedoch nie gewollt, dass seine Tochter einen Ehemann im Alten Volk fand.

Die Tage, an denen sich wirre Bilder in sein Bewusstsein drängten, die ihn aufwühlten und gleichzeitig zermürbten, wurden häufiger. Er saß mit seiner Familie beim Essen, plötzlich kam eine junge schöne Kambodschanerin zur Tür herein, ging um den Tisch herum und setzte sich zwischen Lea und Simon ihm gegenüber. Sie sah ihn unverwandt an und sagte: »Die Geister deiner Vorfahren und die Götter werden dich verfolgen und dir keine Ruhe mehr lassen. Du wirst ein elendes Leben haben, niemand wird dich lieben, du wirst krank werden, dein Körper wird verfaulen, und ebenso wird es deiner Familie gehen.«

Dann gab es wieder Tage, an denen er die Erschöpfung und Leere, die er spürte, kaum mehr ertrug.

Samstag, 18. Juni 2016

Kim überquerte die Terrasse, als er Tevis Stimme hörte: »Warum hast du mir damals in Phnom Penh nicht erzählt, dass es dein Bruder Rangsey ist, der in meinem Elternhaus lebt und das Waisenhaus leitet?«

Er drehte sich um und sah sie im Dunkeln zurückgelehnt in der Hollywoodschaukel sitzen, sie hatte ihre Schuhe ausgezogen, die Füße auf einem Stuhl hochgelagert. Er ging zu ihr, blieb vor ihr stehen und sah auf sie hinunter. Im ersten Moment wusste er nicht, was er sagen sollte, die Frage hatte ihn völlig überrumpelt. Er versuchte, seine Gedanken zu ordnen.

»Du warst also dort?«, fragte er.

Sie nickte.

Die beiden waren sich also tatsächlich gegenübergestanden. Er fragte sich, ob sie alles über Rangsey in Erfahrung gebracht hatte. Und plötzlich war es ihm völlig gleichgültig, was und wie viel sie wusste, es ging ihn nichts mehr an, alles, was diese Frau betraf, ging ihn nichts mehr an, sie hatte sich vor dreiundzwanzig Jahren, obwohl mit seinem Kind schwanger, feige aus seinem Leben geschlichen.

»Warum hast du es mir nicht erzählt, dass es dein Bruder ist?«, wiederholte sie.

»Weil ich nicht wollte, dass du es weißt.«

»Warum?«

»Weil es unwichtig war.«

»Wenn es unwichtig war, hättest du es mir ja sagen können. Wir waren ein Liebespaar. Warum wolltest du es vor mir geheim halten? Hatte das einen besonderen Grund?«

Er überlegte eine Weile, ihr tatsächlich den Grund zu nennen, er musste sie nicht mehr schützen vor der Wahrheit, war nicht mehr verantwortlich für sie. Dennoch antwortete er:

»Keinen.« Er sah Rangsey vor sich sitzen, mit gequältem Gesichtsausdruck, das steife, schmerzende Bein ausgestreckt.

Tevi betrachtete ihn ernst. »Du hast ihn nie wieder besucht.«

»Nein«, sagte Kim. »Ich wüsste allerdings nicht, dass dich das etwas angeht.«

»Er ist ein großartiger Mann. Im Gegensatz zu dir hat er seinen Teil geleistet, sein Heimatland wiederaufzubauen, er hat Verantwortung übernommen.«

Er merkte, dass ihm die Galle hochkam, er wollte sich abwenden, ins Haus hineingehen und endlich das Badezimmer aufsuchen. Aber er spürte Neugier in sich aufkeimen. Wann hatte sie Rangsey kennengelernt, wie war die Begegnung verlaufen, hatten sie einander öfter gesehen? Wie ging es seinem Bruder und seiner Familie? Er zog einen Stuhl heran und setzte sich ihr gegenüber.

»Erzähl es mir!«, forderte er sie ohne Umschweife auf.

»Was willst du wissen?«, fragte sie.

»Alles.«

»Ich bin vor acht Jahren zum ersten Mal zu meinem Elternhaus gefahren, kurz nach meiner Hochzeit. Es war immer noch ein Waisenhaus, von der Stadt Kep unterstützt, geführt von Rangsey Mey und seiner Frau Chenda. Nicht einmal der Name Mey machte mich stutzig, er kam ja häufig vor. Ich war damals einige Wochen lang in Kambodscha unterwegs und besuchte Familie Mey ein paarmal hintereinander. Ich wollte mich nützlich machen, bot meine Unterstützung an. In den USA sammelte ich Spendengelder und überreichte sie Rangsey bei den folgenden Besuchen. Er hat nicht nur Waisen betreut, sondern auch viele Kinder aus Familien, die aus verschiedenen Gründen nicht in der Lage waren, sie selbst großzuziehen. Es ist unglaublich, was er in diesem Kinderheim geleistet hat.«

»Warum hat?«, fragte Kim. »Leitet er es denn nicht mehr?«

Tevi schüttelte den Kopf.

»Was ist passiert?«

Tevi erzählte weiter. Sie hatte die Familie sehr gerngehabt, besonders die vier Kinder, die älteste Tochter hieß zufällig wie ihre Schwester Sopheap. Sie erwähnte mit keinem Wort, dass das Haus, in dem die Familie wohnte, einmal ihr Elternhaus gewesen war, sie wollte nicht, dass man sich bei ihren Besuchen unwohl fühlte. Sie brachte den Kindern Geschenke mit, freundete sich mit Rangseys Frau Chenda an, versprach Sopheap, sie eines Tages, wenn sie erwachsen war, in die USA einzuladen. Eines Abends verriet sie sich jedoch durch eine unachtsame Bemerkung über das Haus, das früher anders ausgesehen habe oder dergleichen, auf alle Fälle begann Rangsey sie nach ihrer Vergangenheit auszufragen, bis ihr nichts anderes übrig blieb, als die Wahrheit zu sagen. Sie nannte ihren Mädchennamen, Tevi Chhang, und erzählte, dass sie als Kind in dem Haus gelebt habe. Rangseys Reaktion irritierte sie zutiefst, er schien tatsächlich bestürzt zu sein. Das Erste, was er fragte, nachdem er sich einigermaßen gefasst hatte, war, warum denn sein Bruder Kim nicht an ihrer Seite wäre, ob ihm etwas zugestoßen sei, wie es ihm gehe, warum er sich nie melde. Daraufhin verschlug es wiederum ihr komplett die Sprache.

»Ich habe immer geglaubt, deine beiden Brüder seien tot«, sagte sie. »Und dann erfahre ich, dass du im Mai 1993 deinen Bruder in meinem Elternhaus wiedergesehen hast! Warum hast du mir das verschwiegen?«

Kim ging nicht auf ihre Frage ein. »Was ist danach passiert?«

»Ich erklärte ihm, dass wir uns getrennt haben, schon vor vielen Jahren«, sagte Tevi.

»Getrennt«, schnaubte Kim. »Du warst eines Tages einfach weg!«

»Und ich dich seither nicht mehr gesehen habe«, fuhr sie fort. »Er wollte unbedingt wissen, warum wir uns getrennt haben, er hörte nicht auf, danach zu fragen.«

»Und was hast du ihm geantwortet?«

Sie sah ihn durchdringend an. »Hätte ich ihm die Wahrheit über dich erzählen sollen?«

»Die da wäre: Du warst meiner schnell überdrüssig und wolltest zurück zu deinem Fotografen?«

Sie lachte höhnisch auf: »Oh! So hast du dir das also zurechtgelegt.« Sie beugte sich vor und fragte leise: »Oder hat dein Bruder ohnehin die Wahrheit über dich gewusst? Wolltest du ihn mir deshalb vorenthalten?«

Er starrte sie mit offenem Mund an. Wovon redete sie? Einen Augenblick lang dachte er, sie wolle seine Hand tätscheln, weshalb er beide Hände reflexartig an seine Brust hob. Sie lehnte sich wieder zurück, beobachtete ihn.

»Bei meinem nächsten Besuch habe ich erfahren, dass die Familie Hals über Kopf ausgezogen ist. Wohin sie gegangen ist, konnte mir niemand sagen«, fuhr sie fort. »Dein Bruder hat dich also nicht verraten, Kim. Er ist stattdessen mit der gesamten Familie verschwunden, hat Freunde und das Haus, das ihm Heimat geworden ist, verlassen, weil er diesen Herzenskonflikt mir gegenüber nicht ausgehalten hat. Er ist ein wunderbarer Mensch. Alle waren natürlich sehr enttäuscht, Rangsey Mey hat das Waisenhaus fünfzehn Jahre lang geführt. Ich habe versucht, ihn zu finden, habe meine Kontakte spielen lassen, es war vergeblich, er war wie vom Erdboden verschluckt. Er musste ersetzt werden.«

Kim saß da und traute seinen Ohren kaum. Durch ihr wichtigtuerisches Einmischen in Dinge, die sie nichts angingen, hatte sie mehr Schaden angerichtet als Gutes. *»Ich wollte mich nützlich machen, ich habe meine Unterstützung angeboten, ich habe Spendengelder in den USA gesammelt, ich …«* Er spürte Wut in sich hochkriechen und musste sich zusammenreißen, um ihr keine Ohrfeige zu verpassen. Er hatte sich seinen Bruder und dessen Familie stets in diesem gelben Haus am Meer vorgestellt, umgeben von den Waisenkindern, die seinem Leben Halt gaben, einen Sinn. Mit dieser Vorstellung hatte er sich getröstet und vor allem sein schlechtes Gewissen beruhigt. Denn er hatte keinen einzigen Brief geschrieben, kein einziges Geschenk geschickt, obwohl er es versprochen hatte, er hatte es ganz einfach nicht geschafft, die Last der Beichte, die Rangsey in jener Nacht abgelegt hatte, war ihm zu erdrückend gewesen. Er hatte sich schuldig gefühlt, seinen Bruder alleine zurückgelassen zu haben, und dann im selben Moment wieder unschuldig, er war ein Kind gewesen, ahnungslos und naiv. Jedes Mal, wenn er vor einem Blatt Papier gesessen war, hatte er nach langem Ringen nach Sätzen, Formulierungen aufgegeben und es zerknüllt. Ohnehin hatten sie sich kaum gekannt, zu früh waren sie durch die Umstände getrennt worden, redete er sich ein.

Er stand auf, musste dringend das Weite suchen. Er hätte kein weiteres Wort aus Tevis Mund ertragen.

Kambodscha, Siebzigerjahre, Familie Mey

Einen Monat nach meiner Ankunft im Arbeitslager erfuhr ich von der Entenfarm.

Sie befand sich westlich vom Lager, eine Stunde Gehzeit entfernt, abgeschieden auf einer Lichtung, in der Umgebung weit und breit keine Menschen. Früher hatte sie einem Bauern gehört, er hatte ein kleines Reisfeld besessen, einen Gemüsegarten, ein Maisfeld, ein paar Hühner und an die hundert Enten. Er war von den Roten Khmer vertrieben worden, die einen Aufseher auf der Farm eingesetzt hatten. Er sollte die Farm im Namen der Angka weiterführen und die Küche des Lagers mit Essen versorgen, zusammen mit der Kommune, die sich östlich des Lagers befand. Schnell gingen Reisfeld und Gemüsegarten den Bach hinunter, da der Aufseher faul war. Es gab nur noch die Enten, jedoch wurde nicht regelmäßig geköpft und geliefert, was für Unmut sorgte. Ein Aufseher nach dem anderen wurde hingerichtet. Einer war schlechter als der andere, keiner kannte sich mit Enten aus. Das ärgerte einen der Lagerleiter, Genosse Kahlkopf, der gerne Entenfleisch aß, sehr. Ich überzeugte ihn davon, mir die Sache zu überlassen.

Er gab mir den Auftrag, unter den Lagerinsassen einen neuen passenden Aufseher für die Farm zu finden und den alten zu verjagen. Ich sagte, dass ein Junge oder Mädchen aus den umliegenden Dörfern besser dafür geeignet sei, da sie Erfahrung mit Tieren hatten. Er ließ mir freie Hand. Ich sollte lediglich schnell jemanden finden und dafür sorgen, dass er seine Arbeit gut machte und nicht bei der ersten Gelegenheit türmte. Er überreichte mir eine schriftliche Befugnis, ich ergriff die Chance und lief die drei Stunden bis ins Kinderlager, wo ich einer Aufseherin auftrug, meine Brüder zu suchen.

Nach einer halben Stunde – ich wurde schon ungeduldig, da wir den Weg zurück am selben Tag schaffen mussten – kam sie mit dem Älteren zurück und verschwand wieder.

»Wo ist Munny?«, fuhr ich ihn an.

Es dauerte eine Weile, bis ich aus ihm herausbekam, dass der Kleine kurz nach meinem letzten Besuch gestorben war. Er war einfach neben ihm auf dem Reisfeld zusammengesunken und hatte nicht mehr geatmet.

»Ich habe zuerst geglaubt, er ist eingeschlafen«, sagte mein Bruder. »Ich hatte Angst, dass die Aufseherin kommt und ihn bestraft, deshalb habe ich ihn hochziehen wollen. Bis die Aufseherin gekommen ist und ihn weggetragen hat. Ich durfte nicht mitgehen. Sie hat gesagt, er wird guter Dünger sein. In der Nacht bringen sie immer die toten Kinder als Dünger auf die Felder.«

Ich brach zusammen, ging in die Knie, raufte meine Haare, schrie und stöhnte.

»Er fehlt mir so sehr«, sagte mein Bruder und schaute ins Leere. »Aber ich weiß, dass er es jetzt gut hat. Ich wäre so gerne bei ihm.«

Ich brauchte lange, um mich zu beruhigen, mein Bruder stand still neben mir und sah auf mich herunter. Mühsam raffte ich mich auf und erhob mich, wir mussten aufbrechen, wir hatten einen langen Weg vor uns, und bis zum Einbruch der Dunkelheit hatte ich mich im Arbeitslager zurückzumelden. Schwindel erfasste mich, am liebsten hätte ich nur noch geschlafen. Ich dachte an meine Mutter. Ob sie mir je verzeihen würde?

Der Leiterin hielt ich den Zettel hin, doch er interessierte sie nicht sonderlich. Sie war froh, einen Esser weniger zu haben.

Wir brauchten vier Stunden bis zur Entenfarm. Auf dem Weg studierte ich mit ihm eine Geschichte ein, die er zu erzählen hatte, falls ihn jemand danach fragen sollte.

»Du stammst aus einem Dorf in der Nähe Traeng Trayuengs und bist der Sohn eines armen Geflügelviehbauern«, sagte ich. »Ich habe dich dort gefunden und mitgenommen. Du hast drei kleine Schwestern, der Vater ist tot, die Mutter ist froh, wenn sie nicht so viele Mäuler stopfen muss. Wenn man dich fragt, wie du heißt, sagst du Genosse Erpel, das bringt die Leute zum Lachen. Nenne nie deinen richtigen Namen!«

Ich ließ ihn die Geschichte mehrmals wiederholen.

Als wir erschöpft auf der Lichtung ankamen, hockte er sich an den Teich und schaute glücklich den Enten zu. Wir hatten zu Hause ein paar Hühner gehabt, für die er zuständig gewesen war. Ich ruhte mich eine Weile neben ihm aus und betrachtete ihn von der Seite. Er war für sein Alter klein und schmal, das Gesicht viel zu ernst. Mir fiel ein, wie er als kleiner Junge neben mir in der Dorfschule gesessen hatte, zwischen uns im Korb das Baby, und wie er ehrgeizig lesen und schreiben lernte, obwohl er viel zu jung dafür gewesen war. Den Drang zu lernen hatten wir beide von unserer Mutter mitbekommen. Wenn er sich stark auf das Malen der Buchstaben konzentrierte, war er so versunken, dass er nicht merkte, dass seine Zungenspitze seitlich zwischen den Lippen hervorlugte. Ich hatte ihn oft deswegen gehänselt.

Ich will dich nicht auch noch verlieren, dachte ich, auf keinen Fall, das lasse ich nicht zu.

Beim Abschied schärfte ich ihm ein, ständig seinen Krama um das Gesicht zu wickeln, die Enten sorgfältig zu füttern und den Gemüsegarten zu betreuen.

»In der Hütte ist genug Proviant für dich, damit du die nächsten Tage über die Runde kommst«, sagte ich. »Und wenn ich das nächste Mal komme, zeige ich dir, wie man eine Ente schlachtet.«

»Ich weiß, wie das geht. Der Vater hat es mir gezeigt. Wir haben es oft zusammen gemacht.« Und abfällig fügte er hinzu: »Da warst du schon bei den Roten Khmer.«

»Ich komme, so oft ich kann«, sagte ich, bevor ich ging.

Anfangs kam ich mehrmals in der Woche zu ihm, dafür ließ ich nach meiner Schicht die Mahlzeit aus, später reduzierte ich meine Besuche. Ich sah, dass er gut zurechtkam und dass er tüchtig war, und war stolz auf ihn.

Mehr als ein Jahr lang ging alles gut.

Im Herbst 1978 wurden die Gerüchte über den Einmarsch der Vietnamesen lauter, sie befanden sich im Krieg mit den Roten Khmer und wollten deren grausamem Regime ein Ende bereiten. Die Lagerleiter forderten zum Widerstand auf, immer wieder wurde Wachpersonal abgezogen und an die Front geschickt. Ich wartete nur noch auf die Befreiung, da ich von einem heimlich gehörten Radiosender der Amerikaner, *Voice of America,* wusste, dass es nicht mehr lange dauern würde.

Auf jeden Schuss in der Ferne, jede Bewegung lauerte ich verzweifelt, um wieder und wieder enttäuscht zu werden. Vielen im Wachpersonal ging es wie mir, es war spürbar, dass sie sich nach dem Ende des Wahnsinns sehnten. Sie waren des Mordens überdrüssig. Sie wollten nach Hause, um ihre Familien, oder was davon übrig geblieben war, zu suchen. Andere wollten sich auf den Weg nach Thailand machen, es gab Gerüchte, dass dort an den Grenzgebieten Flüchtlingslager entstanden. Viele hatten Angst, dass es ihnen unter den Vietnamesen schlecht ergehen würde, und schmiedeten Pläne, rechtzeitig zu fliehen. Sie werden uns die Ohren und Nasen abschneiden, bevor sie uns die Kehle aufschlitzen, hieß es. Doch kaum einer wagte die Flucht, jeder wartete auf den richtigen Zeitpunkt, auf den Tumult. Überall hörte man nur Getuschel: »In diese Richtung musst du gehen, wenn du nach Thailand willst, tagelang durch den Dschungel, den Fluss überqueren, dann bist du in Sicherheit.« Die Lagerleitung jedoch predigte: »Wenn die Vietnamesen kommen, muss jeder bis zum letzten Atemzug kämpfen, um unser Demokratisches Kampuchea zu verteidigen, jeder, der das nicht tut, ist ein Verräter.« Zwei Aufseher, die heimlich in der Nacht hatten türmen wollen, wurden aufgegriffen und vor aller Augen hingerichtet. Die Willkür und der Blutrausch der Lagerleiter hatten einen Höhepunkt erreicht. Man roch ihre Anspannung.

Ich nahm mir vor, abzuwarten, bis die Feinde unmittelbar vor dem Arbeitslager standen und das Chaos ausgebrochen war. Mein Plan war, so schnell wie möglich zur Entenfarm zu flüchten. Unter dem Entenstall hatten mein Bruder und ich eine Grube ausgehoben und mit Brettern abgedeckt, in dieser würden wir uns verstecken, bis das Schlimmste vorüber war, bevor wir uns auf den Weg nach Thailand machten.

Ich schöpfte Hoffnung.

Bis eines Tages im November 1978 alles anders wurde.

Ich traute meinen Augen kaum, als der Franzose von der Ladefläche des Lastwagens sprang, der einmal pro Woche Nachschub an Arbeitern brachte.

Sonntag, 19. Juni 2016

Kim stand in der dunklen Küche und sah in den Garten hinaus. Er hatte Kopfschmerzen. Das Fest war in vollem Gang, es herrschte eine ausgelassene Stimmung, viele tanzten, Lea mit ihren Freundinnen, Jonas mit Monika, Alexander wirbelte Ines herum.

Er merkte, dass jemand hinter ihm stand, und drehte sich um. Tevi lehnte in der Tür.

»War das vorhin auf der Terrasse eine Flucht?«, fragte sie. Sie kam näher. »Was ich dich die ganze Zeit schon fragen wollte: Bist du glücklich, Kim? Oder verfolgt dich manchmal das Geräusch, dieses Tock, tock beim Zertrümmern der Schädel? Schläfst du gut?«

Kim drehte sich wieder um und schaute aus dem Fenster.

»Weißt du, dass Embryos im sechsten Monat bereits einen Geschmackssinn haben?«, fragte er bitter. »Je süßer das Fruchtwasser ist, umso lieber trinken sie davon. Sie haben auch Gleichgewichtsorgane, sie finden jede Position wieder, fangen an, Purzelbäume zu machen, die Arm- und Beinmuskeln sind voll entwickelt. Auch die Tränendrüsen funktionieren bereits.« Er wandte sich zu ihr. »Du hast unser Kind getötet. Du hast es Ende des sechsten Monats abtreiben lassen. Es war eine sogenannte Partial Birth Abortion. Oder wie nennt man das in den USA?«

»Woher weißt du das?«, fragte Tevi.

»Dieser Fotograf, Jake Edwards, hat es mir erzählt. Hat er dir nie gesagt, dass ich in New York war und ihn in seinem Studio besucht habe, nachdem ich dort ungefähr an die hundert Mal angerufen habe?«

Tevi schüttelte den Kopf, er sah, dass sie wirklich überrascht war.

»Er hat mir erzählt, dass du ein paarmal im Studio angerufen hast, aber nicht, dass du gekommen bist. Vielleicht wollte er mich schonen. Es ging mir äußerst schlecht zu der Zeit.«

»Dir auch?«, fragte Kim höhnisch.

»Lass das!«, sagte Tevi hart.

»Ja, ich weiß, dass es dir äußerst schlecht gegangen ist. Ein Psychologe hat dir in einem Gutachten Depressionen und einen psychisch labilen Zustand bescheinigt. Deshalb wurde die Spätabtreibung genehmigt. Das Kind hätte ernsthaft deine psychische Gesundheit gefährdet, so lautete die Diagnose. Weißt du, was Jake Edwards mir noch erzählt hat? Dass du monatelang überlegt hast, ob du es behalten sollst, bis du dich schweren Herzens dagegen entschieden hast. Dass es ein Mädchen war. Dass er dabei war, deine Hand gehalten hat, als man unser Kind aus dir herausholte. Mehr wollte er dann nicht mehr sagen, obwohl ich das Gefühl gehabt habe, da wäre etwas, was ihm auf der Zunge brannte. Er hat mich eigenartig behandelt und mich plötzlich aus dem Studio geworfen. Ich habe ihn angefleht, mir die Adresse der Wohnung, deine Telefonnummer zu geben, sogar auf Knien! Ich wollte dich nur ein Mal sehen, von dir persönlich hören, dass du diesen Fotografen mehr liebst als mich. Er hat mir gedroht, die Polizei zu rufen.

Ich habe mich danach bei einem Arzt erkundigt, was eine Partial Birth Abortion ist. Der Arzt dreht den Embryo mit einer Zange um und holt ihn am Bein durch den geweiteten Geburtskanal heraus, so weit, dass er sich nur noch mit dem Kopf darin befindet. Die Arme und Beine des Embryos bewegen sich während des Vorgangs. Mit einer spitzen Schere macht er am Hinterkopf ein Loch, und durch dieses Loch wird das Gehirn abgesaugt, sodass es stirbt. Der Kopf des Kindes rutscht dann sehr leicht aus dem Uterus, es muss nicht mehr heftig mit der Zange gezogen werden. Da sich der Kopf vor Eintritt des Todes noch im Leib der Mutter befindet, ist es in den Augen des Gesetzes eine Totgeburt und als Spätabtreibung erlaubt. Nachdem ich das erfahren habe, wollte ich dich nicht mehr sehen, nie mehr wieder, ich habe mein Bestes gegeben, dich zu vergessen.

Um zu deiner Frage zurückzukommen: Ich schlafe seit Jahren sehr schlecht, aber nicht, weil ich an das Zertrümmern irgendwelcher Schädel denke oder dieses Tock, tock im Geiste vernehme«, er sprach es übertrieben aus und machte dabei mit beiden Händen eine kreisende Bewegung, »sondern, weil ich unser Kind vor mir sehe, wie es mit den Armen und Beinen strampelt, während eine spitze Schere ein Loch in seinen Schädel bohrt und ich das Staubsaugergeräusch beim Aussaugen seines Gehirns höre.«

Er sank auf einen Stuhl.

»Unsere Tochter wäre heute dreiundzwanzig Jahre alt. Weißt du, dass mich das Ganze kaputter gemacht hat als meine Kindheit? Ich habe es jahrelang nicht aus meinem Kopf bekommen, manchmal ist es immer noch da, in letzter Zeit sogar wieder stärker. Meine furchtbare Kindheit und die Roten Khmer konnte ich schneller hinter mir lassen als das. Und weißt du, warum? Weil es zu verhindern gewesen wäre, weil wir in dieser Sache keine Opfer gewesen sind. Du hast mit voller Absicht mein Leben zerstört. Du warst meiner schnell überdrüssig und wolltest zu deinem Fotografen zurück, ohne ein störendes Kind an der Seite. War dir der brave Student zu langweilig? Es war sicher spannender, mit einem prominenten Fotografen in der Welt herumzureisen, die Hüllen fallen zu lassen, nackt auf all diesen Magazinen zu prangen, mit den Stars per Du zu sein! Die traumatisierte arme Tevi Chhang, die als Kind miterleben musste, wie ihre Familie ermordet wurde, bekam viel Aufmerksamkeit, nicht wahr? Dass sie selbst ihr Kind auf dem Gewissen hatte, durfte wohl niemand wissen, nehme ich an.«

»Hör auf!«, sagte sie schneidend. »Hör auf, hör auf, hör auf!«

Jemand räusperte sich hinter ihnen. Kim wandte sich um, es war Ines.

»Lea möchte für dich etwas auf der Gitarre etwas spielen«, sagte sie zu ihm. »Kommst du?«

Kambodscha, Siebziger Jahre, Familie Mey

Ich erkannte den Franzosen sofort wieder, als er von der Ladefläche des Lastwagens sprang.

Mein erster Gedanke war: Unglaublich, dass er noch lebt. Er stand gebückt da, mager, mit dünnem fettigem Haar, seine Gesichtsfarbe war grau. Aber es war unverkennbar der Franzose, der in Kep das *Frangipani* geleitet hatte. Er reichte einer Frau die Hand, und sie kletterte vorsichtig zu Boden, es war seine Frau, auch sie erkannte ich sofort. Dann kamen seine drei Töchter, nur der kleine Junge fehlte. Ich starrte die Älteste an, Sopheap, obwohl schmal und blass, war sie eine schöne junge Frau. Die Jüngste hob er mit beiden Händen herunter, sie war diejenige gewesen, die naserümpfend gesagt hatte: »Er stinkt nach Fisch.«

Ich konnte nichts anderes denken als: Unglaublich, dass sie noch leben. Ausländer aus dem Westen waren die Ersten gewesen, die von den Roten Khmer ermordet worden waren. Es war ihm also tatsächlich gelungen, seine Herkunft zu verheimlichen. Für mich war er immer nur »der Franzose« gewesen, obwohl er nicht viel von einem Europäer hatte, bis auf Kleinigkeiten sah er aus wie ein Khmer.

Mein Herz raste. Ich blieb in ihrer Nähe, als sie ihre Bündel herunterhoben und sich anstellten, um registriert zu werden. Ich hörte, wie sie ihre Namen und ihr Alter nannten. Ihnen wurde erklärt: Männer nach rechts, Frauen in die Mitte, Kinder nach links. Offenbar waren sie bisher noch nicht getrennt gewesen, denn sie wirkten verunsichert, das jüngste Mädchen klammerte sich an den Vater und begann zu weinen. Ein Aufseher stürzte mit seinem Bambusstock auf die Familie zu, um sie auseinanderzutreiben. Er war aufbrausend, wir nannten ihn deshalb auch scherzhalber »Genosse Hitzkopf«.

Ich deutete ihm mit dem Kopf, fernzubleiben, und erklärte allen Familien, dass die Unterkünfte nach Geschlechtern getrennt waren, die Mahlzeiten jedoch gemeinsam eingenommen wurden. Der Franzose und Sopheap erkannten mich nicht. Wie hätten sie mich auch erkennen können? Wir hatten uns vor vier Jahren das letzte Mal gesehen, da war ich ein Kind gewesen. Außerdem trug ich seit den ersten Wochen als Roter Khmer meinen Krama um das Gesicht gebunden, nur ein Schlitz für die Augen blieb frei.

Ich brauchte den ganzen Tag, um mich zu beruhigen. Es wühlte mich auf, diese Familie wiederzusehen, Erinnerungen kamen hoch an eine Zeit, in der noch alles gut gewesen war. Ich dachte an den Franzosen, der mir in der Hotelküche gegenübergesessen war und mit mir über die Geschichte Kambodschas diskutiert hatte. Ich dachte an Sopheap in ihrem weißen Kleid und daran, wie sie mich in ihrem Zimmer gekämmt hatte, wie sie mit ihrem Vater getanzt, mir den Twist beigebracht hatte, wie sie neben mir auf der Hollywoodschaukel eingeschlafen und ihr Kopf auf meine Schulter gesunken war, wie wir in Kep von der Schule gemeinsam zum *Frangipani* spaziert waren. Meine Verliebtheit in sie fiel mir wieder ein.

Ich nahm mir vor, auf die Familie zu achten. Ich wusste nicht, warum ich mir das vornahm, wusste nur mit einer Heftigkeit, dass ich mir sehnlichst wünschte, sie mochten das Ganze überleben, so wie auch mein Bruder und ich.

In der Nacht wurde mir klar, dass es auch andere Gründe gab.

Die Vietnamesen befanden sich auf dem Vormarsch, und bald würde alles vorbei sein, vermutlich in wenigen Wochen, auch wenn die drei Lagerleiter es vehement abstritten. Seit zwei Monaten lag eine Unruhe in der Luft, viele Wächter waren bereits panisch und deshalb noch grausamer und willkürlicher als zuvor. Keiner wusste mehr vom anderen, was er tat.

Ich fragte mich zunehmend, wie mein Leben danach aussehen würde, wie ich weiterleben konnte mit den Verbrechen, die ich begangen hatte. Untertags gab ich mich seit Langem brutal und rau, um mein Überleben und das des Bruders zu sichern. Ich hatte mir Respekt verschafft, alle hatten Angst vor dem Genossen Schlächter, doch in den Nächten fühlte ich mich wie ein Kind, eines, das zwar gelernt hatte zu überleben, aber nicht wusste, wie es weitergehen sollte, dessen Verzweiflung oft so groß war, dass es ein Schluchzen unterdrücken musste.

Vor allem eine junge Frau verfolgte mich in den nächtlichen Träumen. Genossen hatten sie an einen Metallstuhl gefesselt, um ihr Blut abzunehmen, nicht nur ein bisschen, sondern alles. Bei einem meiner Besuche der Brüder hatte ich den Auftrag erhalten, in der Nähe des Kinderlagers ein wichtiges Paket abzuholen und mitzunehmen. Um welches Paket es sich handelte, wurde mir nicht gesagt, nur, dass ich es schnell zu überbringen hätte. Ich nahm meine Brüder mit zum angegebenen Ort, um mehr Zeit mit ihnen verbringen zu können. Als sich herausstellte, dass dieser Ort ein Gefängnis war und das Paket Blutbeutel beinhaltete, war es zu spät: Meine Brüder standen hinter mir.

»Das Blut wird für verwundete Soldaten benötigt«, sagte der Mann, der sich als Arzt ausgab und der gefesselten Frau Nadeln in beide Arme rammte. Ich wusste, dass man das Blut für verwundete hohe Anführer brauchte, an einen gewöhnlichen Soldaten hätte man keinen Gedanken verschwendet. Das Blut begann durch die Schläuche in die Beutel zu fließen. Die Genossen befahlen mir lachend, bei ihr zu bleiben, bis es vorbei war, und verließen den Raum. Meine zwei Brüder standen hinter mir, ich sagte: »Dreht euch um.« Nur der Jüngere gehorchte mir, der Ältere stand stocksteif da.

Die Frau war sehr jung und schön. Als sie merkte, dass man sie ausbluten lassen und sie sterben würde, sah sie mir unverwandt in die Augen.

»Ihr Roten Khmer, wie ich euch hasse!«, sagte sie zu mir.

Einen Moment lang dachte ich, dass sie die anderen Soldaten meinte, die, welche sie gefangen genommen und auf dem Stuhl festgebunden hatten. Sie spuckte mich an und sagte weiter: »Du! Roter Khmer!«

Ich war erstaunt darüber, dass sie mich meinte, ich hatte mich vorher nie selbst als Roten Khmer bezeichnet. Bis vor Kurzem war ich ein Schüler gewesen, der sich an der siegreichen Revolution hatte beteiligen wollen, um Gerechtigkeit und Frieden in unser Land zu bringen.

»Die Geister deiner Vorfahren und die Götter werden dich und deine Familie verfolgen und dir keine Ruhe mehr lassen. Ihr werdet ein elendes Leben haben, niemand wird euch lieben, ihr werdet krank werden, und euer Körper wird verfaulen«, sagte die Frau zu mir.

Vielleicht würden mir und meinem Bruder die Götter und Geister gnädiger sein, wenn ich alles tat, um den Franzosen und seine Familie zu retten, dachte ich in der Nacht und wälzte mich herum. Vielleicht war das meine Bestimmung. Warum sonst wären sie ausgerechnet in das Arbeitslager gekommen, in dem ich ein Aufseher war? Ich war überzeugt davon, dass meine tote Mutter, meine toten Vorfahren, sie mir geschickt hatten, um sie zu retten. Ich sollte damit anderes wiedergutmachen. Und noch etwas war da und überwog alles: der Gedanke an Sopheap, an ihr lächelndes Gesicht. Ich wollte, dass sie lebte. Ich stellte mir vor, dass ich neben ihr lag, ihre weiche Haut spürte, sie küsste und sie meinen Kuss erwiderte.

Am nächsten Morgen teilte ich die drei Mädchen in der Küche ein. Bei den Eltern war nichts zu machen, es hätte Aufsehen erregt, wenn ich sie geschont hätte. Sie mussten auf den Damm, ich wies sie dem östlichen Teil zu, um sie nicht in der Nähe Sons einzusetzen, der den Wächtern im westlichen Teil vorstand. Ich konnte nicht einschätzen, was es in ihm auslösen würde, falls er die Familie wiedererkannte, sie hatte damals seine Demütigung am Strand miterlebt. Da ich Angst davor hatte, entschloss ich mich nach ein paar Tagen, den Franzosen zu warnen. Als er einmal zur Latrine ging, stellte ich mich ihm in den Weg. Nachdem ich mich vergewissert hatte, dass wir alleine waren, zeigte ich ihm mein Gesicht.

»Erkennen Sie mich?«, fragte ich ihn.

Er starrte mich an wie einen Geist und brachte kein Wort heraus. Ich fragte ihn, wo er und seine Familie die letzten dreieinhalb Jahre verbracht hatten, und er antwortete, dass sie bis vor Kurzem in einem Bergdorf gewohnt und gearbeitet hatten.

»Du warst derjenige, der mir damals den Rat gegeben hat, nicht an der Küste zu bleiben, sondern ein abgelegenes Bergdorf zu suchen, da wir dort am sichersten wären«, sagte er.

Ich erinnerte mich daran.

»Und seid ihr zufrieden mit dem Reich, das ihr geschaffen habt?«, fragte er.

Ich ging nicht auf seine zynische Frage ein und schaute mich um, ob sich keiner näherte. Ich riet ihm, mit seinem Krama ständig das Gesicht zu bedecken, ebenso seine Familie, damit das Risiko, dass Son sie wiedererkennen würde, geringer blieb.

»Son ist hier?«, fragte er, und ich nickte.

»Noch etwas«, sagte ich hastig, denn ich hörte Schritte näher kommen. »Ich weiß vom Radiosender ›Voice of America‹, dass die Vietnamesen bald ganz Kambodscha eingenommen haben. Es wird also nicht lange dauern, und dieser Spuk hat ein Ende, vielleicht dauert es nur noch ein paar Tage, ein paar Wochen, ich weiß es nicht. Aber versuchen Sie durchzuhalten und zu überleben! Sobald das Chaos ausbricht, machen Sie sich mit Ihrer Familie auf den Weg nach Thailand.«

Ich wandte mich ab und eilte davon.

Einige Wochen lang ging alles gut. Ich merkte, wie die übliche Abgestumpftheit von mir abfiel, meine Sinne waren geschärft, mein ganzes Denken und Tun konzentrierte sich auf diese fünf Menschen. Ich hatte Glück, dass ich Kontrollgänge durch das ganze Lager machen durfte, ich beobachtete die Eltern, sah nach den Mädchen. Selbst bei den Mahlzeiten beobachtete ich die Familie, dabei redete ich nie ein Wort mit ihnen. Die beiden Älteren waren dem Wachpersonal bereits aufgefallen, sie redeten untereinander, machten derbe Scherze darüber, wer welche zuerst haben sollte, ich musste wachsam sein.

Eines Tages sah ich, dass Genosse Hitzkopf eine junge Frau aus der Küche zerrte. Ich konnte aus der Entfernung nicht sehen, ob es eine Tochter des Franzosen war, doch ich nahm es an, da die anderen Frauen in der Küche älter und unansehnlich waren. Ich sah, wie er sie mit seinem Maschinengewehr in den Wald dirigierte, zu der Stelle, an der die Vergewaltigungen üblicherweise stattfanden, und lief ihnen nach. Als ich bei ihnen ankam, lag sie bereits auf dem Boden, und er machte sich an ihrer Hose zu schaffen. Ich stürzte mich auf ihn und riss ihn zur Seite.

»Verschwinde, sie gehört mir!«, zischte ich.

Er rappelte sich hoch, grinste mich höhnisch an und verschwand. Ich war mit Sopheap alleine, sie lag weinend und mit vor Schreck aufgerissenen Augen vor mir. Ich sah ihre nackten Schenkel und musste mich zurückhalten, um sie nicht mit Gewalt zu nehmen. Mit der Hand berührte ich leicht ihren Bauch, dann stand ich auf, wandte mich ab und sagte: »Zieh dich an.« Sie zog sich zitternd an und folgte mir.

Plötzlich traten hinter dem Baum Son und ein anderer Aufseher hervor. Sie mussten mir gefolgt sein. Mir wurde bewusst, dass ich einen großen Fehler gemacht hatte. Ich hätte meinem Verlangen nachgeben und sie vergewaltigen sollen. In dem Augenblick wusste ich, dass ich versagt hatte und dass sie es würde mit ihrem Leben bezahlen müssen, auch ihre Familie, vielleicht auch ich.

»Wie rührend«, sagte Son. »Ich wusste, du würdest deiner alten Kinderliebe nichts zuleide tun.«

Ich war in seine Falle getappt. Ich hatte mich zu sicher gefühlt und war unachtsam geworden. Sopheap schaute mich überrascht an, bevor sie wieder zu Boden sah.

»Ich hebe sie mir für später auf, heute hatte ich keine Lust«, sagte ich hart.

»Ach ja?« Son grinste.

Ich blieb stehen und fragte die zwei: »Wollt ihr sie haben?«

Son sagte leise mit funkelnden Augen: »Heute nicht. Wir heben sie uns für später auf.«

Ihm war vor wenigen Tagen aufgefallen, erklärte er, dass ich eine Familie beobachtete und bevorzugt behandelte, und schnell hatte er durch die Registrierung herausgefunden, um wen es sich handelte.

»Du hast einen Ausländer und seine Familie beschützt. Jeder Ausländer ist der schlimmste Feind der Angka. Genosse Mok will dich sehen«, sagte Son und verlangte mein Messer, während er mit seinem Gewehr auf Sopheap zielte.

Ich reichte es ihm. Er packte mich am Arm und schickte Sopheap mit den Worten »Um dich kümmern wir uns später« zurück an ihre Arbeit.

Sie warf mir einen Blick zu, bevor sie den Weg hinunter ins Lager eilte.

Sonntag, 19. Juni 2016

»Bitte, Lea, hol deine Gitarre und spiel etwas«, hatte Leas Mutter aufgeregt gesagt. »Tevi und dein Vater scheinen heftig zu streiten.«

Was das Instrument betraf, war sie zwar etwas aus der Übung, doch sie wusste, dass ihre Stimme nicht schlecht war, eine Zeit lang war sie deshalb von ihrer Mutter in einen Kinderchor gesteckt worden. Außerdem waren die meisten Gäste ohnehin mehr oder weniger betrunken, so wie sie auch, sie würden nicht allzu streng mit ihr sein, wenn ein Akkord nicht ganz sauber klang. Nachdem ihre Freundin Bea eine kurze Sprachnachricht geschickt hatte, dass Adam überraschend die Party verlassen hatte und auch seine Ex nirgendwo zu sehen war, war sie von Weißwein auf Gin Tonic umgestiegen.

Sie entschied sich für den Beatles-Song »Let it be«, da er einer der ersten Songs gewesen war, den sie auf der Gitarre gelernt hatte. Als sie ihn damals in ihrem Zimmer gespielt hatte – sie war zwölf gewesen –, war ihr Vater hereingekommen, hatte ihr zugehört und sogar ein bisschen mitgesummt. Sie erinnerte sich so gut daran, weil ihr Vater normalerweise mit Musik nichts am Hut hatte und sie sich aus diesem Grund besonders über sein Interesse gefreut hatte. Er hatte sich auf das Bett gesetzt und vor sich hin gestarrt.

»Das haben wir oft gehört«, sagte er zum Schluss.

»Wer?«, fragte sie.

»Meine Brüder und ich. Wir hatten ein kleines Transistorradio und haben uns immer sehr gefreut, wenn etwas von den Beatles gekommen ist. Sie waren unsere Favoriten.«

Die Band hörte auf zu spielen, und Lea setzte sich mit ihrer Gitarre auf einen Stuhl, sie merkte, dass sie trotz des Alkoholpegels leicht nervös war. Die Gäste scharten sich um sie.

Ihr Vater kam durch die Terrassentür aus dem Haus, etwas später folgte die Gardiner, sie wirkte aufgebracht.

»Ich weiß, dass die Beatles-Songs bereits etwas überstrapaziert sind, aber ich werde trotzdem einen spielen«, sagte sie verlegen. »Papa, der Song ist für dich. Alles Gute zum Geburtstag, ich hab dich lieb.«

Sie warf ihm eine Kusshand zu und begann zu spielen.

Obwohl sie es nicht abgesprochen hatten, begleitete Simon sie auf dem Schlagzeug, Jonas stellte sich neben sie und sang den Refrain mit. Sie sah, dass es ihre Mutter und auch ihre Oma offenbar freute, dass die Kinder nun doch eine kleine – ungeplante – Aufführung zum Besten gaben, dass ihr Vater sehr gerührt war und dass die Gardiner wieder eine Tablette schluckte, sich hinter ihn stellte und erregt auf ihn einzureden begann.

Sonntag, 19. Juni 2016

Der Grund, warum ich die Einladung deiner Kinder nicht abgelehnt habe«, flüsterte Tevi an seiner Schulter, während seine Tochter für ihn sang, »ist …«

»Er interessiert mich nicht«, zischte Kim. Am liebsten hätte er sich umgedreht, sie gepackt und geschüttelt. Sie ließ sich nicht beirren und fuhr fort: »Ich wollte dir sagen, dass ich dir verziehen habe.«

Er schüttelte verärgert den Kopf. »Was solltest du mir schon verzeihen?«

Sie beugte sich wieder zu seinem Ohr und flüsterte: »Du weißt sehr genau, was ich meine, Kim.«

Was redete sie da? Drehte sie völlig durch? Der Alkohol konnte es nicht sein, er hatte sie immer nur an einem Glas Wasser nippen sehen. Seine Kopfschmerzen verstärkten sich. Sie hatte sich aus dem gemeinsamen Leben gestohlen, ohne ihm irgendetwas zu erklären, weil sie zu feige dafür gewesen war, sie hatte sein Kind töten lassen, und er sollte ihr verzeihen?

»Nicht wahr, Genosse Oktopus? Oder sollte ich besser Genosse Schlächter zu dir sagen?«, fügte sie hinzu.

Kim drehte sich um und starrte sie fassungslos an. Sie musste völlig übergeschnappt sein.

Tevi entfernte sich von ihm, stellte sich an den Stehtisch zu Ines, Monika und Alexander, Ines sah beunruhigt zu ihm herüber. Plötzlich kam ihm alles unwirklich vor. Für einen Moment lang verschwammen die Gäste vor seinen Augen, er war wieder im Lager bei einer Versammlung, Rote Khmer huschten um ihn herum, skelettartige Menschen mit eingefallenen Wangen und fiebrigen Augen saßen da und starrten ihn an. Er sah an sich hinunter und bemerkte, dass er ebenso schwarz angezogen war, an seinem Gürtel hing ein Messer in einer Lederhülle. Er erschrak. Einige Meter vor ihm entdeckte er einen jungen Mann, der das gleiche Messer wie er in den Händen hielt und sich damit die Fingernägel putzte, Ameisen krochen aus den Nägeln hervor. Der Mann hob den Kopf und grinste ihn breit an. Kim zwang sich, gleichmäßig zu atmen. Das ist dein Sohn, sagte er sich, du hast einfach nur zu viel getrunken, beruhige dich um Himmels willen.

Als Lea fertig gespielt hatte und alle applaudierten, war Kim schweißgebadet. Er umarmte seine Tochter lang und fest. Anschließend ging er auf Tevi zu, nahm sie am Handgelenk und zog sie mit sich.

»Tevi hat gesagt, dass sie unbedingt die Ententeiche sehen möchte, wir sind gleich wieder zurück«, sagte er lächelnd zu Ines und Monika. »Ihr könnt inzwischen weiter feiern, weiter tanzen, weiter trinken und essen! Lasst es krachen!«

Der Bandleader ergriff das Mikrofon und forderte zur Damenwahl auf, Kim hob den Daumen und rief über die Schulter zurück: »Das ist eine hervorragende Idee! Simon, tanz mit deiner Mutter!«

»Papa ist ja völlig betrunken«, hörte er Simon zu Ines sagen.

Erst, als sie neben der Schlachthütte standen, ließ er Tevi los, sie rieb sich das Handgelenk.

»Weißt du, wozu ich Lust hätte? Dir ein Taxi zu rufen und dich hineinzusetzen!«

Tevi nestelte eine Zigarettenpackung und ein Feuerzeug aus ihrer Handtasche und zündete sich eine Zigarette an.

»Warum sagst du das zu mir?«, fuhr er sie an. »Warum nennst du mich so?«

»Hör auf, es zu verdrängen!«, sagte sie. »Hör auf damit! Sieh der Wahrheit endlich ins Auge.«

»Welcher Wahrheit?«

Sie wischte die Tränen fort, die ihr über die Wangen liefen, Kim sah sie angewidert an. Kam jetzt auch ein pathetisches

Schauspiel für ihn, nachdem sie bei seinen Kindern am Vortag damit erfolgreich gewesen war?

»Ich finde es unglaublich, dass du es vor mir leugnest! Vor deiner Familie, ja, vor deinem Bekanntenkreis, ja, das kann ich nachvollziehen. Aber vor mir nicht! Du beschimpfst mich als Kindsmörderin und hast selbst nicht einmal den Mut, dir einzugestehen, was du die ganze Zeit verdrängt hast!«

Sie stand da und schüttelte erregt den Kopf, als könne sie nicht fassen, was da gerade passierte.

»Ich weiß nicht, wovon du redest, Tevi«, sagte Kim müde.

»Ich habe Schreckliches durchgemacht. Schreckliches. Du kannst es dir nicht vorstellen, ich konnte nicht schlafen, kaum mehr essen, ich habe nur geweint, und ich war voller Hass und Ekel, ständig habe ich meinen Körper geschrubbt, weil ich deine Berührungen aus dem Kopf bekommen wollte. Ich habe gehofft, dass ich das Kind verliere, ich habe es aber nicht verloren. Eine Zeit lang dachte ich, ich könnte es trotzdem bekommen, ohne mit dir zusammen zu sein, aber es hätte mich immer daran erinnert.«

»Ich, ich, ich«, äffte er. Kim merkte, dass er ihres Anblicks überdrüssig wurde, am liebsten wäre er zu den Gästen zurückgegangen und hätte Lea gebeten, noch ein Lied zu spielen. Er wollte sich nicht mehr mit der Frau auseinandersetzen. Sie sah ihn derart hasserfüllt an, als wollte sie ihn erwürgen, dann zog sie hastig an ihrer Zigarette.

»Meine erste Reaktion war, es dir ins Gesicht zu schreien, dich damit zu konfrontieren, meine zweite war, es öffentlich zu machen, dich vor Gericht zu bringen. Was für ein lächerlicher Gedanke. Ein österreichisches Gericht wäre nicht zuständig gewesen, und in Kambodscha waren noch nicht einmal Pol Pot und seine Handlanger zur Rechenschaft gezogen worden! Die lebten immer noch unbehelligt im Norden. Außerdem wäre ich einer Konfrontation ohnehin nicht gewachsen gewesen. Eine Psychologin in der UNO überzeugte mich davon, es auf sich beruhen zu lassen, dich nicht im Bekanntenkreis zu denunzieren. Du solltest eine Chance haben, dir ein Leben aufzubauen, trotz deiner Vorgeschichte. Sie riet mir, das Land zu verlassen und dich nie wiederzusehen. Keine Angst, ich habe deinen Namen nicht genannt. Sie half mir, ein Flugticket nach New York zu buchen und meine Sachen zu packen. Ich befand mich ja in einem völligen Ausnahmezustand. Ich habe dich so geliebt, Kim, ich wollte nur dich, dein Kind und vielleicht später noch eines. Ich wollte mit dir zusammen mein Leben verbringen. Nachdem ich es herausgefunden habe, ist etwas gestorben in mir. Es war nach der Ermordung meiner Familie das Schlimmste, was ich je erlebt habe.«

»Wovon redest du die ganze Zeit?«

Sie war krank, das war es, dachte Kim, warum war er nicht vorher darauf gekommen.

»Du warst ja sehr jung, du warst ein Kind und hast keine Eltern gehabt, du hast vermutlich nur um dein Überleben gekämpft. Das musste ich mir immer wieder vorsagen, sonst wäre ich verrückt geworden. Mit den Jahren wurde es ein bisschen besser. Ich wusste ja, die meisten Soldaten der Roten Khmer waren minderjährige Kinder, die geblendet worden sind, manipuliert, und viele davon hatten selbst Angst um ihr Leben, sie hatten keine andere Möglichkeit. Viele waren verrohte Jugendliche, die diese Machtausübung, diese Grausamkeiten genossen haben, aber viele waren anders, sie hatten einfach keine andere Möglichkeit, sie waren Täter und Opfer in einem. Ich habe dich zu dieser Gruppe gezählt.«

Sie machte eine Pause.

»Ich habe oft überlegt, wie ich mich in der Situation verhalten hätte«, fuhr sie leise fort, »und ich bin mir sicher, ich hätte mich eher umbringen lassen, als jemanden zu quälen oder zu töten.«

Kim lachte auf: »Das sagen sie alle, die Selbstgerechten, die nicht in der Situation waren.«

»In unserer Heimat leben sie jetzt Tür an Tür, die freiwilligen und unfreiwilligen Verbrecher, die Opfer, und versuchen, die Vergangenheit ruhen zu lassen. Es würde auch nicht anders funktionieren, denn man hätte ein Drittel der Bevölkerung einsperren müssen. Einige sind auch in den Westen gelangt, natürlich ohne anzugeben, was sie genau während des Regimes gemacht haben, so wie es bei dir der Fall war.«

»Bei mir?«, fragte Kim erstaunt.

»In den letzten Jahren habe ich es sogar geschafft, dir zu verzeihen. Ich habe meinen Frieden gefunden. Als dann diese E-Mail von deinem Sohn gekommen ist, habe ich mir gedacht: Warum nicht? Warum soll ich nicht sehen, wie du lebst, und deine Kinder kennenlernen?«

»Sag mir, wovon du redest!«

»Du warst das, Kim, du warst dieser Rote Khmer, der meine Familie getötet hat«, sagte sie, sie schrie es fast.

Er konnte nur fassungslos den Kopf schütteln.

»Das ist nicht wahr.«

»Du hast meine Familie ermordet«, sagte sie langsam, jedes einzelne Wort betonend. »Und ich finde es unglaublich, wie du es so sehr verdrängen konntest, dass für dich die Lüge Wahrheit geworden ist.«

Kim suchte Halt, fand aber nichts, woran er sich hätte festhalten können, er konnte kaum einen klaren Gedanken fassen. Oh Gott, dachte er nur, oh Gott.

»Ich habe also deine Familie erschlagen«, sagte er langsam. »Aber warum habe ich dich verschont? Und dich auf meiner Flucht nach Thailand mitgenommen?«

»Ich war schwerkrank, wenn du dich daran erinnern kannst. Du hast geglaubt, dass ich bereits tot bin, und hast mich liegen gelassen. Später, vermutlich schon auf der Flucht, bist du zurückgekommen, hast gesehen, dass ich noch lebe, und hast mich mitgenommen.«

»Aber warum?«

Tevi zündete sich eine zweite Zigarette an.

»Die Vietnamesen waren zu der Zeit schon überall. Ein Junge, der mit seiner schwer kranken Schwester auf der Flucht ist, war in dem Chaos glaubwürdiger und auch bemitleidenswerter, nicht wahr? Die Feinde würden ihn verschonen und nicht verdächtigen, ein Roter Khmer zu sein. Kambodschanische Flüchtlinge wären eher bereit, ihm zu helfen, als wenn er alleine unterwegs wäre. Die Wahrscheinlichkeit, dass ihnen der Gedanke kommt, er könnte einer von der falschen Seite sein, ist auch geringer gewesen. Es war reine Taktik. Du warst nicht dumm.«

So hatte sie sich das zusammengereimt.

Eigentlich hatte Tevi mit ihrer Theorie gar nicht so unrecht, Kim dachte an die Familie, auf die er im Dschungel, kurz vor der Grenze zu Thailand, gestoßen war und der er sich angeschlossen hatte. Sie waren berührt gewesen von der Fürsorge, mit der er seine Schwester betreut hatte, die immer noch zu schwach gewesen war, um alleine gehen zu können, die vor sich hin ins Leere geschaut hatte, um dann wieder aufzuschluchzen, zu schreien und wirres Zeug zu reden, die er mit Entensuppe gefüttert hatte. Als sie vor dem breiten Fluss standen, den sie überqueren mussten, um nach Thailand zu gelangen, und hin und her überlegten, wie sie die Überquerung am besten angehen sollten, machte der Vater die Bemerkung, er solle das Mädchen liegen lassen, es wäre ohnehin halb tot. Daraufhin wurde er so wütend, dass er mit Tevi auf dem Rücken, ohne nachzudenken, einfach in den Fluss hineinmarschierte. Er musste sich konzentrieren, um im schlammigen Wasser nicht das Gleichgewicht zu verlieren, es reichte ihm bis zur Brust und weiter, einmal streifte ihn etwas, er erschrak, da er Angst hatte, es wäre eine Schlange, doch dann sah er, dass es ein menschliches Skelett war. Er kam am gegenüberliegenden Ufer an und winkte den anderen, nachzukommen. Da die Familie drei Kinder und die Großmutter bei sich hatte, durchquerte Kim den Fluss noch einmal, um der alten Frau zu helfen. Zwei Tage später erreichten sie das Flüchtlingslager und meldeten sich als eine Familie an, es war eine stillschweigende Übereinkunft, dass Kim und Tevi zu ihnen gehörten, und nachdem Tevi vom Krankenhaus entlassen worden war, stellten sie den Antrag auf Asyl.

»So viele Dinge sind mir nachher erst aufgefallen«, sagte sie. »Ich muss auf der Entenfarm kurz bei Bewusstsein gewesen sein, bevor du dich mit mir auf den Weg gemacht hast. Du bist neben mir gesessen, mit deinem Krama um das Gesicht gewickelt, so wie du im Lager immer herumgelaufen bist, und hast auf mich heruntergeschaut. Später habe ich geglaubt, dass es eine fiebrige Halluzination gewesen ist. Aber das warst wirklich du! Die Erzählungen über den gebratenen Oktopus, den dein Vater gerne gemacht hat, die haben deine Kameraden wohl auch zu hören bekommen, sie haben zu deinem Beinamen ›Genosse Oktopus‹ geführt.«

»Tevi, du musst mir glauben«, sagte er beschwörend, er wollte sie an der Schulter berühren, sie zuckte jedoch zurück. »Ich war kein Soldat der Roten Khmer, und ich habe deine Familie nicht ermordet. Du hast dich da in etwas verrannt, was einfach nicht stimmt. Es sind Hirngespinste.«

»Als wir in Kambodscha waren, in diesem Hotel in Phnom Penh, was hast du da in der Nacht gesagt? Du bist im Badezimmer gestanden, hast dir das Gesicht gewaschen und hast etwas vor dich hin gemurmelt, immer wieder.«

Er schüttelte den Kopf, das Ganze wurde ihm langsam zu dumm, und er zuckte mit den Schultern: »Ich weiß es nicht.«

»Das war, nachdem du von deinem Heimatdorf zurückgekommen bist. Du warst so niedergeschlagen, so völlig am Ende! Weil dich deine Vergangenheit eingeholt hat, weil dir zum ersten Mal bewusst geworden ist, wozu du fähig gewesen bist! Du hast mit dir selbst geredet, mit deinem Spiegelbild, hast Worte gesagt, die ähnlich geklungen haben wie ›Genosse Schlächter‹. Ich habe gedacht, ich habe mich verhört, weil ich verschlafen war, und habe dem keine Bedeutung beigemessen. Aber dann, an dem Tag, an dem ich die Wahrheit herausgefunden habe, ist mir alles wie Schuppen von den Augen gefallen.«

»Ich habe niemanden ermordet«, sagte er.

»Ich weiß, du hast Angst, dass ich deiner Familie die Wahrheit über dich erzähle, aber keine Sorge, ich werde dein heiles Familienleben nicht zerstören«, sagte sie zynisch. »Ich habe keine Rachegefühle, das ist lange vorbei. Nichts wird passieren. Ich werde morgen abreisen, und wir werden uns nie wiedersehen. Aber ich will, dass du es vor mir eingestehst. Das ist mir wichtig.«

»Hör auf! Du bist krank!«

Er war lauter geworden, als er beabsichtigt hatte, und merkte, dass er heftig atmete. Er sah, dass jemand näher kam.

»Tevi, zum letzten Mal, deine Vorwürfe sind absurd.«

Monika stand vor ihnen.

»Na ihr zwei, hierher habt ihr euch also verkrochen«, sagte sie lächelnd. An Kim gewandt, mit einem bittenden Gesichtsausdruck, fügte sie hinzu: »Es ist dein Geburtstagsfest, die Leute warten auf dich. Andreas und Michael haben etwas für dich vorbereitet. Kommt doch mit.«

Kambodscha, Siebzigerjahre, Familie Mey

Ich wurde der Kollaboration mit dem Feind beschuldigt und ins Gefängnis geworfen. Gemeinsam mit dem Franzosen saß ich in einer winzigen Zelle, beide waren wir nackt und bekamen nichts zu essen und zu trinken. Regelmäßig wurde einer von uns auf den Gang hinausgezerrt und gefoltert, während der andere durch die Gittertür zusehen musste. Ich wurde mit einem Rohrstock verprügelt, dem Franzosen wurden noch weitaus schlimmere Dinge angetan. Son sah dabei zu, sich mit meinem Messer die Nägel putzend. Der Franzose wurde beschuldigt, ein vietnamesischer Agent zu sein und jahrelang geheime Informationen an militärische Stützpunkte in Vietnam weitergegeben zu haben. Er bezeichnete ihre Anschuldigungen als völlig absurd, sie beschimpften ihn als Staatsfeind, als Verräter, bevor sie sich über ihn hermachten. Ein Geständnis bekamen sie nicht von ihm.

Wir sprachen nicht viel miteinander, wenn wir alleine waren. Es gab nichts zu sagen. Ich fühlte mich unglaublich schuldig, weil ich beim Bemühen, sie zu schützen, derart unvorsichtig gewesen war. Er hatte sogar noch die Kraft, mich zu beschwichtigen: »Selbst wenn du nicht auf uns aufgepasst hättest, nicht einmal in diesem Lager gewesen wärst, hätte Son es auf uns abgesehen gehabt.«

Das Schlimmste für ihn war die Unwissenheit darüber, was draußen passierte, gestand er mir, er wusste nicht, was man seiner Familie antat und ob sie noch am Leben war. Son verweigerte die Auskunft. Wir versprachen einander, falls einer von uns am Leben bliebe, er alles tun würde, um die Familie des anderen zu retten. Ich erzählte ihm flüsternd von meinem Bruder auf der Entenfarm. Im Grunde machten wir uns etwas vor mit solchen Reden, denn wir waren uns sicher, dass keiner von uns am Leben bleiben würde. Manchmal hörten wir Schüsse in der Ferne und hofften darauf, dass vietnamesische Soldaten das Lager stürmten und uns befreiten.

Ich wusste nicht, wie viele Tage und Nächte vergangen waren, bis Son einen einzigen Satz sagte, der mir das Blut in den Adern gefrieren ließ: »Das ist dein Bruder auf der Entenfarm, nicht wahr?« Bisher hatte ich mir weniger Sorgen um ihn als um Sopheap gemacht, niemand im Lager wusste, dass es mein Bruder war, der auf der Entenfarm lebte, niemand hatte sich je dafür interessiert. Ich nahm meinen ganzen Mut zusammen und erwiderte: »Wie kommst du auf den Schwachsinn?«

Hämisch lachend verschwand er wieder. Ein Schwindel erfasste mich, ich bekam kaum Luft, alles in mir war in Aufruhr. Son kam mit zwei Genossen zurück, einer davon warf uns unsere Kleidung zu.

»Zieht euch an, wir machen einen Ausflug, der euch gefallen wird«, sagte Son.

Sie fesselten unsere Hände am Rücken und richteten die Gewehre auf uns. Wir schleppten uns an den Unterkünften, an der Küche, an der Speisehalle vorbei und bogen in den Wald ab. Auf der Lichtung, auf der die Hinrichtungen stattfanden, standen die Frau und die Töchter des Franzosen, umgeben von drei Männern. Sie schrien unterdrückt auf und fingen zu weinen an, als sie sahen, in welch schrecklichem Zustand sich ihr Vater befand. Ich erkannte, dass wir keine Chance hatten, zu kämpfen oder zu fliehen, alle drei hatten ihr Gewehr umgehängt, was für eine Hinrichtung ungewöhnlich war. Normalerweise nahmen die Henker nur ihre Axt mit auf die Lichtung. Die Gewehre waren für mich gedacht, es bedeutete, sie hatten immer noch Angst vor mir.

Es war Sons Stunde, ich sah die Genugtuung in seinen Augen. Er wusste, früher oder später kämen die Feinde, und alles wäre vorbei, vermutlich müsste er sogar sterben. Doch seinen eigenen kleinen Rachefeldzug wollte er vorher zu Ende bringen, er hatte nichts anderes mehr, wofür es sich zu kämpfen lohnte.

»Wie du siehst, ist deiner Familie nichts geschehen«, sagte er zum Franzosen. »Wir haben uns alles für dich aufgehoben, damit du zusehen kannst.«

Er wandte sich mir zu. »Denk an deinen Vater!« Son deutete auf einen Baum in zwanzig Metern Entfernung. »Wenn du tust, was dir befohlen wird, kannst du ihn retten, und es wird ihm nichts geschehen.« Mein Bruder war an den Baum gefesselt, neben ihm stand ein Wärter mit einer Mango in der Hand. Es reichte, um mich gefügig zu machen.

Ein Mann nach dem anderen vergewaltigte die Frau und die älteren Mädchen. Man wollte sich auch an der Jüngsten vergreifen, die fast noch ein Kind war. Ihre Krankheit rettete ihr das Leben, sie hatte offensichtlich die Ruhr und stank erbärmlich. In dem Moment, in dem ein Wächter ihren Vater zusammenschlug, weil er sich zu wehren begann, und sich Son über Sopheap hermachte, fiel sie bewusstlos ins Gras.

Mich zwang Son, die Familie zu töten. Ich griff nach der Axt, die am Boden lag, doch er lachte nur und reichte mir mein Messer, das er an seinem Gürtel trug. Er befahl mir, vor sie hinzutreten und ihnen die Kehle durchzuschneiden, so wie ich es früher getan hatte, ich sollte ihnen dabei in die Augen schauen. Als ich mich zu dem bewusstlosen Mädchen hinunterbeugte, sagte ich, dass es bereits tot wäre.

Bevor sie abzogen, drohte mir Son: »Dich lasse ich am Leben, denn deine Pflicht ist es, das Demokratische Kampuchea bis zum Schluss zu verteidigen. Wag es ja nicht, abzuhauen! Ich würde dich finden, dich und deinen Bruder.«

Er schlug mir das Gewehr über den Kopf. Für kurze Zeit wurde ich ohnmächtig. Als ich aufwachte, vergewisserte ich mich, dass alle weg waren. Meine Hände waren voller Blut, ich wischte es notdürftig an meinem Hemd ab, bevor ich die jüngste Tochter des Franzosen hochhob.

Ich lief mit ihr zu meinem Bruder und schnitt ihm die Fesseln auf. Zu dritt machten wir uns auf den Weg zur Entenfarm.

Er lief neben mir her, sprach kein einziges Wort und sah mir nicht in die Augen.

Sonntag, 19. Juni 2016

Tevi hielt sich von ihm fern, während Andreas und Michael einen humorvollen Text mit dem Titel »Kim im Paradies« vortrugen. Darin ging es um ihr Zusammenleben in Wien, um die Diskussionen, die sie über Politik und Gesellschaft geführt, über die Studentenfeten, die sie gefeiert hatten, über peinliche Szenen, weil Kim Alkohol schlecht vertragen hatte. Einige Passagen wurden als Sketche vorgespielt, in denen der junge Kim zu allem verständnislos den Kopf schüttelte und sagte: »Ich fühle mich aber wie im Paradies.« Als Michael eine Szene nachspielte, in der Kim nach stundenlangem Diskutieren betrunken gerufen hatte: »Wir haben nicht gewusst, womit wir uns nach unserem Geschäft abwischen sollen, und ihr habt sogar Klobürsten! Klobürsten!«, wobei er sich – mit einer Klobürste in der Hand – wie die Freiheitsstatue vor sie hingestellt hatte, konnten sich die Gäste vor Lachen kaum halten.

Er sah sie auch nirgendwo, als ihm von den ehemaligen Arbeitskollegen ein Gemeinschaftsgeschenk, eine Reise zu zweit nach Kopenhagen – wie kamen sie bloß auf Kopenhagen, dachte er –, überreicht wurde. Sie tauchte erst eine Stunde später wieder auf, als sich die ersten Gäste von Ines und ihm verabschiedeten und die Band wieder zu spielen begann. Vorher hatten sie eine Pause gemacht, da Johannes Kehrer ein Spiel mit ihnen veranstaltet hatte, das sogenannte Seilspiel, Ines und er hatten auf der einen Seite ziehen müssen, ihre drei Kinder auf der anderen, während die Gäste sie angefeuert hatten. Ines und er hatten natürlich die Kinder gewinnen lassen, Jonas war mit den Worten »Wir sind stärker als ihr!« auf und ab gehüpft.

Tevi stand alleine an einem Stehtisch, trank jetzt doch ein Glas Wein und schaute den tanzenden Leuten zu. Als ein langsamer Song gespielt wurde, kam sie zu ihm. Er unterhielt sich gerade mit zwei von Ines' Freundinnen und wusste nicht, was er tun sollte. Er dachte, bitte nein, ich will jetzt nicht mit dir tanzen, wollte das aber nicht laut aussprechen, es hätte für Getuschel gesorgt, und er wollte keinen Aufruhr mehr, vermutlich wäre das Ines auch nicht recht gewesen, sie schaute zu ihnen herüber. Kim wollte nur noch, dass das Fest zu Ende war und er schlafen gehen konnte. Tevi nahm ihn an der Hand, führte ihn von den Frauen weg und begann, mit ihm zu tanzen, sie schmiegte sich an ihn und sprach kein Wort, er war zutiefst irritiert.

»Ich werde jetzt schlafen gehen«, sagte sie, als das Lied zu Ende war. Sie hob das Gesicht und sah ihn an, sie war blass und wirkte um Jahre gealtert. »Ich wünsche dir eine gute Nacht.«

Mitleid mit ihr überkam ihn, es stand schlimmer um sie, als er gedacht hatte. Er nickte ihr zu, sie eilte durch den Garten und verschwand im alten Haus.

Gegen drei Uhr verabschiedeten sich die letzten Gäste. Einige waren im Gasthof *Linde* untergebracht, Monika, Alexander, Ines und Kim begleiteten sie dorthin. Als sie zurückkamen, schlug Monika vor, noch einen letzten Schluck gemeinsam zu trinken. Sie setzten sich auf die Terrasse und stießen mit ihren Gläsern an.

Kurze Zeit später fiel Kim todmüde ins Bett.

Sonntag, 19. Juni 2016

Um sieben Uhr morgens bekam Lea eine Nachricht auf ihrem Handy. Sie hatte es nicht ausgeschaltet, weil sie auf weitere Nachrichten von Bea gehofft hatte.

Die Nachricht kam von Adam.

Verschlafen öffnete sie das Foto, das er ihr geschickt hatte, es war ein Selfie, das er in irgendeinem Garten aufgenommen hatte. Sie brauchte eine Weile, um zu erkennen, dass es der Garten ihrer Eltern sein musste. Sie sprang aus dem Bett, fiel über ihre Schuhe, hastete zum Fenster und öffnete es. Adam stand vor der Gartenhütte und betrachtete das Equipment der Band. Er sah zu ihr hoch und winkte. Im Bad putzte sie sich notdürftig die Zähne, klatschte sich Wasser ins Gesicht. Sie schlich die Treppen hinunter, um niemanden zu wecken, barfuß und im Pyjama rannte sie durch den Garten auf ihn zu und stürzte sich in seine Arme.

»Was machst du hier?«, fragte sie.

»Ich dachte, ich schaue bei eurem Fest vorbei. Das, auf dem ich war, war nämlich ohne dich sehr langweilig.« Er küsste sie.

»Du kommst zu spät. Aber um elf Uhr gibt es einen Brunch für die Gäste, die im Gasthaus geschlafen haben.«

»Das heißt, ich muss jetzt ins Gasthaus fahren?«

»Nein«, lachte sie, »du kommst jetzt mit mir in mein Zimmer.«

»Ich hoffe, dein Vater verprügelt mich nicht.«

Untergehakt gingen sie auf die Terrasse zu, sie le
Kopf auf seine Schulter und fühlte sich glücklich.
ihrem Zimmer am Fenster stand, um es zu schlie
die Gardiner mit ihrem Koffer das alte Haus ve
trat neben sie.

»Ist sie das?«, fragte er.

»Ja«, antwortete Lea.

Lea hatte ihm natürlich erzählt, wer der Überraschungsgast auf dem Geburtstagsfest ihres Vaters sein würde, und daraufhin hatte Adam neugierig gegoogelt.

Ein Taxi fuhr vor, der Fahrer stieg aus, hob den Koffer in den Kofferraum, stieg wieder in den Wagen. Die Gardiner warf einen Blick zurück auf die beiden Häuser, auf den Garten, und stieg ebenfalls ein. Das Auto fuhr langsam weg.

»Schade«, erwiderte Adam. »Ich hätte sie gerne kennengelernt.«

Auch gut, dachte Lea, dann ist sie eben abgereist, ohne sich zu verabschieden. Vielleicht war es besser so, denn offenbar hatte ihr Besuch den Eltern nicht besonders gutgetan, sie waren beide sehr angespannt gewesen. Auf alle Fälle würde Lea sie nicht vermissen, ihr war sie seit ihrer Ankunft am Flughafen nicht sonderlich sympathisch gewesen, die Frau hatte nur über sich geredet und war zu sehr im Mittelpunkt gestanden. Heute würden Adam und sie im Mittelpunkt stehen, das war sicher.

Die Aussicht auf einen entspannten Sonntag stimmte sie vergnügt, mit Schwung sprang sie auf das Bett, während Adam aus der Hose schlüpfte.

Sonntag, 19. Juni 2016

Kim fütterte die Enten, während Monika den Brunch vorbereitete, vorher hatten sie gemeinsam den Garten aufgeräumt. Ines hatte Kopfschmerzen und lag noch im Bett, sie tauchte erst gegen elf auf, als die Freunde aus dem Gasthaus eintrudelten.

Lea kam mit einem jungen Mann an der Hand durch die Küche auf die Terrasse, was für ein großes Hallo sorgte. Sie stellte ihn vor, er gab allen die Hand und gratulierte Kim höflich zum Geburtstag. Zumindest ist der erste Eindruck kein schlechter, dachte dieser.

»Sollten wir nicht Tevi wecken?«, fragte Jonas.

»Ach ja«, sagte Lea, »sie ist früh am Morgen mit einem Taxi abgefahren.«

»Wirklich?«, entfuhr es Ines.

»Ohne sich zu verabschieden?«, fragte Monika.

Sich heimlich davonzumachen scheint ihre Spezialität zu sein, dachte Kim.

Sie war also fort. Er stellte fest, dass er erleichtert war, und ebenso, dass sich am Tisch Erleichterung breitmachte. Nicht einmal Jonas schien besonders enttäuscht zu sein – oder bildete er sich das ein? Vielleicht lag es am unerwarteten Auftauchen von Leas Freund, dass man der ganzen Sache nicht viel Beachtung schenkte, der junge Mann wurde nach Studium, Eltern, Geschwistern gefragt und gab bereitwillig Auskunft, Jonas wollte wissen, welches Auto er fuhr.

Nachdem Andreas, Michael und die anderen abgefahren waren, saßen Ines, Monika, Alexander und er noch eine Weile zusammen, die jungen Leute hatten sich in den Garten verzogen.

»Worüber habt ihr eigentlich gestritten, du und Tevi?«, fragte Monika.

Er überlegte, ob er erzählen sollte, wie es um Tevi stand und in welch schlechter psychischer Verfassung sie sich befand. Warum nicht, dachte er, es waren keine fremden Leute mehr anwesend, nur noch seine Familie, und immerhin waren Monika und Tevi sich einmal sehr nahegestanden.

»Aus irgendeinem Grund bildet sie sich ein, dass ich der Rote Khmer war, der ihre Familie getötet hat.«

»Oh Gott«, sagte Ines, »das ist schrecklich.«

»Sie war schon als Kind sehr labil«, sagte Monika. »Sie hat das, was ihrer Familie angetan wurde, nie verkraftet.«

»Wenn man Einbildung und Realität nicht voneinander unterscheiden kann, könnte das ein Zeichen für eine schizophrene Störung sein«, sagte Alexander. »Ist sie in ärztlicher Behandlung?«

»Soviel ich weiß, ja«, antwortete Ines. »Sie hat von einem Therapeuten geredet.«

Später saß er mit einer Zeitung auf der Terrasse, Ines lag mit einem Buch in der Hollywoodschaukel, später schlief sie ein. Hin und wieder schaute er hinüber zu Lea, ihrem Schwarm Adam, Simon und Jonas. Die vier lagen auf einer Decke und schienen sich gut zu verstehen, sie zeigten sich gegenseitig etwas auf ihren Handys und lachten darüber. Als sich Jonas etwas zu trinken aus der Küche holte und bei ihm vorbeikam, fragte er: »Hast du dich über mein Geschenk gefreut, Papa?«

Kim sah seinen Sohn überrascht an und sagte: »Ja, das habe ich, Jonas, sehr sogar.«

Er sah ihm nach, wie er zu den anderen zurückging und beim Niedersetzen etwas vom Saft verschüttete, und plötzlich wurde ihm bewusst, dass er tatsächlich froh war, dass Tevi zu seinem Geburtstagsfest gekommen war. Wenn er sie nicht wiedergesehen hätte, hätte er nicht aufgehört, sich zu fragen, wie sein Leben mit ihr verlaufen und ob er mit ihr glücklicher geworden wäre.

Jetzt wusste er, dass er es gut getroffen hatte.

Kambodscha, Siebzigerjahre, Familie Mey

Auf der Farm angekommen, hoben sie gemeinsam das bewusstlose Mädchen in die Grube. Die Grube hatte er auf Rangseys Anweisung unter der Hütte ausgehoben, in der die Tiere bei starkem Regen schliefen, wochenlang hatte er dafür gebraucht.

»Dann hast du wenigstens eine Beschäftigung«, hatte Rangsey gesagt. »Wenn die Vietnamesen kommen, versteckst du dich in der Grube und legst die Bretter darüber. Wenn alles vorüber ist, fliehen wir gemeinsam nach Thailand.«

Rangsey drehte das Mädchen auf den Rücken, sie öffnete kurz die Augen und schloss sie wieder. Mit der alten Decke, die er Kim vom Lager mitgebracht hatte, als er während des Monsuns über Kälte in der Nacht geklagt hatte, deckte er sie zu. Eine Zeit lang blieb er neben ihr sitzen, sie stöhnte um Wasser, Rangsey flößte ihr ein paar Tropfen ein.

»Du bist für sie verantwortlich«, sagte er zu Kim. »Sie ist jetzt deine Schwester, hörst du? Tu alles, damit sie überlebt. Du musst sie oft waschen. Und sie muss viel trinken, aber nur abgekochtes Wasser! Koch Entensuppe und gib sie ihr löffelweise, immer wieder, gib nicht auf, auch wenn sie es ausspuckt. Wenn du jemanden kommen hörst, versteckst du dich neben ihr in der Grube. Ich muss zurück, sie werden mich sonst suchen, und dann würde es uns allen schlecht ergehen.«

Bevor er ging, sagte er: »Du wirst sehen, bald ist alles vorbei. Gestern Nacht hat man wieder Schüsse gehört, die Vietnamesen sind nicht mehr weit. Bald sind wir in Thailand. Und dann werden wir nie wieder darüber reden, was passiert ist, und ein neues Leben beginnen.«

Kim betrachtete seinen Bruder, der ihm in den letzten vier

Jahren fremd geworden war. Er hatte schreckliche Dinge getan, und Kim wusste, dass er sich immer daran erinnern würde, wenn er ihn ansah.

»Und auf keinen Fall gehst du allein, hörst du?«, schärfte Rangsey ihm ein. »Du wartest auf mich. Wenn das Chaos ausbricht, weil die Vietnamesen in das Lager eindringen, mache ich mich auf den Weg zu dir. Nur wenn ich zwei Wochen lang nicht auftauche, darfst du alleine aufbrechen, denn dann bin ich wahrscheinlich tot.«

Er verschwand und ließ Kim mit dem Mädchen allein, Kim war froh, dass er weg war, er hatte große Angst vor ihm.

Rangsey hatte einem Soldaten befohlen, ihn von der Entenfarm zu holen. »Dein Bruder will, dass du bei einer Hinrichtung zusiehst, damit du abgehärtet wirst«, hatte der Soldat grinsend gesagt und ihn mit vorgehaltenem Gewehr aufgefordert mitzukommen. An einem Baum in der Nähe der Grube – er kannte sie von seinen Streifzügen durch den Wald – machten sie halt, Kim musste sich setzen und wurde an den Baum gefesselt, obwohl er nie gewagt hätte, wegzulaufen. In dem Augenblick hasste er seinen Bruder abgrundtief. Der Soldat aß genüsslich eine Mango, während sich vor ihrer Augen das Entsetzlichste abspielte, was Kim je gesehen hatte.

Das Mädchen lag da, als wäre es tot, Kim beugte sich über ihren Mund, um zu hören, ob sie noch atmete, und weil er nichts hörte, legte er die Hand auf die Stelle, wo er ihr Herz vermutete, er spürte es schlagen und freute sich darüber. Endlich war er nicht mehr allein.

Er lebte bereits länger als ein Jahr bei den Enten, am Anfang war er froh gewesen, den vielen Menschen, die ihn im Lager umgeben hatten, entronnen zu sein, und auch der Angst, jemand könnte etwas Schlechtes über ihn erzählen und er würde bestraft werden oder müsste hinknien. So war es seinem kleinen Bruder Munny ergangen. Ein älterer Junge hatte bei einer Versammlung behauptet, Munny hätte einen Maiskolben gestohlen, woraufhin er vor allen geschlagen wurde, als Kim hinstürzte, weil er es nicht mehr mitansehen konnte, hatte er auch ein paar Schläge abbekommen. Zwei Tage später war Munny gestorben, er war einfach neben ihm auf dem Reisfeld niedergesunken und hatte nicht mehr geatmet, er war immer schwach und klein gewesen.

Und nie war Rangsey da gewesen, um zu helfen.

Nach Monaten alleine auf der Farm fühlte er sich einsam und hatte das Gefühl, wahnsinnig zu werden, er fing an, mit den Tieren und mit sich selbst zu reden. In den Nächten, wenn zusätzlich die Angst kam, war es besonders schlimm. Sein Bruder schaute anfangs öfter vorbei, sie brieten dann eine Ente über dem Feuer, und sein Bruder gab ihm eine Zigarette ab. Dann jedoch kam Rangsey immer seltener und blieb nie lange, immer war er hart und streng, er spielte nicht mit ihm, er redete kaum mit ihm, er saß da und starrte ins Leere. Bevor er ging, wobei er jedes Mal eine geschlachtete Ente mitnahm, gab er ihm Anweisungen, was er zu tun und wie er sich zu verhalten hätte. Rangsey hatte sich komplett verändert, und nie hatte er sich um ihn gekümmert. Wenn ihn Kim angefleht hatte, bei ihm bleiben zu dürfen, hatte er stets abgelehnt.

»Dann gehst du drauf«, sagte er.

Manchmal dachte er, ob es nicht besser wäre, draufzugehen.

Oft hatte Kim sich von der Entenfarm entfernt und war in die Nähe des Arbeitslagers geschlichen, sein Bruder hätte von diesen Ausflügen nie erfahren dürfen. Am Waldrand liegend beobachtete er das Treiben im Lager, sah die Arbeiter auf dem monströsen Damm und im riesigen Krater, einmal erkannte er seinen Bruder, der zwischen ihnen auf und ab ging. Auf seinen Streifzügen entdeckte er die Grube mit den toten Menschen auf der Lichtung, sie war nichts Neues für ihn, eine solche Grube hatte er auch in der Nähe des Kinderlagers gesehen, Munny war bei ihm gewesen, er hatte ihm sofort die Augen zugehalten und war umgedreht, der Gestank war unerträglich gewesen.

Kim schlachtete eine Ente, rupfte sie und nahm sie aus. Mit dem Fleisch würden er und das Mädchen lange auskommen, er hatte gelernt, sparsam zu sein. Sein Bruder hatte ihm einmal gezeigt, wie es ging, und daraufhin hatte er es einmal in der Woche gemacht, es hatte ihn keine Überwindung gekostet, zu Hause hatten sie Hühner gehabt, und er hatte dem Vater beim Köpfen zugesehen. Die Zahl der Enten verringerte sich schnell, doch offenbar war das dem Wachpersonal im Lager gleichgültig, er litt darunter, er mochte seine Tiere. Mittlerweile war Kim ein Meister im Schlachten. Er hob das Tier aus dem Schlaf hinüber in das Totenreich und war dabei so schnell und ruhig, dass es nichts mitbekam, es wachte nicht einmal richtig auf.

Er redete die ganze Zeit mit dem Mädchen, erzählte ihr alles Mögliche. Manchmal öffnete sie die Augen und schaute ihn an, dann schlief sie wieder ein. Sie stank erbärmlich, er zog ihr die Sachen aus, wusch sie und ließ sie in der Sonne trocknen, zog sie wieder an. Er richtete sie auf, flößte ihr Wasser, Suppe und vorgekautes Fleisch ein und triumphierte innerlich, wenn sie das Essen bei sich behielt. In der Nacht schliefen sie in der Grube, auf den Brettern hörte er die Tiere watscheln. Er presste sich seitlich an das Mädchen, um es zu wärmen, und hielt es fest. Einmal fragte sie, ob sie tot sei, und er verneinte, einmal fragte er nach ihrem Namen, und sie flüsterte: Tevi.

Am Morgen des zweiten Tages schlachtete Kim eine weitere Ente, kochte damit eine Suppe und packte genug Proviant ein. Er verabschiedete sich von den Tieren, hob das Mädchen aus der Grube und machte sich auf den Weg. Von Rangsey wusste er die richtige Richtung.

Auf seinen Bruder wollte er nicht warten, er wollte ihn nie mehr wiedersehen und ihn schon gar nicht in seinem neuen Leben – falls er es denn schaffte, lebend in Thailand anzukommen – an seiner Seite haben. Nie mehr würde er an ihn denken oder über ihn reden, für ihn war er gestorben, und Tevi sollte niemals erfahren, dass sein Bruder der Mörder ihrer Familie war. Er trug sie auf dem Rücken, den Beutel mit dem Essen hatte er vor den Bauch gebunden.

Anfangs erschien sie ihm leicht, dann immer schwerer, er kam nur langsam voran und musste oft rasten, dann lag er schwer atmend neben ihr auf dem Boden und hielt sie fest.

Sonntag, 19. Juni 2016

Tevi stand hinter dem alten Haus, sie war aufgewühlt und wütend zugleich, weil an Kim alles abgeprallt war, aber was hatte sie erwartet?

Dass er sofort einknicken würde und sagen: Ja, ich war ein Roter Khmer, ich habe deine Familie erschlagen, und ja, es tut mir so leid. Leute, die in Kriegen als Mitläufer Verbrechen begangen hatten – sie weigerte sich, das Wort »Kriegsverbrecher« zu denken angesichts dieser manipulierten Kindersoldaten – und sich jahrzehntelang ein Lügenkonstrukt aufgebaut hatten, knickten nicht innerhalb weniger Minuten ein und gaben ihre Schuld zu, das dauerte Wochen, Monate, Jahre, wenn es denn überhaupt passierte, sie hatte diesbezüglich genug Erfahrung in der UNO gesammelt. So viel Zeit hatte sie nicht. War es ihr wichtig, dass er es eingestand? Nein, hätte sie noch vor zwei Tagen gesagt, sie war schlichtweg neugierig gewesen und hatte einen kurzen Blick auf sein Leben werfen wollen und deshalb dem Jungen spontan zugesagt. Nach der Szene in der Küche hatte sie sich jedoch nicht mehr zurückhalten können, der Gedanke daran ließ sie vor Zorn zittern.

Sie zündete sich eine Zigarette an. Vielleicht war es ein Fehler gewesen, überhaupt hierherzukommen. Was hatte sie sich dabei gedacht? Dass es ihr guttun würde? In den letzten Jahren hatte sie ihren Frieden gefunden mit Ben, mit ihren Projekten in Kambodscha, mit den Vorträgen in den USA. Sie sehnte sich nach Ben und seiner ruhigen Ausstrahlung.

Ines trat zu ihr.

»Hier bist du«, sagte sie.

»Das ist ein schönes Geburtstagsfest, das du für deinen Mann organisiert hast«, sagte Tevi. »Er muss sich wirklich glücklich schätzen, dich zu haben.«

Ines nickte. Sie verschränkte die Arme, wirkte verzweifelt.

»Ich wusste nicht, dass du schwanger warst, Tevi«, sagte sie plötzlich. »Ich habe das erst heute erfahren, als ich euch in der Küche reden gehört habe.«

Tevi schaute sie überrascht an, und Ines brach in Tränen aus.

»Es tut mir leid! Ich war jung und ziemlich verliebt in ihn, ich habe dummes Zeug geredet und konnte dann nicht mehr zurück. Damals am Gate hatte ich eigentlich Kim erwartet, und dann bist du dagestanden. Ich habe mir in der Zeit in Australien Dinge ausgemalt zwischen ihm und mir, und plötzlich … Alles an dir hat gestrahlt, du hast so glücklich ausgesehen. Ich habe mich wie ein Häufchen Elend gefühlt. Ich hatte einen Jetlag und bin deshalb neben mir gestanden.« Sie fasste sich mit der Hand an den Mund.

Tevi sah Ines vor sich, wie sie braun gebrannt vor ihr in diesem Café auf dem Wiener Flughafen saß. Monika hatte sie von einer Tankstelle aus angerufen und sie gebeten, am Gate auf Ines zu warten und mit ihr in der Zwischenzeit frühstücken zu gehen, da sie und Martha mit dem Auto eine Panne gehabt hätten. Tevi fuhr mit Michaels Auto los und umarmte eine Stunde später ihre Kindheitsfreundin.

Im Café gab sich Ines zugeknöpft und auch etwas zickig, sie rutschte hin und her und sagte ein paarmal: »Ich brauche endlich eine Dusche, frische Sachen zum Anziehen und vor allem ein Bett. Ich fühle mich schrecklich eklig.«

Tevi kam sie vor wie ein quengeliges Kind. Als sie von der Reise nach Kambodscha zu erzählen begann und einige Fotos zeigte, die sie im Portemonnaie bei sich trug, taute Ines etwas auf. Sie rührte gedankenverloren in ihrem Milchkaffee und meinte leichthin, dass sie sich freue, dass Kim und sie diese Reise in die Heimat gemeinsam angetreten hatten.

»Das ist bestimmt schön gewesen für euch, das Aufarbeiten der Vergangenheit und die Suche nach den Wurzeln«, sagte sie und biss in ihre Nussschnecke. »Ich hoffe, du konntest schlafen neben ihm«, fügte sie auflachend hinzu.

»Wie meinst du das?«, fragte Tevi.

»Ach«, Ines machte eine abwehrende Handbewegung, »wir waren letzten Sommer ein paar Tage in Tirol campen, und ich habe sehr schlecht neben ihm geschlafen.«

Die Tatsache, dass Kim mit Ines in einem Zelt geschlafen und ihr davon nichts erzählt hatte, irritierte Tevi.

»Er redet im Schlaf«, sagte Ines weiter, sie rollte kurz mit den Augen und lächelte komplizenhaft. »Stört dich das nicht? Er hat ja auch als Kind ständig im Schlaf geschrien, damals noch auf Khmer. Offenbar hat ihn etwas schwer belastet.«

Während sie ihre Nussschnecke verzehrte, erzählte sie mit vollem Mund und wie beiläufig, dass beim Campen eine Nacht besonders schlimm gewesen sei, sie hatten ein paar Bier getrunken, und Kim hatte schlecht geschlafen, mehrmals aufgeschrien, Worte wie »Genosse«, »Schlächter«, »Leute totschlagen« gesagt und war schweißgebadet gewesen. Sie hatte ihn geweckt und gefragt, was er geträumt hatte, und er hatte – verschlafen und völlig neben sich – gemurmelt, dass er von seiner Zeit im Lager geträumt habe, die ihn immer noch in seinen Albträumen verfolgten, er habe schreckliche Dinge getan, über die er aber mit niemandem reden könne. Sie hätte ihn gefragt, ob er den Beinamen »Genosse Schlächter« gehabt habe, er hätte genickt und unendlich traurig vor sich hin geschaut. Dann sei er wieder eingeschlafen.

»In der Schule hat er ja auch in seinen Block ständig kniende Menschen mit gebeugten Köpfen gekritzelt und Männer mit einer Axt in der Hand. Glaubst du, er war ein Roter Khmer?«, fragte Ines und bestellte daraufhin seelenruhig einen weiteren Milchkaffee.

Tevi saß da und wusste im ersten Moment nicht, wie sie die Geschichte einordnen sollte. Sie hatte diesen schrecklichen Spitznamen des Mörders ihrer Familie nie jemandem genannt, weil sie ihn nicht aussprechen wollte, als abergläubisches Kind hatte sie geglaubt, es bringe Unglück mit sich, wenn sie das täte, und auch, weil sie ihn vergessen wollte.

Und ausgerechnet hier, in diesem überfüllten Café, hörte sie ihn zum ersten Mal nach vierzehn Jahren wieder, von einer blonden jungen Frau, die mit dieser furchtbaren Welt, die sie hinter sich gelassen hatte, so gar nichts gemein hatte. Die Worte hatten sich aus ihrem Mund absurd und fremd angehört. Und noch etwas schoss ihr durch den Kopf: Nie hatte sie sich Gedanken darüber gemacht, auf welcher Seite Kim gestanden war, sie war beschäftigt gewesen, ihre eigene Geschichte zu verdauen. Siedend heiß fiel ihr ein, wie aufgewühlt und durcheinander er in Phnom Penh gewesen war, nachdem er von der Küste zurückgekehrt war, wie verändert er gewirkt hatte. Er war in der Nacht im Badezimmer gestanden und hatte etwas gemurmelt, das sie hatte aufhorchen lassen.

Was Ines ihr erzählte, bestätigte den schrecklichen Gedanken, der sie in dem Moment durchzuckt hatte. Noch etwas fiel ihr ein. Als Kind hatte sie viele Albträume gehabt. Einer davon handelte vom Mörder ihrer Eltern, der, sorgfältig den Krama um das Gesicht gewickelt, sie durch den Wald schleppte, neben ihr saß und auf sie hinunterschaute.

Kurz nachdem Martha und Monika eingetroffen waren und Ines überschwänglich begrüßt hatten, hatte sich Tevi mit den Worten verabschiedet, sie müsse dringend zur Arbeit, man erwarte sie dort. Sie hatte am ganzen Körper gezittert.

»Ich dachte, es wäre nichts Ernstes zwischen euch«, fuhr Ines fort. »Monika hat mir nur einmal im Frühling ein Foto von euch beiden geschickt und geschrieben, dass du jetzt bei der UNO in Wien arbeitest. Kim hat früher manchmal gesagt, dass deine Art ihn nervt, weil du dich bei den Augers so verändert hast. Die Fotos, die du mir dann von eurer Reise gezeigt hast, haben mir wehgetan, ich habe sie plötzlich nicht mehr ertragen. Ich war schon lange in Kim verliebt und deshalb eifersüchtig. Und da ist es mir eben herausgerutscht. Es war dumm und gehässig. Im Grunde wollte ich dir nur einen Schreck einjagen, ich dachte, du gehst nach Hause und konfrontierst ihn damit, das Ganze klärt sich auf, und das war's. Eigentlich wusste ich in dem Augenblick gar nicht, was ich genau damit erreichen wollte. Dir nur einen Schreck einjagen oder dich tatsächlich für immer aus Kims Leben vertreiben, um ihn für mich zu haben? Es war einfach eine unreflektierte Handlung, irgendwie passierte sie im Affekt. Und ich wäre nie auf die Idee gekommen, dass du so überstürzt nach New York fliegst und dich weigerst, ihn jemals wiederzusehen! «

Tevi rang nach Worten. »Eine unreflektierte Affekthandlung, ja?«, brachte sie schließlich hervor. »Du hättest das Ganze schnell aufklären können, nachdem du gesehen hast, was du damit ausgelöst hast.«

»Ich war am Anfang oft nahe daran, Kim die Wahrheit zu sagen, aber ich hatte Angst, dass er mich verachten würde. Ich war so sehr verliebt in ihn. Und dann wurde es schnell sehr schön zwischen uns, und ich wollte ihn nicht mehr verlieren. Ich hätte mir ein Leben ohne ihn nicht vorstellen können.« Ines begann heftig zu schluchzen. »Es tut mir leid. Es tut mir so leid. Glaub mir, Tevi, bitte, glaub mir, ich wusste nicht, dass es etwas Ernstes zwischen euch ist und dass du schwanger bist.«

Nach einer Weile fasste sie sich und wurde ruhiger.

»Woher wusstest du überhaupt davon?«, fragte Tevi, sie musste sich räuspern, um überhaupt sprechen zu können. »Ich bin mir sicher, ich habe dir als Kind nicht erzählt, wie der Mann genannt wurde, der meine Familie auf dem Gewissen hat.«

»Du warst es, die als Kind Albträume gehabt und im Schlaf geredet hat, nicht Kim. Es gab Worte, die du ständig wiederholt hast, und einmal habe ich Kim gefragt, was sie bedeuten. Da wart ihr gerade zwei Monate bei uns. Er wollte es mir nicht sagen, aber weil ich nicht nachgegeben habe, ich konnte sehr stur sein, hat er es mir übersetzt: Comrade butcher. Genosse Schlächter. Ich weiß noch, dass er dafür in den Wörterbüchern nachschlagen musste, Khmer – Englisch, Englisch – Deutsch. Den Rest reimte ich mir zusammen, das war nicht schwierig: Dass deine Albträume vom Mörder deiner Familie handelten, lag auf der Hand.«

»Kim hat nie im Schlaf geredet?«, fragte Tevi, und Ines schüttelte den Kopf.

Langsam sickerte das Gehörte in Tevis Bewusstsein. Sie hatte das Gefühl, den Boden unter den Füßen zu verlieren.

»Wenn du ihn wirklich geliebt hättest, Tevi«, sagte Ines nach einer Weile, »hättest du mit ihm darüber gesprochen und wärst nicht einfach abgehauen. Du warst so ichbezogen, immer ging es nur um dich. Du hast nicht an ihn geglaubt. Das dumme Gerede einer übermüdeten Göre war dir wichtiger als eure Beziehung und wichtiger als er.« Sie ließ die Arme hängen und fuhr fort: »Ich kann es nicht rückgängig machen. Ich überlasse dir, was du tust. Aber ich bitte dich, Tevi, ich bitte dich – wir haben Kinder und …« Sie stockte. »Was hast du davon, wenn du es auffliegen lässt? Ich meine, was hat es für einen Sinn, wenn Kim jetzt noch die Wahrheit erfährt?«

»Hat deine Mutter es gewusst?«, fragte Tevi.

»Nein«, antwortete Ines leise. »Würde es einen Unterschied machen?« Sie wandte sich ab.

Tevi sah ihr nach, wie sie langsam durch den dunklen Teil des Gartens hinüber in den hell erleuchteten ging, wo sie von ihren Kindern und ihrem Mann bereits erwartet wurde. Jemand – war es Arthur Bergmüller oder Johannes Kehrer? – hielt ein dickes Seil in den Händen und erklärte der Familie etwas, die Gäste traten zur Seite und begannen die fünf anzufeuern.

Sie vernahm ein Geräusch neben sich und schaute zu Boden.

Es war eine Ente, die sich offenbar verirrt hatte.

Epilog

12. August 2016

Meine liebe Tevi,

nach langem Überlegen habe ich mich entschlossen, dir eine E-Mail zu schreiben. Deine Mailadresse habe ich von Jonas. (Ich habe Ines den Vorschlag gemacht, dir zu schreiben, doch das hat sie sofort abgelehnt.)

Kim ist vor drei Wochen verschwunden. Wir wissen aus einem Brief, den er hinterlassen hat, dass er nach Kambodscha geflogen ist und er dort nach seinem Bruder und dessen Familie suchen möchte. (»Und nach mir selbst«, hat er geschrieben, was eigentlich so gar nicht zu ihm passt.) Bis dahin haben wir nicht einmal gewusst, dass einer seiner Brüder noch am Leben ist. Wie lange er bleiben will und wo genau er sich aufhält, wissen wir nicht, auch nicht, wann und ob er je zurückkommen wird. Wir haben keine Nachricht von ihm, Ines' Mails an ihn bleiben unbeantwortet, ebenso die der Kinder. Wir machen uns große Sorgen. Die Kinder finden es eigentlich schön, dass ihr Vater in sein Heimatland gereist ist, und sie würden gerne nachkommen, zumindest für eine kurze Zeit, sogar Simon wäre daran interessiert.

Liebe Tevi, ich weiß nicht, was zwischen Kim und dir vorgefallen ist, es war offensichtlich, dass ihr auf dem Fest gestritten habt. (Es geht mich auch nichts an.) Und ich weiß nicht, was zwischen Kim und Ines vorgefallen ist, Ines ist es nach dem Fest sehr schlecht gegangen, sie hat sich aus irgendeinem Grund große Vorwürfe gemacht, so aufgewühlt und deprimiert habe ich sie noch nie erlebt. Als ich sie aufgefordert habe, ihr Herz auszuschütten, hat sie gesagt: Ich werde mit Kim darüber reden müssen, mit

niemandem sonst, ich muss es tun, ich werde sonst verrückt. (Ich gebe zu, ich war neugierig und musste mir verkneifen zu bohren.) Drei Tage später ist er abgereist, und wir haben nichts mehr von ihm gehört.
Vielleicht kannst du uns weiterhelfen? Wir möchten nur wissen, wo Kim sich aufhält und ob es ihm gut geht.
Herzliche Grüße
Monika

13. August 2016
Liebe Monika,
leider muss ich dich enttäuschen, ich weiß nicht, wo Kim sich aufhält, und wir haben auch keinen Kontakt. Ich habe soeben einen Flug von Boston nach Phnom Penh gebucht, er geht morgen früh. Mein Mann Ben wird mich begleiten. Warum kommst du mit den Kindern nicht nach? Sie haben doch jetzt Ferien, oder? (Ich habe auch nichts dagegen, wenn Ines mitkommt, richte ihr das bitte aus.) Du wirst Ben lieben. Dann machen wir uns gemeinsam wie Detektive auf die Suche, so wie damals in Rouen, kannst du dich daran erinnern?
Wir sind wie immer im *Frangipani Royal Palace*, bei dem Namen konnte ich vor Jahren nicht widerstehen.
Tevi

13. August 2016
Liebe Tevi,
natürlich kann ich mich daran erinnern! Wie könnte ich das vergessen! Dieses Detektivspiel hat mich eine Tochter gekostet, ich hoffe nicht, dass dieses zweite Detektivspiel mich den Schwiegersohn kostet ☺! (Sorry, das war ein schlechter Scherz.) Ich habe mit Alexander gerade eine Flasche Wein getrunken, um zu feiern! Wir haben Flüge gebucht! Wir kommen am 17. August abends in Phnom

Penh an und wohnen auch im *Frangipani*. Ich bin ganz aufgeregt. Das wird ein Abenteuer! Ich bin noch nie so weit geflogen. Alexander und Leas Freund Adam kommen mit. Ines bleibt zu Hause. Sie wird auf beide Häuser und auf den Garten aufpassen.
Du sollst dir um sie keine Sorgen machen, hat sie gesagt. Wirklich: Es geht ihr gut. Sie wirkt ruhig und irgendwie auch gelassener als sonst. Zu mir hat sie gestern die Bemerkung gemacht: »Vielleicht wird es Zeit für einen Neustart.« Und mit einem Augenzwinkern hinzugefügt: »Was meinst du, soll ich zwei syrische Flüchtlingskinder aufnehmen?«
Ach, Tevi.
Lieben Gruß
Monika

15. August 2016
Liebe Monika!
Gute Nachrichten: Mein Aufruf im Radiosender Bayon war erfolgreich! Kim hat sich gemeldet, er hat gerade vor einer Stunde im *Frangipani Royal Palace* angerufen. Es geht ihm gut. Er hat auch die Idee mit dem Aufruf im Radio gehabt und so seinen Bruder gefunden. Rangsey lebt mit seiner Familie in der Nähe von Sihanoukville, und Kim hat in ihrer Nähe eine Wohnung gemietet. Er kommt morgen nach Phnom Penh und wird euch übermorgen am Flughafen abholen. Er freut sich auf euch.
Tevi

23. August 2016
Liebe Mama,
uns geht es allen gut. Es ist sehr heiß hier, und es regnet auch öfter als zu Hause, ansonsten gefällt es mir gar nicht so schlecht. Das Essen ist auch ganz in Ordnung, am

liebsten ist mir die Kokosmilch, die in der Kokosnuss serviert wird. Ich hatte nur in den ersten zwei Tagen ein bisschen Durchfall. Wir waren drei Tage in Phnom Penh. Eine Wahnsinnsstadt, sag ich dir, da geht die Post ab, vor allem auf den Straßen! Hier könnte ich nie mit dem Rad fahren, ich würde Todesängste ausstehen! Zu viert, zu fünft sitzen die Leute auf den Mopeds, flitzen durch die Gegend und hupen aus Spaß, als würden sie Musik machen wollen. Sie müssen nicht einmal Helme tragen! Wir sind die meiste Zeit in Tuktuks gefahren, das war vor allem beim ersten Mal sehr lustig. Bis jetzt hat jeder Tuktukfahrer Austria mit Australia verwechselt. »Australia? Kangaroo?«, sagen sie. Oder sie tun nur so, damit sie uns zum Lachen bringen und wir mehr Trinkgeld geben.
Jetzt sind wir in einer Stadt mit dem Namen Sihanoukville. Simon und ich wohnen in der Wohnung, die Papa etwas außerhalb der Stadt gemietet hat. Sie ist direkt am Meer, wenn ich aufwache, gehe ich an den Strand und schnorchle eine Runde. Die anderen wohnen in einem Hotel, nicht weit von uns, auch am Strand. Lea hat gleich am ersten Tag einen Megasonnenbrand bekommen, ihr Rücken ist immer noch knallrot. Weil sie schnell bräunen wollte, hat sie sich nicht eingecremt. Du kannst dir nicht vorstellen, wie schön das Meer hier ist! Türkisblau! Und der Sand weiß!
Tevi und ihr Mann Ben waren nur die ersten zwei Tage in Sihanoukville dabei, sie sind gestern abgefahren. Tevi muss in dem Waisenhaus, das sie in Battambang gegründet hat, nach dem Rechten sehen. Sie fliegen auch bald wieder in die USA zurück. Übrigens ist ihr Mann Ben sehr nett. Er hat mir die Regeln von American Football und Baseball erklärt. Er hat uns für nächstes Jahr nach Boston eingeladen, auch dich. Das wäre doch cool, oder? Ich würde gerne öfter reisen und nicht immer nur nach Kärnten.

Unser Onkel Rangsey liegt im Krankenhaus. Seinem Bein geht es sehr schlecht, vielleicht muss es amputiert werden. Das stellt sich in den nächsten Monaten heraus. Er sagt, wenn er eine gute Prothese bekommt, wäre ihm das sogar lieber, er hat die ständigen Schmerzen satt. Er ist nach dem Krieg auf eine Mine getreten. Das Bein hätte schon vor vielen Jahren operiert werden müssen, aber er hat das Geld dafür nicht gehabt. Papa zahlt das jetzt. Tante Chenda arbeitet als Küchenhilfe in einem großen Hotel in Sihanoukville. Die zwei Söhne Kim und Munny sind schon erwachsen. Kim ist nach Australien ausgewandert, mit ihm haben wir geskypt. Munny besitzt ein kleines Elektrogeschäft in Kep. Angeblich ist sein Laden der modernste in der ganzen Stadt, aber, ehrlich gesagt, bei uns würde man seinen Laden als Ramschladen bezeichnen, na ja. Man bekommt bei ihm auch Ameisenspray zu kaufen. (Die ganze Familie hat eine Heidenangst vor Ameisen.) Andere Länder, andere Sitten, sagt Oma. When you are travelling you have to be open!, würde Ben dazu sagen. Das ist sein Lieblingsspruch. Meine Kusinen Sopheap und Sovann sind neunzehn und siebzehn Jahre alt, sie wohnen noch zu Hause bei den Eltern. Beide wollen Grundschullehrerinnen werden. Ich mag sie beide sehr! Sie sind sooo hübsch! Ihr Englisch ist ausgezeichnet! Ich schicke ein Foto von uns dreien mit. Sie bringen Simon das Kochen der kambodschanischen Nationalgerichte bei. Du darfst dich darauf freuen, sagt er, er wird dich bekochen. Papa fliegt nicht mit uns am 7. September zurück. Er möchte noch eine Weile bleiben, sagt er, wie lange, weiß er nicht, wahrscheinlich noch ein paar Monate. Euer Papa braucht eine kleine Auszeit, sagt Oma, er hat immer nur gearbeitet und gearbeitet. Aber Papa selber sagt, er möchte noch ein bisschen bei seinem Bruder bleiben und ihm nach der Operation helfen, wieder auf die Beine

zu kommen. Lea hat darauf bestanden, dass er spätestens Weihnachten nach Hause kommt.
In einer Woche fahren wir nach Siem Reap und schauen uns Angkor Wat an. Darauf bin ich auch sehr gespannt! Ich schicke dir von dort eine Ansichtskarte.
Liebe Grüße von uns allen,
dein Jonas
PS: Oma hat meine Rechtschreibfehler verbessert, damit du dich nicht ärgerst.

1. September
Liebe Ines,
in zwei Stunden fliegen Ben und ich nach Boston zurück. Mit im Gepäck ist ein Gedichtband von Monikas Lieblingsdichter Rilke. Ich habe ihn gestern auf dem Markt in Battambang entdeckt, in einer Kiste inmitten vieler anderer, abgegriffener Bücher – französische, englische, deutsche, offensichtlich haben Touristen sie zurückgelassen. Beim Aufschlagen des Buches habe ich dieses Gedicht gefunden:

Nachthimmel und Sternenfall

Der Himmel, groß, voll herrlicher Verhaltung,
ein Vorrat Raum, ein Übermaß von Welt.
Und wir, zu ferne für die Angestaltung,
zu nahe für die Abkehr hingestellt.

Da fällt ein Stern! Und unser Wunsch an ihn,
bestürzten Aufblicks, dringend angeschlossen:
Was ist begonnen, und was ist verflossen?
Was ist verschuldet? Und was ist verziehn?

Alles Liebe, sei umarmt,
Tevi

Glossar

Angka: Kurzform von *angka padevat* (revolutionäre Organisation) und allumfassende Bezeichnung, hinter der sich die Anführer der Roten Khmer verbargen

Angkor Wat: eine sehr bekannte, gigantische Tempelanlage in der Nähe Siem Reaps

Baccalauréat: entspricht in Frankreich der österreichischen Matura oder dem deutschen Abitur

Bangkiraiholz: Tropenholz, wetterfestes Hartholz aus Südasien

Banyanbaum: gehört zur Gattung der Feigen (Ficus) in der Familie der Maulbeergewächse, erreicht eine Wuchshöhe von zwanzig Metern

Chhlop: Spitzel der Roten Khmer

Concierge: französische Bezeichnung für Hausmeister

Entencassoulet: Eintopf mit Entenschlegeln und weißen Bohnen

fêtes de charité: Wohltätigkeitsfeste

Fisch-Amok: Fischcurry mit Kokoscreme, das in einem Bananenblatt gedämpft wird, gilt als Nationalgericht Kambodschas

Houns: abfällige Bezeichnung für die vietnamesischen Feinde

Kamaphibal: politischer Funktionär der Roten Khmer, der die Umsetzung der Ziele Angkas überwacht; war bevollmächtigt, Kommandeure jeglicher Art abzusetzen

Khmer: kambodschanisches Volk

Krama: vielseitig einsetzbarer, rot-weiß karierter Baumwollschal

Kro Lan: süßer Snack; Klebreis, der in einem Bambusrohr mit Kokosmilch, Zucker und roten Bohnen angebraten wird

Lok-Lak: Rindfleischstreifen auf Salat mit einem würzigen Limetten-Pfeffer-Dip, auch ein Nationalgericht Kambodschas

Lycée: französisches Wort für Gymnasium

Mohori: von einer kleinen Gruppe gespielte traditionelle kambodschanische Musik, die Anzahl der Saiteninstrumente, Xylophone und Trommeln ist festgelegt

Rommé: Kartenspiel für zwei bis sechs Personen

Rote Khmer: Bezeichnung für die Anhänger und Soldaten des grausamen Regimes des Diktators Pol Pot, der 1975 in Kambodscha an die Macht kam und 1979 von vietnamesischen Invasionstruppen gestürzt wurde

Sampeah: der traditionelle Gruß in Kambodscha, eine Verbeugung, verbunden mit gefalteten Händen auf Brusthöhe, je höher die Hände, desto mehr Respekt wird gezeigt

Sapodilla: Frucht; Breiapfel

Sarong: Wickelrock, der aus einer Stoffbahn besteht

Somlah Machou Khmae: Sammelbegriff für saure Suppen, der saure Geschmack kommt von der Zitrone

Vietcong: Die »Nationale Front für die Befreiung Südvietnams«, abgekürzt NFB, wurde im allgemeinen Sprachgebrauch als »Vietcong« bezeichnet. Sie war eine kommunistische Guerillaorganisation, die während des Vietnamkriegs in Südvietnam den bewaffneten Widerstand gegen die Regierung und das amerikanische Militär führte. 1960 gegründet, 1977 offiziell aufgelöst.

Vishnu: Gottheit im Hinduismus

Kambodscha

Frühe Geschichte

Im 9. Jahrhundert entstand in Südostasien ein mächtiges und friedliches Königreich der Kambujas. Als Gründer galt Jayavarman II., der von 802 bis 850 regierte. Ihm gelang es, die verschiedenen Stämme zu einigen und fremde Eindringlinge zu vertreiben. Nahe der heutigen Stadt Siem Reap legte er den Grundstein für eine neue Hauptstadt mit dem Namen Angkor. Noch heute sind dort einzigartige Tempelanlagen zu sehen.

Das Königreich Angkor, so genannt nach der Hauptstadt, blieb vier Jahrhunderte lang bestehen. Historiker vermuten, dass im Großraum der Hauptstadt zur Blütezeit des historischen Khmer-Königreichs bis zu einer Million Menschen auf ungefähr tausend Quadratkilometern lebten. Das Angkor-Reich zeichnete sich durch eine unvergleichliche Hochzivilisation in allen Bereichen des öffentlichen Lebens aus. Zahlreiche Bewässerungsanlagen und Stauseen wurden gebaut, damit mehrmals im Jahr Reis geerntet werden konnte. Die Herrscher ließen sich als »Gottkönige« verehren. Die größte Ausdehnung hatte das Reich unter Jayavarman VII., der von 1181 bis etwa 1218 regierte. Er erbaute Krankenhäuser und vervollständigte das Straßensystem. Er war überzeugter Buddhist und verbreitete die Religion im Volk. Noch heute sind die meisten Kambodschaner Anhänger des Theravada-Buddhismus.

Ab dem 13. Jahrhundert kam es immer häufiger zu Reibereien mit den mächtiger werdenden Thai im Westen. Diese gingen während der folgenden zwei Jahrhunderte hartnäckig gegen die Khmer vor. 1431 schließlich eroberten Truppen des Thai-Königreichs Angkor und zerstörten die Bewässerungssysteme. Die Hauptstadt des nun stark verkleinerten Khmer-Königreichs musste an den Mekong, an die Stelle des heutigen Phnom Penh, verlegt werden. Die folgenden – schwachen – Monarchen waren von der Gunst der Thais abhängig. Jahrhundertelang war Kambodschas Geschichte von dynastischen Rivalitäten und kriegerischen Auseinandersetzungen mit den mächtigen Nachbarn geprägt. Denn ab dem 17. Jahrhundert wuchs auch der Druck vom Annam-Reich (Vietnam) im Osten.

19. und 20. Jahrhundert

Um einer völligen Einnahme des Landes durch Thailand oder Vietnam zu entgehen, schloss der kambodschanische König Norodom I. im August 1864 einen Protektoratsvertrag mit Frankreich. Mit dem Vertrag begann die Kolonialzeit Kambodschas, die genau neunzig Jahre lang, bis 1954, dauern sollte. Die Schutzmacht übernahm die Verwaltung des Landes, französische Siedler begannen mit dem Anlegen riesiger Baumwoll- und Kautschukplantagen. Als Arbeitskräfte wurden sowohl Chinesen als auch Vietnamesen ins Land geholt. Das Königtum blieb bestehen, der König hatte aber kaum noch Verfügungsgewalt. Frankreich hatte das Recht, Bodenschätze und Wälder zu nutzen, tat selbst aber nur das Allernotwendigste für die Entwicklung des Landes. 1887 wurden die französischen Protektorate in Indochina (neben Kambodscha noch Südvietnam/Cochinchina, Zentralvietnam/Annam und Nordvietnam/Tongking) zur »Union Indochina« zusammengefasst (Französisch-Indochina). 1893 wurde Laos ebenfalls angegliedert.

Kambodscha war sehr ländlich geprägt, nur 15 Prozent der Bevölkerung lebten in Städten. Der überwiegende Anteil der Bauern betrieb Subsistenzwirtschaft oder produzierte Reis für die lokalen Märkte. Trotz der schwierigen Lage für die meisten Kambodschaner gab es bis Ende der 1930er-Jahre kaum Widerstand gegen die Kolonialmacht.

Im Verlauf des Zweiten Weltkriegs wurde Kambodscha von Japan besetzt. Im März 1945 erklärte der kambodschanische König Norodom Sihanouk mit dem Einverständnis der Japaner das Land für unabhängig und alle Verträge mit Frankreich für ungültig. Nach der Niederlage Japans im August desselben Jahres blieb das Land jedoch weiter französisches Protektorat. 1949 gewährte Frankreich dem Land eine begrenzte Souveränität, 1954 musste die ehemalige Schutzmacht nach der Genfer Indochina-Konferenz die Unabhängigkeit Kambodschas anerkennen. Endlich war das Land souverän, die folgende stabile politische Zeit war jedoch nur von kurzer Dauer. Zur gleichen Zeit bildete sich in Paris ein marxistischer Zirkel aus kambodschanischen Studenten, zu denen die späteren Führer der Roten Khmer gehörten.

In den Fünfziger- und Sechzigerjahren boomte das Land, im Westen bezeichnete man es als die »Perle Südostasiens«. Kambodscha erlebte eine Phase des Aufblühens einer kapitalistischen Wirtschaft. Der Prozess spielte sich allerdings fast ausschließlich in der Hauptstadt und in einigen wenigen Provinzhauptstädten ab. Eine hauchdünne Unternehmerschicht erzielte große Profite, während der Großteil der Bevölkerung sehr arm blieb und keinen Zugang zu Bildung oder medizinischer Versorgung hatte.

Doch nicht nur das sorgte für gefährlichen Zündstoff: Im ausbrechenden Vietnamkrieg versuchte Kambodscha sich zunächst neutral zu verhalten, was immer schwieriger wurde. Die USA wollten die Lager der kommunistischen Vietcong (Südvietnam), in denen sie über den berühmten Ho-Chi-

Minh-Pfad Nachschub aus Nordvietnam erhielten, zerstören und bombardierten weite Landstriche im Nordosten Kambodschas. Auf Kambodscha fielen während des Vietnamkriegs mehr Bomben als auf Europa während des gesamten Weltkriegs. Washington vermutete geheime Hilfslieferungen an den Vietcong und glaubte nicht an die kambodschanische Neutralität. Tausende Menschen flüchteten vor den Bombardierungen in die Hauptstadt. Norodom Sihanouk brach Ende der Sechzigerjahre aus diesem Grund die diplomatischen Beziehungen zu den USA ab.

Bürgerkrieg

Kambodschas amerikafeindliche Haltung wurde in Washington nicht geduldet. Während einer Reise im Jahr 1970 wurde Norodom Sihanouk deshalb von seinem Premierminister Lon Nol gestürzt. Sihanouk konnte nicht mehr nach Kambodscha zurückkehren und musste in Peking im Exil bleiben. US-amerikanische Truppen marschierten zur Unterstützung der Regierung von Lon Nol in Kambodscha ein. Die USA erwarteten sich von der neuen Regierung freie Hand gegen den Vietcong. Lon Nol schaffte die Monarchie ab und rief die »Republik Khmer« aus. Die Regierung wurde von den städtischen Mittel- und Oberschichten weitgehend akzeptiert, auf dem Land aber wurde der gestürzte Sihanouk weiter verehrt. Lon Nols Regierung, amerikafreundlich und korrupt, konnte die Probleme im Land nicht beseitigen und schürte obendrein den Unmut der ländlichen Bevölkerung.

Mittlerweile warb eine kleine Gruppe von extremen und nationalistischen Kommunisten, die sich bereits in den Fünfzigerjahren als Studenten in Paris zusammengeschlossen hatte, im Untergrund erfolgreich um Anhänger. Sie nannte sich »Kommunistische Partei Kampuchea«. Das Volk selbst bezeichnete die Mitglieder der Partei als »Rote Khmer«. Angeführt wurden sie von Saloth Sar, der aus einem gebildeten und wohlhabenden Elternhaus in der Provinz Kampong Thom stammte. Er war es, der später unter dem Namen Pol Pot (Bruder Nummer eins) der Terrorherrschaft der Roten Khmer vorstand. Die Flächenbombardements der USA sorgten nicht nur für eine breite Unterstützung der Landbevölkerung für die Roten Khmer, sondern hinterließen auch zahlreiche Kriegswaisen, die zu Kindersoldaten ausgebildet wurden.

Der Guerillakrieg der Roten Khmer gegen Lon Nols Armee dauerte von 1970 bis 1975.

Das grausame Regime der Roten Khmer

Pol Pots Truppen nahmen die Hauptstadt schließlich am 17. April 1975 ein. Die meisten Bewohner der Stadt freuten sich über das Ende des Bürgerkriegs und begrüßten die einmarschierenden Truppen jubelnd. Das Durchschnittsalter der Kindersoldaten betrug dreizehn Jahre. Die Volksrepublik Kambodscha wurde ausgerufen, Staatsoberhaupt wurde Norodom Sihanouk, Pol Pot Regierungschef. Sihanouk musste bereits ein Jahr später sein Amt aufgrund seiner Kritik am Kurs der neuen Regierung aufgeben.

Die schlimmste Zeit in der Geschichte Kambodschas begann.

Pol Pots Vision war die Wiederauferstehung des einst mächtigen Reiches »Angkor«, sein Vorbild war der Revolutionär und Führer Chinas Mao Zedong. Ein radikal-kommunistischer Bauernstaat sollte entstehen, völlig unabhängig vom

Ausland und mit einer starken, alles dominierenden Landwirtschaft. Die Partei wurde geheim gehalten, die Führungsriege agierte im Verborgenen und versteckte sich hinter einer vorgeblichen Organisation mit der Bezeichnung »Angka« (Kurzform von angka padevat – »revolutionäre Organisation«). Zentrale Elemente des Kommunismus wie industrieller Fortschritt, Technisierung und das Proletariat als Revolutionsträger fehlten, wohingegen das Bauerntum glorifiziert wurde. Später bezeichnete man deshalb die Herrschaft der Roten Khmer auch als »Steinzeitkommunismus«.

Es begann eine beispiellos grausame Phase der Umerziehung der Bevölkerung zum Kommunismus und der Abschottung des Landes nach außen: Unter anderem wurden die Städte entvölkert (Einwohner in Phnom Penh 1974 2,4 Millionen, 1978 etwa 20.000), die Menschen sollten durch möglichst primitive Lebensumstände vor den schädlichen westlichen Einflüssen abgeschirmt werden. Intellektuelle und Oppositionelle wurden zu Tausenden verschleppt und hingerichtet. Familien wurden getrennt und in verschiedenen Arbeitslagern untergebracht. Die Kinder besuchten politische Schulen und wurden für die Überwachung der Erwachsenen, auch der eigenen Eltern, eingesetzt. Persönliche Besitztümer waren verboten, ebenso wie Gefühlsäußerungen. Die Zwangsehe wurde eingeführt, wobei die Roten Khmer die aus ihrer Sicht passenden Ehepartner aussuchten. Zahlreiche gigantische Arbeitslager, in denen ohne Planung und technische Geräte Staudämme gebaut wurden, entstanden. Die Dämme sollten in der Trockenzeit die Bewässerung der Reisfelder gewährleisten und sie in der Monsunzeit vor Überschwemmung schützen.

Es wird von mindestens 1,7 Millionen Toten ausgegangen, die direkt – durch Folter und Hinrichtung – oder indirekt – durch Hunger, Auszehrung und Krankheit – dem Regime zum Opfer fielen.

Was danach geschah

Ende 1978 griffen Truppen des wiedervereinigten Vietnam kambodschanisches Gebiet an, um die dortige Regierung zu Fall zu bringen. Mit ihrer Unterstützung stürzte im Januar 1979 die kambodschanische »Einheitsfront für nationale Rettung« das Pol-Pot-Regime. Die Roten Khmer zogen sich in den Nordwesten des Landes zurück und begannen erneut einen Guerillakrieg gegen die von den Vietnamesen eingesetzte Regierung unter Heng Samrin. 1982 bildete sich in Malaysia unter der Leitung von Norodom Sihanouk unter Einbeziehung von Roten Khmer und Anhängern der prowestlichen kambodschanischen Widerstandsbewegung eine Exilregierung, die von der UNO anerkannt wurde. 1989 zogen sich die letzten vietnamesischen Truppen aus Kambodscha zurück.

1991 unterzeichneten alle beteiligten Bürgerkriegsparteien einen von der UNO ausgehandelten Waffenstillstand. Sihanouk wurde Führer einer Übergangsregierung, im Mai 1993 wurden unter Aufsicht einer UN-Friedenstruppe erstmals freie Wahlen seit über zwanzig Jahren abgehalten. Eine neue Verfassung machte Kambodscha wieder zur konstitutionellen Monarchie, Norodom Sihanouk wurde zum König gekrönt.

Die Roten Khmer, die sich einer Entwaffnung durch die UN-Friedenstruppen widersetzten, boykottierten die Wahlen 1993 und nahmen ihren Kampf gegen die kambodschanische Regierung erneut auf. Per Parlamentsbeschluss wurde die Gruppierung im Juli 1994 verboten, zu dieser Zeit gehörten ihr etwa noch zehntausend Kämpfer an. 1996 gab ein Großteil der Roten Khmer ihren bewaffneten Kampf auf und unterzeichnete mit der Regierung in Phnom Penh ein Friedensabkommen, im Gegenzug wurde ihnen eine Amnestie zugesichert. Der Rest der Roten Khmer, schätzungsweise noch zweitausend Mann, setzten ihre Kämpfe fort.

Erst im Dezember 1998 kapitulierten die letzten kämpfenden Einheiten der Roten Khmer. Damit war der Bürgerkrieg nach fast dreißig Jahren zu Ende. Nachdem sich die politische Lage beruhigt hatte, wurde Kambodscha als zehntes Mitglied in den südostasiatischen Staatenverbund ASEAN aufgenommen und nahm wieder seinen Sitz in der UNO ein.

Pol Pot starb 1998. Erst in den Jahren 2007 und 2008 wurden mehrere hohe Funktionäre der Roten Khmer verhaftet und angeklagt, darunter Nuon Chea, Chefideologe, Khieu Samphan, Staatschef der Khmer, und Kaing Geak Eav, genannt Duch, der Leiter des Foltergefängnisses S 21 in Phnom Penh.

Danksagung

Die Handlung dieses Romans ist frei erfunden. Inspiriert dazu wurde ich von Erinnerungen an die gemeinsame Zeit mit den Kindern Nget, You, Li San, Sophal und Maria Chea. Meine Eltern nahmen im Herbst 1980 eine kambodschanische Flüchtlingsfamilie auf. Die Mutter Long Heang, der Vater Kim Sreng, beide Anfang dreißig, hatten mit ihrem Sohn You und ihrer Tochter Li San – eine kleine Tochter war gestorben – das grausame Rote-Khmer-Regime überlebt. Im September 1980 erhielten sie nach einem Jahr Aufenthalt in einem thailändischen Flüchtlingslager gemeinsam mit Pflegesohn Nget Asyl in Österreich. Sohn Sophal und Tochter Maria wurden im Mühlviertel geboren. (Unvergessen die Momente, in denen wir mit ihnen köstliche kambodschanische Gerichte aßen, die Kinder ihre ersten Jausenbrote für die Schule machten – eine Menge Zucker zwischen zwei Scheiben Brot, das Ganze wurde ohne Folie in die Schultasche gesteckt –, sie das erste Mal in ihrem Leben Schnee sahen.) Auch wenn ich Anleihen bei den Erfahrungen der Familie Chea (und ihren Freunden) gemacht habe: Die Geschichte, die ich erzähle, ist eine völlig andere.

Viele Menschen haben die Recherchearbeit zu diesem Buch unterstützt. Ich danke Long Heang, Kim Sreng und Maria für das Erzählen aus ihrem Leben und für die Gastfreundschaft bei meinen Besuchen in Linz, ich danke Abraham Pol, der den berührenden Dokumentarfilm »The First Generation – Zwischen Österreich und Kambodscha« gedreht hat, für das Beantworten meiner Fragen, ebenso Mag. Sok-Chea Ung für lange Gespräche über Kambodscha nach der Zeit der Roten Khmer.

Besonders danken möchte ich Dr. Sok-Chu Ung, die mir in vielen Fragen bezüglich Geschichte und Politik in Kambodscha weitergeholfen hat. (Die dreiwöchige Reise durch Kambodscha mit dir, Chu, war wunderschön!)

Mein großer Dank gilt You Chea, der zu jeder Tages- und Nachtzeit bereit war, gelöchert zu werden, und der sich an so viele Details erinnern konnte. (Lieber You, dein Gedächtnis hätte ich gerne!)

Bei Nadia und Bruno Baldissera möchte ich mich herzlich für die Beratung bei architektonischen Fragen bedanken.

Ein großes Dankeschön geht an das Team von Droemer, allen voran meinen Lektorinnen Andrea Hartmann und Regine Weisbrod: Merci für die Geduld und für den genauen Blick.

Meinem Mann Peter und meinen drei Kindern Sophia, Helena und Philipp danke ich für all das Gute in meinem Leben.

Dezember 2018

LITRA DUKT